FRAN DORRICOTT

Schattenmord



GOLDMANN
Lesen erleben

*Buch*

England 1999: Teenager Cassie und ihre kleine Schwester Olive verbringen den Sommer bei ihrer Großmutter im beschaulichen Städtchen Bishop's Green. Am Tag einer großen Sonnenfinsternis ist der ganze Ort auf den Beinen, um das Naturschauspiel zu beobachten. Auch Cassie und Olive. Doch dann verschwindet Olive in der Menge und wird nie wieder gesehen …

Sechzehn Jahre später kehrt Journalistin Cassie Warren nach Bishop's Green zurück. Olives ungewisses Schicksal hat sie nie losgelassen. Als kurz vor einer Sonnenfinsternis erneut ein Mädchen verschwindet, ist Cassie sicher, dass es ebenso Olives Entführer zum Opfer gefallen ist. Und sie hofft, nun endlich herauszufinden, was mit ihrer Schwester passiert ist …

*Autorin*

Fran Dorricott studierte Literatur und Kreatives Schreiben und arbeitet als Buchhändlerin im englischen Derby, wo sie mit ihrer Familie sowie einer Katze und drei Hunden lebt. »Schattenmord« ist ihr Debütroman. Weitere Informationen zur Autorin unter: www.frandorricott.com.

Fran Dorricott

# Schattenmord

Thriller

Aus dem Englischen
von Claudia Franz

GOLDMANN

Die englische Originalausgabe erschien 2019 unter dem Titel
»After the Eclipse« bei Titan Books,
a division of Titan Publishing Group Ltd, London.



1. Auflage
Deutsche Erstveröffentlichung Juni 2019

Umschlaggestaltung: UNO Werbeagentur, München
Umschlagmotiv: FinePic®, München
Redaktion: Ilse Wagner
KS · Herstellung: kw
Satz: KompetenzCenter, Mönchengladbach
Druck und Bindung: GGP Media GmbH, Pößneck
Printed in Germany
ISBN: 978-3-442-48730-1
www.goldmann-verlag.de

*Für Shadow, ohne den dieser Roman zwei Jahre früher geschrieben worden wäre.*

Die Sonne ist am Himmel erloschen,
und rings herrscht schreckliches Dunkel.

Homer, *Odyssee*, XX 356/7

# Prolog

*11. August 1999*

An dem Tag, an dem sie zur lokalen Legende wurde, tat Olive Warren nicht das, was man von ihr verlangte.

Normalerweise war sie ein braves Kind. Ganz anders als ihre Schwester, hasste sie es, ausgeschimpft zu werden. Sie mochte ruhige Dinge: Büchereien, Museen mit Dinosaurierknochen, ihr Modell des Sonnensystems. Die Leute fanden das eigenartig, aber Olive dachte, wenn sie Kuratorin werden wollte oder sogar Astronautin, dann konnte es nicht schaden, sich an die Regeln zu halten und die Stille zu lieben.

Aber wenn sie den Sommer bei ihrer Großmutter verbrachten, war alles anders als zu Hause in Derby, vor allem wenn ihre ältere Schwester das Kommando führte. Regeln waren dehnbar, Strafen nicht vorgesehen. Trotzdem war dies noch einmal ein besonderer Tag.

Seit Wochen freute sie sich nun schon auf die Sonnenfinsternis, und sie würde sie bestimmt nicht verpassen, nur weil ihre große Schwester mit ihrer neuen »Freundin« beschäftigt war. In ihrem Kalender hatte sie die Tage bis zu dem großen Ereignis abgehakt, obwohl sich Cassie darüber lustig gemacht hatte. Als der Tag kam, gingen sie zum Chestnut Circle, dem Zentrum des Universums von Bishop's Green.

Es gab ein großes Fest. Die Stadt wirkte lebendiger denn je, und alle waren vom Fieber ungeahnter Möglichkeiten erfasst. Die Vorstellung, dass die Bewohner der Stadt zusammenkommen würden, um gemeinsam die Sonnenfinsternis anzuschauen, hatte Olive begeistert – aber die Realität war eher ein Schock. Die Menschen standen zu dicht gedrängt, und obwohl es eine Bühne und ein Spielprogramm für Kinder gab, bekam man vom eigentlichen Geschehen nichts mit. Ein Kind gewann ein riesiges Plüscheinhorn, und Olive sah nur noch die regenbogenfarbene Mähne und ein dünnes goldenes Horn.

Die Musik war zu laut. Olive sehnte sich danach, zu Hause bei ihren Großeltern zu sein und vielleicht auf dem Dach vor dem Zimmer zu sitzen, das sie sich mit Cassie teilte. Wenn es nach ihr ginge, sollten die Menschen einfach still sein und warten. Sie selbst blickte unentwegt auf den Minutenzeiger ihrer Uhr. Die wichtigste Phase der Sonnenfinsternis sollte um zehn nach elf beginnen, aber was, wenn sie dann gar nichts sehen konnte?

Cassie und ihre Freundin Marion standen ein Stück weiter in der schmalen Gasse am Eckladen, steckten die Köpfe zusammen und bekamen nichts mit von dem, was um sie herum passierte. Ihre Nasen berührten sich fast, während sie tuschelten. Olive ließen sie links liegen. Seit Tagen ging das schon so, aber heute war es noch schlimmer. Marion würde bald in den Urlaub fahren, und das fanden die beiden gar nicht gut. Olive hatte nichts dagegen. Dann würde sie Cassie wenigstens nicht mehr mit dieser Freundin teilen müssen.

In Olives Bauch brodelte die Wut, als sie die beiden beobachtete. Sie konnte sich nicht durchringen, es wirklich zu tun – Cassies einzige Regel zu brechen. *Immer in Sichtweite bleiben.* Ihr Körper spannte sich an bei der Vorstellung, dass sie eigentlich nicht immer nach Cassies Pfeife tanzen musste.

»Olive, bleib doch mal stehen. Gran hat gesagt, du sollst immer in meiner Nähe bleiben«, rief Cassie.

Olive seufzte. Sie hatte nur versucht, eine Stelle zu finden, von der aus man besser sehen konnte. Sie sah gar nichts, vor allem nicht den Himmel, da die Ladenmarkise den Blick versperrte. Dabei waren sie ja nicht hier, damit Cassie mit der Tochter des Polizisten tuscheln konnte. Cassie war sogar sauer geworden, als Olive in den Laden gegangen war, um sich eine Dose Cola zu kaufen. Dabei war sie nur eine Minute fort gewesen, und Gran hatte ihr extra das Geld dafür gegeben. Das war nicht gerecht.

In diesem Moment fasste Olive einen Beschluss. Sie würde die Regel brechen, nicht nur dehnen. Es wäre nur ein einmaliger Verstoß, und das auch nicht für lang. Die Menschen rückten ihr auf die Pelle, und ihre Handflächen wurden bereits schweißnass. Obwohl niemand sie berührte, bekam sie keine Luft mehr. Sie musste einfach den Himmel sehen können. Sie brauchte das, was ihre Großmutter eine »hohe Warte« nannte.

Den Folly Hill kannte Olive von einem Picknick mit ihren Großeltern im vergangenen Sommer. Bis dorthin war es nicht weit, vielleicht eine Meile, und Olive war eine begeisterte Spaziergängerin. Von dem Hügel aus würde sie auf jeden Fall eine überwältigende Sicht auf das Spektakel haben, wenn die Sonne von der Dunkelheit verschluckt wurde. In der Senke zwischen den grünen Hügeln würde man auch Bishop's Green erkennen können und die Schatten durch die Straßen im Viertel ihrer Großeltern huschen sehen. Wenn sie wieder in der Schule war, könnte sie ihren Ferienaufsatz darüber schreiben.

Bevor Cassie bemerkte, dass sie fort war, würde sie vermutlich längst wieder zurück sein.

Also wartete sie, bis Cassie und Marion wieder flüsterten, in der Mündung der Gasse verborgen. Die Markise mit den bonbonfarbenen Streifen zog sich um den ganzen Laden herum und warf ihren Schatten auf die beiden. Sie waren beschäftigt, erfüllt von der Anwesenheit der jeweils anderen. Olive wünschte, sie hätte auch eine Freundin wie Marion – jemanden, der alles Schlimme und jeden Streit vergessen machte. Cassie bekam gar nicht mit, wie ihre Großeltern über Mum und Dad sprachen, über deren *Probleme*. Ständig telefonierte ihre Schwester mit Marion, dachte an Marion, redete über Marion.

Olive wagte es. Sie stahl sich aus der Gasse, schlich am Rand der Menge entlang und erreichte die Straße. Vor dem Eckladen parkten nur wenige Autos. Ein paar Spätankömmlinge trafen noch ein, aber niemand schenkte Olive Beachtung. Der Lärm der Menschen, die sich um den Springbrunnen in der Mitte des Platzes herum drängten, schwoll an, da der DJ nun einen Countdown anstimmte. Nur noch eine halbe Stunde bis zum Einbruch der Dunkelheit. Bis zur Sonnenfinsternis. Olive formte das Wort mit den Lippen und spürte in Erwartung dieses Wunders eine überwältigende Begeisterung.

Sie war sich nicht sicher, ob es hier wirklich dunkel genug sein würde – ihre Großmutter hatte gesagt, dass die Sonnenfinsternis in Cornwall am besten zu sehen sein würde –, aber immerhin war es nicht bewölkt. Eigentlich war Bishop's Green der perfekte Ort für das Ereignis, wirklich, ein Städtchen, das von einem ganz eigenen Zauber umgeben war. Oben auf einem Hügel gab es sogar die Triplet Stones, eine Art Druidensteine, die Olive liebte. Die Sommer bei ihren Großeltern waren so, als würde man in der Zeit zurückreisen in eine Welt, in der die Menschen noch an Omen, Zaubersprüche und Amulette glaubten.

Die Sonnenfinsternis war das Ereignis des Jahres. Des *Jahrzehnts.* Olive spürte bereits den Mond auf der Haut, als die Schatten länger wurden. Gran hatte ihr erzählt, dass der zunehmende Mond als der mächtigste Glücksbringer galt, aber Olive dachte, dass eine Sonnenfinsternis ihn vermutlich noch übertraf. Immerhin geschah so etwas bedeutend seltener. Bis zur nächsten würden viele Jahre vergehen.

Als sie den Lärm hinter sich ließ, bekamen die verblassenden Geräusche etwas Unheimliches, als würden sie bei lebendigem Leib aufgefressen. Ihr schien die Zeit davonzulaufen. Die Willow Lane, die Straße zum Folly Hill, war staubig und holprig. Außerdem lag sie wie ausgestorben da, wie Olive auffiel, da alle, die die Sonnenfinsternis von dem Hügel aus beobachten wollten, sicher schon dort waren. Die Straße zog sich auch länger hin als in ihrer Erinnerung. Die Luft war trocken, und Olive spürte ein Engegefühl in der Brust, als sie die Schritte beschleunigte.

Mittlerweile musste es bereits nach elf Uhr sein. Die Dunkelheit breitete sich aus. Olive hätte früher gehen, hätte mutiger sein sollen. Cassie wäre ihr ohnehin nicht gefolgt. Wovor hatte sie Angst gehabt?

Sie setzte sich in Trab. Zunächst langsam wie beim Joggen, aber bald rannte sie so schnell, dass sie ins Keuchen geriet und ihre Beine sich wie Pudding anfühlten. Ihr Fuß blieb in einem Schlagloch hängen, und sie stürzte und schürfte mit dem Knie über den Boden. Ihrem Mund entwich kein Laut. Sie hasste es zu weinen.

Ihr Knie brannte, als habe sie tausend winzige Kratzer daran, und ihre Hände taten ebenfalls weh. Grober weißer Sand klebte daran, zumal sie auch noch Cola an den Fingern hatte und den Saft von der Orange, die sie zuvor im Laden gegessen hatte. Am liebsten würde sie die Hände an der Jeans abwischen, aber dann würden sie nur noch stärker brennen. Unwillkürlich entfuhr ihr ein Zischen.

Als sie sich aufrichtete, beschwerten sich ihre Knöchel; die Haut an den Knien spannte und bildete an den falschen Stellen Falten. Sie wischte sich mit dem Arm über die Stirn und schaute in den Himmel. Noch nicht, dachte sie. Noch nicht, bitte. Ich möchte es nicht verpassen.

In diesem Moment hörte sie ein Rumpeln hinter sich. Die Willow Lane wirkte nicht wie eine Straße, die von vielen Autos frequentiert wurde. Oder von vielen Menschen, dachte Olive, außer vielleicht von Hundebesitzern.

Sie drehte sich um und sah einen Lieferwagen durch die lange, steile Gasse kommen. Die Hecke zu ihrer Linken ragte hoch über ihr auf und ließ das Geräusch klingen, als komme es direkt auf sie zu. Sie blieb stehen und blinzelte, um den Fahrer erkennen zu können.

Es gelang ihr nicht. Zunächst jedenfalls.

Der Lieferwagen drosselte das Tempo und kam in Schrittgeschwindigkeit auf sie zu. Der Fahrer winkte. In diesem Moment erkannte sie ihn. Er hielt an, kurbelte das Fenster auf der Beifahrerseite herunter und beugte sich herüber, um mit ihr zu reden.

»Ich habe gesehen, dass du das Fest verlassen hast«,

erklärte er. »Bist du auf dem Weg zum Folly Hill?« Er hatte eine Sonnenbrille in den Hemdausschnitt gesteckt und trug eine Baseballkappe, wie auch ihr Vater eine besaß.

Sie nickte. Die Dunkelheit schwoll an, als würde sie sie verfolgen. Sie hätte gern nach oben geschaut, um zu sehen, ob sich der Mond bereits vor die Sonne schob, aber sie wollte nicht, dass ihre Augäpfel verbrannten. Die Spezialbrille steckte aber noch in ihrer Tasche, und es wäre ihr unhöflich vorgekommen, sie jetzt herauszuholen. Die Schatten wurden immer länger, und Olive wünschte, sie hätte eine Jacke mitgenommen. Die Vögel waren verstummt, und man hörte nur noch das Brummen des Lieferwagens und die fernen Festgeräusche vom Chestnut Circle.

»Du wirst sie verpassen, wenn du nicht einen Zahn zulegst«, sagte er.

»Ich weiß.«

»Ich kann dich mitnehmen, wenn du magst. Nur bis zum Hügel hinauf.«

Olive dachte nach, aber nur kurz. Sie wusste natürlich, dass sie niemals bei Fremden einsteigen durfte, aber in Bishop's Green kannte jeder jeden. So war das hier eben. Ihre Großeltern ließen Cassie und Olive immer allein in der Stadt herumlaufen, wenn sie zu Besuch waren. Bishop's Green war wie ein Ferienort an der Küste; alle lächelten und waren freundlich. Außerdem kannte sie den Mann mittlerweile gut genug, oder? Es war ja nicht wie zu Hause, wo Mum ihnen immer in den Ohren lag, sie sollten vorsichtig sein und nicht mit Fremden reden.

Also nickte sie wieder.

Er öffnete die Tür, und sie stieg ein. Es war erstaunlich kühl im Innern. Durch die offenen Fenster wehte frischer

Wind herein. Sie fröstelte. Der Schweiß in ihrem Nacken wurde schnell kalt. Sie hatte Durst, trotz der Cola, die sie zuvor getrunken hatte und die in der Hitze des Tages nur einen pelzigen Geschmack auf der Zunge hinterließ.

Der Mann bemerkte es und reichte ihr eine Flasche Wasser. Sie nahm sie dankbar entgegen. Das kühle Glas linderte den Schmerz an ihren aufgeschürften Händen, obgleich es auch ein wenig brannte. Gierig trank sie aus der Flasche.

»Warum hast du das Fest verlassen?«, erkundigte er sich, als sie weiterfuhren. Es fühlte sich an, als würde der Lieferwagen den Hügel hinaufkriechen; ein leichter Geruch von Desinfektionsmitteln hing im Innern. »Ich hatte den Eindruck, als würdest du dich gut amüsieren.«

»Es war ganz nett«, sagte Olive zögernd.

»Aber Cassie hat alles kaputtgemacht. Sie ist nicht sehr nett zu dir, oder?«

Irgendetwas an der Stimme des Mannes machte Olive stutzig. Ihr Herz flatterte, obwohl sie nicht wusste, wieso. Er schaute sie an, als sie den Hügel hinauffuhren. Sein Blick war nicht mehr väterlich.

»Ich …«

Den ganzen Sommer über war er nett zu ihr gewesen, aber plötzlich fühlte es sich nicht mehr so an, als würde er sie beschützen wollen. Der Tonfall, in dem er den Namen ihrer Schwester ausgesprochen hatte, jagte ihr einen Schauer über den Rücken. Das Gefühl, dass irgendetwas nicht stimmte, schlug ihr auf den Magen, zusammen mit dem schalen Wasser, und sie rutschte unbehaglich hin und her. Irgendetwas schien sich verändert zu haben, hier in diesem Wagen. Die Luft war zu kalt und der Himmel draußen zu dunkel. Olive war angeschnallt, und es gefiel ihr gar nicht, dass der Mann viel zu nahe zu sein schien und nach Desinfektionsmitteln und den frisch gewaschenen Kleidern einer anderen Person roch.

Ihr wurde bewusst, dass sie sich nicht einmal mehr an seinen Namen erinnerte.

Plötzlich ertrug sie die Stille nicht mehr, die sie sich so sehnlichst gewünscht hatte. Olive wollte den Lieferwagen zum Halten bringen, wollte hier raus, merkte aber, dass ihr Mund ihr nicht mehr richtig gehorchte. Ihre Zunge war schwer, und sie war furchtbar müde. Panik machte sich in ihr breit. Der Mann hatte die Fenster geschlossen. Der Wagen fuhr weiter. Fort von Cassie, von ihren Großeltern, von allem.

Der Mann behielt sie unentwegt im Blick. Fuhr schneller.

Und während die Straße immer finsterer wurde und der Mond die Sonne verschluckte, wünschte sich Olive Warren, sie hätte einfach getan, was man von ihr verlangt hat.

# 1

*Montag, den 16. März 2015*

Die Sonne ging gerade auf, als ich zu meiner Joggingrunde aufbrach, aber ich war schon viele Stunden wach. Meine Augen waren verklebt. Die lange schlaflose Nacht verfolgte mich wie ein Gespenst, und mein ganzer Körper schmerzte. Ich konzentrierte mich auf die Erleichterung statt auf die Müdigkeit und lauschte auf das gleichförmige Stampfen meiner Füße auf dem Straßenpflaster, dann auf dem Feldweg, als ich die Wohnviertel von Bishop's Green hinter mir ließ und in die Wälder südlich der Stadt eintauchte.

Ich achtete nur auf meine Atmung, meinen Herzschlag und das Brennen in meinen Beinen, schaltete meinen Verstand tunlichst aus. Wenigstens war es nicht meine Arbeit, die mich zurzeit quälte, das war doch schon etwas.

Als ich das Stadtleben und den Kampf um anständige Aufträge als Journalistin gegen ein Leben bei meiner Großmutter in Bishop's Green eingetauscht hatte, hatten mir traute Abendessen im Familienkreis vorgeschwebt – mit mir in der Rolle der hingebungsvollen Enkeltochter, die mit der Demenz ihrer Großmutter spielend klarkam. Stattdessen fühlte ich mich wie eine Gefängniswärterin, und das auch nur an den Tagen, an denen Gran noch wusste, wer ich war.

Wusste sie es nicht, wurde alles nur noch schlimmer, weil ich dann erklären musste, wer ich war und warum ich mir immer wie eine Versagerin vorkam.

Ich verspürte die Verlockung sogar beim Laufen – die Verlockung, alles hinzuschmeißen, die Hände hochzuheben und mich zu ergeben. Als ich beschlossen hatte, London zu verlassen, hatte ich gerade eine sechsmonatige Durststrecke hinter mir. Meinen Job zu verlieren war schon hart genug gewesen, aber das hatte ich mir selbst zuzuschreiben. Der Verlust meiner dreijährigen Beziehung hingegen und in ihrem Gefolge auch der komfortablen Londoner Wohnung tat immer noch weh. Aber ich schüttelte den Gedanken schnell ab. Egal, warum ich gegangen war, jetzt war ich hier.

Ich ließ mich von meinen Füßen leiten, und das dumpfe Geräusch meiner Turnschuhe vertrieb sämtliche Sorgen. Als ich den Weg verließ, kratzte ich mir die Beine an den Dornenbüschen auf und verfiel in ein unregelmäßiges, hüpfendes Tempo. Meine Atmung hatte ich jetzt nicht mehr unter Kontrolle. Dies war mein erster Lauf nach über einer Woche, und ich genoss die feuchte Luft an den heißen Wangen und sog den süßen Duft von Nadelwäldern im Märzwind ein.

Der Wald wurde lichter, und ich kam an einem knorrigen alten Baum vorbei; an einem der unteren Äste hing eine Schaukel. An solchen Stellen hätten Olive und ich während unserer Sommer hier stundenlang gespielt, obwohl sie vermutlich erst einmal eine gute Viertelstunde lang versucht hätte, die Belastbarkeit zu überprüfen. Ich musste lächeln, als ich daran dachte.

In letzter Zeit habe ich viel an Olive gedacht. Sie war immer da, ein zartes Phantom in meinem Hinterkopf, aber in den letzten Monaten ist es schlimmer geworden. In die

Stadt zu ziehen, in der wir unsere letzte gemeinsame Zeit verbracht haben, ist mir bei einem Drink in einem fernen Londoner Pub wie ein Befreiungsschlag vorgekommen. Jetzt empfand ich es als falsch, sogar als morbide. Und es war zu befürchten, dass die bevorstehende Sonnenfinsternis meine Albträume nur noch verschlimmern würde.

An diesem Morgen wollte ich nicht an meine Schwester denken. Ich war zu müde, zu aufgewühlt. In der Nacht ist Gran ausgebüxt und stundenlang über die Felder gewandert, bevor ich sie finden konnte. Ihre mitternächtlichen Ausflüge häuften sich und ließen sich immer schwerer verhindern. Jetzt wollte ich einfach nur laufen und schwitzen und an nichts anderes denken als an meinen schmerzenden Körper.

Stolpernd kehrte ich auf den Weg zurück und folgte ihm aus dem Wald heraus, mittlerweile keuchend vor Anstrengung. Als ich an einem grasbewachsenen Seeufer vorbeikam, lief ich langsamer, plötzlich von gleißendem Licht geblendet. Am Ufer des Sees blieb ich stehen, die Hände auf die Knie gestützt.

Er war noch genauso, wie ich ihn in Erinnerung hatte: groß und dunkel und mit einer straffen Oberfläche wie von geblasenem Glas. Die Sonne, die nun vollständig aufgegangen war, spiegelte sich als verzerrte Scheibe zwischen den Wolken. Noch waren nicht viele Leute unterwegs, aber am Wetter konnte es nicht liegen. Die ganze Stadt war nicht mehr so lebhaft, wie ich sie aus den Sommern meiner Kindheit in Erinnerung hatte. Im August kamen natürlich immer noch die Touristen nach Bishop's Green, angelockt vom Ruf der Stadt, ein Zentrum magischer Kräfte zu sein, gesegnet von den drei Menhiren der Druiden, oder mit was für einem Unsinn auch immer man die Leute zu ködern versuchte.

Ich wollte mich schon umdrehen und nach Hause laufen, da zog eine Bewegung am Ufer meine Aufmerksamkeit auf sich. Als ich in die Richtung schaute, sah ich ein paar Menschen, die sich neben einer kleinen Baumgruppe versammelt hatten. Wie gebannt starrten sie auf den See, zwei Frauen mit Kinderwagen, ein Mann mit einem Hund, ein junges Paar. Sie betrachteten etwas, das ich nun auch entdeckte.

Ein Boot im Wasser. Und nach der ernsten Miene der Menschen, die darin waren, zu urteilen, würde ich meine letzte Zigarette darauf verwetten, dass sie nicht hier waren, um Sport zu treiben. Ich ging zu einer der Frauen, von meiner Neugierde wie von einer Sucht getrieben. Das würde ich niemals ablegen können. Das war es, was mich überhaupt erst zum Journalismus gebracht hat – das und die Opfer.

»Was ist denn da los?«, erkundigte ich mich.

Sie wandte sich mir ein Stück zu, hielt aber den Blick auf das Boot gerichtet, das sich nur langsam fortbewegte. Nun hörte ich es brummen, da der Wind das Geräusch zu uns herübertrug.

»Das Kind – dieses Mädchen, das seit Freitag vermisst ist … Freitag, der Dreizehnte, da kann ja nichts Gutes geschehen, oder? O Gott, offenbar sucht man sie im Wasser. Die arme Familie.«

Ich spürte, wie mein Herz ins Stolpern geriet. Sicher, ich hatte mit Gran beide Hände voll zu tun, aber wie konnte es mir entgangen sein, dass ein Kind vermisst wurde? Der Aberglaube der Frau war mir nicht fremd, doch ich schüttelte ihn ab wie all die anderen törichten Dinge, an denen sich Bishop's Green ergötzte. Mir fiel auf, dass am anderen Seeufer nun auch noch Leute standen. Ein paar Polizisten. Hunde.

»Sie ist doch erst elf.« Die Frau stieß einen kehligen Laut aus. »So etwas sollte hier nicht passieren. So etwas ist hier noch nie passiert.«

Ich hörte nicht mehr zu. Das Blut rauschte mir in den Ohren. Ein vermisstes Mädchen. Hier in Bishop's Green. Plötzlich blendete mich die Sonne, eine gleißende weiße Scheibe. Als ich blinzelte, verfinsterten schwarze Punkte mein Blickfeld wie in meinen Träumen. Ein elfjähriges Mädchen – vermisst.

Ich korrigierte die Frau nicht. Brachte kein Wort heraus. Lief einfach fort, zurück in die Stadt, in mein Zuhause. Das Zuhause, von dem ich gehofft hatte, dass es ein Neuanfang werden könnte.

Die Frau am Ufer irrte sich. So etwas war hier bereits passiert. Vor sechzehn Jahren war es meiner Schwester passiert.

Zu Hause stürzte ich mich in die Arbeit. Ich kochte Kaffee, steckte Wäsche in die Waschmaschine und deckte den Frühstückstisch. Die Dinge, um die ich immer einen großen Bogen machte, erledigte ich ebenfalls. Ich ließ mir für meine Großmutter einen Termin bei ihrem Hausarzt geben und harrte sogar bereitwillig zehn Minuten in der Warteschleife der Tagespflege aus, um einen Informationsbesuch zu verschieben. Nach Erledigung der lästigen Pflichten hatte ich mich gerade mit meinem Handy am Esstisch niedergelassen, als der Festnetzapparat klingelte.

»Cassie, mein Schatz. Wie geht es dir?« Meine Nerven beruhigten sich sofort, als ich Henrys vertraute Stimme vernahm. Jahrelanger Zigarettenkonsum hatte sie rau werden lassen, und obwohl er bereits drei Jahrzehnte in London lebte, erkannte man immer noch, dass er aus Cornwall kam. Es war schön, von ihm zu hören. »Wie ist das Leben im hohen Norden?«

»Es handelt sich immer noch um die Midlands«, erwiderte ich. Das habe ich jedes Mal gesagt, wenn er mich seit meinem Umzug vor zwei Monaten angerufen hat. Für Henry war alles nördlich vom Watford Gap schon äußerster Norden. Er konnte es immer noch nicht fassen, dass ich die Sache wirklich durchgezogen habe.

Bei jedem Telefonat spürte ich seine Erwartung, dass ich aufgeben und in die Anonymität der Großstadt zurückziehen würde. Und sollte ich es nicht aus freien Stücken tun, schien er wild entschlossen, mich dazu zu überreden. Als wäre es besser, ohne Bleibe und ohne Job zurückzugehen, als hier zu sein.

»Du klingst ziemlich fertig«, sagte er. »Schläfst du gut?«

»Das wäre schön.« Ich rieb mir das Gesicht und seufzte. »Heute habe ich mir wieder die ganze Nacht um die Ohren geschlagen. Mir ist schleierhaft, wie Gran das immer anstellt. Gestern Abend habe ich den Schlüssel versteckt, aber sie hat es trotzdem irgendwie geschafft, aus dem Haus hinauszukommen. Heute Morgen um kurz nach fünf habe ich sie auf den Feldern gefunden, halb erfroren.«

»O Gott.« Henry zögerte. Ein Klopfgeräusch im Hörer deutete darauf hin, dass er etwas sagen wollte, von dem ihm schon klar war, dass ich es sicher nicht hören wollte. »Ich weiß, dass du kein enges Verhältnis zu deinem Vater hast, aber kann er dir nicht helfen? Für eine einzige Person scheint mir das eine ziemliche Zumutung zu sein, selbst wenn tagsüber Pflegekräfte vorbeischauen. Es passiert doch ohnehin eher nachts, oder? Ich weiß schon, dass du gesagt hast, dass sie laut ärztlichem Befund zu Hause besser aufgehoben ist, aber …«

»Dad will sie in ein Heim stecken, Heno. Er ist überhaupt keine Hilfe. Sie ist nicht seine Mutter, daher kann man das vielleicht auch nicht erwarten. Aber ein Heim möchte ich ihr nicht zumuten, noch nicht. Sie war immer so stark, besonders nach Mums Tod. Ich kann sie nicht an einem solchen Ort einsperren, bevor ich nicht alle anderen Möglichkeiten ausprobiert habe.« Ich erwähnte nicht, dass es hier, wo ich mich persönlich als Gefängniswärterin betätigte, nicht viel besser war, aber Henry schien es zu spüren.

»Geht es ihr denn gut? Nach einer solchen Nacht?«

»Ja. Sie schläft schon wieder. Das sollte ich auch tun.«

»Dann geh ins Bett, mein Schatz. Ich rufe später noch einmal an.«

Ich wollte nicht, dass Henry auflegte. Nach diesem Morgen, an dem ich die Polizei am See gesehen habe, war ich aufgewühlt und wollte seine Stimme noch ein bisschen länger hören. Als ich vor zehn Jahren zu Beginn meiner Journalistinnenlaufbahn nach London gezogen bin, hat er sich als ausgezeichneter Mentor erwiesen, aber als Freund ist er mir später noch wichtiger geworden. Letztes Jahr ist er in den Ruhestand gegangen, las jedoch immer noch alle meine Artikel, bevor ich sie abgab.

»Jetzt kann ich nicht schlafen. Zu viel Koffein«, sagte ich. »Und zu wenig Alkohol. Mir ist schleierhaft, warum ich dachte, nach dem Umzug hierher würde ich endlich lernen, mich wie eine Erwachsene zu benehmen.«

Ich lachte, riss mich dann aber zusammen.

»Da spricht ein wahres Kind des Jahrtausends«, sagte Henry.

Angespannte Stille trat ein. Etwas Unausgesprochenes hing in der Luft, ein Satz wie: Immerhin nimmst du keine Schlaftabletten mehr. Henry wusste, dass ich mir gern jede Menge Pillen verordnete, wenn ich unter Druck stand. Allerdings hatte ich ihm verschwiegen, dass das nach meinem Umzug nach Bishop's Green noch einmal schlimmer geworden war. Dummerweise waren Schlaftabletten, mit denen ich mich immer aus der Welt ausgeklinkt hatte, nicht sehr hilfreich, wenn man auf eine Großmutter aufpassen musste, die gerne ausbüxte. Sie setzten einen schachmatt, wenn man eigentlich wachsam sein sollte. Mittlerweile bewahrte ich lieber keine Schlaftabletten mehr im Haus auf.

Wenn man bedachte, dass ich den Verlust meines Jobs nicht zuletzt den drei doppelten Brandys verdankte, die ich getrunken hatte, bevor ich meinem sexistischen Interviewpartner eine geknallt habe, war es vermutlich besser, keine Witze darüber zu reißen, dass ich mich wieder dem Alkohol zugewandt habe. Letztlich konnte ich von Glück sagen, dass ich nur meinen Job verloren habe. Hätte der Typ mich verklagt, wäre die Sache schlimmer ausgegangen, und ich hätte andere Sorgen als einen Drink hier und da.

»Du musst öfter aus diesem Haus raus, Cass«, erklärte Henry schließlich bewusst munter. »Du klingst, als würde dir die Decke auf den Kopf fallen. Mir war das von vornherein klar. Du bist nicht dazu geschaffen, in einem Käfig zu leben.«

»Ich war den ganzen Morgen draußen.«

»Du weißt schon, was ich meine. Du bist Journalistin, vergiss das nicht. Eine gute Geschichte ist dein Lebenselixier. Wenn du dich in diesem Haus einigelst, hilft dir das mit deiner Großmutter auch nicht weiter. Such dir einen Job, und die Welt erscheint gleich in einem anderen Licht.«

»Mag sein.« Ich schaute aus dem Esszimmerfenster und sah einen Vogelschwarm vorbeifliegen. Die Sonne wirkte viel zu groß am Himmel. Zu hell. Ich musste wieder an die bevorstehende Sonnenfinsternis denken und schüttelte den Kopf.

»Hast du von dem Mädchen gehört, das bei dir da oben vermisst wird?«, fragte Henry, da er offenbar spürte, dass mich seine Worte nicht kaltließen. Es war ein Friedensangebot. »Klingt ganz nach einer Geschichte für dich. Als du noch hier unten warst, hättest du dich sofort darauf gestürzt. Ich weiß, dass du nichts mehr geschrieben hast, seit du aus London fort bist, aber es könnte dir guttun. Ich werde auch alles lesen, was du mir schickst.«

Ich hatte die Nachricht auf meinem Handy geöffnet, noch bevor Henry sie erwähnt hatte. Sie war wie eine Kruste, an der ich zwanghaft herumzupfen musste. Den ganzen Morgen über ist sie mir durch den Kopf gegangen, und je intensiver ich versuchte, nicht daran zu denken, desto schlimmer wurde es. Aber ich war mir nicht sicher, ob ich schon so weit war, wieder mit dem Schreiben anzufangen, wieder in diese Welt zurückzukehren.

»Kein Interesse«, erklärte ich. Den Artikel ließ ich aber geöffnet, und die Neugierde konnte ich auch nicht aus meiner Stimme verbannen. Das Mädchen - Grace - war so alt wie Olive damals. Dieser Zufall machte mich nervös.

»Lügnerin«, sagte Henry. »Sieht nicht so aus, als hätte schon jemand mit der Familie gesprochen. Du solltest dich reinhängen und versuchen, ein Exklusivinterview mit der Mutter zu bekommen …«

»Nein. Kein Interesse.«

»Du bist so verdammt stur.«

»Nein, bin ich nicht«, sagte ich, musste aber gegen meinen Willen schmunzeln. Henry hatte recht. Es handelte sich exakt um die Art von Geschichte, auf die ich mich früher gestürzt hätte. Nach der Entführung meiner Schwester habe ich die Journalisten gehasst, die meine Familie belagerten, aber später war ich dann wild entschlossen, die Stimme der Opfer zu werden, fern von diesem Sensationsjournalismus. Damit machte ich mir in der Branche Freunde und Feinde. Die meisten Kollegen mochten es nicht, wenn ich sie – uns alle – als Geier bezeichnete. Was ich aber genauso meinte.

Laut Artikel auf meinem Handy hatte das vermisste Mädchen am Freitagnachmittag um halb vier die Schule verlassen und war nicht nach Hause gekommen. Keine Nachricht, kein Hinweis, dass sie woanders hingegangen sein könnte. Keiner ihrer Freunde wusste etwas. Mit der Fingerspitze wischte ich zum Ende des Artikels, weil ich weitere Details lesen wollte, als mich Henrys raues Lachen aufschreckte.

»Gut, du bist *nicht* stur«, sagte Henry. »Aber ich denke trotzdem, es würde dir guttun. Du hättest mal wieder ein Ziel vor Augen. Außerdem wäre es ein wunderbarer Vorwand, um Kontakt zu …«

»Sprich den Namen gar nicht erst aus«, knurrte ich. »Ich habe sie seit der Beerdigung ihres Vaters nicht mehr gesehen, Henry. Das war vor drei Jahren. Warum sollte sie sich jetzt mit mir treffen wollen? Das wäre doch …«

»Komisch? Nun komm schon, mein Schatz. Ich habe doch gehört, wie ihr am Telefon miteinander gesprochen habt. Sie kann dich doch nicht zum Verstummen bringen. Sie ist deine Julia.«

»O Gott, fang nicht wieder damit an. Nur weil du mit wehenden Fahnen in den Hafen der Homo-Ehe eingelaufen bist, muss ich das nicht auch tun. Außerdem ist die Sache für Romeo nicht gerade gut ausgegangen, oder? Da halte ich mich lieber an Rosalinde.«

Henry stieß ein bellendes Lachen aus, drängte mich aber nicht weiter. Wir plauderten noch ein paar Minuten, in denen ich so tun konnte, als hätte ich alles unter Kontrolle.

Schließlich sagte Henry: »Helen hat sich nach dir erkundigt. Ich habe ihr erzählt, dass alles in Ordnung ist. Darüber schien sie froh zu sein.«

Meine Magengrube weitete sich, und mein Herz schien hineinzufallen. Ich schluckte. Um ehrlich zu sein, war es gar nicht so schmerzhaft, dass sie mich verlassen hat, sondern dass sie der Meinung war, wir könnten nicht befreundet bleiben. Das und der Verlust der Wohnung, als sie es verkündet hat. Nach Bishop's Green zu ziehen hatte sich angeboten, um einen Neuanfang zu versuchen und etwas ganz anderes zu tun, statt sich die Wunden zu lecken. Leider hatte ich vergessen, wie isoliert man hier war. Wie einsam. Nicht einmal Henry habe ich erzählt, dass mein einziger Freund hier der Kaffeeverkäufer war.

»Danke«, sagte ich sanft. »Ja, bei mir ist alles in Ordnung. Wir können ja später noch einmal telefonieren.«

Ich legte auf und schluckte die Enttäuschung hinunter. Wieder fiel mein Blick auf das Handy, und ich betrachtete das Foto in dem Artikel. Grace Butlers Gesicht war rund und rötlich, frisch gewaschen für ein Schulfoto. Blonde Haare, blaue Augen. Wahrlich ein Engel.

VERMISST. Die elfjährige Grace Butler, die Freitag, den 13. März, auf dem Heimweg von der Schule verschwunden ist.

Wachsendes Unbehagen erfüllte mich, als ich den Artikel zum dritten Mal las. Ihr Stiefvater Roger Upton war ebenfalls abgebildet; er wirkte verzweifelt und mitgenommen.

Zwei Tage war sie vermisst, und man suchte bereits im See. O Gott. Ich schüttelte den Kopf und verdrängte die grausame Erinnerung an die Zeit vor sechzehn Jahren. Männer auf dem Wasser, Boote, eine Menschenmenge, die sich am Ufer versammelt hatte.

Ich hatte es in Grans Fernseher gesehen, zitternd und ungläubig, dass das alles wahr sein sollte. Dass es wirklich geschah. Dass Olive nicht jeden Moment in unser Zimmer kommen würde, um sich zu beschweren, dass ich ihr Buch aus der Bücherei versteckt hatte. Dass unsere Sommerferien bei unseren Großeltern nicht im nächsten Moment einfach nur wieder langweilig sein würden, sterbenslangweilig.

Die Erinnerung hatte mich wieder fest im Griff. Ich sah den gnadenlosen blauen Himmel, an dem sich nicht eine Spur von Regen andeutete. Kein Windhauch in den Bäumen am See. Die Frau auf dem Bildschirm verkündete eine Zahl, die stetig wuchs. Einhundertsechsundvierzig Stunden seit der Sonnenfinsternis. Einhundertsechsundvierzig Stunden seit ihrem Verschwinden. Einhundertsechsundvierzig Stunden, seit ich den größten Fehler meines Lebens begangen habe.

Und nun passierte es wieder.

# 2

Das Zimmer, das nun mir gehörte, ist früher das Atelier meines Großvaters gewesen. An den Wänden hingen immer noch die vierblättrigen Kleeblätter, die er für Glücksbringer hielt. Manchmal roch ich noch einen Hauch von Acrylfarbe, Terpentin oder staubigen Pinseln, obwohl ich bei meinem Einzug nach Grandads Beerdigung vor zwei Monaten das meiste auf den Dachboden geräumt habe. Es war ein tröstlicher Geruch, der mich an ihn erinnerte, an seine Warmherzigkeit.

Das Gästezimmer war größer, doppelt so groß sogar. Außerdem hatte man eine bessere Sicht auf den Garten. Aber ich habe es nicht betreten. Es war der Raum, den Olive und ich uns immer geteilt haben, und obwohl man ihn irgendwann renoviert hat, sah ich immer noch das doppelstöckige Bett und die Lavalampe vor mir. Insgeheim fürchtete ich auch, dass die Geister von Olive und mir dort herumspuken könnten.

Mit einem frisch gekochten Tee ließ ich mich am Schreibtisch in meiner kargen Kammer nieder. Das vermisste Mädchen, Grace, ging mir nicht aus dem Sinn. Olive auch nicht. Konnte es Zufall sein, dass zwei kleine Mädchen desselben

Alters im Abstand von sechzehn Jahren aus derselben Stadt verschwanden? Bishop's Green war größer, als es auf den ersten Blick schien. Es war ein Labyrinth von Wohnstraßen um einen zentralen Bienenstock herum, und auch wenn es sich immer noch für ein Dorf hielt, war es eine richtige Stadt. Man musste der Tatsache ins Auge schauen, dass es sich sehr wohl um einen Zufall handeln konnte.

Aber wieder stand eine Sonnenfinsternis bevor, und das machte mich nervös. Mein Journalistinnengehirn stellte alle möglichen Phantomverbindungen her. Der Zeitpunkt konnte kein Zufall sein, weniger als alles andere.

*Die Fälle haben nichts miteinander zu tun*, sagte ich mir. *Ausgeschlossen.* Ich gab mir Mühe, all meinen Scharfsinn aufzuwenden. Olive wurde während eines öffentlichen Ereignisses aufgegriffen, eine spontane Entführung in den grauen Minuten der Dämmerung, als alle damit beschäftigt waren, böse Omen zu zählen oder auf den ultimativen Neuanfang zu warten. Die kleine Grace hingegen ist einfach aus der Schule gekommen. Vielleicht ist sie auch weggelaufen, obwohl sie mit elf Jahren etwas zu jung dafür sein dürfte. Vielleicht hat sie sich mit ihren Freundinnen oder ihren Eltern gestritten. Vielleicht war sie einfach zur falschen Zeit am falschen Ort.

Ich biss mir auf die Lippe. Der Karton, der vor mir auf Grandads altem Schreibtisch stand, war verbeult, das Doc-Martens-Logo an der Seite fast verblichen. Die Ecken waren abgenutzt von all den Jahren, in denen er in meinem Kleiderschrank hin und her geschoben wurde, und auf dem Deckel hat sich eine Staubschicht abgelagert.

Bei jedem Umzug kam er mit. Er hat mich von Bishop's Green nach Derby begleitet, dann nach Sheffield, nach York und schließlich nach London. Jetzt war der Karton wieder hier, womit sich der Kreis schloss. Ich öffnete ihn selten, und wenn ich es tat, dann meist nur, um ein weiteres schmerzvolles, mit Olive verbundenes Erinnerungsstück hineinzulegen.

Jetzt wollte ich allerdings hineinschauen. Musste es sogar. Vielleicht stimmte es ja, was Henry gesagt hat – ich brauchte Ablenkung. Oder Bestätigung. Da war ich mir nicht sicher.

Ich atmete zittrig ein und nahm den Deckel ab. Das Innere war genauso, wie ich es in Erinnerung hatte: Fotos und Abziehbilder und Notizen auf Servietten und sogar ein paar Zeitungsartikel, die zu vergilbten Quadraten zusammengefaltet waren. Auch eine Geburtstagskarte von Olive lag da. Eine, von der ich ihr gegenüber behauptet hatte, ich hätte sie entsorgt.

Ich stöberte in den Fotos von Mum, Olive und mir herum. Dad, der immer hinter der Kamera stand, hatte uns am Strand festgehalten, im Park, an Weihnachten. Die Fotos kannte ich gut, als Jugendliche habe ich sie oft in den Händen gehalten. Die von Mum waren am stärksten abgegriffen. Alle stammten sie aus den Jahren vor Olives Entführung, aus einer Zeit, als Mum noch stark war und gelegentlich gelächelt hat.

Ich nahm eines, auf dem Olive mit einem Karussell fuhr. Darunter lag eines, das ich an Grandads Pinnwand entdeckt hatte und das meine Schwester und mich hier im Garten zeigte. Es muss in dem Sommer aufgenommen worden sein, in dem sie entführt wurde. Wir standen kurz davor, in ein hysterisches Lachen auszubrechen, weil Olive unvermittelt in die Kamera geflucht hat, als sie Ginger Spice' Friedenszeichen nachzumachen versuchte. Ich schaute schnell weg. Mein Bild von Olive ist in den Neunzigerjahren eingefroren, mit Buzz-Lightyear-T-Shirt, Freundschaftsbändern und Turnschuhen mit Plateausohle. In meinen Augen brannten Tränen.

Was für eine dumme Idee. Ich würde mich selbst nur unglücklich machen. Als ich alles wieder ordentlich in den Karton packen wollte, streiften meine Finger plötzlich das Tagebuch. Ich verspürte einen Schauder. Gespannte Erwartung? Angst? Mir war selbst nicht klar, warum ich überhaupt in diesen Karton geschaut habe, aber jetzt gab es kein Zurück mehr.

Es war mein »Olive-Tagebuch«.

Die Psychiaterin, zu der ich nach Olives Verschwinden gegangen bin, hat mir geraten, Tagebuch zu führen. Ihr war nicht klar, dass ich das schon tat. Wenn sie gewusst hätte, mit was für Dingen ich es füllte, hätte sie ihren Vorschlag vermutlich zurückgezogen. Neben dem verschnörkelten Gekritzel der Vierzehnjährigen war es mit Zeitungsausschnitten und anderen Papieren vollgestopft. Es war zu einer Obsession geworden.

Ich blätterte darin herum, bis meine Finger fast wie von selbst auf einer bestimmten Seite verharrten.

*In der Bücherei habe ich gelesen, dass die meisten Kindesentführungen innerhalb der Familie geschehen. In Olives Fall hat die Polizei gar nicht erst nach einem Fremden gesucht. Warum?? Mum war bei der Arbeit. Gran hat sich die Haare machen lassen. Grandad war mit Molly beim Tierarzt. Bleiben Dad und ich.*

Eine Frage folgte. Mit Kugelschreiber hingekritzelt, zittrig und an den Rändern verschmiert.

*DAD. Wo war er?*

Ich lehnte mich zurück. Das Herz klopfte mir in der Kehle, und in meinen Handflächen bildete sich Schweiß. Die feuchte Hitze, die der Niederschrift dieser Worte vorausging, hatte ich noch gut in Erinnerung. Im Haus meiner Großeltern drängten sich zu viele Leute – es wurde zu viel geweint. Ich saß auf dem Boden vor der Küche, die Knie an die Brust gezogen. Mum und Dad sah ich nicht, aber ich konnte sie hören.

»Du musst mir sagen, wo du warst. Das ist das Mindeste, was du mir schuldig bist.«

»Ich bin dir gar nichts schuldig, Kathy.« Die Stimme meines Vaters klang angespannt, müde. Das Geheimnis zerrte an ihm. »Wie kannst du nur glauben, dass ich irgendetwas damit zu tun habe? Wie kannst du glauben, ich hätte ihr etwas angetan?«

»Was soll ich denn sonst denken? Du erzählst mir ja nichts.« Eine Pause. »*Hast* du ihr etwas angetan?«

»Nein.« Kein empörter Ausruf. Eine erschöpfte Feststellung. Dieselbe Antwort auf dieselbe Frage.

»Dann erzähle es wenigstens der Polizei. Sie wissen, dass du lügst. Cassie weiß es. Ich weiß es. Erzähl es irgendjemandem.«

»So einfach ist das nicht.«

»Also lügst du.«

»Zum Teufel, Kath. Es war nicht mein Fehler. Cassie sollte auf sie aufpassen.«

Jetzt konnte ich nicht mehr an mich halten. Die Küche war überheizt und die Fenster beschlagen, weil Mum, die ständig fror, immer die Heizung hochjagte. Am ganzen Körper zitternd stapfte ich in den Raum.

Bevor ich mir auf die Zunge beißen konnte, heulte ich los.

»Das war keine Absicht. Das war keine Absicht! Ich hatte ihr gesagt, sie soll bleiben, wo sie ist, aber sie …«

»Mach nicht Cassie dafür verantwortlich. Wage es ja nicht, *sie* dafür verantwortlich zu machen!« Mum schrie jetzt auch. Sie wollte mir die Hand auf die Schulter legen, aber ich wehrte sie ab. Die Vorstellung, dass mich jemand anfasste, war unerträglich, weil der Schmerz jedes Fleckchen meines Selbst durchbohrt und dabei auch die Haut verletzt zu haben schien.

Dad rührte sich nicht. Er war in seiner Ecke erstarrt. Seine Hände klammerten sich an die Arbeitsplatte, als müsse er sich mühsam zusammenreißen.

»Wo warst du?«, schrie ich ihn an.

Er sagte keinen Ton.

»Es war nicht ihr Fehler«, wiederholte meine Mutter immer und immer wieder. »Nicht ihr Fehler. Sie ist alles, was uns noch bleibt.«

Dad und ich starrten uns an. Mein Atem ging heftig, und bei jeder Bewegung hatte ich das Gefühl, mich übergeben zu müssen. Natürlich war es mein Fehler. Selbst Dad dachte das. Und obwohl Mum es nicht laut aussprach, wusste ich, dass es nur einen Grund dafür geben konnte – dass sie dann nämlich Dad hätte zustimmen müssen.

Ich hatte das Gefühl, immer hohler und gleichzeitig immer schwerer zu werden, als ich die Küche verließ und mich in mein Zimmer hinaufschlich, mein Magen in Aufruhr.

Dad hatte die Frage nicht beantwortet. Wo ist er gewesen? Hätte er Olive tatsächlich etwas antun können? Bei der Arbeit, wie behauptet, ist er jedenfalls nicht gewesen. Das hatte die Polizei uns erzählt.

Als ich Dads Namen in mein Tagebuch schrieb, wusste ich, dass die Dinge nie wieder sein würden wie zuvor. Er wusste es auch. Er hat den Zweifel in meinem Gesicht gesehen. Keine Worte konnten wiedergutmachen, was zwischen uns geschehen ist, zerbrochen, zersplittert – nicht einmal nachdem die Polizei ihn später von jedem Verdacht freigesprochen hat. Es ging nicht um Wahrheit, es ging um Schuld. Ich fühlte mich schuldig, weil ich Olive verloren hatte, und er fühlte sich aus demselben Grund schuldig.

Dann zog er aus. Es war das letzte Mal, dass Mum sich für mich eingesetzt hat – oder überhaupt irgendetwas getan hat, das man als warmherzig oder leidenschaftlich oder sonst irgendwie anteilnehmend bezeichnen könnte.

Mein Mund war trocken geworden. Angewidert spülte ich meine Zähne mit kaltem Tee und bemerkte plötzlich, dass ich in dem Karton nach einer Art Bestätigung suchte – einer Bestätigung für das Funktionieren meiner Instinkte. Lange vor Mum hatte ich gewusst, dass bei Dad irgendetwas nicht stimmte. Ich hatte gewusst, dass er nicht die Wahrheit darüber sagte, wo er gewesen war und was er an den Tagen getan hatte, an denen er angeblich arbeitete. Bereits vor Olives Verschwinden war das so, aber ich hatte nie auf mein Bauchgefühl gehört. Tatsächlich hatte ich mir sogar alle Mühe gegeben, so zu tun, als hätte ich nichts bemerkt.

Selbst wenn er Olive nichts angetan hat, war Dad schuldig, weil er gelogen hat. Und die Gefühle, die ich meinem eigenen Vater entgegenbrachte, waren dieselben, die ich empfand, wenn ich das Bild von Grace Butlers Stiefvater betrachtete.

Er hatte ein Geheimnis.

Plötzlich wusste ich, dass Henry recht hatte. Es war zu

spät, um so zu tun, als hätte ich an Grace' Verschwinden kein Interesse. Natürlich war ich interessiert. Eine gute Geschichte konnte ich nicht an mir vorbeiziehen lassen, ohne wenigstens einen Blick darauf zu werfen, besonders in einem solchen Fall. Außerdem konnte ich von dem Geld, das Grandad mir hinterlassen hatte, nicht ewig leben.

Und das hieß, *verdammt noch mal*, dass ich mit jemandem über einen Auftrag reden musste.

Marions Haus war fast identisch mit dem von Gran, bis hin zu der Trockensteinmauer um den Vorgarten und die Spitzenvorhänge im Fenster. Sie hat es von ihrem Vater geerbt, und es sah nicht so aus, als hätte sie viel verändert.

Ich saß ein paar Minuten im Wagen und versuchte, all meinen Mut zusammenzunehmen, um zu dieser Tür zu gehen und zu klopfen. Den ganzen Tag hatte ich diesen Besuch schon vor mir hergeschoben. Ich fühlte mich wieder wie ein Teenager; meine Hände schwitzten, und mein Herz raste. Es war drei Jahre her, dass ich Marion zum letzten Mal gesehen habe – wirklich physisch gesehen –, und eigentlich war mir selbst nicht klar, warum ich so lange gewartet habe.

Gerade als ich mich aufgerafft hatte, aus dem Wagen zu steigen, ging die Haustür auf. Ein dunkelhäutiger Mann in Anzug und einem schicken weißen Hemd trat heraus. Die rote Krawatte flatterte im Wind. Ich sah, wie sich eine Hand durch die offene Tür streckte – Marions – und seine Schulter drückte. Dann schritt er durch die Einfahrt und kam an meinem Wagen vorbei.

Ich redete mir ein, dass das nichts zu heißen hatte – dass er vermutlich ein Kollege war. Außerdem hatte ich sowieso nicht das Recht, empört zu sein, da ich mich schon seit

Jahren nicht mehr gemeldet hatte. Aber der Anblick, wie Marion jemanden so vertraulich berührte, schlug mir doch auf den Magen. Als wir uns das letzte Mal gesehen haben, war nicht die Rede von jemandem gewesen. Wollte sie ihn mir verheimlichen? War sie verlegen? Oder hatte sie Angst, dass ich ihr die Sache vermasseln könnte?

Als ich schließlich vor der Haustür stand, war ich so überdreht, dass ich alles vergessen hatte, was ich sagen wollte. Ich hatte auch keine Zeit, mich zu sammeln, denn plötzlich riss sie die Tür weit auf und stand vor mir, ein leises Lächeln im Gesicht.

Gut sah sie aus. Sehr gut. Das schwarze Haar war zu einem unordentlichen Knoten zusammengefasst, und ihr Pony war ein winziges Stück zu lang. Vermutlich war sie erst seit einer Stunde von der Arbeit zurück und hatte mit ihm einen Drink genommen. Sie hatte eine zerknitterte weiße Bluse und eine schwarze Hose an. Mir fiel auf, dass sie immer noch die Kette trug, die ich ihr geschenkt hatte: eine kleine goldene Eichel – ein Amulett, das in der nordischen Folklore für Glück und Schutz stand, da die Eiche gegen Blitze und Thors Zorn immun war. Ich glaubte nicht an einen solchen Unsinn, aber Marion war schon zu lang in Bishop's Green. Der schwachsinnige Aberglaube der Stadt ist ihr in Fleisch und Blut übergegangen.

Das letzte Mal habe ich Marion bei der Beerdigung ihres Vaters gesehen, für die ich extra in die Stadt gekommen bin. Wir waren beide hochemotional. Außer ihrem Vater hatte Marion keine Familie, und ich hatte mich gerade heftig mit Helen gestritten und war für niemanden eine große Hilfe, geschweige denn für jemanden in tiefer Trauer.

Wir hatten nicht wirklich eine Auseinandersetzung, aber

ich habe im Pub nach dem Trauergottesdienst zu viel getrunken und musste in ihrer Küche schließlich kotzen, was vermutlich der Tiefpunkt jenes Jahres war – obwohl es weder das erste und noch das letzte Mal war, dass ich zu viel getrunken hatte. Danach blieben wir über E-Mail in Kontakt und riefen uns immer noch regelmäßig an, aber ich wurde vorsichtiger. Ich wollte ihr wenigstens den Anblick ersparen, wie ich etwas derart Törichtes tat.

Jetzt registrierte ich überrascht die Fältchen, die sich in ihre Augenwinkel geschlichen hatten. Irgendwie ließen sie sie vornehmer und ernster erscheinen.

»Hallo, Cassie«, sagte sie schlicht.

Eine Welle der Wärme durchdrang mich, dann Scham. Ich war immer noch ein Wrack, wenngleich ein nüchternes, während Marion eine tadellose Erscheinung war. Hohe Wangenknochen, kräftiger Kiefer, perfekt gezupfte Augenbrauen. Sie war von fast katzenhafter Eleganz, und ihre strahlend blauen Augen mit dem Ring aus stählernem Grau blitzten freundlich.

»Dein Pony ist zu lang.«

Das war das Erste, was mir in den Sinn kam. Marion griff sich unsicher in die Haare, lächelte aber weiter.

Drei Jahre. Drei Jahre lang eierten wir schon um das Thema herum, ob ich mal wieder zu Besuch in die Stadt kommen sollte. Ich habe es nie getan. Aber da war ich nun, ohne Vorwarnung, nur ein paar Straßen weiter wohnend, genau wie damals, als wir noch Kinder waren. Marion wirkte nicht überrascht.

»Möchtest du hereinkommen?«, fragte sie.

Auf gar keinen Fall. Mein Herz klopfte wild, und ich hatte das Gefühl, mich übergeben zu müssen. Gleichzeitig wollte ich nichts lieber als das. Also nickte ich, folgte ihr hinein und versuchte, nicht an den Mann zu denken, den ich aus ihrem Haus hatte kommen sehen. Ich konnte mir Marion nicht mit einem Freund vorstellen. Mir war schon klar, dass sich die Menschen änderten, aber sie hatte sich nie sonderlich für Männer interessiert. Besonders nicht für die geschniegelten. Und mit Kollegen oder Anzugträgern hat sie sich nie abgegeben.

»Ich habe mich schon gefragt, wann du endlich den Mut aufbringst.« Ihre Lippen zuckten, als sie mich in ihr dunkles Wohnzimmer führte. »Nur sechs Wochen musste ich warten. Letzten Monat habe ich dich mit deiner Großmutter beim Wohltätigkeitsempfang der Polizei gesehen.«

Ich mied ihren Blick. Mir war gar nicht klar, dass sie mich gesehen hat. Ich hatte mir alle Mühe gegeben, mich unauffällig zu verhalten, und mein Herz hatte wie das eines nervösen Teenagers gepocht. Jetzt versuchte ich, nicht allzu albern dreinzuschauen, aber die Hitze in meinen Wangen verriet meine Verlegenheit.

»Tut mir leid«, sagte ich.

Marion zuckte mit den Schultern.

»Mir tut es leid, dass ich nicht zur Beerdigung deines Großvaters kommen konnte«, sagte sie. »Ich weiß, dass er dir viel bedeutet hat. Andererseits hatte ich nicht das Gefühl, dass ich einfach so dort aufkreuzen sollte.«

Nun war es an mir, mit den Schultern zu zucken. Ich hatte auch nicht mit ihr gerechnet. Ich hatte ihr nicht Bescheid gesagt, und obwohl sie das Datum hätte herausfinden können, war ich nicht überrascht, dass sie nicht dort war. Jetzt wusste ich selbst nicht mehr, warum ich sie nicht informiert hatte.

»Ist schon in Ordnung«, sagte ich.

Das Wohnzimmer war überfüllt mit Reiseandenken ihres Vaters. Auf dem Kaminsims stand eine Miniatur-Freiheitsstatue mit einer Fackel, deren Flamme in allen Farben des Regenbogens leuchtete, daneben eine Schneekugel aus Cornwall mit zwei vollbusigen Damen an einem Strand. Und jede freie Fläche wurde von Elefanten eingenommen: Statuen, Kissen mit gestickten Elefanten, künstlerische Fotos von badenden Elefanten und sogar eine kleine Plakette über der Tür. Elefanten. Mehr Elefanten, als man eigentlich in einem einzigen Raum unterbringen konnte. Sie symbolisierten Weisheit, Kraft und Treue – und Unsterblichkeit. Nichts davon traf auf Marions Vater zu.

Marion bemerkte meinen Blick.

»Für den Hindu-Gott Ganesha«, sagte sie. »Den Überwinder von Hindernissen.« Sie zeigte auf das Sofa. »Das Wasser hat gerade eben gekocht. Setz dich, dann bringe ich dir einen Tee.«

Ich ließ mich aufs Sofa sinken und steckte die Hände zwischen die Knie, verärgert über meine Befangenheit. Es war ja nicht so, als würden wir uns nicht kennen. Oft habe ich sogar gedacht, dass ich Marion besser kenne als mich selbst. Aber unsere Freundschaft war so lange aufs Virtuelle beschränkt gewesen: E-Mails, SMS, Telefonate. Das war kein Ersatz für persönliche Treffen.

Ich dachte an jene Sommer in Bishop's Green zurück, die langen Wochen mit Marion, die wir in den Feldern verbracht haben oder in Earl's Café, wo wir billige heiße Schokolade oder Sundaes bestellten. Für Olive und mich ist es ein alljährliches Ritual gewesen: der Sommer in Bishop's Green bei unseren Großeltern, während Mum und Dad zu Hause blieben, um zu arbeiten. Wir liebten das – die Freiheit und das Gefühl, am Meer zu sein, weil dieses von Land umschlossene Städtchen mit seinen Spielautomaten und den Eisläden im Zentrum alle möglichen Vergnügungen bot. Dann diese Obsession mit den Symbolen für Glück und Wohlstand. Außerdem die Tatsache, dass man in weniger als einer Stunde fast alles zu Fuß erreichen konnte.

Und schließlich Marion, die Tochter des Polizisten, die alle Abkürzungen kannte und wusste, wo man billige Bonbons in großen Papiertüten bekam und an welchen Spielautomaten man die besten Gewinnchancen hatte. Sie wusste immer, in welchen Kaufhäusern gerade Schlussverkauf, welche Boutique angesagt war und in welche Filmvorführung wir uns unbemerkt schleichen konnten.

Sie war das hübscheste Mädchen, dem ich je begegnet bin.

Als Marion in den Raum zurückkehrte, fuhr ich zusammen. Sie hatte zwei Tassen in der Hand, von denen sie mir eine reichte. Ich wollte, es wäre keine Zeit vergangen, wollte, wir könnten unbefangen miteinander plaudern, aber es lagen zu viele Jahre dazwischen.

»Ich wusste, dass du kommst, wenn ich nur lang genug warte. Auf meine E-Mails hast du ja nicht reagiert.«

Das stimmte. Seit ich in die Stadt gezogen bin, habe ich alles, was nicht dringend war, aufgeschoben. Ich habe mir eingeredet, dass es an Gran lag und ich zu viel zu tun hatte, aber das war nicht richtig. Tatsächlich hatte ich sogar eine Menge Zeit.

»Ich bin auf dem Selbstverwirklichungstrip«, sagte ich. »Weniger Technik. Mehr … Zen.«

Marion lachte. »Kapiere. Da kann ich natürlich nur ein

Störfaktor sein.« Sie kniff die Augen zusammen. »Du siehst müde aus. Hat es mit … Helen zu tun? Ich erinnere mich noch, dass du ein wenig bedrückt warst, als wir zum letzten Mal telefoniert haben.«

Ich zuckte mit den Schultern. Sie meinte es natürlich nicht böse, aber sie wollte mich daran erinnern, dass unser letztes Gespräch schon viele Wochen her war. Und dass ich auf ihre Kontaktversuche nicht reagiert habe, seit ich ihr erzählte, dass ich mich mit dem Gedanken trage, nach Bishop's Green zu ziehen. Offenbar hat sie auf mich gewartet.

»Nein«, sagte ich bestimmt, »ich habe nicht mehr mit Helen gesprochen, seit ich ausgezogen bin. Das ist vorbei. Mehr als vorbei. Es ist einfach wegen Gran. Ich bemühe mich, die Pflegesituation zu verbessern. Grandad hat so viel für sie getan, aber es ist furchtbar anstrengend.«

Marion stellte ihre Teetasse ab. Mein Herz geriet ins Straucheln, als ich dachte, sie würde vielleicht den Arm ausstrecken und mich berühren. Aber sie rückte nur ein paar Zeitschriften auf dem Couchtisch zurecht. Ich atmete aus.

»Das tut mir leid«, sagte Marion. »Hättest du etwas gesagt, hätte ich dir doch helfen können, wie auch immer. Aber ich bin froh, dass du doch noch gekommen bist.«

»Hast du mich vermisst?«

»Ich habe es vermisst, keinen Vorwand mehr zu haben, bei der Arbeit meine E-Mails zu kontrollieren.« Wieder lächelte sie. »Aber egal, ich habe das Gefühl, dass du nicht nur hier bist, um mich zu sehen. Was hat dich aus deinem Loch gelockt?«

Ich wollte es schon leugnen, aber das war zwecklos. Selbst nach all der Zeit würde sie es durchschauen. Ich bin nie eine überzeugende Lügnerin gewesen.

»Grace Butler«, sagte ich. Marion zuckte nicht wirklich zusammen, aber irgendetwas an ihrer Körpersprache veränderte sich. Trotz ihrer Plänkeleien erkannte ich, dass meine Anwesenheit sie nicht kaltließ. Und jetzt brachte ich auch noch das vermisste Kind ins Spiel. Aber da ich nun einmal davon angefangen hatte, fuhr ich fort: »Sie ist schon ein paar Tage vermisst, nicht wahr? Ich wollte dich nicht damit behelligen … aber dann sah ich, dass sie genauso alt ist wie Olive damals … Egal, mein Interesse war jedenfalls geweckt.«

»Du weißt, dass ich nicht darüber sprechen darf, Cassie, nicht einmal mit dir. Ich könnte mir eine Menge Ärger einhandeln.«

»Ich bin einfach ein bisschen aufgewühlt, keine Ahnung. Mir kam die Idee, dass ich etwas darüber schreiben könnte. Die Sache mit Gran und dann die Sonnenfinsternis in ein paar Tagen … das macht mich einfach nervös. Ich meine, sie suchen im See. Das ist doch eine große Sache.«

Ich dachte an die Eltern des armen Mädchens, die das alles mit ansehen mussten und keine Möglichkeiten hatten, es aufzuhalten oder mitzuhelfen. Ich spürte, wie sich mein Inneres verkrampfte, wie immer wenn ich an die Familien dachte.

»Habt ihr irgendeine Spur?«, fragte ich.

Marion seufzte und schüttelte den Kopf. »Sie ist schon zwei Tage fort, aber wir haben nichts in der Hand. Es gab etliche Spuren, die liefen jedoch alle ins Leere. Viele Menschen wollen helfen und organisieren Suchaktionen, aber wir müssen das Schlimmste fürchten, während wir auf das Beste hoffen. Du hast mit hinreichend vielen betroffenen Familien gesprochen, um zu wissen, wie das läuft.«

Wieder atmete Marion aus. Ihre Knöchel traten weiß hervor, weil sie sich so fest an ihre Tasse klammerte. Ich wollte mich erheben.

»Tut mir leid, ich gehe dann mal. Ich wollte dich nicht unter Druck setzen. Mir ist klar, dass es noch zu früh ist.«

»Nein, Cassie, warte.« Marion tat nichts, um mich aufzuhalten, aber ich hörte die Dringlichkeit in ihrer Stimme. Als ich sie anblickte, sah ich eine gewisse Unentschlossenheit in ihrer Miene. »Mir ist schon klar, dass es hart für dich ist. Ich habe in letzter Zeit auch oft an Olive gedacht, besonders wegen der Sonnenfinsternis. Aber hältst du das wirklich für klug? Grace Butler ist nicht deine Schwester. Ich weiß nicht, ob es gut ist, wenn du die beiden Fälle miteinander …«

Ich gab mir Mühe, gegen meine Enttäuschung anzukämpfen.

»Nun komm schon, Marion«, sagte ich. »Du kennst mich doch. Die Menschen brauchen den persönlichen Bezug. Sie wollen sich fühlen, als würden sie die Beteiligten kennen. Die Familie. Die Polizisten. Die Menschen da draußen, die euch bei der Suche helfen, wollen wissen, wem sie helfen. Alles, worum ich dich bitte, sind ein paar Informationen. Und ich bin eine verdammt gute Journalistin.«

Je länger ich auf Marion einredete, desto klarer wurde mir, dass ich es tun wollte. Dass ich mein Leben zurückhaben wollte. Meinen Ruf und meine Lebensgrundlage. Dass ich bei der Suche nach diesem kleinen Mädchen helfen und sie nach Hause bringen wollte.

»Wenn ich dir nicht helfe, wirst du trotzdem an der Sache dranbleiben, oder?«, fragte Marion.

Ich rang mir ein Grinsen ab. »Ja.«

»Hör zu … vielleicht kann ich bei der Familie ein gutes

Wort für dich einlegen. Nur ein Vorschlag. Sie reden nicht mit vielen Journalisten, aber ich weiß, dass sie jemanden suchen, der etwas über die Sache schreibt. In diese Seite der Geschichte wollte ich mich eigentlich nicht einmischen, aber vielleicht kann ich für eine verdammt gute Journalistin eine Ausnahme machen.«

Dieses Mal war mein Lächeln echt. Ich bewunderte Marions Zähigkeit und Kraft und gab mir Mühe, sie nicht länger als nötig anzuschauen. Es wäre auch nicht schlecht, einen Vorwand zu haben, um sie wiederzusehen.

»Sei aber vorsichtig, ja? Das ist eine sensible Angelegenheit. Ich weiß nicht, ob du dich erinnerst, wie die Dinge hier laufen … Wir sind hier nicht in London. Die Menschen sind zart besaitet. Sie wollen nicht, dass Leute von außen hier herumschnüffeln. Warte einfach, bis ich dir dieses Interview verschafft habe, ja?«

Ich nickte, obwohl ich nicht ihrer Meinung war. Natürlich waren wir hier nicht in London, aber die Menschen waren nicht zart besaitet, so viel hatte ich von Olives Verschwinden noch in Erinnerung. Sie mochten zurückhaltender sein als Stadtmenschen, aber sie würden ihre Angehörigen mit Zähnen und Klauen verteidigen, um ihre Geheimnisse zu bewahren. Selbst wenn das bedeutete, dass noch ein kleines Mädchen nie mehr nach Hause zurückkehrte.

# 3

*Dienstag, den 17. März 2015*

Am nächsten Morgen ging ich zu Adys Eckladen am Chestnut Circle. Er lag nicht weit weg vom Haus meiner Großmutter. Die Preise waren etwas höher, aber man musste nie anstehen, und Ady hielt seinen Laden stets makellos sauber. Außerdem musste ich immer an meinen Grandad denken, der geschworen hatte, dass die Zigaretten hinter Adys Schalter besser seien als die sämtlicher Supermärkte im Umkreis von zehn Meilen.

Ady hatte gerade erst geöffnet, als ich eintrat, und wirkte noch ziemlich verschlafen. Seine braunen Locken waren zerzaust, und die Haut an seinen Augen kräuselte sich. Soeben steckte er Flugblätter an die Pinnwand hinter der Kasse, wo seine Tochter mit einem Ausmalbuch saß. Ady erlaubte es ihr noch nicht, ein eigenes Handy zu besitzen. Sie hatte gerade erst die Grundschule verlassen, und ihre altmodische Kreativität hatte etwas Erfrischendes gegenüber dem ewigen geistlosen Scrollen.

An der Pinnwand entdeckte ich den Handzettel für einen Wohltätigkeitslauf, den Ady in ein paar Wochen für den lokalen Tierschutzbund organisierte, und einen weiteren für einen Kirchenbasar. Heute war St. Patrick's Day. Etliche

Plakate mit vierblättrigen Kleeblättern und Comic-Kobolden hingen herum. Dann entdeckte ich noch eines, das mir einen Schauer über den Rücken jagte: eine Einladung, am Freitag im Garten von Earl's Café bei Tee und Kuchen die Sonnenfinsternis zu genießen.

Plötzlich spürte ich die Hitze und den Schweiß und roch den fruchtigen Geruch, der in der Luft hing, während ich mich an die Dunkelheit erinnerte, das Schweigen der Vögel, den silbrigen Himmel. Wenn ich blinzelte, hätte ich schwören können, das anschwellende Strahlenmuster hinter den Augenlidern zu sehen.

»Guten Morgen.« Adys Tochter Tilly trug ihre Schuluniform. Die weiße Bluse war an den Schultern so weit, dass sie wie ein Zelt aussah. Das kurze Haar mit den blonden Strähnen war mit einer Messingspange in Form einer Eule zurückgesteckt.

»Hallo. Hübsche Spange«, sagte ich und wischte mir die feuchten Hände an der Jeans ab. Ich konnte überhaupt nicht mit Kindern umgehen, aber bei Adys Tochter gab ich mir alle Mühe, da er vermutlich die netteste Person in der Stadt war – der Einzige, der mir bei unseren Begegnungen das Gefühl gab, in Bishop's Green willkommen zu sein. Die meisten Leute hier schienen einen siebten Sinn für Londoner zu haben und verhielten sich dementsprechend. »Die waren ganz groß in Mode, als ich ein Kind war. Du siehst hübsch aus.«

»Danke«, sagte sie verlegen und griff sich an die Spange. Dabei stieß sie mit dem Daumen an die Brille, sodass sie schief auf der Nase saß. In ihrem Ring mit dem grünen vierblättrigen Kleeblatt fing sich das Licht. »Sie gehörte meiner Mum. Dad ist wirklich verrückt danach. Nach Eulen, meine ich. Wegen Weisheit und so.«

Adys Frau ist gestorben, als Tilly noch ein Baby war. Ich wusste nicht, was ich sagen sollte, also nahm ich die Zeitung, wegen der ich gekommen war. Grace' Gesicht lächelte vom Titelblatt zu mir auf.

»Ich schließe mich der Suche nach ihr an, wenn ich den Laden geschlossen habe«, sagte Ady, als er meinen Blick bemerkte. Er blieb stehen, um Tillys Brille gerade zu rücken, aber sie scheuchte ihn davon. »Ein paar von uns gehen noch einmal den Weg hinter der Schule ab, der Arboretum Secondary. Du solltest auch kommen. Wir können sämtliche Leute gebrauchen.«

»Das ist vorbildlich von dir.«

»Ich verhalte mich immer vorbildlich«, sagte er.

Ich lachte matt. »Unbedingt. Ich bin mir allerdings nicht sicher, ob ich eine große Hilfe sein kann. In letzter Zeit musste ich sehr oft an meine Schwester denken. Ständig krame ich in meinem Gedächtnis. Grace' Verschwinden hat so viel wieder hochkommen lassen, all diese Fragen zu Olive und ihrem Schicksal. Kannst du dich noch … daran erinnern?«

»Tut mir leid«, sagte Ady verlegen. »Das ist schon so lange her.«

Ich mied seinen Blick, weil ich das Mitleid in seinen Augen nicht sehen wollte. »Klar. Okay. Aber egal, bleibt es bei dem Kaffeeklatsch Ende des Monats?« Ich hatte die Hoffnung, dass es Gran helfen könnte, wenn sie öfter mal mit anderen zusammenkam. Vielleicht würde sie sich dann nicht mehr wie eine Gefangene fühlen. Ady engagierte sich so aktiv für wohltätige Belange, dass er der wesentliche Bezugspunkt meines rudimentären Soziallebens war. Der einzige, besser gesagt.

»Klar«, sagte er. Ich merkte ihm an, dass ihm meine Worte im Kopf herumgingen. Wegen Olive. Er wollte etwas sagen, besann sich dann aber anders. »Erinnere mich nächste Woche noch einmal daran. Im Moment kann ich mich nicht damit beschäftigen. Einem raucht wirklich der Kopf, wenn man all diese Suchaktionen organisiert.«

Ich bezahlte meine Zeitung und den Kaffee aus Adys kleinem Kaffeeautomaten und traute mich nicht, den Mund aufzumachen. Den ganzen Morgen über hatte ich mir vorgebetet, dass ich aufhören musste, an Grace zu denken, als wäre sie Olive. Besonders nach dem, was Marion gesagt hatte. *Sie ist nicht deine Schwester.* Aber ich konnte nicht anders. Der Handzettel für die gemeinsame Betrachtung der Sonnenfinsternis in Earl's Café war wie ein Zeichen. Wofür, wusste ich natürlich nicht.

Im Wagen breitete ich die Zeitung auf den Knien aus. Auf der Titelseite war ein neues Foto von Grace Butler abgedruckt, neben dem alten. Es sah aus wie ein jüngeres Handyfoto; die Qualität war körniger, aber dafür war es eine Nahaufnahme. Die Farben waren dunkel und matt. Das Mädchen war sehr blond und hatte eine Jeans und ein schlichtes T-Shirt an. Schmuck trug es nicht, nur einen silber-schwarzen Stimmungsring in Form einer Meerjungfrau. Man sah ihn am Finger, da sie den Daumen in die Kamera reckte. Der Ring erinnerte mich vage an etwas, aber mir fiel nicht ein, woran.

Darunter befand sich ein kleineres Bild von einem Mann mit schwarzem, kurz geschorenem Haar und einem dunklen Dreitagebart. Er war groß, aber ein bisschen untersetzt und trug ein zu enges Polohemd. Die Bildunterschrift lautete: *Der Stiefvater der elfjährigen Grace sagt: »Bitte tun Sie meiner Tochter nichts.«*

Die Mutter hatte sich immer noch nicht zu einem Interview bereit erklärt. Ich dachte an Henrys Rat und Marions Angebot, mich ins Spiel zu bringen. Dies war genau die Art von Geschichte, die ich verkaufen könnte. Lang betrachtete ich das Bild des Stiefvaters, unfähig, das ungute Gefühl loszuwerden – dasselbe Gefühl, das ich schon gestern hatte. Irgendetwas stimmte da nicht.

Marion hatte mich gebeten zu warten, aber ich wusste aus Erfahrung, dass ein Interview, das man in der Tasche hatte, meist weitere Gespräche nach sich zog. Ich wollte mich in Grace' Mutter hineinversetzen und herausfinden, was sie über ihren Ehemann sagen würde.

Sein Gesicht gefiel mir nicht, und ich wollte wirklich wissen, warum.

# 4

Der Grundriss von Bishop's Green war ähnlich wie der vieler Städte in Derbyshire. Der Ort hat sich um eine dorfartige Ansammlung von Souvenirläden, Restaurants und billigen Boutiquen ausgedehnt und zog mit seinen fruchtbaren Feldern und den Triplet Stones die Touristen an, um sie mit dem Versprechen zu halten, dass es mehr teure Cafés gab, als man an einem einzigen Tag besuchen konnte. Der Springbrunnen am Chestnut Circle war der Mittelpunkt der Stadt. Von dort führten die Haupteinkaufsstraßen mit den Arkaden und den Kunstgalerien in alle Richtungen. Je weiter man sich vom Zentrum entfernte, desto höher wurden die Häuser.

In der Straße, die mein Ziel war, blühten die Kirschbäume. Bis zu Grace' Schule waren es fünfzehn Minuten. Vom Haus meiner Großmutter aus betrachtet lag die Gegend auf der entgegengesetzten Seite des Circle. Ich machte ein Foto von den Bäumen, um es später, wenn die Pflegerin gegangen war, meiner Großmutter zu zeigen. Sie hat die Kirschblüte immer geliebt.

In der Stadt gab es nur zwei weiterführende Schulen. Für mich gab es zwischen ihnen keinen Unterschied, während

Eltern und Schüler alle für einen Platz in der Arboretum Secondary kämpften, der kleineren Schule. Klar.

Ich parkte meinen Fiesta unter den blühenden Bäumen und blieb eine Weile sitzen. Die Straße war mit zartrosa Blütenblättern übersät, genauso wie die meisten Autos, die hier standen. Ich fragte mich, wie viele irgendwelchen Journalisten gehörten, die hier ihr Lager aufgeschlagen hatten und auf die Chance zu einem Interview warteten.

Ich hatte ihnen etwas voraus.

In dieser Gegend von Bishop's Green standen zahlreiche Villen aus der Tudor-Zeit mit hübschen Vorgärten, Spitzengardinen und frisch gestrichenen Haustüren. Fast altmodisch wirkte das, aber durchaus wohlhabend. Die Häuser waren von beachtlicher Größe und lagen außerhalb des Netzes größerer Straßen, die sich durch Marions und meinen Stadtteil zogen. Ein Haus fiel aus dem Rahmen, nicht wegen des Anwesens selbst, sondern wegen der Blumen und Hoffnungsbotschaften, die man an den Gartenzaun gelehnt hatte. Wohlmeinende hatten Teddybären und Bilder von Engeln gebracht, was ich für etwas verfrüht hielt.

Die Garage stand offen. Als ich mich näherte, hörte ich ein Scheppern, und im nächsten Moment rollte ein Basketball heraus, gefolgt von einer Frau. Sie war mager und trug ein weißes T-Shirt und eine dunkle Trainingshose. Vorsichtig trat ich näher, da ich sie nicht erschrecken wollte, wenn sie ihn wieder aufhob.

»Entschuldigen Sie bitte«, sagte ich sanft. »Mrs Upton?«

Die Mutter des vermissten Mädchens fuhr herum. Sie sah älter aus, als ich erwartet hatte, fast ausgemergelt. Ich schritt auf sie zu und streckte die Hand aus.

»Mrs Upton, mein Name ist Cassie Warren«, sagte ich.

»Sie kennen mich nicht, aber ich hoffe, dass wir uns vielleicht ein bisschen unterhalten können.«

Die Frau erstarrte. Sie wirkte erschrocken, aber auch misstrauisch. Ihre blonden Haare waren an den Wurzeln dunkel, die Locken schlaff und ein wenig fettig. Einen Arm hatte sie sich auf den Leib gelegt, direkt unter ihrer schmalen Brust, der andere hing schlaff herab. Der Daumen spielte nervös am Ehering, der mich an die Sonnenfinsternis erinnerte, diesen weiß-goldenen Ring in der Finsternis.

»Kommen Sie von der Zeitung?«, fragte sie. »Polizistin sind Sie jedenfalls nicht. Ich rede nicht mit der Presse.«

»Polizistin bin ich nicht«, stimmte ich zu. »Aber ich würde trotzdem gern mit Ihnen sprechen – über Ihre Tochter. Ich bin nicht wie diese Geier.«

Ich beobachtete sie und studierte ihre Körperhaltung. Sie mied meinen Blick und schaute auf eine bestimmte Art und Weise an mir vorbei, sogar beim Reden und auch jetzt noch, als sie eine Augenbraue hochzog und sich abwandte.

»Ich weiß, was Sie durchmachen.« Das ließ sie mitten in der Bewegung erstarren. Ich sah die Wut in ihren Augen aufflackern, dieses *Wie können Sie es wagen* auf ihren Lippen. Aber ich fuhr fort: »Ich habe das auch durchgemacht. Ich weiß, wie das ist. Sie sind hier draußen, weil Sie auf Ihr Kind warten, nicht wahr?«

Ich kannte das, diesen Ausdruck der Enttäuschung, als sie bemerkt hat, dass ich in der Einfahrt stand und nicht ihr vermisstes Kind. Bei meiner Mutter habe ich es Hunderte von Malen erlebt, und jedes Mal sind ihre Augen stumpfer und ihre Lippen schmaler geworden. In meinem eigenen Blick habe ich es auch wahrgenommen, in den Jahren danach.

»Sie wollen hier sein, wenn sie kommt. Damit Sie die Erste sind, die Ihre Tochter sieht.«

Mrs Uptons Augen füllten sich mit Tränen; sie blinzelte heftig. Ein kalter Wind fegte durch die Straße, und sie schlang beide Arme um ihren Oberkörper.

»Hören Sie, Mrs Upton, ich möchte Ihnen helfen. Wenn ich auf die Straße zurücktreten soll, ist das in Ordnung, aber ich kann etwas für Sie tun. Wollen wir nicht hineingehen? Hier draußen in der Kälte können Sie nichts für Grace tun.«

Ihr Blick richtete sich auf mein Gesicht, als sehe sie mich zum ersten Mal, seit sie meinen Namen gehört hatte. Sie zeigte auf mich. Ihr Finger schwebte knapp unter meinem Schlüsselbein.

»Ich kenne Sie«, sagte sie. »Ich kenne auch Ihren Namen. O Gott, Sie sind die Schwester dieses Mädchens …« Sie hielt inne und sog kühle Luft in die Lunge, am ganzen Körper zitternd. »Vielleicht sollten Sie besser hereinkommen.«

Das Haus der Uptons war geschmackvoll eingerichtet, alles in Grün- und Brauntönen. Vasen mit künstlichen Blumen und knorrigen Zweigen füllten sämtliche verfügbaren Flächen und waren mit etwas behängt, das wie weihnachtliche Lichterketten aussah. Wir waren durch die offene Garage direkt in den Vorraum getreten; der gebohnerte Holzboden hallte unter unseren Füßen.

Mrs-*Bitte-nennen-Sie-mich-Adelaide*-Upton führte mich in die große Wohnküche, von der man durch die Terrassentüren direkt in den gepflegten Garten schaute. Auf dem Fensterbrett in der Küche standen zwei Fotos in Silberrahmen: ein Hochzeitsfoto von Mr und Mrs Upton, von der

Sonne ausgebleicht, und ein Bild von zwei blonden Mädchen im Bikini, die an einem Strand Eis aßen. Zwei weitere Fotos waren ohne Rahmen aufgestellt, eine dicht gedrängte Gruppe von Mädchen, die alle die gleiche Kleidung trugen, während auf dem anderen Foto, das am selben Tag aufgenommen worden ist, Grace allein posierte und in die Kamera zeigte. Mir fiel auf, dass sie denselben Ring trug wie auf dem anderen Foto. Wieder regte sich etwas in meiner Erinnerung, ohne dass ich es hätte zuordnen können. Der Ring kam mir irgendwie bekannt vor.

Die Mädchen auf dem Gruppenfoto lachten. Gegen die Traurigkeit, die mich plötzlich überkam, war ich machtlos. Ich schaute mir die Gesichter genau an, weil ich mich vielleicht noch einmal daran erinnern müsste.

»Sind die beiden Fotos aktuell?«, fragte ich.

Adelaide nickte.

»Von letzter Woche. Ich habe sie ausgedruckt. Mir gefallen sie, weil sie darauf so glücklich wirkt.« Sie unterbrach sich. Zuckte mit den Schultern, hilflos.

Wir setzten uns an den kleinen Esstisch, der am Fenster stand. Ich bemerkte draußen im Garten eine Schaukel und ein altes Spielhäuschen, das mit einer Moosschicht überzogen war.

Adelaide setzte sich mir gegenüber, den Blick vom leeren Garten abgewandt, und wartete darauf, dass ich das Wort ergriff.

»Ich habe das mit Grace in der Zeitung gelesen«, sagte ich, »und würde Ihnen gern helfen … In meinem Fall war der … der Ausgang kein glücklicher, aber in Ihrem kann das anders sein.«

Meine Zunge fühlte sich schwer an, aber ich wusste, dass

ich weitermachen musste. Mrs Upton konnte jeden Moment beschließen, dass sie mich nicht hier haben wollte.

»Ich bin Journalistin«, sagte ich. »Mir ist bewusst, dass Sie das Wort im Moment nicht gern hören, aber ich unterscheide mich von den anderen. Ich bin praktisch in Bishop's Green groß geworden. Und ich weiß aus eigener Erfahrung, wie unheimlich das alles ist, weil man sich nie sicher sein kann, wem man trauen kann. Aber mir können Sie vertrauen.«

»Sie sind das Mädchen, das seine Schwester verloren hat«, stellte Adelaide erneut fest. »Damals vor vielen Jahren, nicht wahr? Die Leute haben es erwähnt, weil das Mädchen auch vermisst wurde. Sie denken, Gracie wurde … entführt. O Gott, man hat Ihre Schwester nie gefunden, und die Menschen denken …«

Sie brach in Tränen aus.

Als ich es aus ihrem Mund hörte, spürte ich, wie ich von einer Taubheit erfasst wurde, das altbekannte Gefühl, das ich fast vergessen hatte. Aber Taubheit war besser als Traurigkeit, daher ließ ich es zu.

»Das ist der Grund, warum ich nicht einfach dasitzen und Däumchen drehen kann«, sagte ich bestimmt. »Manchmal erzählen mir die Leute Dinge, die sie der Polizei nicht erzählen, nur wegen meiner Schwester.« Und auch weil ich nicht bedrohlich wirkte und mich nicht immer an die Regeln hielt, aber das sagte ich nicht. »Ich würde mich gern ein bisschen umhören, Mrs Upton. Ich kenne die Gegend relativ gut und weiß, wie die Dinge hier laufen.«

Adelaide erwiderte erst mal nichts, kaute auf ihrer Lippe und fummelte wieder an ihrem Ehering herum. Ich sah, wie sich der Metallring drehte und drehte.

»Denken Sie denn, dass es eine Verbindung zwischen Gracie und Ihrer …«

»Ich denke gar nichts«, unterbrach ich sie. »Und die Polizei wird auch keine voreiligen Schlüsse ziehen. Es besteht die Möglichkeit, dass Grace einfach irgendwohin gegangen ist, ohne es jemandem zu erzählen. Heutzutage sind die Kinder ja sehr unabhängig mit ihren Handys und Tablets.«

»Aber Gracie weiß, dass sie nicht mit Leuten reden darf, die sie nicht kennt. Sie ist ein braves Mädchen und hält sich an die Regeln.«

Wieder brach sie in Tränen aus. Dieses Mal überließ sie sich dem Schluchzen, das ihren ganzen Körper schüttelte, bis sie fast vollständig vornübergesackt war. Ich sah eine Schachtel Taschentücher auf dem Küchentresen stehen und brachte sie ihr. Dann verharrte ich an ihrer Seite, bis sie wieder reden konnte. Ich erwähnte nicht, dass die Leute genau dasselbe über Olive gesagt hatten.

»Was wollen Sie von mir hören?«, fragte sie.

»Erzählen Sie mir einfach alles, was Ihnen einfällt. Erzählen Sie mir, was für ein Mädchen Grace ist. Geht sie gern zur Schule? Hat sie ein Lieblingsfach?« Das sollte gleichermaßen Mrs Upton helfen wie mir. Wenn ich einen Beitrag leisten sollte, musste ich wissen, wer Grace war, und über die alltäglichen Dinge reden zu können würde ihr vielleicht auch helfen, sich zu beruhigen. Auf Basis ihrer Informationen würde ich über die nächsten Schritte entscheiden.

»Sie ist ein stilles Mädchen, fast schüchtern, würde ich sagen.« Adelaide kämpfte gegen einen Schluckauf an. »Aber sie geht gern zur Schule, jedenfalls bis vor Kurzem. Sie wissen ja, Kinder ändern ihre Meinung alle paar Minuten. Sie mag Geschichte, und der Lehrer schafft es tatsächlich, sie aus ihrem Schneckenhaus hervorzulocken.« Mrs Upton lächelte traurig. »Letzte Woche hat Grace mir erzählt, dass sie einen Stammbaum zeichnen sollten, aber Grace wollte nicht – wegen John, ihrem Vater, der uns verlassen hat. Und weil ich Roger geheiratet habe. Sie sagte, ein paar Kinder hätten sie gehänselt. Angeblich haben sie behauptet, dass ihr Dad sie nicht liebt und deswegen gegangen ist. Ich habe ihr erklärt, dass das nicht stimmt. Sie wissen ja, wie das so ist. Wir hatten uns einfach auseinandergelebt. Was zwischen uns passiert ist, war nicht sehr schön, aber davon hat sie nichts mitbekommen, weil sie noch ein Baby war. Jetzt ist unser Umgangston besser – na ja, nicht wirklich besser, aber wir lassen einander in Frieden. Gracie ist zu jung, um zu begreifen, dass so etwas manchmal geschieht. Immer öfter sogar. Aber einige Kinder auf der Arboretum sind … na ja, ein bisschen hochnäsig, ehrlich gesagt.«

Ich holte ein Notizbuch heraus und schrieb mit. Unwillkürlich musste ich wieder an Olive denken, an die brüchige Ehe unserer Eltern und wie sensibel Olive darauf reagiert hat. Ich weiß noch, dass sie mal eine Frage gestellt hat, nur wenige Wochen vor ihrer Entführung: »Wird Dad uns noch genauso lieb haben, wenn er weg ist?« Damals habe ich das für dummes Gerede gehalten – Dad würde nirgendwo hingehen. Ich war sogar fast überzeugt davon. Aber wenn ich mir Dad nun ansah, mit seiner neuen Frau und seiner neuen Tochter … Vielleicht hatte Olive mit ihrer Frage ins Schwarze getroffen.

Ich versuchte, einen klaren Kopf zu bekommen. Olives Geist macht mich ganz nervös. Ihre kalten, elfjährigen Finger strichen mir über die Wirbelsäule wie schon viele Jahre nicht mehr. Ich musste mich konzentrieren.

»Ich weiß nicht, wozu das nützlich sein soll«, sagte Adelaide. »Ich habe der Polizei schon alles erzählt, über die Kinder und die Lehrer. Sie wollten wissen, ob es bestimmte Rituale gab oder ob sie außerhalb der Schule Freunde hatte, aber die hatte sie eigentlich nicht. Nicht dass ich wüsste. Nur diese Mädchen aus ihrer Klasse.«

»Gab es jemanden, dem sie besonders nahestand?«, hakte ich nach.

Adelaide schüttelte den Kopf. »Eines der Mädchen vielleicht, aber die kenne ich nicht sehr gut. Bella heißt sie. Die beiden sind noch nicht sehr lang befreundet, erst seit Oktober oder November.«

Ein weiterer Weinkrampf riss Adelaide aus ihren Gedanken, und ich musste warten, bis sie sich wieder beruhigt hatte, bevor ich weitere Fragen stellen konnte. Wir redeten noch eine Weile: über Grace, die Schule, ihre Gewohnheiten, aber vor allem machte ich mir Notizen zu Adelaide: über ihre Körperhaltung, über ihr obsessives Drehen am Ehering, über ihren glasigen Blick. Wenn Henry mich wieder zum Schreiben bringen wollte, dann war dies eine Goldgrube an menschlichen Ausdrucksformen. Dennoch konnte ich mich des Gefühls nicht erwehren, dass ich die Frau ausnutzte, und so legte ich mein Notizbuch irgendwann zur Seite und hörte einfach nur noch zu.

Am liebsten hätte ich mich nach ihrem Ehemann erkundigt, aber ich hatte das deutliche Gefühl, dass sich Adelaide dann verschließen würde. Immer wenn sie seinen Namen aussprach, krümmte sie die Schultern, als habe man ihr bereits ein paar unbequeme Fragen zum Verhältnis zwischen Grace und ihrem Stiefvater gestellt.

Ich gab mir Mühe, ein aufmunterndes Lächeln aufzusetzen. Von mir würde sie Fragen dieser Art erst einmal nicht hören. Nicht jetzt jedenfalls. Heute ging es nur darum, ihr Vertrauen zu gewinnen, Stück für Stück.

»Tut mir leid«, sagte sie. »Ich bin vollkommen fertig, deshalb wollte ich auch mit niemandem reden. Immerzu muss ich denken, dass ich irgendetwas falsch gemacht habe. Oder dass ich irgendetwas hätte tun können …«

»Sie haben alles getan, was in Ihrer Macht lag. Der Fall ist in den besten Händen. Die Polizisten sind ein gutes Team. Die Frau kenne ich sogar. Sie ist unglaublich talentiert und macht ihren Job großartig.«

Ich streckte die Arme aus. Mrs Upton wirkte wie jemand, der sich gern in den Arm nehmen ließ. Manche Frauen, die ich interviewte, sehnten sich nach Körperkontakt, einer sanften Vergewisserung, dass sie noch wahrgenommen wurden, dass sie noch existierten. Sie waren das Gegenteil von meiner Mutter, die in den frühen Tagen nach Olives Verschwinden kalt und abweisend geworden war. Eine Frau aus Stein, die Angst hatte, den Mund aufzumachen, um nicht von den Gefühlen überwältigt zu werden.

Ich hielt Adelaides kalte Hand in meiner warmen und spürte, wie sie sich entspannte.

»Grace ist also am Freitag von der Schule nach Hause gegangen. Und sie ist nie angekommen?«

Adelaide nickte. »Ich dachte, sie ist einfach mit einer ihrer Freundinnen mitgegangen. Das hat sie manchmal getan, aber normalerweise ruft sie an, um Bescheid zu sagen, ob sie zum Abendessen zurück ist. Aber Sie wissen ja, wie Kinder sind. Unbekümmert. Zeit spielt keine Rolle. Ich habe sie ein paarmal angerufen und nur die Mailbox erwischt, aber sie stellt ihr Handy oft leise oder vergisst, den Akku aufzuladen.

Ständig passiert das. Also habe ich bis neun Uhr abends gewartet, fast bis zur Schlafenszeit. Ich wollte sie ja auch nicht stören, wenn sie mit ihren Freundinnen zusammen ist. Es freut mich immer so, wenn sie glücklich ist. Dann habe ich aber doch bei ein paar Eltern von Freundinnen angerufen. Das tu ich nicht gern, wenn es nicht wirklich wichtig ist. Sie soll spüren, dass sie … dass sie mir vertrauen kann.«

»Diese Freundinnen, könnten Sie mir ihre Namen nennen? Ich würde gern nachfragen, ob sie sich an irgendetwas erinnern oder ob Grace vielleicht etwas gesagt hat.«

Adelaide wirkte erschöpft, als hätte sie drei Runden gegen eine Frau von der doppelten Körperfülle geboxt. Sie sackte förmlich in sich zusammen.

»So eine Liste habe ich der Polizei bereits gegeben.«

»Ich weiß«, sagte ich. »Aber es ist wichtig, dass uns nichts entgeht. Wenn Sie mir die Namen noch einmal aufschreiben würden, wäre das sehr nett. Sie wären überrascht, wenn Sie wüssten, wie viel die Menschen vergessen, wenn sie mit der Polizei reden. Und die Mädchen sprechen vielleicht offener mit mir, weil sie nicht so eingeschüchtert sind.«

Das war nicht der einzige Grund. Ich wollte Marion nicht um Informationen anbetteln müssen, zumal ich nicht zugeben wollte, dass ich, je länger ich mit der Mutter dieses Mädchens sprach, desto mehr Ähnlichkeiten zwischen Grace und Olive erkannte. Eine Verbindung, von der ich nicht mehr so tun konnte, als würde ich sie nicht herstellen, auch gegen Marions ausdrückliche Bitte.

Das hatte mit der Sonnenfinsternis zu tun. Die Sonnenfinsternis hing wie ein schwarzer Schatten über allem und zog die Dinge mit ihren tintenschwarzen Tentakeln zusammen. Die Menschen verließen Bishop's Green nicht einfach.

Es war die Art von Ort, an dem Menschen in ein und derselben Straße geboren wurden, lebten und starben, oft sogar im selben Haus. Die Menschen kamen in diese Stadt, verließen sie aber normalerweise nicht einfach so.

Adelaide zog Papier und Stift zu sich herüber und begann zu schreiben. Unvermittelt hielt sie inne, als würde sie etwas hören. Sie schaute auf. Ihre Miene veränderte sich, als hätte sich eine Gewitterwolke vor die Sonne geschoben. Sie blinzelte, zog ihre Beine zurück und verkroch sich in ihr Inneres; ihre Schultern krümmten sich, als wolle sie sich unsichtbar machen. Ich drehte mich auf meinem Stuhl um.

»Oh«, sagte Adelaide.

»Was, zum Teufel, soll das? Wie ist sie reingekommen, Addie?«

Mrs Upton stand auf.

»Ich … habe sie reingelassen.«

»Ah«, sagte ich und schob meinen Stuhl zurück. »Mr Upton. Sehr erfreut, Sie kennenzulernen …«

Mr Upton war nicht zu bremsen. Nicht als seine Frau ihm die Hand auf den Arm legte, die er mit einer routinierten Schulterbewegung abstreifte, und auch nicht als er mich an der Jacke gepackt und den ganzen Weg zur Tür geschleppt hat.

Er hielt erst inne, als er mich zur Haustür hinausbefördert hatte.

# 5

*11. August 1999*

Olive schlug langsam die Augen auf. So langsam, dass die Welt hinter einem gold-grauen Schleier nur allmählich in Erscheinung trat. Im ersten Moment dachte sie, sie müsse unter einem der Bäume auf dem Folly Hill eingeschlafen sein und die Sonnenfinsternis verpasst haben.

Schnell war ihr klar: Das mit der Sonnenfinsternis stimmte, aber dies hier war nicht Folly Hill.

Als sie die Augen noch weiter öffnete, sah sie mehr Grau und weniger Gold. Die Wände bestanden aus Beton, rau und unverputzt. Die Decke war ziemlich niedrig, aber das einzige Fenster über ihr wirkte trotzdem unglaublich hoch. Zwei lange, dünne Stäbe trennten das Glas von der Außenwelt. Wie in einem Gefängnis.

Sie lag auf einem Bett. So bequem wie das zu Hause war es nicht, eher wie das bei Gran, in dem sich eine Sprungfeder in ihren Rücken bohrte. Schwungvoll setzte sie sich auf, während ihr Gehirn einen Moment brauchte, um mitzukommen. Dann wünschte sie sich, sie wäre geblieben, wo sie war, weil es sich eben noch wie ein böser Traum angefühlt hatte. Eben hatte sie nur vier Wände und das Fenster gesehen, sonst nichts.

*O Gott, nein.*

Sie spürte, wie sich Tränen in ihren Augen bildeten, aber sie würde nicht weinen. Lieber sah sie sich um und versuchte, die Eindrücke zu einem Ganzen zusammenzusetzen, wie bei einem Puzzle. Das Bett stand unter dem Fenster, und auf der gegenüberliegenden Seite befand sich eine Tür. Olive schwang die Beine über die Bettkante – und bemerkte, dass etwas nicht stimmte. Noch weniger stimmte, falls das möglich war, als dieser sonderbare Raum und der unangenehme Geruch von Farbe und Feuchtigkeit.

Dies waren nicht ihre Schuhe.

Sie wackelte mit den Zehen, im ersten Moment sprachlos über die Entdeckung, dass sie plötzlich statt ihrer weißen Turnschuhe die glänzendsten Schuhe trug, die sie je gesehen hatte. Lackleder, wie ihre alten Doc Martens, aber schwarz und so neu, dass sie noch nicht einmal Falten hatten.

Sie waren zu groß. Ihre Zehen suchten nach Halt, als ihre Füße auf dem Boden standen. Olive schwankte leicht. Ungewohntes Material streifte ihre nackten Beine, als sie sich an die Oberschenkel griff. Noch etwas Eigenartiges. Ein Kleid? Olive hatte kein Kleid mehr getragen, seit sie neun Jahre alt war. Sie hasste Kleider. Alle wussten das. In Kleidern konnte man sich nicht bewegen, auf Bäume klettern zum Beispiel oder nach Fossilien graben. Und dieses Kleid hier war abscheulich, mit einer großen Schleife am Rücken, die nicht nachgab, als sie daran zog.

Wo waren ihre Shorts? Und ihr T-Shirt war auch nicht mehr da. Ihr Kopf ruckte hin und her, als sie sich in dem leeren Raum umsah. Das Einzige, was sie noch hatte, war ihr Schmuck. Ihr Ring und ihre dämliche Micky-Maus-Uhr, für die sie schon viel zu alt war; eigentlich war es eine Babyuhr, aber Cassie hatte sie ihr zum achten Geburtstag geschenkt.

Sie taumelte zu der einzigen Tür im Raum, nunmehr unfähig, ihre Panik im Zaum zu halten. Ihr Herz raste in einer Weise, dass ihr schon ganz schwindelig war. In weniger als fünfzehn Schritten war sie an der gegenüberliegenden Wand.

Die Tür war kalt. Aus Metall, nicht aus Holz. Sie versuchte, den Knauf zu bewegen, aber nichts tat sich. Beide Hände an die Tür gepresst drückte sie dagegen.

Nichts.

»Hallo?«, rief sie und wartete, aber alles, was sie hörte, war das rasselnde Geräusch ihres eigenen Atems und das Stampfen ihres Herzens. »Entschuldigung, ist da jemand?«

Immer noch nichts.

Die Tränen brannten in ihren Augen, bevor sie überhaupt bemerkte, dass sie weinte. Sie wischte sich übers Gesicht und fühlte die Schrammen an den Händen von ihrem Sturz am Abend. War es überhaupt noch derselbe Tag? Olive fuhr herum, um aus dem Fenster zu schauen. Alles, was sie sehen konnte, war ein grauer Flecken Himmel. War es der Himmel? Es könnte auch Asphalt sein, schwer zu sagen. Sie kämpfte gegen die Tränen an, um besser hören zu können, aber alles klang nur leer und hohl.

Nichts.

Jetzt wollten die Tränen gar nicht mehr versiegen. Olive setzte sich mitten in den Raum und barg das Gesicht in den Händen. Sie mochte wie ein Baby sein, wenn sie so weinte, aber sie wollte einfach nur nach Hause. Sie wollte zu Gran und ihrer Mum – und zu Cassie. Was, wenn sie sie nie wiedersah? Warum sollte die Tür abgeschlossen sein, wenn sie einfach nach Hause gehen konnte? Sie konnte sich an nichts erinnern, außer an die Straße und die Sonne und den Mond …

Und *ihn*.

Olive schaute auf. Ihr Herzschlag beschleunigte sich. Wieder schaute sie sich im Raum um. Sie hatte nichts übersehen. Keine andere Person. An der Tür stand allerdings ein Kühlschrank. Und eine Spüle und eine Mikrowelle. Das war ihr noch gar nicht aufgefallen.

War dies hier jemandes Küche?

Aber da waren auch dieses Bett und die Gitterstäbe vor dem Fenster … Und dann entdeckte sie die Toilette, eine ganz kleine wie in der Grundschule. Zu klein für sie. Die Kloschüssel wurde halb von einer niedrigen Wand verdeckt, die nicht ganz fertig schien. Eine Zinkwanne stand in der Ecke. Küche, Schlafzimmer und Bad, alles in einem?

Olives Gedanken rasten, aber immerhin hatte sie zu weinen aufgehört. Sie blieb noch eine Weile auf dem Boden sitzen und bemerkte nun auch den Teppich. Er war grau und dünn. Das schwache Abendlicht, das durchs Fenster hereinfiel, beleuchtete das billige, fleckige Material. Der Boden unter dem Teppich war hart und uneben. Neben dem Bett stand eine Lampe auf dem Boden wie damals, als sie umgezogen waren und vor den großen Möbeln einige Sachen aus dem Umzugswagen geholt hatten. Im neuen Haus hatten sie auch Lampen auf den Boden gestellt, aber es hatte sich anders angefühlt als hier. In der Fassung, die an einem Draht über ihrem Kopf hing, steckte nicht einmal eine Glühbirne.

Der ganze Raum wirkte eher wie eine Garage, so eine wie die des Vaters von Angela, mit der sie im dritten Schuljahr immer nach der Schule nach Hause gegangen ist. Massenhaft Spiele und eine kleine Küche befanden sich darin. Angela nannte sie die »Höhle«, aber es gab auch einen Billardtisch und einen Fernseher. Hier gab es nichts dergleichen.

Olive stand auf. Ihr tat schon der Po weh vom Sitzen, und so ging sie zum Bett zurück. Sie zog die Schuhe aus und stellte sie sorgfältig auf den Boden. Vielleicht würde die Person, der sie gehörten, irgendwann kommen und sie holen. Das Kleid hätte sie am liebsten auch ausgezogen, aber dann würde sie frieren. Schließlich setzte sie sich wieder auf das klumpige Bett.

Sie dachte an den Mann im Lieferwagen. Angesichts des unangenehmen Gefühls im Magen fragte sie sich, ob sie bewusstlos gewesen war. Vielleicht hatte sie einen Sonnenstich gehabt wie Cassie letzten Sommer. Heiß genug war es ja, und sie hatte keinen Sonnenhut getragen … Vielleicht hatte der Mann sie hierhergebracht, um auf Gran zu warten.

Andere Gedanken wischte Olive beiseite, Gedanken über eine andere Wirklichkeit. Eine, in der sie nicht nach Hause zurückkehren würde. Eine, in der sie aus dem Lieferwagen hätte springen sollen. Eine, in der sie nicht von dem verkappten Sandmann in die Irre geführt und auch nicht von dem Wasser mit dem sonderbaren Geschmack in den Schlaf geschickt worden wäre. Gedanken dieser Art drängte sie derart vehement beiseite, dass ihr Kopf schmerzte. Am liebsten hätte sie die Augen geschlossen.

Stattdessen saß sie auf ihrem Bett und beobachtete, wie das Licht erlosch, von Gelb über Grau zur Dunkelheit. Die Sonnenfinsternis, auf die sie gewartet hatte, war längst vorbei. Olive wusste aus Erfahrung, dass sie geduldig war – wie damals, als ihre Mutter versprochen hatte, dass sie einen

Hund zu Weihnachten bekamen, wenn sie nicht mehr bettelten. Olive hatte sofort die Lippen geschlossen und still die Tage gezählt, um Mum nicht zu verärgern und endlich einen Welpen zu bekommen. Aber dann hatte Cassie alles ruiniert, indem sie doch wieder gefragt hatte. Wie immer.

Ein Seufzer brach sich in ihr Bahn. Cassie würde wissen, was zu tun war. Andererseits wollte Olive nicht schon wieder weinen, daher biss sie sich auf die Lippe und wandte sich wieder dem Fenster zu. Dem Himmel oder dem Asphalt oder was auch immer es war. Und als die Schatten im Raum immer länger wurden und es schließlich zu dunkel wurde, um noch etwas erkennen zu können, beschloss Olive, dass sie warten konnte. Wenn sie brav war, würde sie vielleicht noch vor morgen nach Hause zurückkehren.

# 6

»Weg mit Ihrem Fuß aus meiner verdammten Tür.«

Ich schaute nach unten.

»Der Fuß? Oh, tut mir leid. Mir war gar nicht klar, dass die Unterhaltung zwischen Ihrer Frau und mir schon zu Ende ist.«

Ich gab mir Mühe, nicht das Gesicht zu verziehen, als Mr Upton die Tür mit aller Macht wieder zuschlug. Mein Fuß pochte, weil das Holz immer wieder gegen meine alten abgetragenen Stiefel knallte.

Er stieß ein Knurren aus.

»Raus, sofort, oder ich hole die Polizei. Mir ist egal, was meine Frau sagt. Sie ist noch nicht bereit, mit irgendjemandem zu reden. Die Sache setzt ihr zu sehr zu.« Er bleckte die Zähne, und sein Gesicht wurde knallrot.

Ich wollte etwas erwidern, besann mich aber anders, als er die Tür erneut zuwarf. Dieses Mal hatte ich meine Mimik nicht unter Kontrolle. Ein stechender Schmerz fuhr mir in den Fuß, und ich riss ihn zurück. Als die Tür ins Schloss fiel, biss ich die Zähne zusammen.

Nun, das war nicht gerade nach Plan verlaufen. Ich unterdrückte einen Fluch und ging mit geballten Fäusten zu meinem Wagen zurück. Roger Upton hatte nichts dazu beigetragen, den Verdacht zu entkräften, der in mir brodelte. Andererseits konnte ich nicht leugnen, dass das Adrenalin, das durch meine Adern rauschte, eine nette Abwechslung zur Stumpfheit der letzten Monate war.

Selbst das Pochen in meinem Fuß war fast schon angenehm. Ich hatte ganz vergessen, wie das war – sich *lebendig* zu fühlen. Zu arbeiten. Den Dingen auf den Grund zu gehen. Die Wahrheit herauszufinden – oder so etwas Ähnliches.

Ich rutschte hinter das Steuer und zog mein Handy heraus. Als ich gerade einen Anruf tätigen wollte, klopfte es an mein Fenster. Ich ließ es schnell herunter, als ich Adelaides Gesicht erkannte.

»Die Liste«, sagte sie. »Von Grace' Freundinnen. Keine Ahnung, ob sie hilft, aber da ist sie.«

Im ersten Moment war ich verblüfft, aber dann schaltete sich glücklicherweise der Autopilot ein. »Danke.« Ich nahm den Zettel entgegen. »Mrs Upton … Adelaide. Darf ich Sie etwas fragen?«

Sie kniff die Augen zusammen, ging aber nicht weg.

»Ihr Ehemann … Wenn es ihn derart aufregt, dass Sie mit mir reden, warum hat er dann das Interview gegeben?«

Adelaide runzelte die Augenbrauen und trat von einem Bein aufs andere.

»Er will mich nur beschützen«, sagte sie leise. »Im Prinzip hat er nichts dagegen, dass ich mit Ihnen spreche. Er macht sich einfach nur Sorgen um mich, weil er nicht weiß, wie ich mit der Sache fertigwerde. Ich … ich denke auch, dass ich es nicht schaffe. Egal, wo ich hinschaue, überall lauert noch tiefere Finsternis.«

Eine dicke Träne rollte ihr über die Wange.

Wut drohte in mir aufzusteigen. Ich hatte noch gut in Erinnerung, dass mein Vater etwas Ähnliches über meine Mutter gesagt hat. Als Olive verschwand, war sie untröstlich, wild und wütend; tagelang war sie nicht ansprechbar. Dann verstummte sie. Jähe Angst sprach aus ihren Augen, und wir fürchteten, sie könne etwas Drastisches tun. Sich selbst etwas antun, zum Beispiel.

Aber Mrs Upton war nicht meine Mutter.

»Der Wunsch, jemanden zu schützen, sollte sich nie in Form von Gewalt äußern«, sagte ich bestimmt. »Sogar wenn man denkt, man könne jemandem damit helfen.«

Adelaide schüttelte den Kopf, als wolle sie etwas entgegnen.

»Andererseits ist es vielleicht wirklich das Beste«, fügte ich hinzu, »Sie reden vorerst mit niemand anderem als mit mir. Für den Moment jedenfalls.«

Mrs Upton schaute mich einen Moment an. Dann nickte sie.

Wie kleine Würmer wanden sich plötzlich Schuldgefühle in meiner Brust. Das Wort »exklusiv« hallte in meinem Kopf wider. Mir wurde heiß und kalt.

Für Adelaide war es aber besser so. Warum sollte sie sich unnötigen Fragen aussetzen, Fragen, die jede Mutter zusammenzucken lassen würden? Ich schüttelte die Gedanken ab und sah ihr nach.

Sobald sie weg war, schaute ich auf mein Handy, das ich immer noch in der Hand hielt. Wenn ich diesen Anruf tätigte und Henry mitteilte, dass ich ziemlich sicher etwas schreiben würde, gab es kein Zurück mehr. Dann würde ich in dem Fall drinhängen, in meinem Job. Würde versuchen, mein Leben zurückzuerobern.

Henry hatte recht. Ich konnte mich nicht ziellos treiben lassen. Und jetzt, da ich mich in die Sache gestürzt hatte, wusste ich natürlich, dass ich nicht mehr aufzuhalten war. Dies ist mehr gewesen als einfach nur ein Interview. Zum ersten Mal, seit ich in diese Stadt zurückgekommen bin, fühlte ich mich lebendig. Zum ersten Mal, seit die Sache mit Helen in die Brüche gegangen war und ich meinen Job verloren hatte, hatte ich ein Ziel vor Augen. Es ging nicht ums Schreiben, es ging darum, die Wahrheit herauszufinden.

Ich wählte die Nummer, und Henry nahm ab.

»Hallo, Miss Ermittlerin. Ich habe mich schon gefragt, wie lange es dauert, bis du einknickst.« Seine Stimme klang rau, als habe er den ganzen Morgen über telefoniert.

»Woher weißt du, dass ich deswegen anrufe?«

»Spar dir das.«

Ich wusste, dass ein Lächeln auf seinen Lippen lag. Henry kannte mich inzwischen besser als mein eigener Vater. Tatsächlich war er mir in den über zehn Jahren, die ich in London gewohnt hatte, ein besserer Vater gewesen, als mein eigener Dad es je sein konnte. Henry war es, der mir meinen ersten Job als freie Journalistin verschafft, mir das Handwerk beigebracht, mich mit den professionellen Segnungen des Alkohols vertraut gemacht und mir gezeigt hat, wie man den richtigen Leuten die richtigen Fragen stellt. Seit er im Ruhestand war, unterstützte er mich mehr denn je.

»Du hattest recht«, sagte ich. »Eigentlich wollte ich das gar nicht. Aber ich habe … ich habe mit Marion gesprochen.« Sogar als ich es zugab, fühlte ich, wie meine Wangen heiß wurden. Ich schluckte, damit er nicht bemerkte, dass meine Stimme belegt war, als ich an die erschöpfte Marion in ihrer weißen Bluse dachte.

»Und?«, drängte mich Henry. »Ist es eine interessante Geschichte? Denkst du, du kannst etwas daraus machen?«

»Das Kind wird schon seit drei Tagen vermisst, Heno. Natürlich ist das eine interessante Geschichte. Über die Mutter könnte ich ziemlich schnell etwas zusammenschreiben, aber mir scheint mehr in der Geschichte zu stecken als nur ein Porträt. Ich glaube, das könnte eine große Sache werden.« Meine Schwester erwähnte ich nicht. Oder die Sonnenfinsternis. Noch nicht. »Vermutlich bräuchte ich aber Hilfe. Die Dinge hier vor Ort kann ich selbst klären, aber ...«

»Ich soll ein bisschen für dich herumschnüffeln?«

»Wenn du nichts Besseres zu tun hast. Darin bist du schließlich der Größte.«

Das war keine plumpe Schmeichelei. Obwohl er fast sechzig Jahre alt war, konnte Henry besser mit dem Computer umgehen, als es mir je gelingen würde. Eine absolute Spezialbegabung. Bei der Hälfte der Informationen ahnte ich nicht mal, woher er sie hatte, und wollte es auch ehrlich gesagt gar nicht wissen.

»Irgendetwas Bestimmtes, wonach ich suchen soll? Die basalen Tatsachen hast du ja vermutlich bereits eruiert.«

»Mit dem Stiefvater stimmt irgendetwas nicht«, sagte ich. »Keine Ahnung. Beweise habe ich nicht, nur so ein ... Gefühl. Ich war bei ihnen zu Hause, und er war nicht gerade glücklich, als er mich bei seiner Heimkehr entdeckte. Hat sich ziemlich herrisch aufgeführt. Vermutlich steckt nichts dahinter, aber ein paar Hintergrundinformationen könnten nicht schaden.«

»Klar, sicher.« Ich hörte ein leises Klappern und wusste, dass Henry mit dem Stift gegen die Zähne schlug, wie er es oft tat, wenn er nachdachte. Dann hustete er. »Und die … Situation mit Marion?«

»Hör auf, Heno«, sagte ich. »Werd nicht übermütig. Wir haben nur über die Arbeit geredet. Herrgott, du bist schlimmer als ein Teenager.«

Henry stieß ein bellendes Lachen aus. »Ich muss mir ja mit irgendetwas die Zeit vertreiben, Cass. Es wird dir guttun, ein wenig Ablenkung zu haben. Du hast in letzter Zeit ziemlich bedrückt gewirkt. Aber wen wundert's, wo doch demnächst wieder eine Sonnenfin…«

»Heno, mir geht es wunderbar.« Wut flammte in mir auf, aber ich konnte sie zurückdrängen. »Ich weiß, dass du dir Sorgen machst, aber mir geht es gut. Nur weil es die erste Sonnenfinsternis seit Olives … Verschwinden ist, bedeutet das nicht, dass ich ein Problem habe. Können wir das Thema vielleicht einfach damit abschließen?«

»Ich sag ja nur.« Henry räusperte sich, und ich begriff, dass er sich wirklich aufregte. Meine Wut erlosch. Mir war klar, dass er mir nur helfen wollte. »Ich weiß, wie du manchmal drauf bist, das ist alles. Du sollst nicht das Gefühl haben, du hättest niemanden zum Reden.«

»Ich versuche, gar nicht groß darüber nachzudenken«, sagte ich. »Aber du hast recht. Wenn ich mich in diese Sache stürze, wird schon alles werden. Versuch einfach herauszufinden, was mit diesem Roger Upton nicht stimmt.«

Ich hörte das Lächeln in Henrys Stimme. »So ist es recht, mein Schatz.«

Der Spaziergang zu Grace' Schule war fast ein Vergnügen. Ich musste Zeit totschlagen, bis die Kinder herauskamen, daher hatte ich am Chestnut Circle geparkt, der so belebt war wie nie in letzter Zeit, und ging nun den sanft ansteigenden Hügel hinauf. Ich beschirmte die Augen und schaute über das ferne grün-braune Patchwork der Felder hinweg, das sich jenseits der Wucherungen von Bishop's Green erstreckte. Von hier oben könnte ich, wenn ich mich umdrehen würde, auf den Hügeln im Norden die verschwommenen Silhouetten der Triplet Stones sehen, die ihre langen, schmalen Schatten ins smaragdgrüne Gras warfen. Ich atmete tief durch und sog die saubere Luft ein. Die Sonne schien warm auf meinen Rücken, aber ich konnte einen Schauer nicht unterdrücken, als ich die Steine sah.

Wie Wachtposten standen sie da und beschützten die Stadt. Oder wie Göttinnen, die aus der Ferne auf die Menschen hinabschauten und gar nicht daran dachten, ihnen zu helfen. Jeder der drei Steine war fast fünf Meter hoch. Verschnörkelte Muster waren hineingemeißelt, und über alles zog sich eine Moosschicht. Alten Sagen zufolge waren die Triplet Stones die Relikte dreier urtümlicher Wesen, die sich hier niedergelassen hatten, verzaubert von der üppigen grünen Landschaft. Manche Menschen behaupteten, es seien Wächter, Wachtürme, die für fruchtbares Ackerland und reiche Ernten sorgten.

Andere hielten sie für eine Mahnung, eine Erinnerung daran, dass wir jede Energie, die wir in die Erde steckten, dreifach zurückbekamen, ob sie nun positiv oder negativ war. Und die Welt hatte eine Menge negativer Energien zu verteilen.

Vielleicht hatten die Menschen recht, die nach Glück oder Fruchtbarkeit suchten. Vielleicht lief alles darauf hinaus, was man von den Steinen erbat.

Vor dem Tor der Arboretum Secondary blieb ich stehen.

Die Schule nistete wie eine fette Henne mit aufgeplustertem Federkleid in den Hügeln, zwischen Spielfeldern und den Häusern der Reichsten der Reichen der Stadt. Ich holte mein Handy heraus, schaltete es aber nicht ein, sondern tat so, als sei ich eine gelangweilte Nanny, die auf ihre Schützlinge wartete. In erster Linie wollte ich einfach beobachten, was für eine Stimmung unter den Kindern herrschte.

Mit anderen Worten, einen Plan hatte ich nicht.

Ich musste nicht lang warten, bis ich Kinder erblickte, die ich wiedererkannte. Ein Trupp jüngerer Schüler kam aus dem Tor. Von einer Rothaarigen war ich mir sicher, dass ich sie auf Mrs Uptons Foto gesehen hatte. Eines der Mädchen blieb zurück, weil es sich mit einem Lehrer mit Lockenkopf unterhielt; schließlich legte er ihr die Hand auf die Schulter und schubste sie sanft in Richtung ihrer Freundinnen.

»Hallo«, sagte ich zu der Gruppe. »Hallo Tiffany? Sarah?« Willkürlich ratterte ich die Namen von Mrs Uptons Liste herunter. »Bella? Hannah?«

Sie fuhren herum. Auch das letzte Mädchen erreichte die Gruppe. Fünf Mädchen und ein Junge schauten mich mit ratlosen Mienen an.

»Sarah ist nicht da«, sagte eine von ihnen. »Sie ist heute nicht in der Schule gewesen.«

»Wer sind Sie denn?«, fragte der Junge. Er trat einen Schritt vor und zog ein so böses Gesicht, dass die Mädchen sich nicht mehr bemüßigt fühlten, ihrerseits finster dreinzuschauen. Sie versammelten sich einfach hinter ihm und warteten, was passierte.

»Entschuldigung«, sagte ich. »Mein Name ist Cassie. Ich helfe Grace' Familie dabei herauszufinden, wo sich Grace aufhalten könnte. Mich würde interessieren, mit wem sie zusammen sein könnte, weil sie vielleicht gar nicht weiß, wie große Sorgen sich alle machen. Mrs Upton sagte, ihr seid Grace' Freunde?«

Offene Fragen würden mich vielleicht weiterbringen, dachte ich, aber ich stieß nur auf eine Wand des Schweigens.

»Keine Ahnung«, sagte der Junge, und sein Blick verfinsterte sich noch mehr. »Ich denke nicht, dass wir mit Ihnen reden sollten.«

»Nun, das müsst ihr auch nicht«, sagte ich. »Aber ich tue niemandem etwas zuleide. Ich bin eine Freundin von Grace' Mum, eine Journalistin.«

Der Junge musterte mich eindringlich, dann nickte er. Wer auch immer ihm gesagt hatte, er möge sich vor Fremden hüten, hatte in seine Warnung offenbar keine kleinen, verwahrlosten, bebrillten Journalistinnen einbezogen.

»Ich bin Alex«, sagte er. »Ich bin auch ein Freund von Grace. Sarah ist heute nicht zur Schule gekommen, weil ihr übel war.«

»Meine Mum hat gesagt, dass sie nicht gekommen ist, weil *ihre* Mum Angst hat, sie könne auch vermisst werden«, mischte sich das kleinste Mädchen ein, ein blondes Kind mit einem so zarten Knochenbau, dass es wie eine Elfe aussah.

»Was für ein Unsinn.« Das kam von einem Mädchen, das sich bislang hinter ihren Freundinnen gehalten hatte. Sie hatte dunkelbraunes Haar, glänzende haselnussbraune Augen und trotz des trostlosen Märzwetters eine frische Hautfarbe. Als sie mich so direkt ansah, wirkte sie erstaunlich erwachsen für eine Elfjährige. Sie war diejenige, die zuvor mit dem Lehrer geredet hatte. Ich fragte mich, ob es der Geschichtslehrer war, den Mrs Upton erwähnt hatte, jener, der Grace aus ihrem Schneckenhaus herauszulocken vermochte.

»Was ist Unsinn?«, fragte ich. Da niemand etwas sagte, kramte ich in der Tasche und holte eine alte Visitenkarte heraus, als sei das der Beweis dafür, dass man mir trauen konnte. Ich reichte sie dem elfengleichen Mädchen, das sie verächtlich anschaute und dann weitergab.

»Es ist Unsinn, dass Grace entführt wurde«, stellte das Mädchen mit den haselnussbraunen Augen schließlich sachlich fest. »Die Leute sagen das zwar ständig, aber Grace ist doch nicht blöd.«

»Halt den Mund, Bella.« Das Elfenmädchen verdrehte die Augen.

»Wenn sie sich mit jemandem getroffen hätte, hätte sie es einem von uns gesagt«, beharrte Bella.

»Auch wenn es ein Geheimnis war?«

Bella wollte etwas sagen, zuckte dann aber nur mit den Schultern und beugte sich verschwörerisch vor. Ihr braunes Haar fiel wie ein Vorhang vor ihr Gesicht, um Worte zu verdecken, die nur für mich bestimmt schienen.

»Das ist es ja gerade«, sagte sie langsam. »Grace hat keine Geheimnisse vor mir.«

# 7

Geheimnisse. Das war es, oder? Mit elf Jahren hatte ich nicht viele Geheimnisse gehabt, aber mit dreizehn zerrissen sie mich beinahe. Ich liebte Geheimnisse und hasste sie zugleich. In jenem Sommer, in dem wir Olive verloren, musste ich vieles für mich behalten. Ich suhlte mich in meinen Geheimnissen, in den Geschichten, die ich schrieb, und in meinen aufwallenden Gefühlen, als bekäme ich so viele Süßigkeiten und Schokolade wie nie zuvor. Endlich einmal hatte ich etwas, das ich nicht teilen musste.

Ich hatte Marion und Gefühle, die niemand sonst hatte.

Der Sog der Geheimnisse war noch stärker, weil Marion und ich wussten, dass unsere Eltern unsere Gefühle nicht billigen würden. Mädchen mochten keine Mädchen, nicht auf diese Weise, das hatte Mum mir selbst gesagt. Damals war die Welt noch anders, und ich war in ihren Sitten und Regeln gefangen.

Auf dem Weg zum Fest in Bishop's Green auf der Rückbank von Grans Wagen Händchen zu halten, das hatte uns derart berauscht, dass wir am Abend der Sonnenfinsternis kaum die Hände voneinander lassen konnten. Der Jasmingeruch, der in der Luft hing, vermischte sich mit der angespannten Erwartung dieses heißen Sommerabends. Die Angst, ertappt zu werden, war fast genauso aufregend wie das Wissen, dass unsere Gefühle einzigartig waren.

Später wurde mir klar, dass Olive ebenfalls Geheimnisse hatte, dass sie damit aber nicht hausieren ging wie ich. Sie hielt sie fest in ihrer Brust verschlossen und betrachtete nur unentwegt ihre Hand. Und ich war so sehr mit mir selbst beschäftigt, dass ich es nicht bemerkte. Fast hätte ich mir gewünscht, ertappt zu werden, damit ich meinen Eltern nicht *erzählen* musste, was ich fühlte. Was mich und Marion betraf.

Olive war anders. Als kleines Kind hatte sie mir alles anvertraut, aber bei der Aussicht, nach den Sommerferien in die große Schule zu gehen, hatte sie wie eine Auster dichtgemacht. Fast als hätte sie das Gefühl, bestimmte Dinge verstecken zu müssen, um erwachsen werden zu können.

In der Woche, in der wir in Bishop's Green ankamen, sah ich, wie Olive Tagebuch schrieb. Soweit ich wusste, hatte sie noch nie eines gehabt, und ich fragte mich, was sie wohl dazu gebracht hatte. Sie versteckte es unter ihrem Kopfkissen, wo ich es fand, als ich nach einer Haarspange suchte, die sie sich von mir geborgt hatte. Das Tagebuch war blau und mit Aufklebern von Pokémon, Dinosauriern und Planeten beklebt, eine Mischung, die das Wesen meiner Schwester perfekt traf, wie ich dachte.

Ich wollte es unbedingt lesen.

Am liebsten hätte ich es sofort aufgeklappt und den Inhalt verschlungen, aber irgendetwas hielt mich davon ab. Nicht so sehr Schuldgefühle als Angst vor Strafe. Also blieb ich auf der Bettkante sitzen und klammerte mich an das Kissen, vollkommen gelähmt in meiner Unentschiedenheit.

Wenn Olive mich dabei ertappt hätte, wie ich in ihrem Tagebuch las, hätte sie mir das nie verziehen, dabei musste ich noch den ganzen Sommer mit ihr auskommen. Ich hasste es, von ihr abgestraft zu werden, weil sie dann ungenießbar wurde. Sie rieb es mir nicht unter die Nase und tönte auch nicht herum, dass ich einen Riesenärger bekäme. Aber diese Ruhe trieb mich immer zur Weißglut.

Also legte ich das Tagebuch wieder weg.

Als ich es nach Olives Verschwinden holen wollte, war es nicht mehr da. Ich ging davon aus, dass sie es irgendwo versteckt hat, aber ich habe es nie gefunden. In den darauffolgenden Monaten und Jahren habe ich mich oft gefragt, was passiert wäre, wenn ich es gelesen hätte. Hätte ich etwas über sie erfahren, das ich hätte wissen sollen? Ich war schließlich ihre Schwester. So hätte es jedenfalls nicht sein dürfen, eine solche Geheimniskrämerei. Schwestern sollten alles teilen. Vielleicht hätte ich Dinge über Olives Leben erfahren, die sie gerettet hätten.

Vielleicht hat sie auch über Dad geschrieben, über *seine* Geheimnisse. Sie wusste mehr über ihn als ich – weil sie aufmerksam war. Sie war das stille Kind, das die Leute einfach vergaßen, wenn sie ihre Erwachsenengespräche führten. Vielleicht hätte ich etwas über Dads Affäre erfahren, wenn ich ihr Tagebuch gelesen hätte, oder etwas über seinen Aufenthaltsort am Tag der Entführung. Vielleicht hätte ich ihn nicht so gehasst, wenn ich von Beginn an von Carol gewusst hätte und nicht erst, als es zu spät war und unsere Beziehung durch die gegenseitigen Verdächtigungen und Schuldzuweisungen bereits zerrüttet war. Vielleicht hätte man Olive gefunden, wenn sich die Polizei nicht so exzessiv mit unserem Vater und seinen verdammten Lügen beschäftigt hätte.

Wenn sie mehr Spuren gehabt hätte, hätte sie vielleicht gewusst, wo sie nachschauen muss.

Vielleicht hat Olive sogar über ihn geschrieben, den Mann, der sie entführt hat. Selbst jetzt noch quält mich der Gedanke, dass sie womöglich wusste, wer er ist.

Zum Abendessen hatten wir nichts als eine Dose Bohnen und ein bisschen Brot, weil ich nicht eingekauft hatte. Mich wie eine Erwachsene zu benehmen ist nie meine große Stärke gewesen. Bohnen auf Toast mussten also reichen. Als ich serviert hatte und Gran am Tisch saß, bemühte ich mich um Small Talk, der keinen Anlass zu Aufregung bot. Aber sie beachtete mich gar nicht.

»Weißt du, dass meine Enkeltochter nächsten Monat Geburtstag hat?« Das kam unerwartet. Ein bisschen von der Sauce war auf Grans Bluse getropft.

Mein Körper fühlte sich plötzlich bleiern an. Sie meinte nicht mich. Heute Abend lebte Gran in ihrer bevorzugten Wirklichkeit, in der Olive und ich noch Kinder waren, wohlbehütete Kinder, die mit beiden Elternteilen in Derby lebten.

»Ja«, sagte ich, »am Dreizehnten.«

»Das stimmt. Ich weiß gar nicht, was ich ihr schenken soll. Mir ist nicht klar, wofür sie sich eigentlich interessiert.« Gran schaufelte sich eine Gabel Bohnen in den Mund. »Ich dachte, ich besorge ihr etwas in diesem Einkaufszentrum, das gerade neu eröffnet hat. Meine Tochter und ihr Ehemann schuften wie die Wilden. Sie ist furchtbar ehrgeizig, eine erfolgreiche Geschäftsfrau. Und wusstest du, dass er Englischdozent ist? Er schreibt ständig irgendwelche wissenschaftlichen Texte. Wenn die Kinder bei mir sind, sorge ich dafür, dass sie ein bisschen Spaß haben. Ich dachte, ich besorge etwas, über das sie sich beide freuen. Aber Olive soll natürlich auch etwas Eigenes bekommen.«

Es war nicht schwer zu erraten, in was für einem Jahr Gran sich wähnte. Das Einkaufszentrum hatte man vor etlichen Jahren auf der grünen Wiese errichtet, eines dieser Monster, die die kleinen Läden in der Innenstadt ausbluten ließen. Seit der Beerdigung von Marions Vater vor drei Jahren war ich nicht mehr dort gewesen, aber ich bezweifelte, dass sich viel verändert hat. Wenn überhaupt, gab es vermutlich mehr Leerstand wegen der horrenden Ladenmieten.

»Keine Ahnung.« Ich zuckte mit den Schultern. Was sollte ich darauf antworten? Olive war schon seit sechzehn Jahren verschwunden, und Gran saß da und dachte darüber nach, was sie ihr zum Geburtstag schenken sollte. Hitze wallte hinter meinen Augenlidern auf, wie immer, wenn Gran von Olive redete, als weilte sie noch unter uns.

Mir war klar, dass ich trotzdem darüber nachdenken sollte, da mich Gran erwartungsvoll anschaute.

»Bücher«, sagte ich. »Sie mochte Bücher. Ein Büchergutschein.«

Gran registrierte nicht, dass ich in der Vergangenheitsform gesprochen hatte. Sie nickte und kratzte geräuschvoll mit der Gabel über ihren Teller. »Nicht Schmuck? Das wäre doch auch eine gute Idee, oder? Meine Cassie liebt Schmuck.«

Mich fröstelte. Mit anzuhören, wie sie so über mich redete, verlieh mir das Gefühl, nicht richtig anwesend zu sein. Wie ein Gespenst kam ich mir vor. Aber ich konnte mich nicht dazu überwinden, sie zu korrigieren. Manchmal war es besser, jemand anders zu sein und sie in ihrer Welt leben zu lassen.

Ich dachte an die Sommer meiner Kindheit in Bishop's Green zurück und versuchte, mir die Welt vorzustellen, von der Gran glaubte, dass sie immer noch darin lebte. Am Chestnut Circle gab es nur wenige Geschenkläden, die wunderschönen handgefertigten Silberschmuck, Räucherstäbchen und kostbare Edelsteine anboten. Jeden Sommer verschwendete ich meine Ersparnisse für Armbänder aus Rosenquarz, die mir bei der Suche nach der Liebe helfen sollten, oder für Tigeraugen-Anhänger, die angeblich Glück brachten. Ich bettelte, zu den Triplet Stones gehen zu dürfen, um mit der Hand daran zu reiben oder sie zu küssen oder was auch immer die Leute dort taten. Mum lachte, wenn ich ihr davon erzählte, weil sie es für alten abergläubischen Unsinn hielt.

Aber die Kräfte der Sonnenfinsternis galten ebenfalls als Unsinn. Es war ein natürliches Phänomen, wie Gran sagte, das fast zufällig geschah. Ich glaubte natürlich auch nicht daran, dass die Sonnenfinsternis die Kraft hatte, zu geben und zu nehmen. Zu erneuern. Aber dann war Olive verschwunden, und unser Leben änderte sich. Es war neu. Nur nicht im guten Sinn.

»Ich glaube, ein Buch wäre ihr lieber«, sagte ich leise.

Olive hat sich immer über mich lustig gemacht. Edelsteine und Stimmungsschmuck fand sie albern. Den Eindruck hat sie wenigstens erweckt. Mit einem eigentümlichen Gefühl fiel mir aber der Stimmungsring ein, mit dem Olive im Sommer ihres Verschwindens von einem Stadtbummel mit Gran zurückgekommen war.

Jetzt wusste ich plötzlich, warum mir Grace Butlers Stimmungsring so bekannt vorkam, als ich ihn auf dem Foto gesehen habe.

»Kannst du dich noch an Olives Ring erinnern?«, fragte ich unvermittelt. Die Frage war heraus, bevor ich darüber nachdenken konnte. »Hat sie ihn in jenem Sommer bekommen?«

Mein Herz raste, und ich schluckte schwer. Wie dumm von mir, dass ich nicht eher darauf gekommen bin. Konnte das wirklich ein Zufall sein? Beide Mädchen wurden kurz vor einer Sonnenfinsternis vermisst, beide waren gleich alt, beide trugen einen Stimmungsring mit einer Meerjungfrau. Der Stimmungsring schien die endgültige, greifbare Verbindung zwischen den beiden Kindern zu sein.

»Ich weiß nicht …« Gran runzelte die Stirn und schob die Lippe vor. »Ich bin mir nicht sicher. Ich …«

*Hör auf*, mahnte ich mich wütend. *Das ist wirklich albern.* Klar, Bishop's Green mochte den Bach runtergehen, viele Geschäfte schlossen, und die Leute zogen weg, aber es war immer noch eine Stadt, die vom Tourismus lebte. War es wirklich überraschend, dass zwei kleine Mädchen von den harmlosen Verheißungen magischen Schmucks angezogen wurden?

Mit Magie machte diese Stadt schließlich ihr Geld, mit den Triplet Stones und den New-Age-Läden. Die Sonnenfinsternis von 1999 sollte für die Menschen einen Neuanfang bedeuten. Deshalb waren alle so besessen davon, zählten die Tage und warteten auf das Gefühl von Neuheit und Frische und Reinigung. In den Läden herrschte Hochbetrieb. Auch wir waren aufgewühlt, trotz all der Hinweise, dass es sich um puren Unsinn handelte.

Nach jenem Sommer, in dem Olive verschwand, fand ich in der Bücherei in Derby, wo ich mit Mum wohnte, ein Buch. Dad hatte damals bereits sein erstes Haus mit Carol gemietet, während Mum und ich in die schäbige kleine Wohnung gezogen waren, wo wir sechs Monate lebten und alles kleiner war – für zwei statt für vier Personen gemacht.

Das Buch aus der Bücherei handelte von Aberglauben und Mythen. In vielen Kulturen sah man eine Sonnenfinsternis als Teufelszeug an, als böses Omen. Schwangere Frauen und Kinder wurden aufgefordert, im Haus zu bleiben. Die alten Griechen dachten, die Sonnenfinsternis werde von einem zornigen Gott geschickt und sei der Anfang von Chaos und Zerstörung. Das schien mir besser zuzutreffen als all dieser Unsinn von einem Neubeginn. Für mich war sie das Ende der Welt, wie ich sie kannte.

Bei dieser Sonnenfinsternis nun, die sich spürbar wie ein Gewitter zusammenbraute, war es so, wie es auch damals hätte sein sollen. Mittlerweile waren die Menschen vorsichtig. Sogar die Stimmung im Earl's wurde von der Erinnerung an das, was beim letzten Mal geschehen ist, gedämpft. Olives Name war in aller Munde, und alle waren nervös, weil nun auch noch Grace vermisst wurde.

Ich war keine abergläubische Person – nicht mehr –, aber selbst ich konnte erkennen, dass die Sonnenfinsternis gefährlich war. Diese Dunkelheit, die Aufregung. All der Trubel. Das verleitete zu schlechten Entscheidungen.

Nach Olives Entführung schnellte die Zahl der Touristen in der Stadt nach oben. Aber sie kamen aus makabren Gründen. Sie wollten an der Stelle stehen, wo Olive zuletzt gesehen worden war, und sich ausmalen, was geschehen sein mochte. Ihre Neugierde konnten sie nicht verbergen; dass Olive eine reale Person war, bereitete ihnen keinerlei Probleme. Meine Schwester – nichts als ein weiteres ungelöstes Rätsel.

Gran schaute mich ratlos an. Sie konnte sich nicht an Olives Ring erinnern und hatte auch keine Ahnung, warum ich sie danach fragte.

»Du solltest dein Abendessen aufessen«, sagte ich. Grans Reaktion sollte mir Mitleid einflößen, immerhin hatte ich sie verwirrt, indem ich ihr eine Frage gestellt hatte, die sie nicht beantworten konnte. Aber ich war einfach nur enttäuscht. »Du musst doch Hunger haben.«

Als es an der Tür klingelte, stieß ich einen verzweifelten Seufzer aus. Aber eigentlich ließ ich Gran gern mit ihren fiktiven Geburtstagsüberlegungen zurück. Ich riss die Tür auf und schaute in ein vertrautes Gesicht.

»Marion«, sagte ich.

Sie trug eine maßgeschneiderte Hose und eine blassblaue Bluse, die zum Kornblumenblau ihrer Augen passte. Ihr Lächeln war unbehaglich, als sie von einem Bein aufs andere trat, und ihre Augen hatten jeden Glanz verloren, Folge der Erschöpfung. Aber das Lächeln war echt.

»Hallo, Cass. Kann ich reinkommen?«

»Nur wenn ich dir kein Abendessen servieren muss«, witzelte ich.

Ich fragte mich, wie sie so schnell Wind davon bekommen hatte, dass ich bei den Uptons gewesen war. Vermutlich der Stiefvater, dachte ich, er schien der rachsüchtige Typ zu sein. Ich trat zur Seite und ließ Marion herein.

»Wer ist da?«, rief Gran.

»Hallo, Peggy.« Marion trat ins Wohnzimmer und steckte den Kopf in das kleine Esszimmer, wo meine Großmutter immer noch vor ihren kalten Bohnen saß. »Ich bin's, Marion.«

»Marion.« Gran dachte eine Sekunde nach, dann strahlte sie plötzlich übers ganze Gesicht. »Marion Adams«, rief sie. »Meine Güte, dich habe ich ja schon Ewigkeiten nicht mehr gesehen! Wie groß du geworden bist.«

»Klar, an dich erinnert sie sich natürlich.« Ich verdrehte die Augen, freute mich aber insgeheim über Grans Lächeln.

»Stört es dich, wenn ich dir deine Enkeltochter für einen Moment entführe? Ich muss mit ihr reden.«

»Enkeltochter?« Ein Schleier legte sich über Grans Augen, das sah ich sogar vom anderen Ende des Raums. Mein Magen zog sich zusammen, als sie den Kopf schüttelte. »Nun, rede ruhig mit ihr, aber ich bin mir nicht sicher, ob sie irgendwo ist und dir zuhört.«

Marion drehte sich zu mir um und fing meinen Blick auf. Ich zuckte nur mit den Schultern.

»Na schön«, sagte ich. »Dann koche ich mal einen Tee.«

Ich führte Marion in die Küche, schloss die Tür hinter uns und schaltete den Wasserkocher ein, damit Gran unsere Unterhaltung nicht mitbekam.

»Also …«

»Sie ist wesentlich schlechter beieinander als bei unserer letzten Begegnung«, sagte Marion im selben Moment. »Entschuldigung, ich wollte dich nicht unterbrechen.«

»Schon in Ordnung.« Ich nahm drei Tassen aus dem Schrank und hängte in jede einen Teebeutel. »Hör zu, es tut mir leid …«

»Nein, *mir* tut es leid.« Marion trat auf mich zu, die Arme leicht ausgestreckt, als wolle sie mich berühren. Dann hielt sie inne. Die vielen Jahre standen wie eine Wand zwischen uns.

»Die große Marion Adams entschuldigt sich?«, sagte ich

mit einem trockenen Lächeln. »Was soll dir denn wohl leidtun?«

»Wegen neulich«, sagte Marion. »Keine Ahnung. Es tut mir leid, wenn ich dich vor den Kopf gestoßen habe. Diese ganze Grace-Butler-Geschichte macht mich wahnsinnig. Ein Mädchen verschwindet auf dem Heimweg von der Schule, und irgendwie kann niemand etwas über sie sagen. Ich hatte einfach Sorge, dass du … Keine Ahnung. Es war eine dumme Unterstellung von mir, dass du nicht objektiv sein kannst.«

Ich schluckte. Meine Wangen wurden vor Verlegenheit ganz heiß. Ich musste an meine Panik denken, als mir Olives Ring wieder eingefallen war, und an die Gefühle, mit denen ich in meinem Olive-Tagebuch geblättert habe. Dass ich überhaupt hineingeschaut habe, war vermutlich schon der beste Beweis für meinen Mangel an Objektivität. Und wie sollte ich ihr erklären, dass mein Unbehagen nichts war, für das sie sich entschuldigen musste?

»Gott sei Dank bin ich der versöhnliche Typ.«

»Du musst gar nichts sagen. Ich wollte einfach nur vorbeikommen und mich entschuldigen. Und ich weiß auch, dass du nur mithelfen willst, sie zu finden, daher möchte ich dich nicht vergraulen. Du bist eine gute Journalistin, und wenn du uns in irgendeiner Weise behilflich sein kannst …« Marion unterbrach sich und schien zu warten, dass ihr Gehirn mit dem Mund mitkam. Sie war außer Atem.

In diesem Moment hätte ich sie am liebsten geküsst. Egal, wie lange wir uns nicht gesehen haben, sie war immer noch der Mensch, mit dem ich ständig über SMS und E-Mails und Telefonate in Verbindung stand, der Mensch, an den ich mich wandte, wenn ich sonst niemanden hatte. Und sie hat mich nie unter Druck gesetzt, hat nie Vertraulichkeiten verlangt, die ich ihr nicht geben konnte. Sie kannte meine Geheimnisse, weil es auch die ihren waren.

Ich wollte ihr erzählen, dass ich mit Grace' Freunden gesprochen habe und dass mir Roger Upton nicht koscher vorkam. Ich wollte über Olive reden und darüber, was mit Mum passiert ist. Und über Gran. Über alles. Aber ich hatte Angst, und so wandte ich mich ab und beschäftigte mich mit dem Tee.

»Sag mir noch einmal, was für eine überwältigende Journalistin ich bin«, bat ich.

Marion lächelte. »Mir ist schon klar, dass du in einer beschissenen Situation steckst. Es muss furchtbar sein, nach Bishop's Green zu ziehen, nach allem, was passiert ist. Die Entscheidung dürfte dir nicht leichtgefallen sein …«

Ich drehte mich ein Stück um, traute mich aber nicht, etwas zu sagen.

»Egal«, fuhr Marion fort, »ich wollte nur berichten, dass ich mit den Uptons gesprochen habe. Ich habe ihnen gesagt, dass ich mit einer ›sensiblen‹ Journalistin befreundet bin und dass sie mal darüber nachdenken sollten, ob sie nicht gemeinsam ein Interview …«

Marion registrierte meine Miene, eine Mischung aus Verlegenheit und schlechtem Gewissen, und unterbrach sich.

»Was ist?«, fragte sie.

»Nichts«, sagte ich schnell. »Ich weiß deine Bemühungen sehr zu schätzen, aber im Moment muss ich mich einfach um Gran kümmern. Das ist ein Vollzeitjob, weshalb …«

»Verdammt, Cassie. Du bist schon da gewesen, nicht wahr? Ich hatte dich doch gebeten zu warten.«

»Ich konnte nicht warten«, sagte ich. »Nicht nachdem der

Stiefvater dieses ewig lange Interview gegeben hat. Er hat sich übrigens höchst seltsam aufgeführt, als ich dort war. Und im Moment denke ich über diesen Stimmungsring nach, den ich auf Grace' Foto gesehen habe. Sie trug ihn am Finger, und ich hätte schwören können, dass ich ihn schon einmal gesehen habe. Irgendwann fiel mir ein, dass Olive genau den gleichen hatte …«

Mir war sofort klar, dass ich den Ring nicht hätte erwähnen sollen. Marions Stirnrunzeln verstärkte sich. Ihr war nicht mehr nach Scherzen zumute. Als sie den Kopf schüttelte, wusste ich, dass ich den Bogen überspannt hatte. Ich klang verrückt.

»Herrgott, ich wollte dir nicht diesen Floh ins Ohr setzen, Cass. Eigentlich hatte ich dich nachdrücklich gebeten, Olive und Grace *nicht* miteinander in Verbindung zu bringen.«

»Es geht nicht nur um den Ring«, sagte ich. Jetzt war es zu spät für einen Rückzieher. »Es geht um den Zeitpunkt. Zwei Sonnenfinsternisse im Abstand von sechzehn Jahren, und beide Male wird ein Mädchen vermisst? Das gibt dir doch offenbar auch zu denken, sonst hättest du mich gar nicht davor gewarnt, eine Verbindung herzustellen.«

»Es handelt sich um *Zufall*, Cassie. Grace wird seit Freitag, dem Dreizehnten, vermisst, aber du denkst doch wohl nicht, dass ich irgendwelche obskuren Vorgänge dahinter vermute, oder? Nur weil die Menschen Verbindungen herstellen, heißt das nicht, dass auch welche bestehen. Genauso wenig wie Ähnlichkeiten zwischen Dingen darauf hindeuten, dass es sich um dasselbe handelt.«

Mir war klar, dass ich einen wunden Punkt berührt hatte, und ich machte nun doch einen Rückzieher. Ich hatte ja nicht behaupten wollen, dass Grace und Olive von derselben Person entführt wurden.

Oder?

Marion wartete gar nicht auf meine Reaktion. Sie machte kehrt und ging. Ich lief ihr nach, aber sie war bereits an der Haustür.

»Marion, warte!«

Sie blieb nicht stehen. Als ich in die Einfahrt stolperte, stieg sie in ihren Wagen.

»Marion, so warte doch …«

Sie setzte auf die Straße zurück, dann ließ sie das Fenster ein Stück herunter.

»Cassie, du solltest dich nicht in den Fall einmischen. Wir müssen objektiv bleiben. Es geht um das Leben eines kleinen Mädchens. Das ist nicht einfach eine gute Geschichte.«

Sie legte den Gang ein und war verschwunden, bevor ich mich aus meiner Erstarrung lösen oder auch nur den Mund aufmachen konnte. Ich hatte nicht nach einer Verbindung zwischen Olive und Grace gesucht, ich hatte sie gefunden.

Grace Butlers Verschwinden eine Woche vor der Sonnenfinsternis, in derselben Stadt wie Olive konnte kein Zufall sein. Dann das identische Alter. Das waren zu viele Überschneidungen. Bishop's Green könnte von Leuten wimmeln, denen 1999 der Neustart verwehrt geblieben ist und die das Gefühl hatten, das Universum schulde ihnen etwas …

Wer auch immer Olive entführt hat, vielleicht versuchte er es wieder.

# 8

Im Wartezimmer des Arztes war es an diesem Abend ruhig. Man hatte probeweise Abendsprechstunden eingeführt. Ich konnte mir kaum vorstellen, dass man das lang durchhalten würde, aber es war natürlich angenehm, dass das Gesundheitszentrum um diese Zeit ziemlich leer war. Mit uns saßen nur ein schniefender alter Mann mit wässrigen Knopfaugen und eine erschöpfte junge Mutter mit einem schreienden Baby dort. Ich führte Gran zu dem freien Platz neben einem kleinen Wasserspender, den sie misstrauisch beäugte, während ich an einem Gerät an der Tür eingab, dass wir nun da waren. Gran war an die alte Praxis gewöhnt und fand bei jedem Besuch etwas auszusetzen. Eine gelangweilte Sprechstundenhilfe schaute herein; ihre Brille war auf die Nasenspitze gerutscht, während sie mit einem Stift auf irgendetwas einstach.

Nirgendwo wäre ich jetzt weniger gern als hier, da mir die Begegnung mit Marion immer noch zu schaffen machte. Aber so nervös und unleidlich ich auch war, mir war nur allzu klar, dass ich mit Gran und ihren nächtlichen Eskapaden nicht mehr fertigwurde. Die Sache duldete keinen Aufschub.

Ich hatte das Gefühl, Gran nicht gerecht zu werden. Aus

Enttäuschung über mich selbst hätte ich mich am liebsten in mich zurückgezogen und jeden Blickkontakt vermieden, aber ich gab mir alle Mühe, eine neutrale Miene aufzusetzen, als wir in den letzten der zwölf Behandlungsräume gerufen wurden.

In dem Zimmer hing ein medizinischer Geruch, Handdesinfektionsmittel mit einem Hauch Kölnisch Wasser, aber die Wände waren nicht so steril wie in den anderen Sprechzimmern, die ich über die Jahre hinweg kennengelernt hatte. Sie waren mit Plakaten bedeckt, die größtenteils nichts mit medizinischen Belangen zu tun hatten: eine Katze, die dank Photoshop eine Yogastellung einnahm, eine friedvolle Landschaft, alles Motive, die vermutlich eine beruhigende Wirkung auf Patienten haben sollten.

Doktor White war Mitte fünfzig, schick gekleidet und von einer bewusst kultivierten Freundlichkeit. Jedes Mal begrüßte er meine Großmutter, als hätte er sie schon Jahre nicht mehr gesehen. Kein Wunder, dass er abends immer so lange arbeitete.

»Peggy, wie geht's? Und Cassie? Was kann ich für Sie beide tun?«

Gran lächelte und schaute mich dann an, als sei sie der festen Überzeugung, dass wenigstens ich wisse, was wir hier taten. Weil mir nichts Besseres einfiel, biss ich in den sauren Apfel und ging das Thema ohne Umschweife an.

»Sie schläft nicht«, sagte ich leise und erklärte, dass das mittlerweile zwei-, dreimal in der Woche vorkam. »Manchmal ist sie die ganze Nacht auf den Beinen. Mir ist nicht klar, wie sie das schafft, aber in dieser Häufung bekommt keiner von uns genügend Schlaf, selbst wenn die Türen abgeschlossen sind.«

Doktor White hob eine seiner dunklen Augenbrauen und schürzte die Lippen. Seiner Kehle entrang sich ein leiser mitfühlender Laut. Kritik verspürte ich nicht darin, nicht wirklich, aber es erinnerte mich an einen Vorfall aus meiner Kindheit. Olive war wegen einer Beule oder einer Verstauchung hier, weil sie mal wieder vom Baum gefallen oder gestürzt war, und Gran hatte mich mitgeschleppt, da sie nicht wusste, was sie sonst mit mir tun sollte. Damals hatte er ebenfalls eine Augenbraue hochgezogen, fragend, als wolle er sie dazu auffordern, mehr zu sagen. Sich zu erklären.

Ich presste die Lippen aufeinander und wartete.

»Nun, das kommt nicht ganz unerwartet«, räumte der Arzt schließlich ein. »Die meisten Alzheimer-Patienten erfahren Veränderungen ihres Schlafmusters. Scheint so, als würden Sie etwas erleben, das man ›Sundown-Syndrom‹ nennt.«

Er erzählte uns von den Studien, die er dazu gelesen hatte, ersparte uns die Details, betonte aber die Bedeutung von regelmäßigen Mahlzeiten und Schlafritualen. Ich rutschte unbehaglich auf meinem Stuhl hin und her. Eigentlich hatte ich mir Mühe gegeben, an einer gewissen Struktur festzuhalten, aber wenn man es nicht gewohnt war, für jemanden zu sorgen, verlor man leicht den Überblick. Das Einzige, was mir wirklich gelang, war die regelmäßige Verabreichung der Blutdruckmedikamente.

Während seiner Erläuterungen ließ ich den Blick über den Schreibtisch gleiten und betrachtete die Plastikdose mit den Orangenschalen und den Schokoladenpapierchen und die wunderschön geschnitzte Holzschale. Ich wusste, dass sie allen möglichen Schnickschnack für Kinder enthielt: kleine Schmuckstücke, Anstecker und das gelegentliche Fünfzig-

Cent-Stück. Er hatte mir mal erklärt, dass das besser sei als Lutscher und dass die Kinder, wenn sie älter wurden, zu seiner großen Freude nie zu einem anderen Arzt wechseln wollten.

»Haben Sie schon einmal an Schlafmittel gedacht?« Der Tonfall von Doktor White hatte sich verändert, und ich konzentrierte mich schuldbewusst wieder auf seine Worte.

»Da war ich bislang eher zurückhaltend …«

»Ich kann verstehen, dass man davor zurückschreckt, aber Peggy wird es spürbar guttun, wenn sie mal ein paar Nächte hintereinander durchschläft. Und Ihnen auch, meine Liebe.« Er warf mir einen vielsagenden Blick zu, erneut diese verdammte Augenbraue hochgezogen. Eine Strähne hatte sich aus seinem Haar gelöst, das normalerweise perfekt zurückgegelt war.

»Ich …«

»Sie sehen beide müde aus. Ich verschreibe Ihnen etwas, Peggy, damit Sie besser schlafen können. Es gibt verschiedene Mittel, aber wir versuchen es erst einmal mit Tabletten, da sie die anderen Pillen auch gut schlucken können, okay?« Er nickte in meine Richtung. »Sie müssen dafür sorgen, dass sie an einem sicheren Ort aufbewahrt werden – in einem verschlossenen Schrank. Unter den gegebenen Umständen würde ich anraten, dass Sie Ihrer Großmutter die Tabletten verabreichen, um sicherzustellen, dass sie nicht zu viele nimmt. Sollte es mit den Tabletten nicht klappen, gibt es ein Mittel, das man mit Wasser vermischt.« Er schrieb etwas auf einen Block und drehte sich dann zu seinem Bildschirm hin.

»Und nun zu Ihnen, Cassie. Tragen Sie Sorge dafür, dass Sie sich um sich selbst genauso gut kümmern wie um Ihre Großmutter?«

Gran nickte überschwänglich. Ihre Miene war traurig und ein wenig verwirrt. Ich streckte die Hand aus und tätschelte sanft ihr Knie.

»Ich gebe mir Mühe«, sagte ich aufrichtig, überrascht über seine Frage. »In letzter Zeit habe ich viel an meine Schwester denken müssen. Ich habe sogar von ihr geträumt und mich gefragt, ob ich damals, als sie entführt wurde, bestimmte Dinge nicht verstanden habe. Aber allmählich fasse ich wieder Fuß. Ich habe auch wieder zu arbeiten angefangen, freiberuflich erst einmal.«

Der Arzt tippte etwas und ging dann zu Gran, um ihren Blutdruck zu messen.

»Sie schreiben wieder?«, fragte er. Ich war überrascht, dass er sich daran erinnerte, aber vermutlich brauchte man als Arzt ein gutes Gedächtnis. Mir sollte es recht sein, wenn wir über etwas anderes redeten als über Schlaftabletten.

»Genau«, sagte ich. Dann kam mir ein Gedanke. Doktor White war berühmt dafür, dass er viele Kinder behandelte. Es hatte irgendetwas mit der Holzschale mit dem Schnickschnack und seinem warmen Lächeln zu tun. »Tatsächlich arbeite ich an einem Artikel über Grace Butler. Das kleine Mädchen, das vermisst wird. Kennen Sie sie?«

Doktor White runzelte die Stirn und sah auf. »Ich kenne viele Kinder in der Stadt«, sagte er. »Normalerweise kommen sie zu mir, weil sie das ein oder andere Problemchen haben. Aber da ich nicht darüber reden darf, sollten Sie sich keine Hoffnungen machen.« Er lächelte, aber es wirkte verlegen, als hätte das ein Witz sein sollen.

»Tut mir leid.« Meine Wagen wurden heiß. »Aber ich dachte, fragen kann ich ja mal. Eigentlich wollte ich auch nur wissen, was für ein Kind sie ist …« Ich überließ es meinen geröteten Wangen, für mich zu sprechen, meinem unschuldigen Lächeln. Doktor White legte den Arm meiner Großmutter in ihren Schoß zurück und schüttelte den Kopf.

»Sie ist zauberhaft. Still und scheu. Aber klug. Die Situation überrascht mich, muss ich zugeben. Sie schien nicht der Typ zu sein, der sich in Schwierigkeiten bringt. Oder der nicht um Hilfe bittet, wenn er sie braucht.« Er bedachte mich mit einem weiteren seiner wissenden Blicke, und mir wurde klar, dass er nicht nur über Grace sprach. »Mehr werde ich dazu nicht sagen. Also, das hier habe ich Ihrer Großmutter verschrieben. Es sind im Wesentlichen Schlaftabletten …«

Er erläuterte Gran die Dosierung und reichte mir das Rezept. Dann beschrieb er mir die Nebenwirkungen, obwohl er nur zu gut zu wissen schien, dass ich sie längst kannte. Als verstehe er, warum es mir so widerstrebte, Schlaftabletten auch nur in Erwägung zu ziehen. War ich *derart* durchschaubar? So viel zum Bemühen, sich unauffällig zu verhalten.

Er wusste, dass ich Schlaftabletten genommen habe, und hat mir soeben angeboten, darüber zu reden. Scham stieg in mir auf, und ich mied seinen Blick, als wir das Sprechzimmer verließen. Aber auf dem Heimweg löste ich das Rezept ein.

Ich hielt die Luft an und ließ es ewig klingeln, mit dem Daumennagel über eine Kerbe im Esstisch kratzend. Auf der Grundlage meines Interviews mit Adelaide hatte ich einen Text verfasst, den ich soeben an Henry geschickt habe, damit er seine Meinung dazu abgab. Aus irgendeinem Grund verspürte ich nicht die übliche Zufriedenheit. Vielleicht würde es mir besser gehen, wenn ich ihn erst einmal verkauft hatte.

Ich war überdreht und hatte ein Engegefühl in der Brust und schweißnasse Hände. Dad meldete sich beim zehnten Klingeln – nicht dass ich gezählt hätte.

»Dad«, unterbrach ich die Stimme am anderen Ende. »Dad, ich bin's.«

Einen Moment herrschte Stille, als mein Vater Luft holte, dann hörte ich ihn ausatmen. Der Klang war gedämpft, als habe er die Hand auf die Sprechmuschel gelegt. Dann vergingen noch ein paar Sekunden, in denen er etwas zurechtrückte und von der Oberfläche des Telefons zog, bevor ich seine Stimme richtig vernahm.

»Hallo. Wie geht es dir?«

»Oh, Dad …« Jetzt, da ich ihn in der Leitung hatte, wusste ich nicht mehr, was ich sagen sollte. Im Kopf hatte ich mir tausend Szenarien ausgemalt, aber jetzt schien mir keines mehr angemessen. Ich dachte an mein Olive-Tagebuch, das sich auf der anderen Seite des Raums befand, und verspürte ein Ziehen in der Brust. Mir war nicht einmal mehr klar, warum ich ihn angerufen hatte.

»Ist alles in Ordnung?«, fragte er.

»Nein. Mir ist …« Ich dachte darüber nach, ob ich ihm von Gran erzählen sollte, von ihren Fluchten und unserem Besuch bei Doktor White, entschied mich aber dagegen. Einen weiteren Grund für ein »Hatte ich es dir nicht gesagt« musste ich ihm nicht liefern. »Mir geht es gut. Ich bin nur ein bisschen müde. Aber ich schreibe wieder.«

Es war ein schönes Gefühl, den Leuten mitzuteilen, dass man wieder arbeitete. Das ließ es offiziell werden, fast wie ein Spruchband mit den Worten »Cassie kriegt ihr Leben in den Griff« – obwohl das vielleicht übertrieben optimistisch war.

»Oh, das ist schön.« Dad stieß eine Art Räuspern aus. »Etwas Interessantes?« Es war offensichtlich, dass er keinen Streit wollte, obwohl mir klar war, dass er sich für meine Berufswahl nie wirklich begeistern konnte. Selbst wenn ich im Namen der Opfer schrieb, hatte der Job etwas Unredliches für ihn.

»Nein. Na ja, nein. Hast du von der Sache in … in Bishop's Green gehört?« Ich würde einem Streit nicht aus dem Wege gehen.

Dad lebte in Chesterfield, schon seit dem Selbstmord meiner Mutter. Damals war ich siebzehn Jahre alt gewesen. Nach dem Vorfall mit der Polizei während der Ermittlungen hatten wir uns voneinander entfremdet, und Mums Tod war der Sargnagel unserer Beziehung. Er hatte jetzt eine andere Familie, ein anderes Leben. Eines, dem ich mich trotz aller Bemühungen seinerseits nicht zugehörig fühlte.

»Ja, das ist tragisch«, sagte Dad ungerührt. Obwohl ich wusste, dass das seine Art und Weise war, mit Gefühlen umzugehen, stiegen trotzdem all die Enttäuschung und Wut der letzten Zeit wieder in mir auf.

»Dad, da stimmt etwas nicht. Deshalb rufe ich auch an. Das Mädchen ist genauso alt wie Olive. Am Freitag ist die Sonnenfinsternis. Es ist nicht ganz dasselbe, aber ich habe trotzdem das Gefühl, dass man vielleicht mal …«

»Cassie.« Dads Stimme hatte einen warnenden Unterton. »Wir alle denken zurzeit an Olive, aber damit hat es sich auch schon. Es sollte nicht deine Urteilskraft trüben.«

»Das ist aber nicht an den Haaren herbeigezogen.«

Ich hörte, wie Dad eine Tür schloss. Am anderen Ende der Leitung rief eine gedämpfte Stimme nach ihm. Vielleicht seine andere Tochter. Hailey. Die, die nicht überspannt war.

Ich stieß einen langen Seufzer aus und knetete meine Nasenwurzel, eine Angewohnheit, von der ich wusste, dass er dies jetzt gerade auch tat.

»Entschuldigung, mein Schatz«, sagte Dad. »So hatte ich das nicht gemeint. Ich habe einfach Probleme damit. Wir sollten uns nicht in das Leben anderer Menschen einmischen.«

»Ich weiß. Tut mir leid. Ich wollte einfach mit jemandem reden. Sie sind gleich alt. Das ist doch verrückt.«

»Sie ist nicht deine Schwester.« Das hätte barsch klingen können, tat es aber nicht. Es klang nur traurig. Mir wurde bewusst, wie unsensibel es war, davon auszugehen, dass Dad auch darüber reden wollte. Für ihn war es vermutlich genauso hart wie für mich.

»Okay«, sagte ich ruhig, zählte bis zehn und ließ das Thema fallen. Wir sprachen über Bishop's Green, über das Wetter und über Dinge, die Dad für belanglos hielt. Er erkundigte sich, ob ich schon neue Freunde gefunden hätte. Ich erwiderte, ich sollte vielleicht bei Tesco einkaufen, damit ich mehr Kassiererinnen kennenlernte. Wir lachten beide – nur dass aus Dads Lachen Mitleid herausklang.

Dad kam nicht mehr auf Olive zu sprechen. Und ich auch nicht.

Als ich an diesem Abend im Bett lag, kam mein Gehirn nicht zum Stillstand. Ich dachte an meine Familie, an Gran und Grandad und daran, wie sie sich gefühlt haben müssen, als Olive verschwunden war. Die Angst. Die Schuldgefühle. Auch an Dad dachte ich und an seine Lügen, für die ich ihn gehasst habe. Nicht einmal als die Polizei ihn verdächtigte, er könne Olive etwas angetan haben, erzählte er ihnen die

Wahrheit – vor lauter Angst, er könne wegen der Sache mit Carol gefeuert werden. Weil sie Studentin an seiner Uni war und er ihr Dozent.

Die Gedanken an Mum verdrängte ich. In letzter Zeit fühlte ich mich ihr ähnlicher denn je. Ständig müde und bedrückt. So war sie zumindest nach Olives Verschwinden. Dabei ist sie eine so starke Frau gewesen. Zu stark manchmal, aber doch warmherzig und leidenschaftlich. Danach wollte sie nie mehr über irgendetwas reden, auch nicht über Olive und ihre eigenen Gefühle. Sie war einfach zu stolz, um Schwächen zu zeigen. Alles war hermetisch in ihrem Inneren verschlossen, und niemand kam auf die Idee, dass sie Hilfe bräuchte. Und danach war es dann zu spät.

In vielen ihrer Eigenschaften erkannte ich mich wieder – dieser Druck, immer alles perfekt machen zu wollen, und die Unfähigkeit, auch einmal nachzugeben. Dann der Niedergang: das Vertrauen in die betäubenden Segnungen von Alkohol und Tabletten und die Weigerung, mit jemandem zu reden. Eigentlich wollte ich nicht so sein. Mum war immer umtriebig und hat sich in ihre Arbeit gestürzt, aber nach Olives Verschwinden wurde es noch schlimmer. Der Abstieg verlief so fließend, dass es niemand wirklich bemerkt hat. Und nach Dads Auszug war es noch leichter zu übersehen, weil wir nur noch zu zweit waren.

Als sie ihrem Leben ein Ende setzte, tat ich so, als sei ich überrascht. Ich sagte dieselben Sätze wie alle Leute, wenn Familienangehörige freiwillig aus dem Leben schieden. Eigentlich hat sie aber nur getan, was ich auch im Sinn gehabt hatte, und nun war ich wütend, dass sie mir zuvorgekommen ist.

Das war der Moment, in dem ich die Schlaftabletten entdeckte. Ich stellte fest, dass die Einnahme einer einzigen Pille die Panikattacken milderte, die mich schüttelten. Wie Gras zu rauchen war das, nur absolut legal und billiger. Außerdem rochen die Pillen nicht annähernd so grässlich. Alkohol wiederum wirkte zwar sofort, aber die Kater waren gewaltig.

Ich dachte an meinen Job in London. Mein Traumberuf war es nicht, und das Auf und Ab mit Helen hat auch nicht gerade geholfen. Letztlich war es aber mein eigener Leichtsinn, der das Fass zum Überlaufen gebracht hat. Ich habe einem Interviewpartner eine geknallt und damit gerechnet, dass mich die gerechte Wut schon rehabilitieren würde. Helen hatte die Nase gestrichen voll, und ich konnte es ihr nicht verdenken.

Dad und Marion hatten vermutlich recht: Ich nahm die Sache zu ernst. Zu persönlich. Ich stellte Verbindungen her, wo keine bestanden. Andererseits habe ich über die Jahre hinweg viele Artikel über Familien geschrieben, die Kinder verloren haben – immer mit dem Bedürfnis, zu helfen und Brüche zu heilen –, doch noch nie habe ich so wie jetzt empfunden.

Marions Warnung, die Fälle von Olive und Grace nicht zu vergleichen, bewies lediglich, dass es ihr ähnlich ging. Dass die Sonnenfinsternis uns in einen verwirrenden Grenzbereich zwischen Logik und Fantasie versetzte.

Als die Uhr auf 2:00 sprang, leuchtete auf dem Display meines Handys eine SMS auf, gefolgt von einem Brummen, das mich zusammenzucken ließ. Ein Schauer durchfuhr mich. Niemand schrieb mir um diese Zeit, nicht einmal Henry, der kaum je schlief. Ich fragte mich, ob die Nachricht wohl von Marion stammen konnte.

Nein. Die Nummer war unbekannt. Meine Haut wurde

feucht, als ich die Nachricht öffnete. Drei Wörter, keine Satzzeichen, keine Anrede, nichts. Nur:

*keinen schritt weiter*

Mein Herz hämmerte in einem unregelmäßigen Rhythmus. Ich kopierte die Nummer und gab sie in die Google-Maske ein. Das musste ein schlechter Witz sein. Die Suchergebnisse ergaben nichts. Mir wurde heiß. Sicher ein Journalist, dem ich auf die Füße getreten bin. Aber woher sollte er wissen, dass ich an einer Sache dran war? Hatte man mich aus dem Haus der Uptons kommen sehen?

Ich holte tief Luft und massierte mir die Stirn, bis meine Brust nicht mehr bebte. Wer wusste, dass ich Fragen stellte? Mein Kopf war plötzlich hohl, und die Angst erzeugte eine diffuse Verwirrung.

Irgendjemand war der Meinung, dass ich ein Ärgernis darstellte, so viel war klar. Es musste mit Grace zu tun haben, zweifellos. Oder mit Olive? Die Fragen, die mich verfolgten, konnte ich nicht einfach abschütteln. Ich konnte die Gedanken an Grace nicht von den Träumen trennen, die mich quälten, den Träumen von Olive. Oder von der Sonnenfinsternis.

Es konnte kein Zufall sein, dass ich wieder in der Stadt war. Dass Grace kurz vor der Sonnenfinsternis verschwunden ist – genau wie meine Schwester. Eigentlich ist es schon lang her, dass ich an so etwas wie Schicksal geglaubt habe. Anders als Marion, die vom Aberglauben der Bewohner von Bishop's Green geprägt ist, habe ich diesen Teil meines Lebens mit meinem Umzug nach London bereitwillig hinter mir gelassen. Aber jetzt spürte ich es in den Knochen, dass ich diesem kleinen Mädchen helfen musste, und die SMS bestärkte mich nur noch in dieser Überzeugung.

Ich würde warten, was Henry über Roger Upton recherchierte, und mich in der Zwischenzeit auf etwas anderes konzentrieren. Verbindungen. Sollte Grace etwas mit Olive verbinden, dann würde ich es herausfinden.

Ich stand auf, sah nach Gran, die glücklicherweise selig schlief, und schlurfte ins Esszimmer. Die Schlaftabletten waren in dem Badezimmerschränkchen mit der knarrenden Tür eingeschlossen, der Schlüssel hing um meinen Hals. Ich würde mich nicht auf die Versuchung einlassen. Unten stand aber eine Flasche Bourbon. Normalerweise rührte ich dieses Zeug nicht an, aber jetzt brauchte ich es. Ich nahm ein Glas. Schenkte mir einen Fingerbreit ein. Zwei weitere Finger. Dann kippte ich den Whiskey in einem Zug hinunter, um wieder einschlafen zu können.

Ich wälzte mich die ganze Nacht hin und her. In der Morgendämmerung fiel ich in einen tiefen Schlaf, der von lebhaften Träumen durchdrungen war. Sie begannen wie immer. Mit Olive. Meine Schwester suchte mich immer nachts heim. Ich träumte, ich sei an einem Flughafen und sie trete aus einem Flugzeug. Oder sie spiele bei einer Schulaufführung mit, und ich käme zu spät. Manchmal war sie auch einfach ein Gesicht in der Menge, aber mein Herz geriet zuverlässig ins Stottern, wenn ich sie entdeckte. Als ewige Elfjährige.

Heute Nacht war es anders. Heute Nacht träumte ich, dass ich durch die Felder lief und nach jemandem suchte. Nach Gran? Nein, nicht nach Gran. Ich marschierte weiter, und der feuchte Boden sog an meinen Füßen, zog mich hinab. Aber ich marschierte trotzdem weiter, die Handflächen schweißnass. Ich musste sie finden. Musste sehen …

War sie das?

In einer Grube bei den Bäumen entdeckte ich eine Holzbude, wie Olive und ich sie einst gebaut hatten. Frisches Holz und Nägel und leere Paletten, die so zusammengesetzt waren, dass sie wie Wände aussahen. Das Mädchen verschwand im Innern, aber der Körper war noch zu sehen. Nicht Olive, sondern …

»Grace!«, rief ich.

Ich sah eine Hand, die winkte und flehentlich gestikulierte. Als ich losrannte, schwer keuchend in der kühlen Luft der Dämmerung, protestierte mein ganzer Körper. Die Hand reckte sich immer noch flehend mir entgegen, aber die Entfernung zwischen uns nahm nur langsam ab. Unfassbar langsam.

An einem Finger steckte ein Ring. Ein silberner Ring mit einem zuckenden Meerjungfrauenschwanz. In dem trüben, schwarz angelaufenen Stein fing sich das Licht. Grace. Ich wollte nach ihr rufen, aber je näher ich kam, desto weiter schien sie sich zu entfernen. Ihre Hand begann sich zu verformen. Der Ring löste sich auf und nahm eine andere Gestalt an. Der Stein in der Mitte leuchtete auf – rot. Nervös. Aufgeregt. Die Hand veränderte sich. Jetzt waren es nicht mehr Grace' schlanke Finger, sondern …

Olives.

Knapp außer Reichweite. Eine Hand, die ich hätte festhalten können. Wenn ich nur aufgepasst hätte. *Hab ein Auge auf sie.*

*keinen schritt weiter*

Ich fuhr hoch. Der Schweiß lief mir über die Stirn und brannte in meinen Augen. Wütend wischte ich ihn weg. Griff zum Nachttisch hinüber. Goss mir noch einen Fingerbreit von Grans Bourbon ein und stürzte ihn hinunter.

# 9

*Mittwoch, den 18. März 2015*

Als ich endlich aufwachte, war mein Mund so trocken wie Schleifpapier, und meine Zunge fühlte sich schwer an, mein Körper wie Blei. Die Uhr auf dem Nachttisch zeigte fast elf an. Ich stöhnte und drückte die Handballen auf die Augen, um den Schlaf zu vertreiben. Mein Kopf pochte, und als ich mich auf die Seite rollte, wurde mir übel. Warum hatte ich nur gedacht, Alkohol sei eine gute Lösung? Er hat die bösen Gedanken nur in böse Träume verwandelt, und ich fühlte mich immer noch wie nach einer Panikattacke: steif und überempfindlich.

Ein paar Minuten blieb ich noch im Bett liegen und versuchte, einen klaren Gedanken zu fassen. Unten hörte man jemanden herumlaufen, und ich konnte nur hoffen, dass es Gran war und nicht ein Dieb, der uns noch unsere letzten Habseligkeiten wegnahm. Ich wälzte mich aus dem Bett und reckte den Kopf über das Geländer. Musik stieg auf, sinnlich wie Jazz.

Jazz ist immer Grandads Lieblingsmusik gewesen, und er hatte alle möglichen Langspielplatten und CDs im Haus herumliegen. Nach der Beerdigung hat mich allein die Aufgabe, diese Alben zu sortieren, zwei Tage gekostet.

In die Musik mischte sich das leise Knistern, das ich mit dem blechernen Klang unseres Küchenradios verband. Begleitet von der Musik ging ich nach unten und steckte den Kopf zur Wohnzimmertür hinein. Gran hatte es geschafft, sich selbst anzuziehen, und saß mit einer Tasse Tee in ihrem Lieblingssessel. Ich atmete erleichtert auf und zog mich ins Bad zurück, da ich dringend - sehr dringend - eine Dusche benötigte. Während ich mich fertig machte, war sie beschäftigt, und danach würde ich ihr das Frühstück zubereiten. Später würde auch noch eine Demenzschwester vorbeischauen.

Als ich mir die Haare gewaschen hatte, ging es mir schon besser. Ich überraschte mich sogar selbst, als ich eine SMS von Helen vorfand und praktisch nichts fühlte.

Ich fuhr mir mit den Fingern durch meine mattbraunen Haare und flocht die nassen Locken zu einem losen Zopf. Beim Blick in den Spiegel stellte ich schockiert fest, wie normal ich aussah. Fast kontrolliert. Dann fing ich den Blick meines Spiegelbilds auf und musste an Olive denken. Wir hatten die gleichen Augen, eher goldfarben als einfach nur haselnussbraun. Olives Augen waren allerdings unglaublich schön, hell und strahlend, während meine stumpfer waren. Die Morgensonne brach zwischen den Wolken hervor und brachte mein Spiegelbild zum Glänzen. Mich fröstelte. Manchmal wünschte ich, ich hätte Grans blaue Augen geerbt, dann würde ich nicht immer an Olive denken müssen, wenn ich in den Spiegel schaute.

Im Erdgeschoss saß Gran noch vor den beiden Tassen Tee, die sie sich gekocht hatte, zwei Bücher im Schoß, während sie auf die Musik aus der Küche lauschte. Das war eine der Kleinigkeiten, die mich stets an die Vergangenheit erinnerten, an die Frau, die nach dem Tod meiner Mutter so viele Monate lang versucht hat, mich vom Rand des Abgrunds wegzulocken. Sie hat mir Tee gekocht. Immer. Ich war der einzige Mensch, für den sie das tat, und sie kochte ihn so, wie ich ihn liebte: so süß, dass es an den Zähnen schmerzte.

Nach dem Tod meiner Mutter bin ich nur ein paar Monate bei meinen Großeltern geblieben. Ich hatte Pläne und wollte weitermachen. Um Fragen über Olive und die damaligen Ereignisse zu stellen, war ich zu erschöpft. Und jetzt war es leider zu spät.

Der Tee, den Gran heute Morgen für uns gekocht hat, stellte sich als heißes Wasser heraus. Der Zauber war dahin und mit ihm die Gran meiner Erinnerungen. Ich wusste, dass sie irgendwo in sich noch da war, aber die Demenz hat sie so tief unter sich begraben, dass ich sie manchmal nicht wiedererkannte.

»Wer sind Sie denn?«

Ich widerstand dem Impuls, mir etwas auszudenken, da es erfahrungsgemäß keinem von uns guttat.

»Cassie«, sagte ich ruhig. »Kathys älteste Tochter. Erinnerst du dich? Ich wohne im Moment bei dir.«

Die Furchen um ihren Mund herum wurden tiefer, als sie die Lippen schürzte. Ihre Tasse Wasser, die gefährlich auf der Armlehne ihres Sessels balancierte, geriet ins Wanken. Ich wollte sie auffangen, aber sie kippte auf den Teppich, und die Flüssigkeit verteilte sich auf dem Boden.

»O Gott. Lassen Sie … lassen Sie mich das machen.«

»Nein, kein Problem.« Ich hob die Hände. »Es war schließlich mein Fehler.«

Sie sah zu, wie ich mich bückte und die Sauerei aufwischte. Schließlich zuckte sie mit den Schultern und faltete die Hände im Schoß.

»Möchten Sie etwas frühstücken?«, fragte sie. »Ich mache immer etwas zum Frühstück. Pfannkuchen oder Eier. Ich mache die besten Pfannkuchen diesseits der Vereinigten Staaten! Meine Enkeltöchter lieben sie. Joe kann nicht einmal einen Kochlöffel halten, aber ich sage immer, dass er dafür ja mich hat. Bei unserer Hochzeit aßen wir auch Pfannkuchen, müssen Sie wissen, obwohl sie dort Crêpes hießen und mit Eiscreme serviert wurden! Können Sie sich das vorstellen?«

Gran verlor sich in Erinnerungen und folgte mir in die Küche. Als ich mich zu ihr umdrehte, zog sie eine Miene, die ich noch nie an ihr gesehen hatte. Ihre Augen waren riesig, und ihr Mund stand offen, als hätte der Wechsel in ein anderes Licht etwas in ihr ausgelöst.

»Warten Sie«, flüsterte sie.

Ich drehte mich um. Die Verwirrung verlieh meinen Bewegungen etwas Ungelenkes. Gran hob die Arme, kam auf mich zu und drückte mich an ihre Brust. Ich war zu überrascht, um mich zu rühren. Unser Körperkontakt hielt sich in letzter Zeit in Grenzen, aber plötzlich war es wieder wie früher.

Ich hielt sie fest und atmete den Geruch von Babypuder und altmodischem, moschusartigem Parfum ein. Ihr Haar fühlte sich rau an, als es meine Wange streifte. Ich spürte, wie ihr Körper zu zucken begann, und bemerkte, dass sie weinte.

»Was ist, Gran? Was ist los?«

»O Gott, o Gott«, wiederholte sie immer und immer wieder.

»Was denn? Was ist passiert?«

»O Gott. Du hast meinen Liebling zurückgebracht!«

Ich spürte, wie sich mein Körper anspannte. Ich bin nie – niemals in der ganzen Zeit – Grans Liebling gewesen. Ich war ihr Schatz oder ihre liebe Cassie. Nie der Liebling. Ich wollte zurückweichen, wollte mich der Umarmung entziehen, aber Gran hielt mich mit überraschender Kraft fest. Ihre Brust bebte, als sie mich in ihren Armen wiegte.

»Mein Liebling, mein Liebling«, sagte sie. »Wo warst du nur? Konntest du entkommen? Ich weiß, dass es nicht der Mann war, dem alle die Schuld geben. Ich weiß, dass sie sich irren. O Gott, ich habe mir so gewünscht, dass du nach Hause kommst.«

»Gran, du verwechselst mich.« Ich versuchte, ganz ruhig zu bleiben, aber mein Herz setzte aus, und meine Kehle schnürte sich in einer Weise zusammen, dass ich kaum noch Luft bekam. Unsere Augen und Gesichter ähnelten sich, aber Olives Haar ist immer dunkler gewesen. »Ich bin nicht sie. Ich bin nicht Olive.«

Endlich entließ mich Gran aus der Umarmung. Sie hielt mich ein Stück von sich weg und schaute mir direkt in die Augen. »Wer bist du denn dann?«

»Ich bin *Cassie*«, sagte ich.

Sie hielt inne, dann trat sie noch einen Schritt zurück und musterte mich kritisch. Sie betrachtete meine Stirn mit dem Muttermal, das meines war, nicht Olives. Ihre Augen glitten über die Narbe an meinem Hals, die ich mir zugezogen habe, als ich im Garten dieses Hauses vom Baum gefallen bin. Nicht Olives Narbe, *meine*. Dann schaute sie auf meine Hände und betrachtete die Nägel, auf denen ich immer herumgekaut habe. Ganz gerade sind sie nie wieder gewachsen.

»Oh«, flüsterte sie. Ihre Stimme schien sich mit diesem Wort zu verflüchtigen, dann sackte sie langsam in sich zusammen. Ich streckte die Hände nach ihr aus, und sie fing sich wieder. Mit tränenfeuchten Augen schaute sie mich an und sagte noch einmal: »Oh.«

»Warum … warum gehst du nicht nach drüben? Ich mache dir einen Tee und ein Sandwich.« Ich bemühte mich darum, meine Stimme unter Kontrolle zu bringen, mein holperndes Herz. »Geh schon. Ich bringe es dir.«

Sie tat, worum ich sie bat.

*Konntest du entkommen?* Grans Worte ratterten wie ein Flipperball durch meinen Kopf. *Ich weiß, dass es nicht der Mann war, dem alle die Schuld geben.* Ich ging mit einer Tasse Tee in mein Zimmer und setzte mich aufs Bett, den Laptop auf den Knien.

Ich habe Gran nie gefragt, wer Olive ihrer Meinung nach entführt haben könnte. Der Kreis der Verdächtigen war klein und löste sich schnell auf. Am Ende war die Liste auf meinen Vater und einen anderen Mann zusammengeschrumpft.

Mir war klar, wen Gran meinte. Damals war es ständig in den Nachrichten. *Mann aus der Gegend in Zusammenhang mit dem Fall des vermissten Mädchens festgenommen.* Und später dann: *Mann aus der Gegend wieder entlassen.* Uns weihte die Polizei nicht ein. Mich jedenfalls nicht.

*Cordy Jones.*

Ich biss die Zähne zusammen, als ich den Laptop aufklappte und die Suchmaske öffnete. Wenn es eine Verbindung zwischen Grace und Olive gab, dann war dies der Ausgangspunkt. In meinem Olive-Tagebuch – auf den

Seiten, die ich gestern absichtlich überblättert habe – stand alles geschrieben, was ich über ihn wusste.

Cordy – oder Jonesy, wie wir ihn nannten – hat zwischen 1992 und 1999 die Jugendgruppe von Bishop's Green geleitet. Ich habe kaum noch Erinnerungen an ihn, von den unscharfen, körnigen Fotos aus den damaligen Zeitungen mal abgesehen. Dass er besonders nett – oder besonders fies – zu uns gewesen wäre, wüsste ich nicht.

Er war unscheinbar, einer dieser Erwachsenen, denen ich nie viel Beachtung geschenkt habe. Olive und ich sind in jenem Sommer nur ein paarmal bei der Jugendgruppe gewesen, einmal zu einer Grillparty und einige Male zu kleineren Veranstaltungen, bei denen man Spiele spielte oder sich Wasserschlachten lieferte. Ich konnte mich nicht erinnern, dass Olive je allein mit ihm gewesen wäre. Reichte das schon?

Die Google-Treffer brachten nichts Neues zum Vorschein. Obwohl ich keine der Originalartikel mehr fand, stieß ich auf verschiedene Websites zu ungelösten Fällen, in denen Kinder verschwunden sind. Bislang habe ich es stets vermieden, sie zu lesen.

Irgendjemand hat sich die Zeit genommen, über Cordy zu schreiben. Er hat alte Schlagzeilen gesammelt und sie zu einer einzigen stromlinienförmigen Geschichte zusammengestellt, der Geschichte eines Mannes, der zuerst verurteilt und dann unerwartet freigesprochen wurde. »Cordy Jones in Zusammenhang mit dem Fall der vermissten Olive Warren vernommen«, lautete eine der Schlagzeilen. Die nächste besagte schlicht: »Cordy Jones vom Tatverdacht freigesprochen.«

Ich versuchte, mich zu erinnern, wie Mum und Dad

damals reagiert haben, aber ich sah nur vor mir, wie Gran den Kopf schüttelte und sagte: »Das glaube ich nicht. Er leitet die Gruppe schon seit vielen Jahren. Ich kannte seinen Onkel, Barry.«

Cordy Jones spielte in vielen meiner Fantasien über Olives Schicksal eine Rolle. An den finstersten Tagen war er der Kidnappper, der meine Schwester von der Welt fernhielt. Meistens erging ich mich aber lieber in Fantasien, in denen Olive eines Tages wieder auftauchte, wie Jaycee Lee Dugard oder Elizabeth Smart. In diesen Fantasien dachte ich nicht darüber nach, wer Olive entführt oder was er ihr angetan haben könnte, ich dachte nur, dass man sie aus irgendwelchen Gründen freigelassen hatte.

Ich scrollte durch die Website, begierig nach neuen Informationen: Beweisen, dass er Olive doch entführt haben könnte oder dass die Polizei bei seiner Freilassung einem Irrtum erlegen war. Dass er noch in der Gegend sein könnte. Ich fragte mich, ob wir vielleicht etwas übersehen hatten. Ob der Bastard, der Olive entführt hat, vielleicht für den Rest seines Lebens unbehelligt weiterlebte, obwohl es zwingende Beweise dafür gab, dass man ihn wegsperren müsse.

Aber die Informationen waren immer noch nicht zuverlässig. Soweit ich es beurteilen konnte, ging es nur um die äußeren Umstände. Cordy Jones ist während der Sonnenfinsternis am Chestnut Circle gewesen, aber niemand konnte sich erinnern, ihn nach der Veranstaltung noch mal gesehen zu haben. Das Letzte, was mir damals zu Ohren kam, war, dass die Leute ihn derart drangsalierten, dass er Derbyshire vielleicht verlassen hat. Das dachte jedenfalls mein Großvater.

An dem Tag, an dem Olive entführt wurde, hatte Jones

am Chestnut Circle einen Fototermin für die Jugendgruppe arrangiert, zu dem er selbst nicht erschien. Er hatte kein Alibi und konnte der Polizei gegenüber nur angeben, dass er zum Zeitpunkt von Olives Verschwinden irgendwo »in der Gegend« unterwegs gewesen sei. Unvermittelt spürte ich wieder den alten Ärger in mir aufwallen, gefolgt von Angst.

Als ich nun sein Foto betrachtete, verkrampfte sich mein Inneres, und die Angst schwoll an. Konnte er es gewesen sein? War er noch in Bishop's Green? Wie sah er wohl nach all den Jahren aus? War Grace bei ihm, während ich meine Suchanfragen tippte? Und selbst wenn er nichts mit Grace' Verschwinden zu tun hatte, konnte er der Mann sein, der meine Schwester entführte?

Ich starrte auf das Bild. Er hatte runde Wangen, leuchtend grüne Augen und dichte dunkle Haare. Kaum vorstellbar, dass er jetzt anders aussah. Aber je länger ich ihn betrachtete, desto stärker verwandelte sich seine Miene in etwas Gemeines, Unwirkliches.

Ich bemerkte, dass ich zitterte, als kalter Tee auf meine Finger tropfte. Schnell wischte ich über die Tastatur. Es dauerte eine halbe Stunde, in der ich einen Haufen Unsinn abtippte, bis meine Hand zu zittern aufhörte.

# 10

*August 1999*

Die Zeit hatte etwas eigentümlich Waberndes, als könne Olive ihr nicht trauen. Sie hatte nur eine vage Vorstellung davon, welcher Tag es war, weil die Nacht in den Tag überging und der Tag wieder in die Nacht. Ein endloser Kreislauf. Es hatte auch nicht geholfen, dass sie den Großteil der ersten Tage damit verbrachte, mit den Fäusten auf Dinge einzuschlagen und wild herumzutoben, die Haare in den Augen, der ganze Körper in heller Panik.

Seit dem Tag der Sonnenfinsternis hat sie Sandmann nicht mehr gesehen. War das jetzt drei Tage her? Fünf? Sieben? Sie wollte es nachzählen, erhielt aber jedes Mal ein anderes Ergebnis. Sie war zu sehr damit beschäftigt, nicht verrückt zu werden, in Gedanken Spiele zu spielen und »Ten Green Bottles« zu singen, vorwärts und rückwärts.

Ihr war immer noch nicht klar, warum sie hier war oder wann sie nach Hause zurückkehren konnte. Gran war noch nicht gekommen, und Olive wusste mittlerweile, dass sie auch nicht kommen würde.

*Sandmann.* Sie dachte nicht mehr anders an ihn. Wer auch immer er in ihrem alten Leben für sie gewesen sein mochte, jetzt war er einfach nur noch ein Albtraum. Und wie böse Träume kam er nur nachts. Wenn sie eingeschlafen war. Er schlüpfte in den Raum und hinterließ Lebensmittel, Kleidung und oft auch Toilettenartikel. Sie lagen morgens immer an den dafür vorgesehenen Stellen, in den Regalen und im Kühlschrank. Als sie am ersten Morgen aufgewacht war, befand sich plötzlich eine Glühbirne in der Fassung über ihrem Kopf. Einmal hat sie vor dem Schlafengehen ihren Ring abgenommen, und beim Aufwachen steckte er wieder an ihrem Finger.

Manchmal hinterließ er nichts, aber sie hatte keinerlei Zweifel, dass er trotzdem da gewesen ist. Sie hörte ihn nie kommen oder gehen, aber sie spürte es – spürte jeden Morgen seine eiskalte Anwesenheit wie eine geisterhafte Hand im Nacken.

In der siebten Nacht schien irgendetwas anders zu sein.

Es war noch nicht dunkel. Das Wenige, was sie vom Himmel sehen konnte, war ein schmutziges Graublau, das sich an den Rändern orange färbte.

Seit den ersten Tagen hat sie gewisse Gewohnheiten entwickelt und schlief nicht mehr zu verrückten Zeiten. Nach dem Tag, den sie für den dritten ihrer Gefangenschaft hielt, bemühte sie sich stärker um eine Form von Normalität. Sie wachte auf, wenn ihr morgens die Sonne ins Gesicht schien, und schaute an die Wände, bis sie Hunger bekam. Ihr war bewusst, dass sie abgenommen hatte. Die Kleider, die er ihr anfangs gebracht hatte, waren mittlerweile zu groß.

Eine Woche.

Und nun, als sie auf dem Bett saß und darauf wartete, dass die Dämmerung herabsank – die Lampe schaltete sie nicht gern ein, weil sie den Raum mit ihrem grellen Licht hohl erscheinen ließ –, hörte sie ihn.

Sie wusste, dass er es war. Es hatte mit dem Gewicht der Schritte zu tun. Vielleicht kam er eine Treppe herunter … Immer lauter und lauter wurden die Geräusche. Olive spürte, wie sie instinktiv zusammenschrumpfte und die Knie an die Brust hochzog. Sie keuchte schwer, während ihr eine Million schrecklicher Gedanken durch den Kopf rauschten. Für etwas anderes blieb ihr keine Zeit.

Die Tür öffnete sich. Er trat ein, den Arm voller Taschen. Plastiktüten vor allem. Einige von Tesco, andere von Bekleidungsläden wie Next und Gap. Er trug ähnliche Klamotten wie zuvor: Jeans, ein ausgebleichtes T-Shirt, Turnschuhe. Das Haar, das er sich aus der Stirn strich, war leicht fettig; die Locken fielen in Strähnen herab.

Er drückte die Tür zu und schloss sie sorgfältig mit den Schlüsseln ab, die er sich um den Hals gehängt hatte. Dann stellte er die Tüten ab. Olive rührte sich nicht. Sie war erstarrt. Ihr schien das Blut in den Adern gefroren zu sein, und ihr Magen krampfte sich panisch zusammen.

»Wie geht es dir, Olive?«

Seine Stimme klang ruhig, aber rau, als habe er nicht genug geschlafen. Olive wusste nicht, was sie sagen sollte. Was hätte sie schon antworten sollen? Stumm schüttelte sie den Kopf.

»Nun komm schon«, sagte er. »Es gibt keinen Grund, Angst zu haben. Ich habe dir doch nichts getan, oder?«

Olive dachte darüber nach. In ihr brodelte eine wilde Mischung von Gefühlen. Sie ließ die Knie ein Stück sinken, um ihn besser sehen zu können. Er hatte recht, er hat ihr nichts getan. Hieß das, sie hatte etwas übersehen? Irgendeine Tatsache, die ihre Anwesenheit hier erklärte? Konnte es sein, dass er versuchte … sie zu beschützen? Wie Cassie es manchmal tat, wenn Mum und Dad sich stritten? Aber Cassie hatte nie begriffen, dass diese Streits tiefer gingen und ihre Eltern sich scheiden lassen würden. Was für einen Sinn hatte also ein solcher Schutz?

Ein Blick in Sandmanns Gesicht sagte ihr allerdings, dass sie nichts übersah. Er würde sie nicht gehen lassen. Er runzelte leicht die Stirn und die Augenbrauen und spitzte die Lippen, aber seine Augen waren wie die eines Falken auf ihr Gesicht gerichtet. Sie fröstelte.

»Nein«, sagte sie sehr ruhig. »Sie haben mir nicht wehgetan.«

Das hatte er hören wollen. Ihre Stimme klang in ihren eigenen Ohren eigenartig, heiser nach all den Tagen, an denen sie nur geweint hatte. Sie leckte sich die trockenen Lippen.

»Gut.« Er blieb unsicher an der Tür stehen, als wisse er nicht, was er mit sich anfangen solle. Das machte Olive mehr Angst als alles andere. Er hatte die Macht, er war der Erwachsene. Aber er wusste nicht, was er tun sollte.

»Sind Sie … hier, um mir ein paar Sachen zu bringen?«, fragte sie.

Sandmann schaute auf die Tüten hinab und richtete den Blick dann wieder auf Olive.

»Magst du dein Zimmer?« Ihre Frage ignorierte er einfach. Es war, als sei ihm plötzlich eingefallen, worüber er reden wollte. Olive fühlte sich schwindelig vor Angst und Hoffnung und allem dazwischen.

»Ich möchte nach Hause.«

Das waren nicht die richtigen Worte. Seine Miene verdüsterte sich, genau wie bei der Sonnenfinsternis, als sich sein Gesicht vollkommen verwandelt hatte.

»Das kannst du nicht«, sagte er.

»Warum nicht?«

Olive war über sich selbst überrascht, als wären die Wörter gar nicht von ihr gekommen. Sie schlug die Hand auf den Mund, aber Sandmann wirkte eher belustigt als wütend.

»Weil deine Gran krank ist. Sie hat mich gebeten, auf dich aufzupassen, bis es ihr besser geht.«

Olive spürte, wie jede Hoffnung aus ihr wich, als sei ihr ganzer Körper zu Holz erstarrt. Sie war doch nicht blöd. Gran ging es gut. Das war eine Lüge. Alles war eine Lüge. Er war nicht harmlos oder nett, nur weil er ihr Sachen brachte. Er war nicht ihr Freund, und Gran ging es gut.

Olive wollte es schon laut aussprechen, aber dann kam ihr seine finstere Miene in den Sinn, als sie gesagt hatte, sie wolle nach Hause. Diese Finsternis sollte sich nicht vertiefen, sollte sich ihrer nicht auch noch bemächtigen. Daher nickte sie.

»Wann kann ich denn nach Hause?«, fragte sie ruhiger. Dabei versuchte sie, wie Cassie auszusehen, wenn sie in Schwierigkeiten war und jemand ihr verzeihen sollte. Vielleicht – ganz vielleicht – würde er erkennen, dass sie ihm keine Probleme machte, und sie gehen lassen.

»Bald.« Er zeigte auf die Taschen. »Noch mehr Anziehsachen. Lebensmittel. Zieh die alten Klamotten aus. Das ist ja widerlich. Gib mir deine anderen Sachen auch. Ich wasche sie für dich. Du musst dich ebenfalls besser waschen. Aber jetzt zieh erst einmal dieses schmutzige Zeug aus.«

Olive zögerte.

»Ich soll meine Sachen jetzt sofort ausziehen?«

»Meinst du, ich komme deswegen noch einmal zurück?«

Sandmann starrte sie an. Olive spürte, wie sie innerlich zitterte. Eine Welle der Panik ergriff sie.

»Sitz nicht mit großen Augen da«, fuhr er sie an. Dann kam er ungelenk auf sie zu, als habe er seinen Körper nicht unter Kontrolle. Aber Olive hatte sich auch nicht unter Kontrolle, und so sprang sie auf und unterdrückte einen Schrei.

»Um Gottes willen, ich tu dir doch nichts.« Er blieb stehen. »Und das habe ich auch nicht vor, wenn du machst, worum ich dich bitte, wie ein braves Mädchen.«

Olives Bewegungen waren vollkommen mechanisch. Ganz langsam ging sie zu ihrem Bett. Wandte sich ab, um sich das Kleid über den Kopf zu ziehen. Spürte die warme Luft über ihre feuchte Haut streichen, die Arme vor den Brüsten. Wieder fröstelte sie.

»Hier.«

Er warf ihr etwas zu, die Gap-Tüte, wie sie feststellte. Ein Rock und ein Oberteil. Aber wieder so altmodisch, als seien sie für ein jüngeres Kind bestimmt. Schnell riss sie die Schildchen ab und zog sich das sonderbare Oberteil über den Kopf. Es hatte einen Kragen, der sich in ihrem Haar verfing, und roch nach Einkaufszentrum, nach dem Leben einer anderen Person. Am liebsten hätte sie geweint, aber sie gab sich alle Mühe, die Tränen zurückzuhalten.

»Schon besser«, sagte er zufrieden, als sie sich wieder zu ihm umdrehte. »Viel besser. Nächstes Mal bringe ich dir auch ein sauberes Laken mit.«

Er fing an, ihre schmutzigen Sachen in die leere Plastiktüte zu stecken. Olive hielt die Luft an. Sie wollte, dass er ging. Dass er sie allein ließ. Seine Anwesenheit schien die Luft aus dem Raum zu saugen und ihre Atmung zu behindern. Zitternd blieb sie auf dem Fleck stehen, als er die Lebensmittel in den Kühlschrank legte und die Dinge herausholte, die sie nicht gegessen hatte. Er schnalzte mit der Zunge, schimpfte aber nicht.

Dann kehrte er zur Tür zurück.

»Können Sie meiner Familie sagen, dass es mir gut geht?«, platzte es aus ihr heraus. »Bitte. Können Sie ihr einfach sagen, dass es mir gut geht?«

Er antwortete nicht.

Als die Tür von der anderen Seite wieder abgesperrt wurde, klang das, als würde der Deckel eines Sargs geschlossen. Genauso war es ja auch. Sie könnte genauso gut tot sein. Und wenn sie ihn nicht dazu bewegen konnte, sie gehen zu lassen, dann würde sie es irgendwann vielleicht sein.

# 11

Als ich mit meinen Nachforschungen zu Cordy Jones nicht weiterkam, löste sich die Entschiedenheit, an diesem Morgen etwas erreichen zu wollen, in das Gefühl blanker Dummheit auf. Vielleicht hatte Marion recht, wenn sie mir nahelegte, Grace und Olive nicht miteinander in Verbindung zu bringen. Aber selbst wenn ich es mir fest vornahm, war mir klar, dass mich nichts davon abbringen würde.

Ich schaute in Adys Laden vorbei, um mir einen Kaffee aus seinem Kaffeeautomaten zu holen. Er stand hinter dem Tresen, ein dünnes Lächeln auf den Lippen. Als er mich sah, winkte er. Ich bezahlte meinen Kaffee, und während die Maschine klickend und dröhnend zum Leben erwachte und heißes Wasser ausspuckte, trat ich zu ihm.

Mein Blick fiel auf die Zeitung neben der Kasse. Grace' Gesicht füllte immer noch die Titelseite. Meinen Artikel über Adelaide Upton hatte ich bei einem lokalen Online-Nachrichtenportal untergebracht. Aber statt Stolz verspürte ich eher Unbehagen bei dem Gedanken, dass ich wieder Teil des Zirkus war. Ich war tief in Gedanken versunken, als Ady sich räusperte.

»Hmh?«, fragte ich.

»Ich sagte, das ist entsetzlich. Dass man sie noch nicht gefunden hat.« Er zeigte auf die Zeitung. »Und dann all diese Geier, die hier herumschnüffeln.« Er warf mir einen vielsagenden Blick zu. Mir schnürte sich vor Scham die Kehle zusammen, obwohl ich nicht wusste, ob er meinen Artikel gelesen hatte. »Hier waren vorhin auch zwei. Ich lasse Tilly nicht mehr allein zur Schule gehen. Das passt ihr überhaupt nicht, und ich habe versprochen, das noch einmal zu überdenken, aber eigentlich will ich das nicht.« Er schüttelte den Kopf.

»Für manche Leute ist das einfach eine Arbeit wie jede andere auch«, sagte ich leise.

»Tja, nun ja.« Er zuckte mit den Schultern. »Ich habe dich gar nicht bei der Suchaktion gestern Abend gesehen …«

»Nein, tut mir leid. Ich war bei meiner Großmutter. Und wie ich dir schon erzählt habe: Ich kann kaum einen klaren Gedanken fassen – wegen meiner Schwester und wegen meiner Arbeit.« Ich verspürte Schuldgefühle. Vielleicht hatten die anderen recht: Wenn ich mich an der Suche nach dem armen Mädchen beteiligen würde, wäre das von größerem Nutzen, als darüber zu schreiben.

»Du hast fest vor, wieder zu arbeiten?«

Er hat den Artikel also noch nicht entdeckt. Aus irgendeinem Grund erfüllte mich das mit Grauen.

»Ja.« Ich schnappte mir meinen Kaffee und wollte gehen. »Bislang habe ich aber erst einen Artikel geschrieben.« Es tat mir gut, ein Ziel vor Augen zu haben. Aber warum verspürte ich dabei nicht die gleiche Befriedigung wie bisher?

Als ich Adys Laden verließ, war es schon fast so spät, dass der Unterricht zu Ende war. Obwohl ich es eigentlich gar nicht vorhatte, fand ich mich vor dem Schultor wieder, blieb in meinem Wagen sitzen und sah die Schüler herauskommen.

Morgens hatte ich Doktor White um einen Anruf gebeten, und nun meldete er sich. Grans jüngster Ausbruch hat mich mehr aufgewühlt, als ich zugeben mochte. Ich wollte sicherstellen, dass die Schlaftabletten die Symptome nicht verstärkten, aber unser Gespräch verlief einseitig, ich konnte mich nicht konzentrieren.

»Nun, das dürfen die Tabletten eigentlich nicht«, sagte der Arzt, als ich ihm meine Befürchtungen erläutert hatte. »Aber Sie sollten das im Blick behalten. Wenn Sie mit den Ergebnissen nicht glücklich sind, können wir natürlich gern nach einer Alternative suchen. Versuchen Sie es einfach noch ein paar Tage.«

Die Gruppe von Grace' Freunden war heute größer. Es war anzunehmen, dass die neu Hinzugekommenen nun auch wieder in die Schule gehen durften. Als der Arzt die verschiedenen Optionen für Gran auflistete, hörte ich nur mit halbem Ohr zu. Ich dachte an die Rechnungen für den Pflegedienst, die ich noch bezahlen musste, fragte mich, wie ich ihr helfen konnte, und wunderte mich, wie normal die Welt schien. Angesichts der Tatsache, dass alles um sie herum verrücktspielte, wirkten die Schüler ziemlich gefasst.

»Tut mir leid, dass ich Sie nach Grace Butler gefragt habe«, sagte ich, als der Arzt schwieg. »Mir ist bewusst, wie unangemessen das war. Ich wollte einfach nur sicherstellen, dass ich alle verfügbaren Informationen habe.«

Doktor White schnaubte, nahm meine Entschuldigung aber an. »Tut mir leid«, sagte er dann, »ich muss jetzt Schluss machen. Es wartet noch ein anderer Patient auf mich. Sollte

Ihnen noch irgendetwas Kopfzerbrechen bereiten, machen Sie einen weiteren Telefontermin aus, und wir reden darüber, ja?«

Ich sah, dass der Junge in Grace' Gruppe – Alex – einen Witz riss und die Mädchen in gekünsteltes Gelächter ausbrachen. Alle außer einem, das meinen Wagen entdeckt hatte. Es war die Braunhaarige, die Forsche, die mir widersprochen hatte. Grace' beste Freundin Bella.

»Danke«, sagte ich, aber meine Aufmerksamkeit hatte sich verlagert. Der Arzt legte auf, nachdem er mir noch einmal alles Gute gewünscht hatte. Ich behielt die Gruppe auf der anderen Straßenseite im Blick.

Das Mädchen blieb einen Moment stehen, um die anderen vor sich über die Straße gehen zu lassen. Sie fing meinen Blick auf, die Augen bohrend. Dann winkte sie zaghaft und senkte lächelnd den Kopf. Ich wusste nicht, was ich tun sollte, überrascht von ihrer Freundlichkeit. Als ich meine Hand ebenfalls hob, war sie bereits ihren Freundinnen nachgelaufen.

Wieder waren zahlreiche Eltern gekommen. Wie Ady schienen sie Angst zu haben, ihre Kinder auch nur kurze Entfernungen allein gehen zu lassen. Tilly sah ich mit einer Frau, die ich nicht kannte, vermutlich einer Babysitterin. Selbst vor dieser ganzen Geschichte hatte ihr Vater ihr nicht erlaubt, allein nach Hause zu gehen. Am liebsten hätte ich Ady gesagt, dass Kontrolle nicht wirklich etwas brachte – die Gefahren lauerten überall –, aber es schien mir nicht zuzustehen, ihm in seinen Erziehungsstil reinzureden.

Heute standen noch andere Leute vor dem Tor. Journalisten. In der Stadt hatte ich auch ein paar gesehen, außerdem etliche vor der Polizeiwache, als ich dort vorbeigefahren war. Eine Kollegin kannte ich sogar noch aus meiner Londoner Zeit – nicht gut genug, um sie anzusprechen, aber ihr Gesicht war mir unangenehm vertraut. Kurz war ich versucht, zur offiziellen Pressekonferenz der Polizei zu gehen, aber das hätte ich nicht ertragen. Die Polizeiwache von Bishop's Green erinnerte mich zu sehr an Olive. Für mich kam nur infrage, auf eigene Faust zu handeln, zumal ich außer dem Artikel über Grace' Mutter noch nichts geschrieben hatte.

Grace wurde nun schon seit fünf Tagen vermisst, fast eine ganze Woche. Nach einer Woche würde es keine Beweise mehr geben, nicht wahr? In Olives Fall hat die Polizei die Spuren bereits nach einer Woche »kalt« genannt, hat orientierungslos in tausend verschiedene Richtungen ermittelt und sich in Ermanglung eines Besseren auf Unschuldige gestürzt.

Sollte Cordy Jones tatsächlich unschuldig sein?

Ich lehnte mich zurück und verspürte Sehnsucht nach einer Zigarette.

Als ich mit meinem Wagen gerade wieder auf die Straße fahren wollte, bemerkte ich den Lieferwagen. Er war weiß und um die Stoßstange herum abgeblättert und rostig. Das Dach war mit den rosafarbenen Blütenblättern der Kirschbäume bedeckt, was darauf hindeutete, dass er schon eine Weile dort stand. Ich verrenkte den Hals bei dem Versuch, ins Innere zu schauen.

Die Fenster wirkten blind, verschattet von den Wolken und dem leichten Nieselregen, der mittlerweile eingesetzt hatte. Ich schaltete die Scheibenwischer an, blieb noch eine Minute ruhig sitzen und achtete auf Bewegungen. Der Strom der Schüler war abgerissen. Der Regen wurde stärker. Einer der Lehrer stand noch vor der Schule herum, mit flatternder Krawatte. Der Lieferwagen bewegte sich immer noch nicht. Vermutlich saß ein Elternteil hinter dem Steuer.

Bevor ich mir darüber klar werden konnte, ob es sich um eine gute Idee handelte, hatte ich meinen Wagen schon verlassen. Mein Körper bewegte sich automatisch auf den Lieferwagen zu. Der Regen durchnässte mich und setzte sich in dicken Tropfen auf meiner Brille ab. Der Fahrer wurde greifbarer, eine konkrete Gestalt. Die Gestalt eines Mannes. Als ich näher kam, hörte ich, wie der Motor gestartet wurde.

»Nein.«

Ohne nachzudenken, sprang ich vor den Wagen und legte eine Hand auf die Motorhaube. Mit der anderen machte ich eine Kurbelbewegung, um ihn aufzufordern, sein Fenster herunterzulassen. Der Mann schien mit sich zu ringen und blieb zunächst reglos sitzen.

Seine Miene changierte zwischen Angst und Wut. Schließlich gewann die Wut die Oberhand, und er jagte den Motor hoch. Ich kämpfte gegen den Impuls an zurückzuspringen, weil das bedeuten würde, ihm den Sieg zu überlassen. Stattdessen ließ ich die Hand auf dem Wagen liegen und trat um die Motorhaube herum, um gegen das Fenster auf der Fahrerseite zu schlagen.

»Ich will nur mit Ihnen reden!«, rief ich.

Nun öffnete er endlich das Fenster. Ich ermahnte mich, ganz ruhig weiterzuatmen, als er auf mich herabstarrte. Aus der Nähe wirkte er weniger angsteinflößend. Aber er saß immer noch in einem Wagen, mit dem er mich überfahren könnte, wenn ich nicht aufpasste.

Der Typ war klein, spindeldürr und trug ein *Adventure-Time*-T-Shirt. Seine Zähne waren krumm und schief, und er hatte sich schon ein paar Tage nicht mehr rasiert. Außerdem roch er entfernt nach Körperspray von Lynx.

»Was wollen Sie?«, fragte er.

»Das könnte ich Sie auch fragen.« Ich bedachte ihn mit meinem strengsten Blick. Zunächst schien er wenig beeindruckt, aber dann sah ich, dass sein Widerstand nachließ und er auf seinem Sitz herumrutschte.

»Warum lungern Sie ausgerechnet vor einer Schule herum?« Ich gab mir alle Mühe, einen moralisierenden Tonfall anzuschlagen, auch wenn das nach hinten losgehen könnte.

»Ich habe jedes Recht, hier zu sein«, erklärte er.

Irgendwie hatte ich meine Zweifel daran.

»Ja klar. Kommen Sie mir nicht damit, Mann. Sie jagen doch allen Angst ein.«

Das saß. Vielleicht war es ein wenig direkt, aber ich war immer noch sauer, weil er mich fast umgefahren hätte. Er schnappte nach Luft wie ein Fisch auf dem Land.

»N-nein«, stotterte er. »Nein! Ich wollte nur … Gracie …«

Ich knallte mit der flachen Hand auf seinen Wagen, und er fuhr zusammen.

»Halt«, sagte ich. »*Gracie?* So nennt sie nur ihre Familie. Kennen Sie sie?«

»J-ja«, gab er zu. »Sie ist … eine Art Freundin. Nichts Anstößiges, ich schwör's. Wir unterhalten uns manchmal.«

Mir war nicht ganz ersichtlich, wieso ich ihm das glauben sollte. Dieser Typ war mindestens so alt wie ich. Ende zwanzig vielleicht, vermutlich sogar eher Mitte dreißig. Was, um alles in der Welt, wollte eine Elfjährige von einem Mann wie ihm?

Bevor er noch etwas hinzufügen konnte, hatte ich schon mein Handy gezückt.

»Was haben Sie vor?«, fragte der Typ. »Bitte machen Sie keinen Ärger. Ich weiß, dass es nicht der richtige Tag ist …«

»Warum sollte ich es nicht tun?«, fragte ich zurück. »Sie sitzen in einem Wagen vor einer Schule. Was tun Sie hier?«

»Ich habe jedes Recht, hier zu sein«, jammerte er wieder.

Ich starrte ihn an. »Ach ja?«

»Ich schwör's. Ich bin jede Woche hier.«

»Um mit Grace zu reden? Worüber denn? Woher kennen Sie sie überhaupt?« Ich hatte immer noch das Handy in der Hand, drückte aber nicht auf die Anruftaste. Zum einen weil Marion mir bei lebendigem Leib das Fell über die Ohren ziehen würde, wenn sie wüsste, dass ich vor der Schule ein solches Theater veranstalte. Zum anderen dachte ich, dass ich allein vielleicht mehr aus ihm herausholen konnte.

»Was haben Sie vor der Schule zu suchen?«, drängte ich ihn wieder. »Wissen Sie, wo Grace ist?«

»Nein! Ich habe nur …« Der Mann rieb sich das Gesicht und stieß einen Stoßseufzer aus, als müsse er sich beruhigen. »Wir sind so etwas wie Freunde. Ich kannte ihren Dad – bevor er aus der Stadt weggezogen ist. Gracie ist nett. Manchmal kommt sie nach der Schule zu mir, wenn ich zum Kofferraumverkauf hier bin. Sie können ja die Dame fragen, die das manchmal mit mir macht. Gracie sagt hallo. Das ist alles.«

Ich musste an Cordy Jones denken, der ja auch nett zu Kindern war. Mir wurde eiskalt, und ich schüttelte den Kopf. Was war dieser Typ nur für ein Idiot? Andererseits war das so lächerlich, dass es schon wieder wahr sein konnte. So wie Cordy möglicherweise auch die Wahrheit gesagt hat, als er sich für unschuldig erklärte, schlug mein Gehirn vor. Nicht sehr hilfreich.

»Und was machen Sie heute hier?«

»Ich wollte nur … Ich dachte einfach, ich halte mal nach ihr Ausschau. Vielleicht fällt mir ja etwas ein …«

»Sie könnten irgendwo da draußen sein und nach ihr suchen«, sagte ich im vollen Bewusstsein, wie scheinheilig das war – dasselbe könnte ich mir auch sagen. Man könnte die Straßen ablaufen, die Wälder durchkämmen und zum See gehen. Aber das fühlte sich zu sehr so an, als würde man schon nach einer Leiche suchen. Vielleicht ging es diesem Typen genauso.

»Das habe ich doch auch getan«, sagte er leise. »Gestern Abend war ich mit einem Haufen Leute unterwegs, Lehrer und Polizisten und so. Aber irgendwie hatte ich einfach die Hoffnung, dass sie hier auftauchen könnte … ich dachte, vielleicht …«

Mein Handy war klatschnass und rutschte mir fast aus der Hand. Ich trat einen Schritt zurück und schaute die Straße entlang. Niemand zu sehen. Niemand, der uns beobachtet hätte – oder der die Geschichte dieses Typen bestätigen könnte. Was jetzt?

»Wie heißen Sie?«, fragte ich.

»Darren«, sagte der Typ, ohne mit der Wimper zu zucken. »Darren Walker. Bitten rufen Sie nicht die Polizei. Ich bin nicht hier, um Ärger zu machen, ich schwör's. Ich will nicht … ich wollte nicht …«

»Halten Sie den Mund.« Ich schnitt ihm mit einer Handbewegung das Wort ab. »Lassen Sie mich einfach nachdenken, ja?«

Aber je länger ich nachdachte, desto verwirrender wurde das alles.

»Geben Sie mir Ihre Adresse«, sagte ich. »Und Ihre Handynummer.« *Und auch sonst jedes verdammte Detail.* »Für den Moment werde ich die Polizei *nicht* anrufen, aber ich werde überprüfen, was Sie mir erzählt haben. In Ordnung?«

Darren Walker starrte mich an. Die Verwirrung war ihm deutlich anzusehen. »Mhm, ja, in Ordnung.«

Ich reichte ihm mein Handy durchs Fenster, die Kontakte-App geöffnet, damit er seine Daten hineintippte. Nach kurzem Zögern tat er, was ich von ihm verlangte. Als er mir das Handy zurückgab, zitterten seine Hände. Ich blieb eine Weile schweigend stehen.

»Wenn Sie mir etwas vom Pferd erzählt haben, werden Sie es bitter bereuen«, sagte ich dann, und er nickte. »Und ich möchte Sie in nächster Zeit nicht mehr hier sehen.«

Mit diesen Worten kehrte ich zu meinem Wagen zurück. Ich notierte mir das Kennzeichen des Lieferwagens und beobachtete, wie er wegfuhr. Ob ich richtig gehandelt habe, war mir selbst nicht klar. Nur weil ich Marion nicht sofort davon erzählte, hieß das nicht, dass nicht irgendetwas eigenartig an dem Typen war. Und ganz sicher hieß es nicht, dass ich keine Nachforschungen anstellen würde.

Beim Anblick meines Handys dachte ich, dass ich mir Walkers Telefon hätte zeigen lassen sollen. Vermutlich hätte er es mir sogar gegeben. Vielleicht hatte er mir einen falschen Namen genannt – und auch sonst falsche Daten. Ich hätte ihm mehr Fragen stellen sollen, aber ich war nicht ganz klar im Kopf.

Erneut dachte ich an Cordy Jones. Nachdem ich diesen Typen vor der Schule hatte herumlungern sehen, kam er mir unweigerlich wieder in den Sinn. Vielleicht weil Erinnerungen an die Vergangenheit wach wurden? Weil er der naheliegende Verdächtige war? Ich habe es aufgegeben, mir einen Reim darauf zu machen, wie mein Hirn arbeitet. Cordy war jetzt in meinem Kopf, und ich musste etwas unternehmen.

Ich schrieb Marion eine SMS, um sicherzugehen, dass die Polizei auch alte Spuren verfolgte.

Die Minuten, in denen ich auf eine Antwort wartete, vergingen quälend langsam. Und als sie dann eintraf, entsprach sie, gelinde gesagt, nicht meinen Erwartungen.

*Haben wir überprüft. Spielt keine Rolle.*

Was sollte das heißen? Während Ärger in mir aufwallte, scrollte ich zu Henrys Namen und wählte seine Nummer.

»Du bist eine ganz schöne Nervensäge, mein Schatz«, erklärte Henry unverblümt zur Begrüßung. Es klang, als würde er rauchen. Er atmete unregelmäßig und unterbrach die Sätze an den falschen Stellen.

»Tut mir leid, ich wollte nicht stören.« Ich fuhr mir mit der Hand durchs Haar und schaute in den Regen, der jetzt noch heftiger auf meine Windschutzscheibe schlug. Um die Gier nach einer Zigarette zu bekämpfen, klemmte ich die Hand zwischen die Knie, was ein wenig half. Rauchen war auch nicht mein schlimmstes Laster.

»Zu spät«, witzelte Henry. »Was ist los?«

»Darf ich dich um einen Gefallen bitten?«

»Noch einen?« Henry tat so, als würde er nachdenken. »Nun, das lässt sich vermutlich bewerkstelligen. Aber wenn ich diese Woche meinen Urlaub in Derbyshire antrete, schuldest du mir ein Abendessen, ja?«

»Es geht um einen anderen Fall.« Seinen Kommentar ignorierte ich einfach. »Er hat nicht unmittelbar etwas mit der Sache zu tun, aber ich brauche eine unabhängige Meinung. Andererseits möchte ich auch nicht, dass du zu viele

Recherchen anstellst. Nur zu dem, was ich sage. Die Sache ist ein wenig … heikel.«

Irgendetwas an meinem Tonfall muss verräterisch gewesen sein, denn Henry schnaufte leise. Ich wusste, dass er mir den Gefallen tun würde. Was auch immer man Henry vorwerfen konnte, er hatte ein sicheres Gefühl für Grenzen. Besonders für meine.

»Worum geht es?«, fragte er.

»Zunächst einmal würde ich dich bitten, eine Telefonnummer zu überprüfen.« Ich las ihm die Nummer des Absenders der anonymen SMS vor.

»Gibt es einen besonderen Grund?«, erkundigte sich Henry.

»Nein. Dann eine zweite Sache. Es gibt da einen Typen – keine Ahnung, ob er etwas mit Grace zu tun hat –, über den ich seit den späten Neunzigerjahren keine Informationen mehr finden kann. Allzu viel Zeit möchte ich nicht an ihn verschwenden, falls es doch nicht relevant ist. Marion habe ich auch schon gebeten, der Sache nachzugehen, aber für die Polizei ist die Angelegenheit offenbar erledigt. Doch du liebst ja mysteriöse Fälle, und ich möchte es genauer wissen.«

»Was hast du denn über ihn?«

»Nur seinen Namen«, sagte ich. »Aber mehr brauchst du auch nicht.«

Es klang, als würde Henry nach einem Stift greifen, dann wurde es still.

»Cordy Jones«, sagte ich.

»Verdammt.«

Henry wusste, wer das war. Vermutlich hat er ihn gegoogelt, als ich ihm damals von Olive erzählt hatte. Vermutlich wusste er mehr über ihn als ich.

»Tja. Wie gesagt, ich weiß nicht, ob das von Belang ist. Aber in Anbetracht des ganzen Medienrummels damals habe ich Schwierigkeiten, etwas Aktuelles über ihn zu finden. Denkst du, du kannst ein Wunder für mich vollbringen?«

Henry musste keine Sekunde nachdenken.

»Gib mir vierundzwanzig Stunden«, sagte er. »Aber ich habe noch etwas anderes für dich. Könnte wichtig sein. Ich habe etwas über Grace' Stiefvater gefunden.«

# 12

Roger Uptons weißer Audi fuhr auf einen kleinen Parkplatz vor einem Pub ungefähr fünfzehn Meilen von Bishop's Green entfernt. Ich folgte ihm und parkte direkt dahinter. War er diese ganze Strecke gefahren, nur um einen Drink zu nehmen? Ich wartete, bis Roger den Pub betreten hatte, dann ging ich auch hinein. Eine gute Idee war das nicht, aber ich konnte nicht anders.

Im Pub war es warm, und als ich aus der kalten Abendluft ins Innere trat, beschlug meine Brille. Ich ließ den Blick durch den Raum schweifen und hielt nach Rogers gedrungener Gestalt Ausschau. Trotzdem zuckte ich zusammen, als er direkt zu meiner Linken auftauchte, zwei Gläser in der Hand.

»Hatte ich mir doch gedacht, dass Sie das waren.«

Ich fuhr herum und gab mir Mühe, mir den Schreck nicht anmerken zu lassen, da ich mit eiserner Entschlossenheit auftreten wollte. Einen Moment lang starrten wir uns an. Ich wusste nicht, was ich sagen sollte. Wenigstens befanden wir uns in einem öffentlichen Raum.

»Hier«, sagte er und hielt mir eines der Gläser hin. Als ich den Gin roch, zog sich alles in mir zusammen. Billiger

Wodka war eine Sache, ein ekelhafter Geschmack, an den ich mich langsam gewöhnt hatte. Aber Gin? Niemals.

Zögernd nahm ich das Glas entgegen und nickte. Das war nicht das, was ich erwartet hatte. Ich dachte, er ist vielleicht sauer oder misstrauisch, stattdessen wirkte er nachdenklich.

Roger zeigte auf den Tisch in unserer Nähe. Als ich mich nicht sofort setzte, wiederholte er die Geste, energischer diesmal. Ich sah das Blitzen in seinen Augen und registrierte plötzlich, wie groß er war und wie die Muskeln sich unter seinem T-Shirt abzeichneten. In seiner Gegenwart kam ich mir fast wie ein Kind vor. Also setzte ich mich, dankbar, dass ich den Gin nicht riechen musste, wenn ich ihn auf den Tisch stellte.

»Ich bin mir nicht sicher …«

»Sie täuschen sich in mir.«

Wir hatten beide gleichzeitig zu sprechen angefangen. Ich unterbrach mich, damit er weiterreden konnte.

»Sie zuerst«, forderte ich ihn auf. »Warum täusche ich mich in Ihnen?«

»Ich habe bemerkt, dass Sie mir folgen«, sagte Roger. »Das würden Sie nicht tun, wenn Sie nicht der Meinung wären, dass ich etwas ausgefressen habe.«

»Wenn Sie nichts ausgefressen haben, warum fahren Sie dann den ganzen Weg hier raus, obwohl es in der Nähe Ihres Hauses eine Menge Pubs gibt?« Ich bedachte ihn mit einem finsteren Blick. »Das sieht für mich nach schlechtem Gewissen aus. Machen Sie sich keine Sorgen?«

»Natürlich mache ich mir Sorgen. Wegen Gracie«, fuhr er mich an. »Aber das heißt noch lang nicht, dass ich es gut finde, wenn mir in jeder einzelnen Minute an jedem einzelnen Tag irgendwelche Fremden im Nacken sitzen. Sie sind doch nicht von der Polizei, verdammt. Warum verfolgen Sie mich?«

»Mr Up…«

»Nein, warten Sie. Ich kann Ihnen klar sagen, dass ich nicht der Bastard bin, für den Sie mich halten. Mir ist schon bewusst, was die Leute sagen. Natürlich, der Stiefvater war's. Aber ich habe genauso viel Angst wie alle anderen auch. Stunden um Stunden war ich mit den Leuten da draußen, um nach ihr zu suchen. Aber was soll es bringen, wenn ich am Ende des Tages zu Hause hocke und Trübsal blase? Das hilft uns auch nicht weiter. Kürzlich war ein Sozialarbeiter bei uns und sagte ständig Dinge wie: ›Es ist sehr wichtig, dass Sie jetzt als Familie zusammenhalten.‹ Aber wir sind keine Familie mehr. Ohne Gracie sind wir einfach zwei Leute. Das ist doch keine Familie, oder?«

»Sie könnten sich gegenseitig unterstützen«, sagte ich. »Aber Sie sind ja lieber hier, ganz weit weg von allem.«

»Natürlich bin ich das!«

Ich schaute mich unauffällig um, als Roger die Stimme erhob, aber niemand schenkte uns Beachtung. Es war bereits zu laut im Raum. Himmel, wenn je ein Drink mich beruhigen und vom Grübeln abhalten könnte, dann wäre es jetzt. Andererseits konnte ich es mir nicht leisten, mich allzu sehr zu entspannen und unachtsam zu werden. Dies war nicht einfach ein Interview, es war wichtig.

»Ich werde doch nicht einfach in einen Pub in unserer Straße gehen – nach allem, was geschehen ist. Jeder der Typen dort könnte … könnte derjenige sein, der Gracie mitgenommen hat. Und unabhängig davon starren mich alle an und sagen Dinge wie: ›Tut mir leid, dass dein Kind entführt wurde‹, oder: ›Keine Sorge, Kumpel, den Bastard kriegen die schon‹. Was soll ich denn dazu sagen? ›Na klar kriegen die den, Joe. Ist schon okay, Matt. Mir geht es auch gar nicht so dreckig, also hört auf, euch zu entschuldigen, und genießt einfach euer Bier.‹ Entweder es läuft so, oder sie denken, ich hätte ihr etwas angetan.«

Er atmete schwer. Plötzlich lagen mir die Schuldgefühle wie ein Stein im Magen. Ich konnte aber keinen Rückzieher mehr machen. Nicht nach allem, was Henry mir erzählt hat.

»Haben Sie ihr denn etwas angetan?«, fragte ich.

Die Worte stürzten wie Felsbrocken herab. Seine Lippen bogen sich nach unten, und seine Nasenlöcher zogen sich zusammen. Ich gab mir Mühe, mir nichts anmerken zu lassen. Von diesem Typen würde ich mich nicht einschüchtern lassen.

»Denken Sie wirklich, ich könnte Gracie etwas antun?« Roger spie jedes einzelne Wort aus. »Wollen Sie mir das allen Ernstes unterstellen?«

»Was ich nur sagen will, ist, dass ich von dem Vorfall damals weiß. 1992. Man hat Ihnen unangemessene Beziehungen zu einer Minderjährigen vorgeworfen …«

Er wurde bleich, und ich fragte mich, ob er mich schlagen würde.

»Weiß Adelaide davon? Ist das der Grund, warum sie es vermeidet, mit der Presse zu reden? Weil sie Angst hat, ihr könnte etwas rausrutschen?«

»Sie haben überhaupt kein Recht, das jetzt auszugraben.« Roger erhob sich halb. »Mit der Polizei habe ich bereits gesprochen, und Ihnen gegenüber muss ich mich bestimmt nicht rechtfertigen. Sie sind einfach nur ein Geier. Das Interview habe ich gegeben, um Gracie zu helfen und weil ich sie wieder zu Hause haben möchte. Adelaide ist einfach zu nervös für diese Dinge. Bei Ihnen mag das anders gewesen sein, aber das Risiko will ich nicht eingehen. Sie hat nicht die Kraft, dazustehen und sich fotografieren zu lassen. Aber irgendjemand musste es ja tun. Die Welt soll wissen, dass Gracie da draußen irgendwo ist. Und *ich* musste wissen, dass wir alles tun, was in unserer Macht steht.«

»Weiß Ihre Familie von Ihrer Vergangenheit, Roger? Wissen es die Leute in Bishop's Green?«

Rogers Gesichtszüge verzerrten sich wieder. Er hob die Hand, und dieses Mal zuckte ich zusammen.

Meine Reaktion schien ihn in die Gegenwart zurückzuholen. Er hielt in der Bewegung inne und erstarrte, die Hand immer noch erhoben. Seine Gesichtszüge entgleisten, und er ließ sich wieder auf den Stuhl sinken.

Das Barmädchen trat hinter dem Tresen hervor und fing meinen Blick auf, um stillschweigend zu klären, ob alles in Ordnung war. Ich kämpfte gegen die Angst an, verdrängte sie mit aller Macht. Dann nickte ich. *Alles in Ordnung.*

»Sie verstehen gar nichts«, wiederholte Roger, ruhiger diesmal. »Es war alles ganz anders.«

»Dann erklären Sie es mir.«

Mein Handy vibrierte in meiner Tasche, zum zweiten Mal bereits, seit wir uns an den Tisch gesetzt hatten. Ich ignorierte es und dachte daran, was Henry mir erzählt hatte: *Roger Upton wurde vorgeworfen, Sex mit einem Teenager gehabt zu haben.* Jetzt durfte ich keinen Fehler machen. »Inwiefern verstehe ich da etwas falsch?«

Er holte tief Luft, dann schaute er mir direkt in die Augen.

»Das ist lang her.«

»Soll das eine Entschuldigung sein?« Ich konnte nicht anders. Die Wut entflammte in mir wie Zunder.

»Nein, lassen Sie mich ausreden. Ich war fünfundzwanzig. Und sie war … eben jünger. Ich stehe nicht auf Kinder«, sagte er schnell. »Aber sie wirkte … Sie sah älter aus. Als ich sie kennenlernte, behauptete sie, sie sei neunzehn. Ich habe ihr geglaubt. Dabei war sie erst fünfzehn. Wir haben uns ein paarmal getroffen. Als die Sache auseinanderging, fand ihre Mutter es heraus. Sie war fuchsteufelswild und sagte, ich hätte Sex mit ihr gehabt und das sei nichts anderes als Vergewaltigung.«

»Und sind Sie angeklagt worden?«

»Nein. Weil man nichts beweisen konnte. Weil nämlich nichts passiert ist, verstehen Sie? Wir sind nur ins Kino gegangen und haben herumgehangen. Natürlich habe ich gehofft, dass niemand das herausfindet, weil sich die Leute nicht auf *mich* stürzen sollen. Sie sollen nach Grace suchen.«

»Und warum geben Sie dann Interviews?«

»Das habe ich Ihnen doch schon erklärt. Adelaide wollte nicht, und irgendjemand musste es ja tun. Irgendjemand musste dafür sorgen, dass Gracie ein menschliches Antlitz bekommt, damit man sie gehen lässt. Adelaide hat mich gebeten, mit der Presse zu reden, weil sie Angst hatte, das Falsche zu sagen. Sie fühlte sich so schuldig, dass sie es nicht übers Herz brachte. Als ich Sie dann bei uns zu Hause antraf, war mir nicht klar, dass es in Adelaides Sinne war. Danach hat sie … Hören Sie.« Er seufzte. »Es ging mir nicht darum, die Sache zu verschweigen. Den Spießrutenlauf habe ich längst hinter mir. Jetzt hätte ich nur gern vermieden, dass Grace' Name damit in Verbindung gebracht wird. Ich wollte nicht, dass sie sich … für mich schämt.«

Mit einem Mal wurde mir heiß. Ich war mit der Erwartung gekommen, dass er mich beschimpfen oder alles abstreiten würde. Stattdessen fühlte ich mich schlecht, weil ich etwas aufgewühlt hatte, dass mich nichts anging. Mein Gesicht kribbelte. Ich stand auf, weil ich hier weggehen musste. Unbedingt. Bevor ich alles nur noch schlimmer machte.

»Mr Upton, sicher haben Sie damit gerechnet, dass es ans Tageslicht kommt. Ihre Tochter wird vermisst. Ich habe nur meine Arbeit gemacht. Besser ich als die anderen Geier. Geschrieben habe ich noch nichts … und werde es auch nicht tun. Aber es könnte trotzdem herauskommen.«

Ich presste die Lippen zusammen und wappnete mich für den unvermeidlichen Ausbruch, aber er kam nicht. Mr Upton starrte mich an, und in seinen Augen brannten Trauer und Scham. Ich wartete nicht, bis er meine Worte verdaut hatte, denn ich hatte ihm nichts Neues erzählt. Angst hatte er nicht. Dies waren vielmehr die Augen von jemandem, der vieles bedauerte.

Aber dass es ihm wichtig war, Grace die Scham zu ersparen, ließ mich plötzlich daran zweifeln, dass die Entführung seiner Stieftochter zu den Dingen gehörte, die er zu bedauern hatte.

Als ich zu meinem Wagen marschierte, fraß mich die Verwirrung innerlich auf. Im Dämmerlicht des Innenraums kramte ich nach meinem Handy. Ich keuchte, sodass die Fenster schnell beschlugen. Der Empfang hier oben in den Hügeln war schlecht bis gar nicht vorhanden. Innerhalb weniger Sekunden schrumpften die Balken auf einen einzigen zusammen.

Eine SMS erschien. Im ersten Moment brachte panische Angst meine Finger zum Kribbeln. Ich dachte an die Nachricht, die ich zuvor bekommen hatte – *keinen schritt weiter.* Es war dieselbe Nummer.

Trotzdem öffnete ich den Text, da meine Neugier die Oberhand gewann.

*keinen schritt weiter sagte ich. lass die sache ruhen. hör auf rumzuschnüffeln*

Meine Unruhe bekam eine andere Qualität. Ich sollte Marion davon erzählen, sollte sie bitten, die Nummer zurückzuverfolgen, so wie ich es von Henry verlangt hatte. Vermutlich war es einfach ein wütender Kollege, aber ich konnte das Gefühl nicht abschütteln, dass irgendetwas nicht stimmte. Wenn ich es Marion erzählte, musste ich allerdings zugeben, dass ich Angst hatte, und dazu war ich noch nicht bereit.

Ich hatte den Gedanken kaum verarbeitet, als mein Handy erneut vibrierte, diesmal dauerhaft.

»Cassie, Gott sei Dank. Ich habe ein paarmal versucht, dich anzurufen.« Marion.

»Tut mir leid. Ich war nur … Ich hätte dich auch gleich angerufen.« Dann hielt ich inne. In meinem Magen machte sich ein flaues Gefühl breit. »Warte. Was ist los?«

»Es ist wegen deiner … Großmutter. Bist du in der Nähe? Kannst du zum Babington Hospital kommen?«

»Ins Krankenhaus? Was, zum Teufel, ist los, Marion?«

»Ich habe vorhin einen Anruf bekommen«, sagte Marion. »An deinem Handy ist offenbar nur die Mailbox angesprungen. Bei dir zu Hause haben sie es auch versucht, aber … Hör zu, ich glaube, es geht ihr gut, aber sie ist ausgebüxt und durch die Straßen geirrt. Jemand hat sie … angefahren, auf der Straße. Mehr kann ich im Moment auch nicht sagen. Aber ich denke, es geht ihr gut. Kannst du hinkommen, Cass? Dann treffen wir uns dort.«

Ich ließ das Handy fallen. Mein ganzer Körper war taub. Sämtliche Gedanken lösten sich in Luft auf. Nur noch Marions Worte schwirrten mir im Kopf herum, und dann fuhr ich auch schon los. Ich zog auf die Straße, ohne in den Spiegel zu schauen, und raste zum Krankenhaus.

Mein Fuß klebte auf dem Gaspedal, und mein Herz hämmerte so laut, dass ich kaum die Hupe eines anderen Verkehrsteilnehmers hörte, als ich über eine Kreuzung schlitterte. Was, um alles in der Welt, hatte Gran getan? Wo war sie? Warum sollte jemand sie anfahren? Hatte sie sich etwas gebrochen? Oder Schlimmeres …

In Rekordzeit erreichte ich das Krankenhaus und kam mit quietschenden Reifen vor der Notaufnahme zum Stehen. Marion hatte nicht gesagt, wo wir uns treffen sollten. Gott sei Dank erblickte ich ihren Wagen auf dem Parkplatz direkt davor. Das Blaulicht, das sie auf ihrem Sitz liegen lassen hatte, war nicht zu übersehen.

Ich rannte durch den Eingang. Und da war sie, Marion, eine Gestalt am Rand des Wartebereichs, in dem sich Leute mit verstauchten Gelenken und gebrochenen Fingern tummelten.

»Marion!«, rief ich atemlos. »Was ist los? Gran sollte doch nicht allein sein. Die Pflegekraft …«

Marion nahm mich in die Arme, angespannt wegen der vielen ungesagten Worte. Sie hielt mich einen Moment lang fest, und ich nahm den Geruch der Polizeiwache an ihr wahr, eine vertraute Mischung aus Büro und Druckertinte, Kaffee und Zigaretten. Am liebsten hätte ich geweint, aber ich konnte nicht. Der Kloß in meinem Hals war zu groß, und ich bekam kaum Luft. Ich entzog mich ihr und schaute ihr ins Gesicht.

»Erzähl mir, was passiert ist«, drängte ich sie.

»Sie war auf der Straße«, sagte Marion. »Jemand hat sie angefahren. Gott sei Dank war derjenige nicht schnell unterwegs. Einer deiner Nachbarn hat sie gefunden und den Krankenwagen gerufen.«

Ich brauchte einen Moment, um mich zu besinnen und die Panik zu unterdrücken, die immer noch in mir herumwirbelte. Hatte ich mich im Tag geirrt? War es mein Fehler, dass Gran allein gewesen war? Ich gab mir alle Mühe, nicht den Kopf zu verlieren. Das war entscheidend bei Grans Betreuung: Ich musste meine Gefühle unter Kontrolle bringen. Das schreckliche, alles erschütternde Gefühl, das mich zu verschlingen drohte, durfte ich gar nicht erst an mich heranlassen. Egal, was man mir für Nachrichten aufs Handy schickte.

Die Drohung.

*keinen schritt weiter sagte ich*

Daran durfte ich jetzt nicht denken, sonst würde ich die Kontrolle verlieren. Also nahm ich mir noch einen Moment und noch einen, bis mir bewusst wurde, dass ich Marion ins Gesicht starrte, ohne etwas zu sagen.

»Es geht ihr gut, Cassie«, erklärte sie. »Alles in Ordnung. Es war nicht dein Fehler.«

Aber es *war* mein Fehler. Und ich musste ihn wiedergutmachen.

# 13

Die Verletzungen meiner Großmutter waren nicht gravierend. Ein gebrochener Arm, weil sie gegen die Bordsteinkante geknallt war, und ein paar Blutergüsse im Gesicht. Man würde sie noch ein paar Tage zur Beobachtung dabehalten. Eigentlich wollte ich bei ihr bleiben, aber die Krankenschwester schickte mich abends mit der Versicherung nach Hause, dass man mich über alle Veränderungen informieren würde.

Marion hatte angeboten, mir ein spätes Abendessen zuzubereiten. Als ich vor ihrem Haus vorfuhr, war ich vollkommen erschöpft. Mein Kopf pochte, und mein Mund war trocken. Ich war mir nicht sicher, ob ich überhaupt dort sein wollte, aber bei der Vorstellung, in ein leeres Haus zu kommen, hatte ich zugestimmt. Ich konnte das Gefühl nicht abschütteln, dass Gran wegen mir zu Schaden gekommen ist. Sie ist auf der Straße herumgeirrt, weil ich nicht sichergestellt habe, dass für sie gesorgt wurde. Ich dachte an die SMS. Hatte der Unfall etwas damit zu tun? Steckte Absicht dahinter? Beide Nachrichten habe ich nach dem Lesen gelöscht, jetzt bedauerte ich es.

Ich hätte sie Marion zeigen sollen. Sie hätte gewusst, was

zu tun ist. Aber selbst jetzt konnte ich mich nicht dazu durchringen, ihr davon zu erzählen. Was, wenn ihr auch etwas zustieß? War sie in Gefahr, wenn ich ihr davon berichtete? Ein kleiner schuldbewusster Teil von mir konnte auch den Gedanken nicht ertragen, dass sie mir nahegelegt hatte, die Finger von der Sache zu lassen.

Das schlechte Gewissen zermürbte mich. Es war meine Schuld. Der Zeitpunkt von Grans Unfall, die letzte SMS … das lag zu dicht beieinander, um Zufall sein zu können. Blieb die beunruhigende Gewissheit, dass irgendjemand dachte, ich wisse etwas, das ich nicht wissen sollte. Und falls nicht, dass es nur noch eine Frage der Zeit war.

Marion drückte mir zur Begrüßung eine Tasse Tee in die Hand, und ich ließ mich dankbar aufs Sofa fallen. Ein paar herrliche Sekunden lang schien ich von jeder Last befreit. Ich dachte an nichts anderes mehr als an den warmen Dampf und den vertrauten Kindheitsgeruch von süßem Tee mit Milch.

Ich dachte an meinen Dad und daran, wie er mich als kleines Kind von der Schule abholte. Immer hat das Haus nach warmem Tee gerochen. Er kochte ständig Tee oder hatte unter einem Teewärmer auf dem Küchentisch eine Teekanne stehen. Mir fiel wieder ein, wie er uns übers Haar gestrichen oder unsere Schulpullover über die Stuhllehnen gehängt hat – Kleinigkeiten, die er irgendwann nicht mehr machte.

An solchen Nachmittagen, wenn Mum bei der Arbeit war und er uns beobachtete, zwang er uns praktisch dazu, Shortbread zu essen. Seine eigene Mutter hat vor ihrem Tod viele Jahre in Edinburgh gelebt, und Shortbread war ihr Lieblingsgebäck. Er wurde nicht müde, uns das zu erzählen.

Ich drückte den Teebecher an die Brust und genoss das Gefühl, von Wärme durchdrungen zu werden. In solchen Momenten vermisste ich meinen Vater. Vermisste das, was wir hatten, bevor unsere Familie auseinanderzubrechen drohte. Vor Olives Entführung lief es nicht gut zwischen meinen Eltern, aber vielleicht hätte sich alles geklärt … Ich schüttelte den Gedanken ab.

»Alles in Ordnung?«, fragte Marion, die mir am Couchtisch gegenübersaß. Sie sah müde aus. Ihre Haare waren zerzaust, und sie hatte dunkle Schatten unter den Augen.

»Nicht wirklich«, sagte ich leise. »Es waren ein paar lange Tage.«

Marion seufzte und nahm einen Schluck Tee, die Ellbogen auf die Knie gestützt.

»Cassie, ich denke wirklich, du solltest es ruhiger angehen lassen. Nimm dir eine Auszeit. Nach dem, was deiner Großmutter zugestoßen ist, solltest du bei ihr bleiben, statt in der Gegend herumzurennen und meinen Job machen zu wollen.« Sie verzog das Gesicht, weil sie selbst merkte, dass das nicht gerade freundlich war. »So habe ich das nicht gemeint … Aber ist dir eigentlich klar, was ich die ganze Zeit über tue?«

»Grace Butler ist immer noch irgendwo da draußen«, sagte ich, plötzlich hellwach. Grans Unfall sollte nicht vergeblich gewesen sein. »Sie ist noch da draußen, und ich kann ihr helfen. Als ich heute an der Schule war, habe ich …«

»Cassie …«

»Außerdem habe ich mit Roger Upton geredet …«

»*Cassie.*« Wieder schnitt Marion mir das Wort ab. »Ich weiß, dass du gern helfen willst, aber ich … ich habe einfach den Eindruck, dass du gegen Windmühlen kämpfst.«

»Was meinst du damit?«

»Ich meine einfach … wegen Grace. Ich glaube, dass du auf dem Holzweg bist, verstehst du? Es gibt eine Menge Spuren, die wir im Moment verfolgen, und vieles erscheint mir erfolgversprechend. Aber es lohnt sich nicht, dass du dein Leben – und das deiner Großmutter – dabei aus den Augen verlierst.«

»Marion, du sprichst in Rätseln.«

»In Fällen wie diesem beginnen wir mit der Familie, Cassie.«

»Das ist ja auch der Grund, warum ich Roger …«

»Roger und Adelaide Upton sind nicht ihre ganze Familie. Grace hat auch noch einen biologischen Vater, und der ist nicht … Versprich mir aber, dass du nicht darüber schreibst, ja? Das darf noch nicht publik werden. Ihr Dad scheint wie vom Erdboden verschluckt«, fuhr sie fort. »Er ist selbstständig und arbeitet von zu Hause aus. Das erklärt, warum sich niemand gewundert hat, als er nach dem Wochenende tagelang nicht erreichbar war. Nachdem wir zig Nachrichten hinterlassen haben, ohne etwas von ihm zu hören, haben wir ein paar Leute zu ihm nach Hause geschickt. Er war nicht da. Seine Assistentin hat auch schon seit letzter Woche nichts mehr von ihm gehört. Offenbar gab es bereits häufiger Auseinandersetzungen, weil er manchmal einfach verschwindet, ohne jemandem Bescheid zu sagen. Wir haben das überprüft. Das Land hat er nicht verlassen, aber der Wagen ist nicht da …«

Ich klammerte mich an die Tasse, die in meiner Hand zitterte. Unwillkürlich kam mir in den Sinn, wie man meinen Vater nach Olives Verschwinden behandelt hatte. Es konnte doch wohl nicht Grace' Vater gewesen sein, oder?

Ich konnte mich noch an die Miene meines Vaters erinnern, als er uns mitgeteilt hat, dass er uns verlässt. Seine Augen waren blutunterlaufen, seine Augenbrauen gerunzelt, sein Kinn mit Bartstoppeln übersät. Er war wirklich am Ende. Aber ob das mit Olives Verschwinden zu tun hatte oder damit, dass er die Familie verlassen würde, die er vor so langer Zeit gegründet hatte, war mir damals nicht klar.

»Es wird auch nicht für lang sein«, hat er gesagt – gelogen. »Ich gehe einfach in ein Hotel, bis sich der Sturm gelegt hat.«

Das Morgenlicht hat seine Falten wie Narben hervortreten lassen, und ich wusste bereits damals, dass er nicht zurückkommen würde. Ich wusste auch, dass sein Auszug nichts mit den polizeilichen Ermittlungen zu tun hatte. Er wäre ohnehin gegangen. Als er mich fest und lang umarmte, atmete ich den Geruch von Büchern und Rasierwasser ein und wusste, dass bald alles anders sein würde.

»Warum?«, fragte ich. Meine Tränen ließen alles verschwimmen.

»Mum und du, ihr seid ohne mich besser dran.«

»Sind wir nicht. Mit zwei Leuten ist man keine Familie.«

Dad schob mich ein Stück von sich weg und schaute mich so eindringlich an, dass es wehtat. Mein Herz schien zu explodieren und die Welt unter ihrem eigenen Gewicht zusammenzubrechen.

»Wir sind immer noch eine Familie, Cass. Ich bin immer noch dein Dad.«

Er irrte sich. Väter verschwanden nicht, wenn es schwierig wurde. Väter zogen nicht zu einer anderen Frau. Sie taten nicht so, als sei alles in Ordnung. Die Sonnenfinsternis warf immer noch ihren Schatten auf uns. Alles wurde davon verschluckt, jeder Blick und jedes Gespräch.

Die Sonnenfinsternis hatte ich auch im Blick, als ich sagte, was ich sagen wollte, seit ich erstmals von *ihr* gehört hatte. Von Carol. Ich bleckte die Zähne und warf ihm einen verächtlichen Blick zu.

»Du hast aufgehört, mein Dad zu sein, als du beschlossen hast, lieber mit ihr zu ficken, als dich um uns zu kümmern.«

Er hat nicht einmal widersprochen.

»Ich …« Ich gab mir Mühe, in die Gegenwart zurückzukehren. Marion musterte mich. »Denkst du wirklich, Grace' Vater hat etwas damit zu tun?«, fragte ich.

Marion ignorierte die Frage.

»Ich denke, du solltest dir ein wenig Zeit nehmen, um dich zu sammeln«, sagte sie. »Ich merke doch, dass du eine Verbindung zu Olive herstellst, und ich weiß auch, dass du dich umgehört hast. Das ist auch in Ordnung, wenn du etwas darüber schreiben willst, aber du solltest auf keinen Fall …« Sie holte tief Luft. »Ich denke, du gehst zu weit, Cass. Du steckst zu tief drin. Und ich weiß ja, wie du tickst.«

Obwohl Marions Stimme freundlich klang, hatte ich das Gefühl, abgemahnt zu werden. Wie ein dummes Kind ausgeschimpft zu werden. Dabei war ich nicht tollkühn und dachte mir einfach etwas aus. Ich trieb es nicht zu weit.

Ich trieb es nicht weit genug.

»Du willst mir doch nicht weismachen, dass du die Verbindung nicht auch hergestellt hast«, sagte ich. »Grace. Olive. Die Sonnenfinsternis.«

Marion schüttelte den Kopf. »Ich würde nicht so weit gehen zu behaupten, dass die Sonnenfinsternis mir nicht im Kopf herumgeschwirrt wäre. Tatsächlich werde ich sie immer noch nicht los. Bei jedem Blinzeln ist sie da, hinter meinen Augenlidern …« Sie rieb sich die Augen, als versuche sie, das Bild wegzurubbeln. »Aber der Zeitpunkt ist nicht alles, zumal Olive *während* der Sonnenfinsternis entführt wurde. Es passt also nicht einmal vollständig ins Bild. Im Moment verfolge ich neue Spuren. Vielleicht könntest du mir ja ein bisschen Zeit geben, um den Beweis anzutreten.«

Ich musste anerkennen, wie viel Mühe Marion sich gab, zumal sie sich selbst auch nicht hundertprozentig vertraute. Ich schaute sie an und versuchte zu nicken. Versuchte es wirklich. Aber ich konnte meinen Körper nicht dazu bringen zu lügen.

Ich steckte schon zu tief in der Sache drin. Da waren Darren Walker, der vor der Schule herumlungerte, und Roger Upton mit seiner Vergangenheit. Auch Cordy Jones ging mir nicht aus dem Sinn. Dann war da der Stimmungsring, den Grace getragen hat und der dem von Olive so sehr ähnelte. Zu allem Überfluss dann noch die SMS … Ich hatte zu viele offene Fragen und zu viele Dinge im Kopf, um die Sache einfach fallenzulassen. Mir war klar, wie abstoßend ein derart verschwörerisches Gebaren wirken musste, wenn die eigene Großmutter im Krankenhaus lag, aber ich konnte nicht anders. Ich konnte nicht zulassen, dass Gran für nichts und wieder nichts zu Schaden gekommen war.

Seit ich das Olive-Tagebuch aufgeschlagen hatte, gab es für mich kein Zurück mehr. Wie die Büchse der Pandora ließ sich die Sache nicht mehr bändigen. Olives Geist war zurückgekommen, gnadenlos. Ich musste meine Fragen einfach loswerden, egal, was für Antworten ich fand.

»In Ordnung«, versprach ich. Meine Zunge hatte kein Problem mit dem Lügen. »Ich gebe mir Mühe. Könnten wir jetzt einfach ein bisschen fernsehen, bis ich bereit bin, nach Hause zu gehen und ins Bett zu fallen?«

Bevor ich ins Bett ging, schrieb ich noch ein paar Gedanken über mein Treffen mit Roger Upton nieder. Vielleicht könnte ich besser schlafen, wenn in meinem Kopf kein Chaos herrschte. Einen richtigen Artikel wollte ich nicht daraus machen; irgendetwas widerstrebte mir daran, obwohl ich ihm gesagt hatte, dass vermutlich sowieso alles ans Tageslicht kommen würde. Jetzt hoffte ich einfach, für eine Nacht die Träume verbannen zu können. Kurz dachte ich an die Tabletten, die Doktor White verschrieben hatte. Sie lagen im Schränkchen unten im Vorraum, aber ich zwang mich, sie zu ignorieren. Sie waren nicht für mich bestimmt.

Ich hatte die Hoffnung, dass ich zu erschöpft war, um zu träumen.

Ich irrte mich.

Die Finsternis lastete auf mir, schwer und stickig wie eine Decke. Sie legte sich um meine Haut und erschwerte mir das Atmen. Ich schwitzte, wälzte mich hin und her, kämpfte gegen die Laken. Die silbergrauen Wände waren feindlich und steril. Mum nahm im Gehen meine Hand. Das Blut dröhnte in meinen Ohren, die Erinnerungen verfolgten mich. Solche Träume habe ich schon häufiger gehabt.

»Ich möchte nicht«, sagte ich mit heiserer Stimme.

Mum packte meine Hand noch fester und ging weiter. Ich hatte keine Wahl, als ihr zu folgen. Die sanften Gesichtszüge, die ich in Erinnerung hatte, waren verschwunden. Nun war ihre Miene hart, und sie griff so fest zu, dass ich das Gesicht verzog.

Schließlich gelangten wir zu einem Raum. Wir traten nicht ein. Am Rande meines Gesichtsfelds stand ein dunkel gekleideter Mann. Mir wurde bewusst, wo wir waren, und mein ganzer Körper wurde vor Angst taub. Mein Herz hämmerte in meinen Ohren, und mein Gesicht war tränenüberströmt. Mum packte meine Hand noch fester. Meine Knöchel knackten.

»Mum, das tut weh.«

»Bist du bereit?«

Eine Stimme war zu hören, körperlos. Und dann erwachte die dunkle Wand vor uns zum Leben. Keine Wand, sondern ein Fenster. Eine Glasscheibe, größer als die Spannbreite meiner Arme. Ich spürte, dass mein Herz doppelt so schnell schlug. Dreimal so schnell. Ich hatte das Gefühl zu sterben. Ich hielt den Atem an, bis meine Lunge nach Luft lechzte, und klammerte mich an die Hand meiner Mutter.

»Siehst du es? Ist es hier?« Die Stimme meiner Mutter zitterte.

Mir wurde bewusst, dass ich die Augen geschlossen hatte. Ich zwang mich, sie zu öffnen.

Im Raum stand ein Tisch. Auf dem Tisch lag ein Mädchen. Unwillkürlich spürte ich, wie mir Galle in den Mund stieg, aber ich schluckte sie hinunter. Davon würde ich mich nicht beirren lassen. Es konnte nicht wahr sein. War nicht wahr. Der Körper war zu lang. Zu blass. Das Haar war zu hell, die Augen – nichts stimmte.

Mum hatte angefangen zu weinen, wurde von entsetzlichen, heimtückischen Schluchzern geschüttelt. Und ich mit ihr. Sie zog sich zurück und ließ meine Hand los. Ich klammerte mich an ihren Ärmel, aber sie stieß mich von sich. Die Finsternis verschluckte sie allmählich – wie in Zeitlupe. *Mum, warte.* Sie wartete nicht. Als die Entfernung zwischen uns immer größer wurde, verschwamm sie hinter meinen Tränen.

Dann war sie fort. Aber ich roch noch den intensiven,

teuren Geruch ihres Parfums. Es war das letzte Mal, dass ich sie lebend sah, das letzte Mal, dass ich sie berührte, als sie noch warm und stark war.

Die nächste Erinnerung kam ungeachtet der Tatsache, dass ich alles tat, um vorher aufzuwachen.

Das Haus war totenstill, die Tür nicht abgeschlossen. Ich irrte durch den leeren Vorraum.

»Mum?« In der Hand hielt ich die Papiere, die bestätigten, dass man mich vorläufig zum Studium zulassen würde. Wenn ich sie ihr zeigte, so meine Idee, hatten wir vielleicht noch eine Zukunft, die nicht so leer und trostlos war, wie es uns vorkam. Jenseits dieses Körpers in der Leichenhalle, dieses jugendlichen Körpers, der mehr dem meinen geglichen hatte als dem von Olive, könnte noch ein Leben auf uns warten. Auf mich. Trotz des Kummers gab es vielleicht etwas Neues, auf das man sich freuen konnte.

Das Haus war kalt. Ich hatte getrunken, nur ein bisschen, um den Mut aufzubringen, Mum von dem Studienplatz zu erzählen, den ich bekam, wenn ich die entsprechenden Noten erzielte. Den Platz anzunehmen hieß aber, sie allein zu lassen. Ich hatte den Abend mit Freunden im anonymen Schatten eines Parks verbracht und mir fast einzureden vermocht, dass alles gut werden würde. Den billigen Wodka und das unglaublich schlechte Gras schmeckte ich noch auf der Zunge, als ich nach und nach die Lampen anschaltete und gelbes Licht das schwarze Haus erhellte.

»Mum?«

In der Küche brannten Kerzen. Sie waren schon so weit heruntergebrannt, dass sie fast erstarben, rote und grüne Weihnachtsbaumkerzen, die auf dem Tisch Wachsringe hinterließen. Die Ringe schmolzen ebenfalls.

Es war nicht Weihnachten, sondern Spätfrühling. Auf dem Tisch stand unser bestes Porzellan, die silbernen Messer blitzten. Ich blinzelte verwirrt.

Und dann sah ich sie und wusste Bescheid. Sie trug ihr schönstes Kleid und ihre guten Schuhe, auf Hochglanz poliert. Ihre Füße waren dreißig Zentimeter vom Boden entfernt.

Ich schrie und schrie und schrie. Dunkelheit sank herab, als die Kerzen erloschen … die erste … die zweite … die dritte … Schwarze Luft umfing mich, als ich hinaustaumelte, dann war ich wieder im Vorraum … an diesem sterilen Ort, der kein Zuhause war, und starrte auf das dunkle Spiegelglas.

Ich trocknete meine Tränen und schluckte, um meiner brennenden Kehle Linderung zu verschaffen.

»Nein«, sagte ich in die Dunkelheit, »das ist nicht Olive.«

# 14

*Donnerstag, den 19. März 2015*

*Noch ein Tag bis zur Sonnenfinsternis.*

Dieser Gedanke brannte in mir, als ich aufwachte. Ich kämpfte mich hoch, plötzlich von der Idee besessen, dass wir Grace, wenn wir sie nicht vor der Sonnenfinsternis finden, nie finden werden. Das war töricht, das war mir selbst klar, aber die Sonnenfinsternis und Olive waren in meinem Kopf untrennbar miteinander verbunden.

Mein Blick fiel auf die gerahmten Artikel, die an der Wand gegenüber von meinem Bett hingen. Sie hingen dort bereits bei meinem Einzug, Relikte aus Grandads Atelier. Neben dem Namen der Verfasserin schaute mich mein strahlendes Gesicht an. Der Text der Artikel war mir so vertraut wie meine Gedanken aus der Zeit, in der ich sie geschrieben habe.

Meine journalistische Laufbahn gründete auf der Trauer und Verwirrung von Familien wie meiner. Menschen, die Kinder verloren haben – selbst jene, die sie wiedergefunden haben –, konnten ihre Narben nicht verbergen. Die Erfahrung hat sie verändert. Sie hat meinen Vater verändert, der seine Gefühle nicht mehr zeigen konnte, und Mum, die sich gegen ihre Trauer nicht zur Wehr zu setzen vermochte. Die schließlich dem Tod den Vorzug gegeben hat gegenüber Traurigkeit und Alkohol und lebenslanger Reue.

Mich hat sie auch verändert.

Als ich die Artikel betrachtete, wusste ich allerdings, dass ich nicht verrückt werden würde. Wenn es eine Verbindung gab, würde ich sie finden.

Ich quälte mich aus dem Bett, von einer neuen Entschlossenheit gepackt. Nachdem ich im Krankenhaus angerufen hatte, um mich nach meiner Großmutter zu erkundigen, nahm ich eine Dusche und kochte Kaffee, den ich viel zu heiß hinunterstürzte. Dann nahm ich meine Kapuzenjacke vom Wandhaken, wo ich sie am Abend zuvor hingehängt hatte. Beim Anziehen fand ich einen Zettel in der Tasche. *Wir reden später x.* Zunächst erkannte ich die Handschrift nicht, aber das Küsschen in der unteren Ecke ließ mein Herz schneller schlagen und meine Wangen erglühen. Marion musste den Zettel vor meinem Aufbruch in meine Tasche gesteckt haben.

Als ich im Krankenhaus ankam, wurde gerade das Frühstück serviert: Toast mit Ei, mehr als labbrig. Gran schien es nicht zu stören. Eier waren ihre Lieblingsspeise.

»Hallo«, sagte sie munter und lächelte. Egal, ob sie klar im Kopf war oder nicht, ich freute mich über jeden Tag mit ihr. Ich erwiderte ihr Lächeln, froh, dass es ihr gut ging. Alles hätte noch viel schlimmer kommen können.

Als ich an die SMS dachte, ließen die Schuldgefühle mein Lächeln erlöschen. Aber ich verdrängte sie schnell. Immerhin war Gran hier sicherer als zu Hause. So gern ich sie daheim hätte, war ich doch auch dankbar, sie nicht in der Gefahrenzone zu wissen, wenigstens für eine Weile.

»Guten Morgen«, sagte ich.

Ich setzte mich auf den kleinen Stuhl neben ihrem Bett und half ihr, die Scheibe Toast klein zu schneiden. An der Wand hing ein Fernseher, den ich am Abend für sie eingestellt hatte, stumm und mit Untertiteln für Gehörlose. Ich konnte den Blick nicht von ihm losreißen. Der Nachrichtenticker am unteren Bildschirmrand verbreitete das Eingeständnis der Polizei, dass man im Fall Grace Butler noch keinen Schritt weiter sei.

Menschen wurden gezeigt, die in der Landschaft nach ihr suchten. Ein paar von ihnen glaubte ich zu erkennen: Earl vom Café, den Lehrer mit den Locken, den ich vor der Schule gesehen hatte, dann Ady und sogar Doktor White, der mit dem Rücken zur Kamera stand. Bishop's Green hatte sich noch nie so klein angefühlt und doch so voller Unbekannter.

Plötzlich verspürte ich eine große Leere. Ich vermisste meine Mutter. Die Mutter von früher, nicht die distanzierte, arbeitswütige Frau, die sie irgendwann geworden war.

Es war schon komisch, dass ich ihr immer ähnlicher wurde. Zu meiner Ehrenrettung konnte ich nur anführen, dass ich nicht homophob war, einer meiner Standardwitze gegenüber Henry.

Die nächste Nachricht handelte von der Sonnenfinsternis. Ich schaute schnell weg, aber das schwarz-weiße Muster hatte sich bereits in meine Retina eingebrannt.

Als ich wieder hinsah, wurde eine Wiederholung von der Pressekonferenz vom Vortag gesendet. Adelaide und Roger saßen auf dem Podium, die Gesichter von Sorgen zerfurcht. Mein Exklusivinterview war hinfällig. Ich konzentrierte mich auf Roger, musste aber feststellen, dass mein Bauchgefühl schwieg. War es möglich, dass er einfach nur einen Fehler gemacht hatte? Sosehr mir die Vorstellung widerstrebte, aber die Sorge um seine Stieftochter war keine Heuchelei.

Ich wurde aus meinen Gedanken gerissen, als Gran den Arm ausstreckte und meine Hand berührte.

»Sie wird nicht einfach nach Hause zurückkehren«, sagte sie so leise, dass ich schon glaubte, sie falsch verstanden zu haben. An ihrer Miene erkannte ich aber, dass ich genau richtig gehört hatte.

Ich schluckte und blinzelte gegen die Tränen an. Meine Träume von Olive kamen mir in den Sinn, ihr Gesicht, wenn sie meinen Namen rief. Jetzt zu weinen würde aber auch nichts nutzen. Ich schenkte Gran eine Tasse Wasser ein und mied ihren Blick.

»Nein«, gab ich zu, »das wird sie nicht.«

Als ich heimkehrte, stand ein unbekanntes Auto vor meinem Haus. Es wirkte fehl am Platz; die glänzende weiße Motorhaube und die eleganten schwarzen Reifen ließen meinen Fiesta wie einen Hipster-Traum erscheinen.

Ich stieg aus und stellte fest, dass ich den Fahrer kannte. Eine unerwartete Freude erfüllte mich. Eine Welle von Wärme und Glück ersetzte die Leere, die sich in meinem Herzen eingenistet hatte, seit ich Gran im Krankenhaus zurücklassen musste. Dass er sein Versprechen hielt, hätte ich nicht gedacht, und dann auch noch mit so einem neuen Schlitten.

»Heno!«

Er sah genauso aus wie immer. Ein schlanker Körper, der sich unter einer Jeans und einem etwas zu weiten Tweedjackett verbarg. Das weiße Haar war an den Seiten kurz geschnitten und oben etwas länger.

»Guten Morgen, mein Schatz«, sagte er.

»Was tust du denn hier? Ich weiß, dass du dein Kommen angekündigt hast, aber das habe ich natürlich nicht ernst genommen.«

»Das ist ja eine freundliche Begrüßung für den Ritter in der glänzenden Rüstung«, sagte er mit einem schiefen Grinsen. Ich konnte es kaum glauben, dass er den ganzen Weg gefahren war, um ausgerechnet hier Urlaub zu machen.

»Entschuldigung«, sagte ich und grinste ebenfalls.

»Ich hatte doch gesagt, dass ich komme. Du schuldest mir ein Abendessen, erinnerst du dich? Aber egal, diese Stadt macht uns beide noch zu Heiden. Auf dem Weg hierher habe ich fünf Plakate gezählt, und wohin auch immer ich gehe, starrte mich diese grässliche Sonnenfinsternis an.« Er kniff die Augen zusammen. »Ist alles in Ordnung bei dir? Ich habe deine SMS wegen deiner Großmutter bekommen. Wie geht es ihr?«

Da ich nicht lügen wollte, zuckte ich einfach mit den Schultern. Ich wollte ihm nicht erzählen, dass ich bei jedem Blinzeln die Sonnenfinsternis sah, dass Sichelmonde die Dunkelheit zerschnitten, wann immer ich die Augen schloss, und dass ich panische Angst hatte, meine Großmutter könne in Gefahr sein, wenn sie wieder nach Hause kam.

»Diese Nummer, die ich für dich nachverfolgen sollte«, sagte Henry, als er begriff, dass ich nicht antworten würde, »ist ein Schuss in den Ofen. Kein Vertrag. Tut mir leid.« Er neigte den Kopf und musterte mich. Erwartungsvoll.

Ich ignorierte seine Neugierde mit einem weiteren Schulterzucken. »Möchtest du auf einen Tee hereinkommen?«, fragte ich ihn.

Ich schaute unbehaglich zum Haus hinüber. Henry folgte

meinem Blick und betrachtete das kleine Haus mit den Spitzengardinen und dem ungepflegten Garten. Es war Lichtjahre entfernt von der Wohnung, in der ich in der Londoner Innenstadt mit Helen gewohnt habe, zwischen poliertem Chrom und brandneuer Ausstattung. Sein amüsierter Blick war nicht zu übersehen.

Schließlich schüttelte er den Kopf und machte eine unbestimmte Geste. Dann steckte er sich eine Zigarette an. Ich schluckte, kämpfte gegen das Verlangen an und dachte konzentriert an das Nikotinpflaster auf meinem Arm.

»Geht nicht, mein Schatz«, brach er in meine Gedanken ein. »Ich bin nicht nur zum Urlaub hier. Ich habe ein paar Antworten, und die Zeit rennt. Allerdings« – er betrachtete meine Krankenhausmontur: Trainingshose und alter Kapuzenpulli – »solltest du dich vielleicht vorher umziehen. Lässiger Schick wäre in Ordnung.«

# 15

*August 1999*

Die zweite Woche in Olives Gefängnis verlief genauso wie die erste. Heimliche Besuche in sechs Nächten. Sandmann verhielt sich absolut ruhig, und so sehr Olive auch wach zu bleiben versuchte, es gelang ihr nicht. Sie konnte die Augen nicht lang genug offen halten, um ihn zu erwischen. Nicht dass sie wüsste, was sie in einem solchen Fall tun sollte. Sie konnte ihn ja kaum bitten, sie wieder gehen zu lassen. Und solange sie gut schlief, konnte es ihr gar nicht so schlecht gehen.

Aber aus irgendeinem Grund musste sie es trotzdem tun – ihn erwischen, wenn er sich hereinstahl. Um Beweise für das wachsende Gefühl zu finden, dass er mehr tat, als sie wie ein »Vater« zu behandeln und ihr die Dinge des täglichen Bedarfs zu bringen. Er erinnerte sie an einen Jungen in ihrer Grundschule, der sich einen Tadel eingehandelt hatte, weil er die Mädchen belästigte. Den ganzen Tag hat er sich in ihrer Nähe herumgedrückt, ganz still. Die meisten Mädchen haben ihn einfach ignoriert, aber Olive hat er Angst eingejagt.

Sandmann war genauso. Olive war sich sicher, dass er sie nachts beobachtete. Ihre Haut kribbelte bei der Vorstellung, dass er noch mehr tun könnte.

Am siebten Tag kam er wieder abends in ihr Zimmer. Dieses Mal aß Olive gerade. Sie hielt ihr Käsebrot mit beiden Händen gepackt und versuchte, das trockene Brot hinunterzuwürgen. Aber ihr Hals schnürte sich zusammen, und der Käse blieb ihr in der Wange stecken, sodass sie husten musste.

Sandmanns Schritte auf der Treppe vor dem Zimmer klangen schwerer als beim letzten Mal. Bedrohlicher. Oder wenigstens kam es Olive mit ihren empfindlichen Ohren so vor. Er schien aufgeregt zu sein, als er durch die Tür trat, und im ersten Moment fühlte Olive Panik in sich aufsteigen. Aber genau darauf hatte sie ja gewartet, jetzt konnte sie keinen feigen Rückzieher machen.

Langeweile, dachte sie, war fast genauso schlimm wie Angst. Im Moment hatte sie gar nicht so viel Angst. Die Müdigkeit und die Wut und das Gefühl, wahnsinnig zu werden, setzten ihr viel mehr zu. Was für einen Zweck hatte es zu gehorchen, wenn sie sowieso vor Langeweile starb?

Bevor Sandmann etwas sagen konnte – bevor das Kribbeln in ihrem Magen sie zur Explosion brachte –, verzog sie das Gesicht und bemühte sich um einen vernünftigen Tonfall.

»Könnte ich wohl ein Buch bekommen? Oder eine Zeitung?«

Obwohl sie wusste, dass sie höflich genug gewesen war, wurde ihr sofort bewusst, dass sie die Situation falsch eingeschätzt hatte. Vollkommen falsch. Die Wörter waren scharf gewesen wie kleine Messer, und Sandmanns Körper veränderte sich sichtlich. Bevor Olive ihre Frage zurücknehmen konnte, hatte er schon das Zimmer durchquert, ihr das Brot aus den Händen gerissen und sie bei den Schultern gepackt.

Die Umklammerung war brutal. Seine Daumen bohrten sich in ihre Haut, und sie schrie auf. Sandmanns Gesicht befand sich nur wenige Zentimeter vor ihrem, und sie spürte seine Wut so stark, wie sie sie sah – in dieser Hitze, dieser verrückten Glut.

»Wie kannst du es wagen.« Die Ruhe in seiner Stimme verlieh Olive das Gefühl, aus Wackelpudding zu bestehen. »Eine Zeitung? Himmel, Mädchen, du bist doch noch in den Nachrichten. Mir war klar, dass du so bist, wenn ich nicht aufpasse.«

Olives Stimme versagte. *Wie bist?*

Als er das Entsetzen in ihrem Gesicht sah, hielt er inne. Ließ sie los. Wich zurück, als habe sie ihm wehgetan und nicht er ihr.

»Ihr Kinder seid heutzutage viel zu frech, das macht mich wirklich wahnsinnig. Würde es euch wirklich umbringen, wenn ihr euch ein bisschen benehmen würdet?«

Olive entging nicht, wie er das Wort »umbringen« aussprach – als sei es etwas Unbekanntes, etwas, das ihm fremd war. Der Tod war nicht Teil der Gleichung. Und obwohl das eigentlich beruhigend sein müsste, empfand Olive es nicht so. Sie fröstelte am ganzen Leib, als der Schweiß in ihrem Nacken abkühlte.

Sandmann kehrte zu den Tüten zurück, die er an der Tür abgestellt hatte, und sortierte den Inhalt. Olive rührte sich nicht. Konnte sich nicht rühren. Sie spürte immer noch seine Daumenabdrücke an der Schulter, als würden sie für immer dort bleiben.

»Gut«, sagte er schließlich. »Waschtag. Ausziehen.«

O Gott, nein. Sie hatte gehofft, das sei eine einmalige Angelegenheit gewesen. Ihr war klar, was Männer mit Mädchen taten, wenn sie sie entführten. Davon hatte sie gelegentlich gehört. Sie war ja nicht blöd. Als sie neun Jahre alt war, hatte ihre Mutter ihr gesagt, dass sie Männer, die ihr wehtun wollten, in den Schritt treten solle. Aber bei ihm konnte Olive das nicht tun. Bei Sandmann. Er war nicht wie andere Männer. Er war ein Monster in Gestalt eines Mannes.

Mit brennenden Augen betrachtete Olive den Kleiderstapel in der Ecke. Wenn sie das gewusst hätte, hätte sie sich vielleicht seltener umgezogen. Hätte die Sachen geschont. Vielleicht müsste er dann nicht so viel waschen.

*»Jetzt sofort.«*

Sie quälte sich auf die Beine, drehte sich wie beim letzten Mal um und öffnete ihren Rock. Er räusperte sich. Kribbelnde Angst und eine heiße Welle der Scham durchströmten ihr Gehirn.

*Nein …*

Sie drehte sich ein wenig um, und ihre Finger zitterten in einer Weise, dass sie sie kaum bewegen konnte. Langsam reichte er ihr die neuen Sachen, genüsslich, sie wie ein Falke im Blick behaltend. Olive verschloss die Augen vor diesem bohrenden Blick und versuchte, an zu Hause zu denken. An die Sommer am Pool damals, als sie im Urlaub nach Spanien gefahren sind. Die Sonne auf der nackten Haut, das salzverkrustete Haar … An alles, nur an das hier nicht.

Als sie sich angezogen hatte, ging er ohne ein weiteres Wort. Die Stapel sauberer Betttücher und Kleidungsstücke und Lebensmittel an der Tür zeugten davon, dass er wirklich da gewesen war. Und ihr wurde klar, dass es Schlimmeres gab als Langeweile.

# 16

»Ich weiß gar nicht, warum immer *du* fährst«, murmelte ich, als Henry mit seinem Wagen eine weitere unbekannte und dabei vollkommen identische Landstraße entlangrollte.

»Weil du wie eine Wahnsinnige durch die Gegend kachelst.« Henry verdrehte die Augen, und mir war klar, dass er sich nur schwer beherrschen konnte, die Sache damals in London nicht zu erwähnen, als ich seinen Wagen rückwärts gegen einen Poller gesetzt hatte. »Außerdem weißt du gar nicht, wo wir hinwollen.«

»Wirst du mir das denn irgendwann mal mitteilen?«, fragte ich. Von den identischen Straßen mal abgesehen, hatte ich keine Vorstellung, wo wir uns befanden, und Henry glaubte nicht an Navigationsgeräte.

»Sicher willst du nicht, dass ich hier oben aufkreuze, wenn ich nichts zu bieten habe«, witzelte Henry. »Betrachte es also als eine Art Tauschgeschäft.«

»Erzähl weiter.«

»Ich habe Cordy Jones' Frau ausfindig gemacht. Gestern habe ich sie angerufen und ihr gesagt, dass du einen Artikel über ihren Ehemann schreibst. Eigentlich hatte ich nicht gedacht, dass sie sich auf irgendetwas einlässt, und wollte nur ein paar Dinge klären. Aber sie hat sich bereit erklärt, mit uns zu reden. Offenbar möchte sie sich gern mit dir treffen.«

»Du … du hast ihn ausfindig gemacht?«, fragte ich.

»Nein«, sagte Henry mit Bedauern. »Die Sache ist kompliziert. Soweit ich es beurteilen kann, wurde Mr Jones seit Ende 1999 nicht mehr gesehen, nicht einmal von seiner Frau. Er hat das Haus nach einem Streit verlassen, um einen Drink zu nehmen, und ist nie wieder zurückgekehrt.«

»Aha.«

Ich versuchte, die Information zu verdauen, und verdrängte die Enttäuschung, die sich meiner zu bemächtigen drohte. Mein Notizbuch in der einen Hand, bemühte ich mich, meine alten hingekritzelten Notizen über Cordy Jones zu entziffern.

»Und warum fahren wir jetzt zu ihr?«

»Mrs Jones hat eine Theorie zu den Ereignissen damals, aber die will sie dir nur persönlich unterbreiten. Ich habe den Eindruck, sie will einfach mit jemandem reden.«

Den Rest des Wegs legten wir schweigend zurück. Es war eigenartig, mit Henry Auto zu fahren. In London hatten wir das nur selten getan, und das letzte Mal lag schon eine Weile zurück. Diese Fahrt jetzt war auch etwas vollkommen anderes als die nach Brighton vor drei, vier Jahren, als wir zum Geburtstag eines gemeinsamen Redakteurs eingeladen waren.

»Da sind wir.«

Wir verließen die kleine Straße an einer freien Fläche, die durch ein Holztor von der Fahrbahn abgetrennt war. Henry hielt direkt davor und regte sich ein bisschen auf, weil sein Wagen so dicht an der Straße stand. Dann stiegen wir aus.

Es war wie eine Filmkulisse: ein kleines windschiefes

Bauernhaus mit weiß getünchten Wänden und winzigen Fenstern. Wir waren noch nicht weit gekommen, als eine Frau aus der Tür trat und sich die Hände an der Jeans abwischte.

»Mrs Jones?«, sagte Henry. »Mein Name ist Henry Francis. Wir haben miteinander telefoniert.«

»Ja. Kommen Sie, kommen Sie.« Sie winkte uns herein. Ihre Wangen waren knallrot von der kalten Luft, und ihr ergrauendes Haar löste sich aus dem Knoten.

Wir folgten Mrs Jones in ein kleines Wohnzimmer, das mit einem wilden Gemisch an Möbelstücken vollgestellt war. Henry musste den Kopf einziehen, um nicht an einen Balken zu stoßen.

»Tee?«

»Gern.«

Mrs Jones verließ den Raum, und ich schaute Henry an. Er schüttelte den Kopf und murmelte: »Gib ihr einen Moment. Am Telefon machte sie einen ganz normalen Eindruck.«

Mit zwei Tassen Tee, der den stärksten Bauarbeiter umhauen würde, kehrte Mrs Jones zurück. Nachdem sie ihn uns gereicht hatte, rang sie die Hände.

Vielleicht bedauerte sie ihre Entscheidung, uns entgegengekommen zu sein. Nach all dem Medienrummel, dem sie seinerzeit ausgesetzt war, könnte ich es ihr nicht verdenken. Was ich damals über Cordy gehört habe, schnurrte in meinem Olive-Tagebuch auf zwei Sätze zusammen: *Man hielt ihn für schuldig. Dann redete niemand mehr über ihn.*

Ich fragte mich, was Mrs Jones alles über ihren Ehemann gehört hatte – und wie viel sie davon glaubte. Aus persönlicher Erfahrung wusste ich, wie verheerend Gerüchte sein konnten.

»Lassen Sie es uns kurz machen«, sagte Henry. »Ich weiß, dass Sie persönlich mit uns reden wollten, daher … Dies hier ist Cassie. Cassiopeia Warren.«

Als sie meinen Namen hörte, zuckte Mrs Jones zusammen.

»Ich … Nett von Ihnen, dass Sie gekommen sind«, erwiderte sie. »Ich wollte Ihnen nur sagen, dass … dass Cordy niemals … Ich sehe es Ihnen doch an – dieser Blick. Mir ist klar, dass Sie ihn wegen des vermissten Mädchens suchen. Ich habe mich sofort gefragt, wie lange es dauern wird, bis jemand hier aufkreuzt. Das Mädchen stammt aus Bishop's Green, daher muss Cordy natürlich etwas damit zu tun haben, bei seiner Geschichte, nicht wahr? Deshalb sind Sie doch hier, oder?«

Ihre Direktheit überraschte mich, und ich hatte keine Zeit, mir eine Lüge auszudenken. Also nickte ich nur.

»Ich wollte Ihnen persönlich mitteilen, dass er nicht so ist … war. Cordy, meine ich. Wir hatten unsere Probleme, aber er hat nie …« Sie unterbrach sich und holte tief Luft. »Aber ist ja auch egal. Der Grund, warum ich Sie hergebeten habe, ist nämlich der, dass Cordy meiner Meinung nach … Ich glaube, mein Ehemann ist tot.«

»Wie bitte?«

Henry riss die Augen auf, ehrlich schockiert. Das hat er also nicht gewusst.

»Richtige Beweise habe ich nicht«, fuhr Mrs Jones fort. »Deshalb bin ich der Sache auch nicht nachgegangen. Der Polizei habe ich es kürzlich erzählt, aber ich bezweifele, dass sie Beweise finden. In den Neunzigerjahren hat ein Reporter mich und meine Tochter befragt, aber damals hatten wir schon genug am Hals. Können Sie das verstehen? Ich möchte nicht hartherzig erscheinen, aber es war eine schlimme

Zeit.« Sie massierte sich den Nacken. »Die Polizei sagte damals, er sei vermutlich wegen seiner Schuldgefühle getürmt. Ausgeschlossen ist das natürlich nicht, keine Ahnung. Als er nicht heimkam, wurde ich allerdings misstrauisch und habe mich umgehört.

Damals fing es an, dass ich diese eigenartigen Anrufe bekam. Nie meldete sich jemand am anderen Ende der Leitung. Und nie die gleiche Telefonnummer. Bedrohlich war das. Die Leute aus der Stadt haben eine Hetzjagd auf Cordy veranstaltet, aber vor einer Person schien er besonders Angst zu haben – vor wem, weiß ich nicht. Und dann fand ich sechs Wochen später seine Kappe vor der Haustür. Nur die Kappe, keine Nachricht oder so.«

Sie hielt inne, als warte sie darauf, dass bei uns der Groschen fiel. Als wir nicht reagierten, fuhr sie fort: »Ich glaube, jemand hat ihn umgebracht und mir die Kappe als Botschaft zukommen lassen. Vermutlich gingen viele Leute davon aus, dass er dem kleinen Mädchen etwas angetan hat, aber sie konnten ihn nicht vertreiben. Nur damit wir uns recht verstehen: Versucht haben sie es, aber er wollte hier nicht weg. Also hat man ihn umgebracht. Um für Gerechtigkeit zu sorgen – wegen Ihrer Schwester …«

»Aber warum …«

»Warum ich damals nicht zur Polizei gegangen bin?« Mrs Jones zuckte mit den Schultern. Offenbar hatte sie sich lang mit dieser Frage herumgeschlagen. »Vermutlich habe ich ihn damals fast gehasst, daher war ich zunächst einfach froh, dass er weg war. Dieser ganze Mist mit der Presse. Nach seinem Verschwinden waren die Leute viel netter zu mir. Anfangs habe ich mir auch einzureden versucht, dass ich unrecht hatte und er tatsächlich weggelaufen ist. Später war es mir dann nur recht. Die Leute haben Katie und mich in Ruhe gelassen.«

Um gegen meinen wachsenden Unmut anzukämpfen, blickte ich mich im Raum um, unfähig, Cordys Ehefrau anzuschauen. Auf dem schiefen Kaminsims zog ein Foto meinen Blick auf sich, ein Gruppenfoto in einem ausgebleichten Holzrahmen. In der Mitte stand Cordy Jones; er trug eine auffällige Baseballkappe mit einem Hirsch drauf. Vermutlich war es die Kappe, die seine Frau meinte. Sie beschirmte seine Augen vor der Sommersonne. Ich versuchte, mir vorzustellen, wie er Olive entführte, das Gesicht dunkel unter der Kappe. Sofort fingen meine Hände an zu zittern.

Neben Cordy standen Teenager und jüngere Kinder. Fast ausschließlich Jungen, aber auch ein paar kleinere Mädchen. Alle grinsten in die Kamera, die Arme verschränkt. Als ich den Blick schon wieder abwenden wollte, entdeckte ich ein Gesicht, das mir vertraut vorkam.

»Wer ist das?«, fragte ich und trat näher heran.

»Cordys Jugendgruppe.« Mrs Jones' Miene verdunkelte sich. »Ich weiß auch nicht, warum ich das Foto aufbewahre, aber ich kann mich einfach nicht davon trennen. Er hat so viel Gutes für die Kinder getan, aber es ist alles nach hinten losgegangen.«

»Und wer ist das da?«, fragte ich. Meine Stimme brach. »Wer ist dieser Junge?«

Aber ich hätte nicht fragen müssen, ich wusste es bereits. Dieses Gesicht hatte ich kürzlich noch gesehen, obwohl der Kerl jetzt älter war. Es war der Mann, den ich vor der Schule erblickt hatte, ohne jeden Zweifel.

Darren Walker.

# 17

Als ich später am Abend wieder zu Hause war, rief ich Dad an. Grans Unfall und das Foto von der Jugendgruppe gaben mir zu denken, aber Marion würde meine Schlussfolgerungen über eine Verbindung zwischen Olive und Grace nicht mögen. Dad war der Einzige, der mir noch blieb.

»Man behält sie noch eine Nacht da«, erklärte ich, nachdem ich ihm von Grans Verletzungen erzählt hatte, »aber es ist weniger schlimm, als es aussieht. Gott sei Dank.«

Ich rieb mir die Nasenwurzel und ließ mich aufs leere Sofa sinken. Der Raum wirkte so verlassen, wenn Gran nicht mit irgendetwas herumklapperte oder vor sich hin murmelte.

»Hat sie erzählt, was passiert ist?« Ich konnte hören, wie Dad am anderen Ende der Leitung mit etwas herumhantierte. Wie immer schenkte er mir nicht seine volle Aufmerksamkeit, und ich versuchte, den Ärger zu verdrängen, der unter meiner Haut kribbelte. Ich sagte mir, dass Gran schließlich nicht *seine* Mutter war, so wie ich es mir immer sagte, seit Grandad gestorben ist und Dad sich im Wesentlichen aus der Affäre gezogen hat.

»Nein«, sagte ich, »sie hat keine Ahnung. Der Fahrer hat Fahrerflucht begangen. Aber wer auch immer es war, er kann nicht sehr schnell gefahren sein, sonst wäre die Sache schlimmer ausgegangen.«

Mein Puls beschleunigte sich bei der Vorstellung. Ich sollte gar nicht darüber reden, weil ich sonst nur noch mehr Leute in Gefahr brachte. Das mochte paranoid sein, aber ich hatte das Gefühl, als würde sich bei jeder meiner Bewegungen eine unsichtbare Schlinge enger zusammenziehen.

»Es ist meine Schuld«, sagte ich leise, nur um im nächsten Moment zu hoffen, dass Dad es nicht gehört hatte.

Aber er hatte es gehört. »Oh, Cass«, sagte er, »du mutest dir einiges zu. Ich weiß, dass du alles tust, um es mit Hilfe der Pflegekräfte und des Tagespflegezentrums zu schaffen. Vielleicht wäre es aber an der Zeit, sie irgendwohin zu bringen, wo sie besser aufgehoben ist.«

Wieder hörte ich es rascheln, und nun wurde mir auch klar, was er da tat. Er aß Chips. Plötzlich konnte ich nicht mehr an mich halten. »Stopfst du etwa Chips in dich rein?«

»Na ja … ja.« War er verlegen? »Man muss doch trotz allem etwas essen, Cassie.«

»Aber nicht, wenn man telefoniert!«

Dad seufzte, dann hörte ich nur noch ein Knistern. »Gut, du hast gesagt, sie sei wohlauf. Es hätte schlimmer kommen können. Du hast alles getan, was in deiner Macht steht, und bald wird sie ja wieder entlassen.«

Er begriff nicht. Wenn man sie entließ, war sie keinen Deut sicherer, und das war mir zu verdanken.

»Gran mag es gut gehen, mir nicht.« Das hatte beängstigend wie ein Schluchzer geklungen. Ich ballte die Fäuste, um meinen rasenden Puls zu beruhigen.

»Du musst wissen, dass ich immer für dich da bin, Cass. Auch wenn du es nicht glaubst, wir sind immer für dich da.«

Es sah Dad ähnlich, mir in dieser Situation meinen Mangel an Vertrauen vorzuwerfen. Ich habe Carol nie gemocht, immerhin war sie fünfzehn Jahre jünger als er. Und Hailey brauchte keine Schwester wie mich.

Mit fünfzehn Jahren hatte ich gedroht, mich umzubringen, wenn er Carol nicht verließ. Sie war nur sieben Jahre älter als ich – das war doch ekelhaft. Er hat Mum und mir eine Studentin ohne Beruf, aber mit reichen Eltern vorgezogen. Ich hatte erwartet, dass Dad an die Decke geht – hatte es mir sogar sehnlichst gewünscht. Er sollte mich anschreien, damit ich einen Vorwand hatte zurückzuschreien. Aber er tat es nicht. Stattdessen erklärte er, dass er enttäuscht sei, weil man mit solchen Dingen nicht scherze.

Weniger als drei Jahre später nahm Mum sich das Leben.

Die Stille war nun aufgeladen, und das ertrug ich nicht. Ich schluckte schwer und hörte, dass Dad dasselbe tat.

»Ich muss Schluss machen«, erklärte ich, bevor er etwas sagen konnte. »Ich schreibe dir eine SMS, wenn ich etwas wegen Gran erfahre.«

»In Ordnung«, sagte Dad.

Ich stellte das Handy auf stumm und legte es weg.

Nach einer Weile wurde mir bewusst, dass ich von Dad etwas verlangte, das er mir nicht ohne Weiteres geben konnte. Selbst vor Olives Verschwinden war er nicht der Typ, der viel redete, besonders nicht über unsere Probleme. Er war der Typ Vater, der einen lieber in den Arm nahm – und das ist nach seinem Auszug natürlich schwierig geworden.

»Ich bin nicht das Monster, für das du mich hältst«, hat Dad mich angefahren, als ich ihn mal zur Rede stellte, weil er uns verlassen hat. Damals wohnte er bereits seit sechs Wochen in seinem »Hotel«, und ich traf ihn zum ersten Mal, nachdem er ausgezogen war. Meine Mutter war die meiste Zeit sternhagelvoll und schlief bei Gran auf dem Sofa, damit sie uns nicht weckte, wenn sie morgens um zwei in Tränen ausbrach. Ich hörte sie trotzdem. Und jeder Schluchzer zerstörte einen Teil von mir.

»Du bist genau das Monster, für das ich dich halte«, sagte ich, selbstgerecht in meinem jugendlichen Zorn. Ich hätte jemanden zum Reden gebraucht, aber alles, was Dad im Sinn hatte, war der Beweis seiner Unschuld. Ich war an einem Punkt angelangt, an dem es mir scheißegal war, ob er sich für unschuldig hielt. Er hatte genug angerichtet.

»Ich habe deiner Schwester nichts angetan.«

»Du hast *mir* etwas angetan.«

Jetzt schüttelte ich die Erinnerung an den Schmerz ab, den ich in seinen Augen erblickt habe. Ich konnte ihm nicht die Schuld an allem geben. Er hat sein Bestes getan.

Nachdem Henry mich zu Hause abgesetzt hatte, um in einem Hotel einzuchecken, versuchte ich stundenlang, etwas über Darren Walker herauszufinden. Aber der Mann war ein Gespenst. Sein Profil in den sozialen Medien war mehr als dürftig. Auf der Facebook-Seite befand sich nur ein einziges Foto, und von seinem Twitter-Account hätte ich nicht einmal sagen können, ob es überhaupt ihm gehörte. Das kleine Ei im Profilbild starrte mich an und machte mich schier wahnsinnig. Über dreiundzwanzig Millionen Suchergebnisse wurden für seinen Namen angezeigt, aber etwas auch nur annähernd Brauchbares fand ich nicht. Auf der Website der Arboretum Secondary wurde nur kurz sein Kofferraumverkauf von Secondhandklamotten erwähnt.

Zur Abendessenszeit gab ich auf und fuhr zu Ady, um ein paar Grundnahrungsmittel zu besorgen. Zu meiner Überraschung war er noch im Laden. Normalerweise arbeitete er nämlich nur vormittags. Er verdrehte die Augen und murmelte etwas davon, dass die Mitarbeiter Urlaub hätten und er einspringen müsse. Ich bemühte mich um einen mitleidigen Blick.

Überall hingen Plakate für die Sonnenfinsternis. Es wurde davor gewarnt, ohne Spezialbrille in die Sonne zu schauen. Die Kirche warb mit günstigem Kaffee und Kuchen, und auch in Earl's Café traf man sich wieder zur gemeinsamen Betrachtung. Selbst Ady, der zunächst seine Sorge um meine Großmutter zum Ausdruck brachte, konnte seine Begeisterung für die Sonnenfinsternis nicht mehr verbergen und jagte mir mit seinem abergläubischen Unsinn über »Neuanfänge« einen Schauer über den Rücken. Er klang wie mein Großvater mit seinen Bildern von vierblättrigen Kleeblättern und dem Kupferarmband, das ihn angeblich mit der Erde verband.

Neben einem frischen Brot war auch eine Flasche Wodka auf der Ladentheke gelandet, außerdem eine Flasche unglaublich billigen Rosés aus dem Kühlschrank. Mir war klar, dass das unvernünftig war und nur eine Abwärtsspirale in Gang setzte, aber ich konnte nicht anders. Da ich nicht auf Gran aufpassen musste, sprach nichts dagegen, und meine Glieder fühlten sich so matt an, dass ich allen Grund hatte, die Welt um mich herum vergessen zu wollen.

Schweigend saß ich da, eine gefühlte Ewigkeit lang. Der Himmel wurde dunkler, ohne dass ich mich bewegte. Ich stand nicht auf, um das Licht einzuschalten, wie ich es getan hätte, wenn Gran da gewesen wäre, und bereitete mir auch kein Abendessen zu oder sah mir auf dem Laptop eine Fernsehshow an.

Ich saß einfach da und schaute aus dem Fenster. Eine nach der anderen flammten die Straßenlaternen auf. Flackerndes Orange drang durch die Fensterläden und überzog alles mit geisterhaft goldenen Streifen.

Einmal stand ich auf, um zur Toilette zu gehen, dann kehrte ich mit einem Glas Wodka sofort wieder an meinen Platz zurück. Ich lächelte, einfach nur, um festzustellen, ob ich es noch konnte. Meine Wangen schmerzten bei der Bewegung, weil sie so lange in untätiger Anspannung verharrt hatten. Ich roch an dem Wodka und nahm einen winzigen Tropfen auf die Zunge – widerlich, aber die Kater von süßen Cocktails waren bedeutend schlimmer. Außerdem gab es in Eckläden billiges Zeug, das weniger kostete, als ich je für Alkohol – oder Schlaftabletten – in London ausgegeben hatte.

Angeekelt rümpfte ich die Nase, dann kippte ich das ganze Glas in zwei Zügen hinunter.

Als ich schon fünf Gläser getrunken hatte, vibrierte mein Handy. Ich fummelte unbeholfen daran herum und schaffte es beim dritten Versuch, die Nachricht zu öffnen.

Sie lautete: »*Hallo. Wir sind uns schon einmal begegnet. Ich möchte Ihnen ein paar Dinge erzählen, wegen Grace. Aber nicht per SMS. Können wir uns morgen nach der Schule treffen? Ich warte vor dem Tor. Bx.*«

Ich blieb reglos sitzen. Mein Gehirn lief auf Hochtouren. Ich begann, eine Antwort zu tippen, hielt aber wieder inne. Drehte das Handy in den Fingern herum. Begann wieder zu tippen. Erleichterung vermischte sich mit Begeisterung und Sorge. Vielleicht hatte ich endlich eine verlässliche Spur. Aber es war schon spät. Wer hat das geschrieben? War es das Mädchen, das gesagt hat, Grace habe keine Geheimnisse vor ihr? Bella Soundso? Schließlich schaffte ich es zu schreiben:

»*Klar.*« Mein Gehirn war unfähig, die vielen Fragen zu formulieren, die sich mir aufdrängten.

Als die Nacht voranschritt und der Mond aufging, nahm ich mein Glas und trat in den Garten. Meine Gedanken wirbelten mir im Kopf herum. An einer alten Holzschaukel stand eine Feuerschale. Ich entzündete ein Feuer und setzte mich mit der Wodkaflasche davor. Das hatte etwas Befreiendes, als fielen Sorgen und Schuldgefühle von mir ab und ließen mich vollkommen unbeschwert zurück. Ich musste nicht abwaschen oder sicherstellen, dass Gran im Bett war. Ich musste nicht für sie kochen und ihr auch keinen Tee zubereiten. Ich musste *überhaupt* nichts tun.

Unvermittelt stellte ich fest, dass ich diese Dinge vermisste. Grans Abwesenheit bohrte sich wie eine Glasscherbe in mein Herz, und bei jeder Bewegung schwoll der Schmerz an. Ich kauerte auf dem Holzbrett und spürte die Wärme des Feuers im Gesicht und die kalte Nachtluft im Rücken. Von diesem Gefühl eingelullt trank ich weiter und ließ mich von der diffusen Wärme einhüllen. Einhüllen und in Sicherheit wiegen.

Irgendwann bemerkte ich, dass ich mein Handy im Haus vergessen hatte. Ich machte mir aber nicht die Mühe, es zu holen. Im Krankenhaus hatte ich darum gebeten, mich auf dem Festnetz anzurufen, wenn ich auf dem Handy nicht erreichbar war, denn das Klingeln konnte ich hier draußen hören. Und mit jemand anderem wollte ich jetzt ohnehin nicht reden.

Stattdessen schenkte ich mir noch ein Glas ein und trank es ganz langsam aus. Hinter den Augenlidern spürte ich bereits den Rausch, der meine Gedanken an den morgigen Tag verschleierte. Die Sonnenfinsternis. Ich hatte versagt, genau wie damals. Bei meiner Suche nach Grace war ich keinen Schritt weitergekommen. Ich dachte auch an die SMS und die geplante Begegnung, aber ich hatte größte Probleme, mir vorzustellen, dass Grace' Freundin mir etwas Nützliches mitteilen würde.

Ich vermisste Olive in einer Weise wie schon lang nicht mehr, und das Halbdunkel der Nacht lauerte wie ein Gespenst auf mich. Ich gab mir Mühe, den Gedanken zu verdrängen.

Als ich die Augen schloss, erblickte ich Marion. Ihr Lächeln. Die Wärme in ihren Augen und die Art und Weise, wie sie sich beim Reden zu mir vorbeugte. Ich mahnte mich selbst, den Mann nicht zu vergessen, den ich aus ihrem Haus hatte kommen sehen – aber stattdessen sah ich den Schwung ihres Kiefers und den Bogen ihrer Schlüsselbeine unter der Bluse.

Ich dachte daran, wie ihre Lippen die meinen gestreift haben und wie gleichzeitig im Mondlicht meine Haut kühler wurde, als die Sonne sich verfinsterte. Dachte an mein Herzklopfen. An die Art und Weise, wie ihr Puls im Hals geklopft hat, als sie sich mit der Zunge über die Lippen fuhr.

Marion ist mir nie aus dem Kopf gegangen. Selbst als ich mit Helen zusammen war und alles bestens lief, war Marion stets präsent. Sie war immer in meinen Gedanken und meinem Herzen. Mit einem dumpfen Schock wurde mir plötzlich klar, dass es mir nicht mehr reichte, sie aus der Ferne zu lieben.

Ich wollte ihre Hände in meinen Haaren spüren, ihren Mund auf meinem. Ich wollte ihre Haut unter meinen Fingerspitzen fühlen, wollte ihre Unterstützung und Hilfe mit Gran … Ich wollte Marion nicht nur, ich brauchte sie.

Der Schlaf stellte sich nur zögerlich ein. Irgendwann war ich wieder ins Haus gegangen. Im Wohnzimmer war es kalt, und die Welt drehte und veränderte sich. Bilder schossen so schnell an meinen Augen vorbei, dass ich nicht sagen konnte, ob es sich um Erinnerungen oder Einbildungen handelte.

In meinem Traum war es heiß. Ich starrte auf den Bluterguss, der sich über Olives blassen Arm zog. Er war violett und grün und hatte unverkennbar die Form eines Fingers. Eines zornigen Fingers.

»Es war keine Absicht von ihr«, sagte die Traum-Olive und strich sanft darüber. »Ich wurde fast von einem Auto angefahren, und sie hat mich zurückgerissen. Sie war stinksauer.«

»Sie hat dich verdammt hart angepackt«, sagte ich. Hatte ich das tatsächlich gesagt? Ich sagte es im Traum.

»Du sollst keine Schimpfwörter benutzen.«

»Schon gut. Aber Mum hätte dir nicht wehtun sollen. Du musst es jemandem sagen, wenn sie derartig unter Druck gerät.« Ich zog eine finstere Miene, und Olive lächelte. Ein großes Traumlächeln. Wie ihr Lächeln in der wahren Welt ausgesehen hat, wusste ich schon nicht mehr genau.

»Ich weiß. Aber es war keine Absicht. Hinterher tat es ihr so leid, dass sie mir sogar in dem kleinen Laden ein Eis geholt hat. Ihr ist einfach nicht klar, wie viel Kraft sie hat.«

Ich konnte mich noch erinnern, dass es viele Tage gedauert hat, bis der Bluterguss verblasste, obwohl er nicht sehr groß war. Während ich mich noch in der echten Welt zu orientieren versuchte, erzählte Olive im Traum allen Leuten von dem Auto und davon, dass sie nicht aufgepasst hat. Dass jemand sie zurückreißen und retten musste, weshalb sie jetzt einen Bluterguss hatte.

Olive löste sich langsam auf. Ich sah nur noch ihren Hinterkopf.

»Olive, warte!«, rief ich. »Warte auf mich!«

Aber sie entschwand weiter, schwebend. Die Dunkelheit brach herein, genau wie bei der Sonnenfinsternis damals.

Und dann war sie fort.

Ich schrie, bis ich wieder bei vollem Bewusstsein war. Mein Mund war trocken. Ich wischte mir über die Stirn, und auch im Nacken rann mir der Schweiß herab. Ich hielt inne und lauschte auf Gran, aber die war natürlich nicht da. Dann dachte ich an den Wagen, der sie angefahren hat. Daran, dass er nicht schnell gefahren ist. Ich hatte nicht den geringsten Zweifel, dass der Fahrer dieselbe Person war, die mir auch die SMS geschickt hat.

Könnte Darren Walker, der Spinner mit dem Lieferwagen, sie geschickt haben? Oder der vermisste und angeblich tote Cordy Jones? Aber die Texte waren merkwürdig geschrieben, vollkommen ohne Zeichensetzung. Unter normalen Umständen würde niemand, der meine Handynummer besaß, wie ein Teenager schreiben.

Plötzlich durchfuhr es mich, und ich fragte mich, ob das sein könnte. *Ein Teenager.* Eine von Grace' Freundinnen. Das würde doch Sinn ergeben, oder? Grans Unfall würde es allerdings nicht erklären und auch nicht die SMS von einer anderen Freundin. Könnte es also jemand gewesen sein, der viel Umgang mit Kindern hatte? Ein Elternteil? Ein Lehrer? Oder sonst jemand aus diesem Umfeld? Ich drehte mich im Kreis.

Ich riss mich zusammen und versuchte, meine Atmung unter Kontrolle zu bringen. Der Bluterguss an Olives Arm hatte sich jetzt wie Sonnenflecken in mein Auge eingebrannt.

Bis heute hatte ich nie wieder daran gedacht. Es ist in der Woche passiert, als wir für den Sommer nach Bishop's Green gekommen waren. Mum war missmutig. Gestresst. Sauer auf Dad. Morgens hatten sie sich gestritten, und sie schäumte immer noch, als Olive vor dem Eckladen einfach auf die Straße trat. Es war ein Missgeschick, dass Olives Arm in dieser Weise malträtiert wurde, und Mum war hinterher am Boden zerstört. Es war nicht zu übersehen, was die Menschen beim Anblick des Blutergusses dachten; die Verächtlichkeit in ihren Augen ließ mich vor Scham im Boden versinken. Selbst Doktor White erkundigte sich bei Olive, ob das ihre Mutter getan habe. Wir waren beide zutiefst beschämt.

Ich wollte nicht an meine Mutter denken, daher verhielt ich mich ganz still und glitt, halb liegend, halb sitzend, endlich in den Schlaf.

# 18

*Freitag, den 20. März 2015*

*Der Tag der Sonnenfinsternis.*

Als ich aufwachte, war das Haus leer und das Feuer im Garten längst ausgebrannt. Die Asche hatte der Wind über den Rasen verteilt. Von dem Wodka war nichts zu sehen, weder die Flasche noch das Glas. Ich konnte mich nicht erinnern, was ich damit angestellt hatte. Ich verzog das Gesicht. Die Welt schwankte, und ich spürte, wie die vertraute Übelkeit auf meinem Magen lastete. Langsam und schwerfällig stakste ich wieder ins Haus, um mir einen Tee zu kochen.

Kurz darauf wurde mir plötzlich flau, und ich schaute auf die Uhr. Fast halb zehn. Die Sonnenfinsternis. Ich schüttelte mich, als hätte man mir einen elektrischen Schock verpasst, schoss hinaus und kotzte in die Büsche.

Der Morgen kühlte sich bereits spürbar ab, und der Himmel verdunkelte sich, obwohl ich es entschieden vermied, nach oben zu schauen. Hätte ich doch nur weitergeschlafen, dann hätte ich das Spektakel verpasst.

Ein Teil von mir wäre am liebsten hinaufgestürmt, hätte die Dusche angedreht und sich unter den heißen Wasserstrahl gesetzt, bis das Ganze vorbei wäre. Dem anderen Teil war allerdings klar, dass mir das nicht möglich sein würde. Sosehr ich es auch wollte, ich wusste, was geschehen würde.

Ich würde es beobachten.

Als das Spektakel begann, ballten sich Angst, Begeisterung und Grauen in meinem Bauch zu einem Klumpen zusammen. Ganz anders allerdings als vor sechzehn Jahren, als Marion an meiner Seite war und meine Hand hielt – als ihre Lippen zum ersten Mal die meinen berührten und Angst und Adrenalin durch meine Adern rauschten, wenn ich daran dachte, dass wir von jemandem erwischt werden könnten, der es unseren Eltern erzählte …

Dieses Mal gab es kein Wunder, keinen Zauber. Nur Verzweiflung, die mich zu verschlingen drohte. Trotzdem zwang ich mich, ins Haus zu gehen und den Tee zuzubereiten, für den ich bereits Wasser aufgesetzt hatte. Als ich wieder in den Garten zurückkehrte, die heiße Tasse in den Händen, genoss ich den brennenden Schmerz in meinen Fingern.

Ich betrachtete das Grau und den leuchtend blauen Ring um die Sonne herum. Eine Spezialbrille hatte ich nicht, aber ich konnte mich nicht aufraffen, Vorsichtsmaßnahmen zu ergreifen. Was konnte schon groß passieren? Das Brodeln in meinem Magen ließ sich auch von dem Tee nicht besänftigen, und mir wurde bewusst, dass es nichts mit dem Kater oder dem Restalkohol im Blut zu tun hatte.

Die Erinnerungen ließen sich nicht abschütteln. Tausend Erinnerungen. Das Gefühl, wie Marions Hand in meiner lag, angespannt und kühl trotz der Augusthitze. Der Wind wehte, und der Geist von Marions Lippen blies mir das Haar ins Gesicht. Mich fröstelte; der eiskalte Hauch lief meine Wirbelsäule auf und ab. Selbst jetzt noch konnte ich die

Wonne dieses Morgens nicht von dem Schmerz und der Trauer der Zeit danach trennen.

Ich erinnerte mich daran, wie sich Marions Körper an meinen drückte, ihre Schulter, ihre Hüfte, erinnerte mich daran, wie wir fast nahtlos miteinander verschmolzen.

Als ich nun im Garten saß, mutterseelenallein, kämpfte ich gegen eine weitere Welle der Übelkeit an, die nach Galle, Alkohol und Schuldgefühlen schmeckte. Denn sogar heute, nach all den Jahren, konnte ich mich daran erinnern, was sie mir zugeflüstert hatte: *Ich glaube, ich liebe dich.* Während ich mich kaum noch daran erinnern konnte, was die letzten Worte waren, die ich mit meiner Schwester gewechselt hatte.

Aber es war Olives Gesicht, das ich seither überall erblickte, in den Mienen fremder Passanten und in den Winkeln beliebiger Spiegel. Ihre goldfarbenen Augen. Ihr schiefes Lächeln. Ich massierte die kleine runde Tätowierung an der Innenseite meines linken Ellbogens. In den fünfzehn Jahren, seit ich mich hinausgeschlichen habe, um sie mir ohne das Wissen meiner Mutter stechen zu lassen, ist sie verblasst. Oft vergaß ich sie einfach, aber immer wenn ich sie sah, musste ich an Olive denken. Es war ein winziger Ring, nicht größer als mein Daumennagel. Ein »O« für Olive. Für die Sonnenfinsternis. Für alles.

Als Helen sich mal erkundigt hatte, was das bedeutete, erzählte ich ihr, dass die Tätowierung für den Vollmond stehe. Vermutlich hat sie sich später selbst zusammengereimt, dass das gelogen war, aber sie hat das nie kommentiert. Ich war mir sicher, dass sie es nicht verstehen würde. Die Tätowierung war ein Symbol, das Symbol für das böse Ende einer Geschichte, in der ich den Schurken gab. Sie war eine Erinnerung an alles, was ich verloren habe.

Die Sonne wurde allmählich von der anschwellenden Dunkelheit verschluckt, und mir wurde bewusst, dass ich bereits eine halbe Stunde hier saß. Eine halbe Stunde gespenstischer Gedanken und Bilder.

Ich erinnerte mich noch genau an den Moment, in dem der Überschwang jenes Tages in Grauen umschlug. Ein schlimmes, hohles Gefühl, das sich in Wut entlud, als Olive unauffindbar blieb, als hätte jemand unter unseren Füßen eine Falltür geöffnet. Marion sagte, sie könne nicht weit sein. Aber die Dunkelheit schwoll an und sog uns mit aller Macht in eine Welt, in der die Menschen dieser freundlichen Stadt dazu fähig waren, einem elfjährigen Mädchen etwas anzutun.

Wie hatte so etwas passieren können?

Dad sagte, es sei meine Schuld gewesen. Und obwohl Mum widersprach, als ich in der Nähe war, spürte ich, dass sie mich danach mit anderen Augen ansah. Natürlich war es meine Schuld. Aber nicht einmal jetzt konnte ich so tun, als hätte ich Marion nicht küssen wollen, als hätte ich sie nicht mehr begehrt als alles auf der Welt. Als wäre sie nicht die Quelle der Wärme, die tief in meinem Innern glühte, dieser magischen, kribbelnden, absolut unvergleichlichen Hitze.

Ich wollte diese Gedanken aus meinem Kopf vertreiben, aber sie blieben wie Sonnenflecken hinter meinen Lidern haften. Mein Tee war kalt geworden, und ich begann zu frieren.

Ich war wie steif gefroren und konnte mich beim besten Willen nicht bewegen. Irgendetwas an diesem Moment bannte mich auf die Holzplanke. Meine Glieder gehorchten mir nicht mehr. Ich zitterte unkontrolliert, und dieses Mal schwappte der Tee über. Trotzdem bewegte ich mich nicht.

Obwohl ich es zuvor nicht hatte wahrhaben wollen, spürte ich etwas: ein Erstaunen trotz des Grauens.

Während ich zusah, wie der Mond die Sonne verschluckte und den Garten in Grau tauchte, wurde mir bewusst, dass mein Zittern nicht von der Angst herrührte. Oder von der Kälte. Begeisterung war es. Kribbelnde Begeisterung, die meinen ganzen Körper durchflutete und meine Finger und Zehen prickeln ließ. Meine Zunge lag schwer im Mund.

Ich überließ mich diesem Gefühl. Während der Tag immer grauer und grauer wurde, spürte ich die Kälte stärker denn je. Tränen traten mir in die Augen. Das war es, worauf ich gewartet hatte. Ich schlang mir die Arme eng um den Körper, als könne jeden Moment etwas Schreckliches daraus hervorspringen.

Aber es geschah nichts. Nichts Schlimmes. Nichts Gutes. Einfach … nichts.

Als es vorbei war, gab ich mich diesem Gefühl hin. Erleichterung. Es musste Erleichterung sein, dieses warme, diffuse Gefühl, das den inneren Kern der Kälte berührte. Ich zitterte immer noch. Nach einer Weile erhob ich mich. Mein ganzer Körper schmerzte. Ich fühlte die Anspannung von mir abfallen, fühlte, wie sich die Steifheit von Hals und Rücken löste und wie dieses hölzerne Gefühl in meinen Beinen, als wären es Fremdkörper, verschwand, und plötzlich war mir klar, dass ich mein Leben in den Griff bekommen musste.

Ich musste erwachsen werden. Darum ging es doch letztlich, nicht wahr? Ich musste groß werden und mich den Dingen stellen, vor denen ich mein ganzes bisheriges Leben davongelaufen war. Ich musste nach Bishop's Green kommen und mich um Gran kümmern … musste zurückkehren, damit ich vorwärtskam.

Mehr als das. Es war fast so, als würde ich mich von meiner Kindheit distanzieren. Mit meiner Rückkehr weigerte ich mich zu akzeptieren, wie sich die Dinge entwickelt hatten. Es war mehr als ein Neustart, es war ein neues Leben.

Ich riskierte noch einen Blick nach oben zu der Sonne und den wenigen Wolken, die nun den glühenden Ring am Himmel verdeckten. Wieder stellte ich mir die Mondsichel vor, die so viel Ähnlichkeit mit der hatte, an die ich mich erinnerte. Es war, als hätte ich so lange in die Sonne geschaut, dass sich das Bild hinter meinen Augenlidern eingebrannt hatte. Und nun, da alles vorbei war, sah ich es jedes Mal, wenn ich die Augen schloss.

Als die Minuten nach der Sonnenfinsternis verstrichen, ging es mir allmählich besser. Ich wusch mir das Gesicht, fest entschlossen, noch zur Besuchszeit im Krankenhaus einzutreffen. Das Haus befand sich immer noch in einem verheerenden Zustand, und ich konnte mein Handy nicht finden, aber ich schluckte meinen Unmut hinunter und schnappte mir den Schlüssel. Es gab schließlich Schlimmeres. Ich hoffte nur, dass ich nüchtern genug war, um Auto fahren zu können.

Im Krankenhaus bat ich noch einmal darum, dass man mich im Zweifelsfall auf dem Festnetz anrufen möge – ohne Handy fühlte ich mich irgendwie amputiert –, dann begab ich mich sofort zum Zimmer meiner Großmutter, das sie sich mit zwei anderen Patientinnen teilte. Auf der gesamten Station roch es nach Desinfektionsmitteln und an einer Stelle auch nach Urin. Ich rümpfte die Nase und trat ein.

Die Atmosphäre war ruhig, da eine der Patientinnen schlief und die andere las. Gran schlief ebenfalls. Mir war das mehr als recht, da ich etwas anderes nicht ertragen hätte. Der Überschwang vom Morgen war verpufft. Dies hier war die Wirklichkeit. Mir war übel, ich war sterbensmüde und verachtete mich selbst wegen der Gefühle, die mich während der Sonnenfinsternis gepackt hatten. Dies hier war jetzt zu viel für mich.

Gran wirkte so klein unter der Decke, die sie sich bis zur Brust hochgezogen hatte, so mager und zerbrechlich. Ihre Arme lagen ausgestreckt an den Seiten. Schockiert fragte ich mich, wann sie sich so verändert hatte, als wäre sie über Nacht zu einer anderen Person geworden. In ihrem Gesicht sah man die Blutergüsse von dem Unfall, und während sich ihr Brustkorb hob und senkte, konnte ich unter der Decke den Schaden erahnen. Die Ärzte sagten, sie müsse sich mit ihrem Arm abgefangen haben, der dann durch die Wucht des Sturzes gebrochen sei.

Ich dachte an die kräftige Gestalt meiner Kindheit, die Füße fest am Boden und die Schultern gestrafft, als erwarte sie Streit. Sie war ein unglaublicher Mensch – lustig und sorglos.

»Sind *Sie* das?«

Beim Klang der fremden brüchigen Stimme fuhr ich herum. Sie kam aus dem Bett neben Gran, wo eine ältere dunkelhäutige Dame an einem Kissen lehnte, ein Buch in der Hand. Grans neueste Nachbarin wirkte ausgemergelt, aber ihr Lächeln war warm. Ich lächelte matt zurück, verwirrt und verkatert.

»Entschuldigung?«

»Sind Sie das Mädchen?« Die Frau zeigte mit ihren knotigen Fingern auf meine Großmutter. Dann lächelte sie mich an und ließ ein unnatürlich weißes Gebiss sehen.

»Ob ich …«

Grauen überkam mich. Aber bevor ich etwas tun konnte, um sie zum Schweigen zu bringen, hatten die Worte schon ihren Mund verlassen und mich wie ein Lastwagen erfasst. Sooft ich den Namen auch vernahm, ich würde es nie ertragen, ihn von fremden Lippen zu hören.

»Olive«, sagte die Frau. »Olive. Ständig redet sie im Schlaf von einer Olive, daher dachte ich …« Ihre Stimme verlor sich, und sie runzelte die Augenbrauen. »Oh, tut mir leid. Ich wollte Ihnen nicht zu nahe treten.«

»Ist … ist schon in Ordnung«, sagte ich. »Kein Problem. Das bin ich aber nicht.«

Die alte Dame wirkte verlegen. Ich wollte mit den Schultern zucken, aber die Geste wäre ungelenk. Wortlos schlich ich mich zu Grans Bett und setzte mich, aber plötzlich kam mir mein Rücken verschwitzt und klebrig vor. Ich fühlte mich elender als zuvor.

Ein paar Minuten saß ich da und lauschte auf mein Herz, das wie das eines sterbenden Vogels in mir zu pochen schien. Dann hielt ich es nicht mehr aus. Heute nicht. Ich konnte mich nicht dazu überwinden, sie aufzuwecken und so zu tun, als gehe es mir gut. Ich rutschte auf meinem Stuhl herum. Sie wachte nicht auf. Also schluckte ich schwer und erhob mich.

»Entschuldigen Sie bitte«, sagte ich zu der Dame. Sie schaute von ihrem Buch auf und schob die Brille auf die Nasenspitze, damit sie mich ansehen konnte. »Könnten Sie ihr bitte ausrichten, dass ich da war? Bitte sagen Sie ihr, Cassie war da – ihre Enkeltochter.«

Ich wartete nicht auf eine Antwort, sondern nahm einfach meine Jacke vom Stuhl. Im nächsten Moment eilte ich bereits durch die Korridore, endlose identische Korridore, so schwer keuchend, dass ich erst bemerkte, dass ich im Freien war, als mir die kalte Luft ins Gesicht schlug. Ich sog sie ein und versuchte, nicht zu hyperventilieren. Alles war gut. Mir würde es gut gehen. Gran würde es auch gut gehen.

Als ich den Wagen erreichte und nach dem Schlüssel kramte, den ich bereits in der Hand hielt, blieb ich wie angewurzelt stehen. Jetzt wegzufahren bedeutete, eine Grenze zu überschreiten. Ich hatte das Gefühl, meine Großmutter zu betrügen. Andererseits wusste ich, dass ich ihr in meinem gegenwärtigen Zustand nichts nutzte. Ich fühlte mich wie ein Häufchen Elend und hatte immer noch diesen widerlichen Geruch des Alkohols in der Nase. Nicht zum ersten Mal vermisste ich die alten Zeiten, in denen ich Schlaftabletten genommen und ganze Tage ausgelöscht hatte, und das alles ohne einen verdammten Kater.

Nach einer gefühlten Ewigkeit hörte ich auf, unschlüssig mit meinem Schlüssel herumzuspielen, und stieg ein. Im Wageninnern war es kühl, und es roch schwach nach Zigarettenrauch. Ich atmete tief ein und gönnte mir noch ein, zwei Momente, bevor ich den Rückwärtsgang einlegte und auf die Hauptstraße nach Bishop's Green einbog.

Ich fuhr ziellos durch die Gegend. Die Felder waren üppig und grün und die Luft, die zum Fenster hereinwehte, feucht und kühl. Kurz dachte ich darüber nach, das Radio einzuschalten, aber dann beschloss ich, dass ich dieses ganze Zeug über Grace nicht mehr hören wollte. Es machte mich einfach wütend, dass wir noch keine Spur hatten. *Ich* zumindest nicht. Unvermittelt kam mir die SMS vom Vorabend in den Sinn. Das Treffen nach der Schule. Ich dachte daran, was Marion über Grace' Vater gesagt hatte. Könnte sie bei ihm sein? Würde er seiner Tochter etwas antun? Wusste der geheimnisvolle Absender der SMS, wo sie war? Mir war klar, dass ich so viel wie möglich über John Butler herausfinden musste, weil ich sonst das Risiko einging, schreckliche Vorwürfe gegen einen unschuldigen Mann zu erheben.

Allmählich verwandelte ich mich in eine jener Personen, die ich in den Seifenopern immer verachtet hatte: die Verrückte, die sich bei jeder Gelegenheit auf irgendjemanden stürzte. Um Gottes willen, wie hatte mir entgehen können, dass ich mittlerweile obsessiv war? Und warum konnte ich nichts dagegen unternehmen?

Als ich schließlich meine Straße erreichte, wüste Gedanken im Kopf und im Magen immer noch das beständige Grummeln der Übelkeit, sah ich Marions Wagen vor meinem Haus stehen. Ich erkannte es sofort an dem alten Aufkleber, den ich ihr aus London geschickt hatte, als wir noch jung genug waren, um so etwas cool zu finden.

Ich drosselte das Tempo, von einem plötzlichen Grauen gepackt. Hatte es mit Grace zu tun, die immer noch in einem Winkel meines Gehirns herumgeisterte? Oder war es die Erkenntnis, dass ich wegen dieser ganzen Sache allmählich verrückt wurde?

Nein, ich hatte schlichtweg Angst, Marion zu erzählen, dass ich nicht mit meiner eigenen Großmutter reden konnte. Ich hatte Angst, dass sie meine Fahne riechen und mich als Versagerin abschreiben könnte. Wie schafften es andere Menschen, ihr Gehirn ohne Pillen, Alkohol oder Drogen vor dem Überlaufen zu bewahren?

Marion hatte keine Geduld für meine Ängste – oder für meine Art und Weise, damit umzugehen. Sie hatte nur ihren Job im Kopf, schon seit Olives Verschwinden. Damals war das Mädchen, das sich nicht um die Meinungen anderer kümmerte, durch das Ebenbild seines Vaters ersetzt worden: ernst, ehrgeizig, erfolgsorientiert. Der Beruf passte zu ihr, aber ich konnte mich des Gedankens nicht erwehren, dass sie wegen Olive hineingetrieben worden war. Weg von dem temperamentvollen Mädchen, das sich nicht immer unter Kontrolle hatte. Weg von mir.

Marion stieg aus, als ich in die Einfahrt fuhr. Sie trug einen knielangen dunklen Mantel. Der Kragen war hochgestellt, um sie gegen die kalte Luft zu schützen. Ein Blick in ihr Gesicht genügte mir, um zu wissen, dass sie darunter Arbeitskleidung trug. Ihr Haar war zu einem Knoten zusammengefasst, der morgens sicher noch ordentlich gewesen war, aus dem sich jetzt aber die üblichen Strähnen gelöst hatten. Sie wirkte erschöpft und war bleich. Unter ihren Augen lagen tiefe Schatten. Am liebsten hätte ich sie geküsst.

»Bist du gekommen, um mich zu verhaften?«, witzelte ich, als ich aus dem Wagen stieg. Kein Lachen. Als Marion den Mund aufmachte, bemerkte ich, dass sie mit den Tränen kämpfte. »Was ist los?«

»Cassie ...« Marion sah mir direkt in die Augen, ihre Nasenflügel bebten. »Es ist schon wieder passiert. Ich habe den ganzen Tag versucht, dich anzurufen oder per SMS zu erreichen. Wo warst du?«

»Ich war bei Gran.«

»Und jetzt? Ich bin schon eine halbe Stunde hier und habe sogar im Krankenhaus angerufen, aber dort hat man mir gesagt, du seist wieder gegangen ...«

»Ich bin einfach in der Gegend herumgefahren.« Dann trat eine Pause ein, in der mein Gehirn versuchte, Anschluss zu finden. »Einen Moment mal«, sagte ich. »Was meinst du mit: Es ist schon wieder passiert?«

»Cassie, es ist schon wieder ein Mädchen verschwunden.«

# 19

*September 1999*

Sieben Tage später dieselbe Prozedur. Dieses Mal reichte er ihr die Anziehsachen nicht sofort. Er hielt sie vor seinem Körper fest, direkt unter seinem Bauch. Als sie sich auszog, beobachtete er sie mit einem Blick, den er nicht einmal zu verhehlen suchte.

Hinterher, als der Raum in der Dämmerung versank, lag Olive auf dem Bett und sah die Schatten über die Decke wandern. Sie versuchte, nicht an Sandmann zu denken, wie so oft. Aber heute funktionierten ihre üblichen Tricks nicht, und sie konnte an nichts anderes mehr denken. War das alles gewesen? Würde ihr Leben von nun an immer so sein?

Wenn Cassie da wäre, könnten sie ihn gemeinsam vertreiben. Cassie war gut in solchen Dingen, sie verscheuchte jedes Monster. Olive wünschte, sie hätte ihrer Schwester von Sandmann erzählt, als er zum ersten Mal nett zu ihr war. Sie hatte wirklich gedacht, er sei einfach nur nett zu ihr. Bei der Erinnerung fühlte sich ihr Magen leer und voll gleichzeitig an, und sie musste sich auf die Seite drehen, damit er nicht mehr wehtat.

Sie fragte sich, was sie machten, Mum und Dad und Cassie. Ob sie wohl eine Vorstellung davon hatten, was ihr widerfuhr? Ob Mum sauer war? Oder traurig? Olive dachte, dass sie selbst vielleicht im Fernsehen war. In der Zeitung ganz bestimmt. Sie fragte sich, wie das wohl war.

Obwohl sie nicht verzweifeln wollte, dachte Olive, dass sie seit jenem ersten Tag keine große Hoffnung verspürt hat. In ihrer Brust herrschte nicht dieses Licht, das gegen die Dunkelheit ankam. Ihr Verstand sagte ihr, dass man sie, wenn es denn überhaupt möglich wäre, längst gefunden hätte. Die Polizei wäre gekommen und hätte sie nach Hause gebracht.

An den ersten Tagen hat sie geschrien. Dann gelauscht. Aber da war nichts – keinerlei Geräusche außerhalb dieses Raums. Das Einzige, was sie je vernahm, waren ihre eigene Stimme und die Schritte auf der Treppe. Offenbar befand sie sich in einem Untergeschoss, obwohl sie den Himmel sehen konnte. Vielleicht war es auch nur eine Reflexion … Olive schaute nicht aus dem Fenster, weil es ihr dann nur noch schlechter ging.

Sie stellte sich vor, wie ihre Mutter im Haus ihrer Großeltern stand und Cassie anschrie, und fragte sich, ob ihr Vater so stumm war wie immer. Vielleicht war Cassie in Schwierigkeiten. Darüber wollte Olive lieber nicht nachdenken. Ihre Augen brannten schon wieder, und sie schlang die Arme um den Leib. Wenn sie doch nur getan hätte, was Cassie von ihr verlangt hatte …

Ein Geräusch ließ Olive zusammenzucken. Sie fuhr hoch. Unter dem Bett ist es gewesen, direkt unter ihr, oder? Sie spitzte die Ohren und … Ja, da war es wieder. Ein scharrendes, kratzendes Geräusch. Sie blieb totenstill sitzen, eine Statue mit nassem Gesicht, und lauschte.

Das Geräusch hielt an. Sie sprang aus dem Bett, und ihr Herz spielte verrückt. Zwischen Bett und Boden war ein

Zwischenraum. Vor ein paar Tagen war sie hineingekrochen, um die Wände nach Spalten abzusuchen. Jetzt schaute sie ins Dämmerlicht, staubige Luft und ihren eigenen Schweiß in der Nase.

Und dann entdeckte sie es. Begeisterung packte sie – bevor ihr Magen rebellierte und die Angst einsetzte.

Ganz hinten, in der Nähe der Krümel, die sie fallen lassen hatte, befand sich eine Maus, braun-weiß-schwarz. Aber da war auch jede Menge Rot, ein klebriges dunkles Rot, das Olive an die Zeit erinnerte, als Cassie und sie sich an Halloween als Vampire verkleidet hatten.

Nur dass dies kein falsches Blut aus der Tube war. Dieses Blut war echt. Olive schob sich unter das Bett und schlang ihre Hand um das kleine warme Tier, bevor es davonflitzen konnte. Das kleine Herz schlug tausend Mal schneller als Olives, und das Fell war blutverklebt. Sie hoffte, die Maus würde sie nicht beißen.

Als sie das winzige Wesen ins Licht hielt – in das wenige Licht, das noch durchs Fenster fiel –, sah sie, dass der Schwanz fehlte. Das Ende war sauber abgetrennt. Und dann entdeckte sie die schwachen Blutstropfen, die sich über den Teppich zur Tür hinzogen, und wusste, was geschehen war.

Die Maus versuchte zu entkommen, aber Olive hielt sie fest und warf sie in die Spüle. Die Seitenwände waren hoch und glatt genug, um eine Flucht zu verhindern.

Dann machte sich Olive daran, Streifen von einem Taschentuch abzureißen, um sie wie einen Verband um den Schwanz zu wickeln. Je länger sie hinschaute, desto weniger unheimlich war es. Es gab auch kaum noch Blut außer dem an ihren Händen, und das trocknete schnell.

Olive sog Luft ein und hielt sie in der Lunge, bis sie

brannte. Ihr Herzschlag beruhigte sich. Die Maus schien sich in ihrem neuen Zuhause einzurichten, vorsichtig, aber doch gefasst. Ein schwaches Kratzen zwischen den Taschentuchfetzen im Spülbecken aus rostfreiem Stahl war das Einzige, was noch an ihre Anwesenheit erinnerte, als Olive die kleinen Blutstropfen aufwischte.

Spontan dachte sie, dass sie die Maus gern behalten würde. Sie hatte nie ein Haustier haben dürfen. Dann musste sie allerdings lachen, weil ihr klar wurde, dass sie gar keine Wahl hatte. Sie konnte die Maus ja nicht freilassen. Sie musste mit Sandmann durch die Tür gehuscht sein. Olive wusste, dass es keinen anderen Weg herein oder hinaus gab.

Was sollte sie tun?

Sandmann wäre alles andere als begeistert, das wusste sie. Er hasste alles, was unrein war. Noch heute hatte er erklärt, dass sie besser putzen müsse, weil er ihr sonst keine frischen Lebensmittel mehr mitbringe. Das sei *unhygienisch.*

Olives Körper fühlte sich an, als habe man sie tausendfach verprügelt, als sie zu Boden sank. Sie durfte nicht zulassen, dass Sandmann ihr die Maus wegnahm. Was sollte sie tun? Konnte sie sie verstecken?

Vielleicht war das die Antwort auf ihre Angst. Ihre Einsamkeit. Die langen leeren Stunden, in denen sie nichts tun konnte, als mit den wenigen Stiften und dem bisschen Papier, das er ihr zugestand, Bilder zu malen.

Unwillkürlich dachte Olive, dass es auch etwas bewies. Cassie hatte immer erklärt, dass Gott existiere, weil schließlich *irgendjemand* auf Gebete reagieren müsse. Aber wenn irgendjemand auf ihre Gebete reagierte, konnte es kein guter Mensch sein. Kein guter Gott. Denn nun saßen sie beide, die Maus und sie, gemeinsam in der Falle.

Zwei Leben in einer Schachtel.

Die Maus – Olive nannte sie Micky, nach ihrer Armbanduhr – war ein Beweis. Hier drinnen gab es Leben und Hoffnung, aber ohne Garantie. Es war ein Luxus.

# 20

»Meine Tochter heißt Izabela Kaluza« stand in dem Facebook-Post über dem Foto eines Mädchens, das ich kannte. »Bella. Sie ist elf Jahre alt. Ein nettes Mädchen. Sie ist zur Schule gegangen, aber nie dort eingetroffen. Das ist gar nicht ihre Art, deshalb mache ich mir große Sorgen. Sie hat morgens um halb neun unser Haus in der Randall Street verlassen und ist nicht in der Schule angekommen. Sie geht auch nicht an ihr Handy. Sollte jemand sie bei sich haben, sollten Sie wissen, dass ich sie gern zurückhätte. Ich möchte meine Bella zurückhaben. Bella, wenn du das hier siehst, bitte komm nach Hause. Dieser Beitrag ist öffentlich. Bitte teilt ihn mit möglichst vielen Menschen.«

»Bella«, sagte ich so leise, dass mir nicht klar war, ob Marion mich hören konnte. »Das kleine Mädchen, das mit Grace befreundet ist. Ich sollte sie … sollte …«

Das Mädchen, das mir die SMS geschickt hat. Es musste Bella gewesen sein.

Der Beitrag war bereits Hunderte von Malen geteilt worden. Ich wollte nichts mehr sehen und wandte das Gesicht ab.

»Ja«, sagte Marion. Sie hatte mich gehört. Und ihr war klar, dass ich wusste, wer Bella war. Und dass ich diesem

Mädchen vermutlich begegnet war. Mit ihr gesprochen hatte. »Sie war auf dem Weg zur Schule. Sie war spät dran. Man hatte den Unterricht wegen der Sonnenfinsternis verschoben. Um halb zehn sollten sich alle draußen versammeln, aber viele Schüler kamen zu spät. Es herrschte das reinste Chaos.«

Jetzt wusste ich, warum Marion mich nicht fragte, ob ich Bella kannte und wieso ich sie nie erwähnt hatte. Sie war ganz offiziell hier, als Polizistin. Ich drehte mich langsam auf meinem Stuhl herum, bis ich sie anschauen und mich davon überzeugen konnte. Ihr offizielles Gesicht: Augen halb zusammengekniffen, Brauen gerunzelt.

»Was sagst du da?«, fragte ich.

»Cassie«, begann Marion langsam, immer noch an der Tür stehend, »ich muss dich fragen, wo du heute Morgen warst. Während der Sonnenfinsternis.«

»Wie bitte, Marion? Worüber redest du?«

»Ich rede von heute Morgen, Cassie. Wo warst du? Zwischen halb neun und halb elf? Ich muss dich das fragen. Bella hat ihr Handy zu Hause vergessen. Wir haben die SMS gefunden.«

»Was?«

»Die Nachrichten, die Bella dir geschickt hat. Sie hat sie gelöscht, aber wir haben sie gefunden. Über euer Treffen heute Morgen.«

»Wie bitte?«

Ich konnte es nicht fassen. Die Welt verschwamm, und in meinen Ohren summte es wie ein Bienenschwarm. Meine Gedanken waren nicht klar. Mir war, als wäre ich in eine Bärenfalle getappt.

»Ich ... Marion ... ich habe neulich vor der Schule mit ihr

gesprochen. Mit ihr und ein paar anderen Kindern. Eines von ihnen – Bella – hat mir heute Nacht eine SMS geschickt. Ziemlich spät. Ich war … betrunken. Ich habe geantwortet, dass ich vor der Schule auf sie warte.«

»Du siehst beschissen aus, Cassie.« Marion hielt inne. Sie biss die Zähne zusammen. Ob vor Wut oder weil ihr das alles nicht leichtfiel, konnte ich nicht beurteilen.

»Was sagst du da?«

»Ich will sagen, dass du mit auf die Polizeiwache kommen solltest. Wir müssen das offiziell klären.«

Mein Mund klappte auf, aber es kamen keine Worte heraus. Marion kannte mich, seit ich sieben Jahre alt war. Wie konnte sie denken, dass ich irgendetwas mit der Sache zu tun hatte?

»Cassie, kommst du? Nur als Zeugin. Wir müssen uns an die Gepflogenheiten halten. Man wollte mich schon von dem Fall abziehen, wegen Befangenheit. Aber ich habe versprochen, dich mitzubringen.« Jetzt begriff ich, wie hart das für sie war. Und wie hart es für ihre Kollegen war, erfahren zu müssen, dass wir eine Vergangenheit hatten. Wie hart es für sie selbst war, das zugeben zu müssen, obwohl wir uns jahrelang ausdrücklich lediglich als »Freundinnen« verstanden haben.

Das Gefühl der Übelkeit in der Magengrube wuchs.

»Gut«, erwiderte ich, »ich komme mit. Aber mir ist schon klar, dass es nur mit deinem beschissenen Partner zu tun hat. *Partner.*« Ich lachte, und obwohl ich selbst hörte, wie hysterisch ich klang, konnte ich mich nicht zusammenreißen. Die Anspannungen des Morgens überwältigten mich. »Ich weiß, dass du mit ihm schläfst – darum geht es doch, oder? Ist er wenigstens gut im Bett?«

»Cassie«, sagte Marion mit einem warnenden Unterton, aber ihre Stimme klang müde, als habe sie es bereits aufgegeben, »lass das.«

Ich schluckte meine Wut hinunter und atmete tief ein, bis es wehtat. Dann ließ ich mich von Marion zum Wagen führen, am ganzen Körper zitternd, als sei ich eine nicht explodierte Bombe.

Die Polizeiwache von Bishop's Green war so klein, dass sie den Namen kaum verdiente. Sie lag in einem alten, heruntergekommenen Viertel in der Nähe des Zentrums, wo man immer vor Augen hatte, dass die meisten Fälle mit Ladendiebstahl und dummen Ideen betrunkener Touristen zu tun hatten. Es war eine Basis fürs Lokale, klein, aber effizient. Ich war nur wenige Male dort gewesen – keines davon erquicklich – und spürte die Anspannung, als wir uns näherten.

»Du stehst nicht unter Verdacht«, sagte Marion ruhig, als wir auf den Parkplatz fuhren. »Ich muss dich nur in Anwesenheit meines Partners ein paar Dinge fragen, in Ordnung?«

Ich schaute sie nicht an. Ihre Hände klammerten sich ans Lenkrad, und ihre Knöchel traten weiß hervor.

»Ist das die Rache?«, fragte ich sie.

»Was?«

»Die Rache. Wegen mir. Wegen uns. Wegen unserer Vergangenheit. Weiß er von uns? Von dir? Ist das der Grund, warum …«

»Hier geht es nicht um uns, Cass«, sagte Marion bestimmt. Müde. Aber ihre Lüge klang fast genauso matt wie ihr Schweigen zuvor. »Ich habe ihm gesagt, dass wir mit dir reden müssen. Er war der Meinung, dass er die Vernehmung leiten sollte – in Anbetracht unserer Geschichte. Ich habe zugestimmt.«

Im Innern der Wache herrschte große Betriebsamkeit. Es liefen mehr Leute dort herum, als ich je gesehen hatte. Polizisten in Zivil und Uniformierte marschierten auf und ab und erteilten Befehle. Auf den Schreibtischen standen Kaffeetassen und hinterließen ihre kreisrunden Spuren auf den Papieren. Marion nahm mich am Arm und führte mich durch einen langen Korridor. Am Ende öffnete sie eine Tür und schob mich in den Raum hinein.

Ich kniff die Augen zusammen und versuchte, die Bilder zu verdrängen, die auf mein Gehirn einstürmten. Bilder von einem ähnlichen Raum, den ich mit siebzehn Jahren betreten hatte, um einen Blick auf das tote Mädchen zu werfen, das nicht Olive war. Mum hatte es nicht übers Herz gebracht.

»Cass, ist alles in Ordnung?« Marions Stimme holte mich in die Gegenwart zurück.

Ich versuchte zu nicken.

Marion wirkte nicht überzeugt, zeigte auf den großen Spiegel, von dem ich wusste, dass es vermutlich ein Einwegspiegel war. Wenig später öffnete sich die Tür wieder, und ein Mann kam herein, vielleicht ein paar Jahre älter als Marion und ich. Er hatte dunkle Haare, dunkle Haut und freundlich blickende braune Augen. Alles an seiner Haltung schrie nach Polizei, selbst wenn man ihn nicht kannte. Dies war Marions Partner. Der Mann, den ich aus ihrem Haus hatte kommen sehen.

Sie hatte nicht geleugnet, mit ihm geschlafen zu haben.

Mir war speiübel, aber ich hätte nicht sagen können, ob es am Alkohol lag oder an der Vorstellung, wie Marion und er zusammen waren, oder am Geruch von verbranntem Kaffee oder an der Tatsache, dass sich zu viele Menschen in diesem kleinen Raum befanden.

»Cassie, dies ist Detective Sergeant Matthew Fox.« Sie gab ihm ein Zeichen, als er die Tür mit dem rechten Fuß zuschob, damit er sie einen Spalt offen ließ und ich nicht das Gefühl bekam, in der Falle zu sitzen. Zweifellos ein Trick.

»Also, Cassiopeia Warren«, sagte Fox und streckte die Hand aus, als wolle er die meine schütteln. Als ich nicht reagierte, ließ er die Geste sanft in eine Bewegung übergehen, mit der er den Stuhl mir gegenüber zu sich herzog. Dann setzte er sich. Er wirkte hellwach, aber seine Krawatte war verknittert, und er schien sich etwas auf sein Hemd geschüttet zu haben, das er mit Hilfe eines nassen Lappens größtenteils hatte entfernen können.

»Meine Freunde nennen mich Cassie«, sagte ich.

Er lächelte und zeigte dabei zu viele Zähne. Fast wie eine Grimasse wirkte das. »Ich habe schon viel von Ihnen gehört.«

Ich schluckte und nahm mir fest vor, nicht darauf einzugehen. Irgendetwas an seiner Miene sagte mir, dass nicht alles, was er über mich gehört hatte, gut war.

»Sie wollen also sagen, dass niemand bezeugen kann, wie Sie den Vormittag verbracht haben«, sagte Fox. Er hielt die Kaffeetasse auf dem Tisch fest, als handele es sich um Weihwasser, und strich sanft über den Henkel. Ich konnte den Blick nicht von seinen Händen losreißen, was vermutlich gut war, weil ich Marion im Moment nicht anschauen wollte. Sie stand wie ein Geist in der Ecke des Raums.

»Tut mir leid, aber mir war nicht klar, dass ich einen Zeugen brauchen würde. Ich habe Ihnen ja bereits gesagt, was ich getan habe. Ich habe zu Hause die Sonnenfinsternis angeschaut, dann bin ich im Krankenhaus gewesen, und dann bin ich in der Gegend herumgefahren.«

»Wohin denn?«

Ich stieß einen verzweifelten Seufzer aus und sah zu Marion hinüber. Sie mied meinen Blick.

»Ich habe meine Großmutter im Krankenhaus besucht«, sagte ich spitz. »Sie leidet an Demenz und hatte einen Unfall. Das setzt mir ziemlich zu, daher bin ich hinterher in der Gegend herumgefahren, um mich zu beruhigen. Ohne besonderes Ziel.«

»Sie haben die Sonnenfinsternis ... ganz allein angeschaut?«

»Wie ich schon sagte.«

»Und was ist mit den SMS, die wir auf Bella Kaluzas Handy gefunden haben? Was können Sie mir dazu sagen?«

»*Mehrere* SMS?«

»Ja.«

Ich schüttelte den Kopf. »Ich habe nur eine einzige bekommen. Gestern Abend. Ich wusste nicht genau, ob sie von Bella war, aber ich bin davon ausgegangen. Sie schrieb, sie habe Informationen über Grace Butler.«

»Und Sie wollten sich mit ihr treffen. Um an diese Informationen zu gelangen.«

»Ja. Nach der Schule, hat sie geschrieben.« Ich gab mir Mühe, gegen die Verzweiflung anzukämpfen, die meine Stimme schrill klingen ließ.

»Und was ist mit der zweiten Nachricht?«

»Ich weiß nicht, wovon Sie reden.«

»Heute Morgen«, sagte Fox. »Bella hat Ihnen noch eine SMS geschickt, kurz bevor sie zu Hause aufgebrochen ist, um das Treffen mit Ihnen noch einmal zu bestätigen. Sie hat ihr Handy auf dem Küchentisch liegen lassen.«

»Ich habe nicht … Mir ist nicht …« Ich schluckte und hatte plötzlich einen Kloß im Hals. Mein Handy. »Die habe ich nicht gesehen. Ich war …« Mein Blick ging zu Marion hinüber. »Ich habe mich letzte Nacht betrunken. Nach der SMS, von der ich Ihnen erzählt habe, habe ich nicht mehr auf mein Handy geschaut. Die von heute Morgen habe ich nicht gesehen. Ich habe mein Handy gar nicht dabei.«

Fox schaute mich mit blitzenden Augen an.

»Beantragen Sie einfach eine verdammte Leibesvisitation«, fuhr ich ihn an. »Das ist doch lächerlich. Sicher haben Sie bereits festgestellt, dass ich Bella heute Morgen nicht zurückgeschrieben habe. Warum sollte ich ihr etwas antun? Ich habe mich an der Suche nach ihrer besten Freundin beteiligt. Wenn ich mich nach der Schule mit ihr treffen wollte, warum sollte ich ihr dann heute Morgen auflauern?«

»Matthew«, sagte Marion so leise, dass ich erst dachte, ich hätte es mir eingebildet. Als ich sie ansah, erkannte ich aber die Sorge in ihrem Gesicht. »Darüber hatten wir doch geredet. Sie ist keine Verdächtige.«

»Nein? Ein Lehrer hat sie dabei beobachtet, wie sie vor der Schule mit den Kindern gesprochen hat. Sie hat die Eltern eines der vermissten Mädchen belästigt. Sie hat sich generell unbeliebt gemacht – und sie könnte die Letzte sein, die mit Bella Kaluza geredet hat, bevor sie vom Radar verschwand. Besonders gut sieht das nicht aus.«

Marion öffnete den Mund und schloss ihn wieder. Ihre Haut war blass, ihre Augen glasig. Die Sache lief anders als von ihr beabsichtigt.

»Ich habe einfach nur meinen Job gemacht!«, rief ich genervt. »Als Journalistin tut man solche Dinge. Ich stelle Fragen – was man von Ihnen vielleicht nicht behaupten kann.«

»Sie bewegen sich auf dünnem Eis, Miss Warren. Bitte, treiben Sie es nicht zu weit.«

Fox' Augen waren stählern. In diesem Moment erkannte ich, was für ein Typ er war. Für seine Karriere tat er alles. Hart im Vorgehen, hart gegen Verdächtige. Vermutlich gut in seinem Job, aber nicht flexibel. Bei der Vorstellung, dass sich Marion mit einem solchen Typen abgab, sträubte sich alles in mir.

Vor Angst, was herauskommen würde, traute ich mich nicht, den Mund aufzumachen. Ich presste die Lippen zusammen, um nicht die Zähne zu blecken.

»Matthew«, sagte Marion wieder, »bitte nicht.«

Schweigen senkte sich herab. Nur für einen Moment. Lang genug, um erkennen zu können, dass sie ihn getroffen und dazu gebracht hatte, sich selbst zu hinterfragen.

»Sie behandeln mich wie eine Verdächtige«, sagte ich kühl, »obwohl ich nur helfen will. Ich setze mich selbst einer Gefahr aus.«

Fox' Blick schnellte wieder zu mir zurück. »Was meinen Sie damit?«, fragte er. Ich starrte ihn in eisigem Schweigen an. »Miss Warren, der Polizei Informationen vorzuenthalten ist ein schweres Delikt.«

Ich ballte die Fäuste. Wie konnte ich nur so dumm sein, das zu erwähnen. Mit einem Seufzer wandte ich mich an Marion.

»Ich wollte dir nichts davon erzählen, weil du nicht denken solltest, ich könne nicht damit umgehen. Und dann die Sache mit Gran. Ich habe Angst, es könnte … meine Schuld sein. Es ist nur so, dass ich bestimmte SMS bekommen habe – Botschaften: Ich solle mich raushalten. Drohungen. Noch bevor ich wusste, in welche Richtung ich überhaupt suchen soll. Es ist, als sei ich an einer Sache dran. Aber ich weiß nicht …« Ich stockte. Marion starrte mich an, als hätte ich ihr ein Messer ins Herz gejagt. »Aber ich weiß nicht, was ich weiß«, fügte ich hinzu. »Und ich wollte dir keine Angst einjagen.«

Fox runzelte die Stirn. »Ihnen ist klar, dass es sich um etwas sehr Ernstes handelt?«, erklärte er. »Wir müssen Ihr Handy unter die Lupe nehmen. Haben Sie eine Idee, wer Ihnen diese Nachrichten geschickt haben könnte?«

Ich mied Marions Blick. Ich wollte nicht hier festsitzen und warten müssen, während sie meine Geschichte überprüften. Nicht wenn noch ein Mädchen vermisst wurde und, ausgehend von der Sonnenfinsternis, die Stunden seit seinem Verschwinden gezählt wurden, eine gespenstische Uhr … *einhundertsechsundvierzig Stunden* … Ich erinnerte mich noch gut an die Zeit nach Olives Entführung … *einhundertzweiundneunzig Stunden … keine neuen Spuren …* Ich musste ihnen noch etwas anderes geben.

»Als ich das letzte Mal an der Schule war, lungerte dort ein Mann herum«, sagte ich langsam. »Er sagte, er habe jedes Recht, dort zu sein, aber eigenartig war es trotzdem. Angeblich kennt er Grace – und Bella vielleicht auch, aber da bin ich mir nicht sicher. Er hat seinen Namen in mein Handy getippt. Vielleicht sind die Nachrichten ja von ihm.«

»Wer ist es?«, fragte Marion. Ihr Rücken war steif, und ihre Lippen waren zu einem dünnen Strich zusammengepresst.

»Sein Name lautet Darren Walker.«

# 21

Auf dem Heimweg schwieg Marion, aber ich konnte sehen, dass ihr Gesichtsausdruck zwischen Schuldgefühlen und Verletztheit changierte. Ihre Schultern waren angespannt, und ihre Hände klammerten sich so fest ans Lenkrad, dass der Glücksring, den sie am Zeigefinger trug, in die Haut einschnitt. Die Häuser sausten im Licht des späten Nachmittags als graue Schemen vorbei. Ich sah aus dem Fenster, um nicht Marion anschauen zu müssen.

Die Wut, die immer noch in mir brodelte, ignorierte ich und konzentrierte mich stattdessen auf Marions Schuld. Ich war froh, dass sie sich schlecht fühlte. Wie sie mich behandelt hatte, war nicht schön; sie kannte mich doch. Aber wenn sie sich schlecht fühlte, bestand noch Hoffnung.

»Warum hast du mir von den Drohungen nichts erzählt?«, fragte sie, als wir in die Einfahrt einbogen. »Ich hätte doch etwas unternehmen können.«

Ich schüttelte den Kopf. »Das habe ich doch gesagt. Ich wollte nicht, dass du dir Sorgen machst. Ich wollte nicht, dass du …«

»Du hattest Angst, ich könnte dich nötigen, die Sache aufzugeben.« Marion seufzte. Ihre Schultern zuckten. »Ich verstehe schon. Wir werden uns diesen Typen vorknöpfen und schauen, ob er uns ein paar Fragen beantworten kann.« Sie löste den Blick nicht von der Windschutzscheibe. »Vielleicht steckt nichts dahinter, aber nach allem, was du erzählt hast, möchte ich kein Risiko eingehen. Könnten wir jetzt vielleicht zusehen, ob wir dein Handy finden?«

»Ich hätte es auch gern wieder«, sagte ich. »Vermutlich habe ich inzwischen Hunderte von SMS bekommen.« Das war übertrieben, mir aber egal. Wir wollten es beide finden. Wenn ich daran dachte, dass Bella ebenfalls verschwunden war, schien mir die ganze Welt rückwärtszutaumeln. Irgendetwas geschah hier, direkt vor meiner Nase, und entzog sich mir gleichzeitig.

»Du solltest eine Dusche nehmen.« Marion schaute mich plötzlich an. »Man riecht es immer noch.«

Darauf wollte ich mich nicht einlassen, aber Marion stellte den Motor erst ab, als ich sie ebenfalls ansah.

»Wie viel hast du letzte Nacht getrunken?«, fragte sie langsam.

Ich löste den Sicherheitsgurt und wollte aussteigen, aber Marion packte mich am Arm.

»Wie viel?«, hakte sie nach.

»Keine Ahnung«, sagte ich.

»Ein paar Gläser? Eine halbe Flasche? Bitte, Cassie, ich würde das gern wissen. Du bist heute Morgen Auto gefahren … dann die Art und Weise, wie du mit Fox geredet hast …«

»Was hat das denn damit zu tun?«, fuhr ich sie an. »Ich bin erwachsen. Manchmal trinke ich eben gern einen Schluck, um mich zu entspannen. Gran war nicht da, und ich musste meine Nerven beruhigen. Mir war ja nicht klar, dass ich ein verdammtes Alibi brauche. Autofahren war kein Problem, und mit wem hätte ich wohl …«

»Warum hast du mich nicht angerufen?«

»Warum hätte ich das tun sollen? Du warst doch vermutlich mit Detective Fox zusammen.« Ich riss mich los und stieg aus.

Die Hände in den Taschen meiner Jeans, stapfte ich über die Einfahrt und ärgerte mich wegen meines Ausbruchs. Für so etwas hatte ich jetzt keine Zeit. Wenn wir hier herumhingen, konnte Marion ihren Job nicht machen. Wenn wir uns stritten, würde sie Grace oder Bella niemals finden und sie nach Hause bringen.

»Du siehst das falsch, Cassie.«

Wir gingen ins Haus. Es war leer und kalt. Ohne Gran fühlte sich der ganze Ort verwunschen an. Mir wurde bewusst, wie sehr ich sie vermisste.

Im Wohnzimmer trennten wir uns. Marion ließ mich zurück, damit ich nach meinem Handy suchen konnte, und ging in die Küche.

»Solltest du es finden, musst du es mir sofort geben, damit ich einen Blick darauf werfen kann«, informierte mich Marion. »Bevor du irgendetwas damit anstellst.«

»Es dir an den Kopf werfen, zum Beispiel«, murmelte ich vor mich hin.

Schließlich fanden wir es vor dem Gartentor auf der Erde. Das Display war schwarz und der Länge nach gerissen.

»Ich muss es ins Labor schicken.«

»Na wunderbar. Aber der Bildschirm ist sowieso hinüber.«

Während Marion noch mit dem Beweismittelbeutel und ein paar Papieren herumhantierte, kehrte ich ins Haus zurück und brach auf dem Sofa zusammen.

»Cassie, du hast wieder diesen Blick.« Ich bewegte mich nicht, als ich ihre Stimme hörte, konnte sie aber aus den Augenwinkeln in der Tür stehen sehen. Sie fummelte an der Halskette herum, die ich ihr geschenkt hatte, und wirkte verdammt nervös.

»Was für einen Blick?«

»Diesen Blick eben. Den Blick, der darauf hindeutet, dass du etwas Dummes vorhast.« Marion zögerte einen Moment, dann kam sie und stellte sich so vor mich hin, dass sie mir direkt in die Augen schauen konnte. »Bitte tu es nicht.«

»Marion, du hast mich soeben auf die Polizeiwache geschleppt. Erwartest du, dass ich hier sitze und das einfach hinnehme? Dass ich es schlucke, als hätte ich keinerlei Stolz? Komm schon, du müsstest mich besser kennen.«

Marion sog an ihren Zähnen, und ihre Kiefermuskeln spannten sich an. Als sie sprach, begriff ich allerdings, dass sich ihre Wut nicht gegen mich richtete. »Es tut mir leid, ja? Ich hätte nicht gedacht, dass er so hinterfotzig ist. Andererseits hatten wir gerade erst einige … Unstimmigkeiten. Eigentlich war ich nur an ein paar Informationen interessiert, die du uns offenbar vorenthältst. Und da hatte ich ja auch recht, oder? Von diesem Walker hast du mir noch nie erzählt. Oder von den SMS.«

»Die SMS habe ich nicht erwähnt, aber von Walker wollte ich dir erzählen. Du hast mir einfach nicht zugehört.«

Marions Miene wurde sanfter. Sie trat einen Schritt vor. Ihre Unsicherheit war nicht zu übersehen. Dann trat sie noch einen Schritt vor, beugte sich herab und legte ihre Finger unter mein Kinn. Die Berührung war wie ein elektrischer Schock.

»Tut mir leid«, sagte sie leise. »Ich würde es gern wiedergutmachen. Das war reine Feigheit. Ich wollte das nicht, aber ich musste. Fox hat mich gedrängt, energisch. Würdest du später zu mir kommen und mit mir zu Abend essen? Ich arbeite seit Tagen durch, aber heute Abend hätte ich ein paar Stunden Zeit. Wir könnten einfach … dasitzen. Fernsehen. Reden. Keine Ahnung. Einfach ein paar Stunden miteinander verbringen, weit weg von diesem ganzen Schlamassel. Falls deine Großmutter heute entlassen wird, könnte ich auch zu dir kommen.«

Ich antwortete nicht sofort, weil ich nicht wusste, wie es mir ging. Das Angebot klang nach mehr als einer Einladung – eher nach einem Rettungsring. Schwer zu sagen, ob ich in ein paar Stunden die Kraft haben würde zuzupacken.

Ich musste daran denken, wie Marion mich zum ersten Mal berührt hatte – genau wie gerade eben. Die Nasen aneinandergedrückt hatten wir unter einer Decke gelegen, für alle Menschen unsichtbar. Grans Sofa war eine andere Welt gewesen, eine Welt unbegrenzter Möglichkeiten – bis Olive hereingekommen war und alles ruiniert hatte.

Vor Fox war das. Vor Helen. Es war, bevor die Welt uns verschlang und wieder ausspuckte. Bevor wir uns zu hassen begannen, ein wenig zumindest, und unsere Schuldgefühle in der jeweils anderen gespiegelt sahen.

Wieder musste ich an Gran denken. An den Unfall und die SMS. Ein Schauer lief mir über den Rücken. Konnte es sein, dass ich Marion durch meine bloße Anwesenheit in Gefahr brachte? Ich würde es nicht ertragen, sie noch einmal zu verlieren.

»Gut.« Marion trat zurück, als sie meine Miene sah. »Du musst nicht, wenn du nicht willst. Ich möchte einfach nur für dich da sein.«

# 22

Als Marion fort war, saß ich im Wohnzimmer. Die Welt fühlte sich leer an, mein Inneres hohl. Mein Magen knurrte, aber ich konnte mir nicht vorstellen, etwas zu essen.

Es war meine Schuld, was Bella zugestoßen ist. Wenn sie mir nicht noch eine SMS geschickt hätte, wäre sie vermutlich nicht zu spät gekommen. Sicher hätte sie es nach der Sonnenfinsternis pünktlich zur Schule geschafft und sich aufgeregt mit ihren Mitschülern ausgetauscht.

Ich hatte sie in Gefahr gebracht, genau wie Gran. Und genau wie ich auch Marion in Gefahr bringen würde, wenn ich mich nicht von ihr fernhielt. *Du hättest dir mehr Mühe geben müssen*, sagte eine Stimme in meinem Kopf.

Während ich noch dasaß, klingelte der Festnetzapparat. Ich schaute aufs Display, um sicherzustellen, dass es nicht das Krankenhaus war, und ignorierte den Anruf. Der Anrufbeantworter sprang an, und Henrys Stimme erklang. Er wollte sich erkundigen, wie es mir ging, und mich wissen lassen, dass er das mit Bella erfahren hatte. Ich hörte gar nicht mehr hin.

Du hättest dir mehr Mühe geben müssen. Mehr. Noch mehr. Ich hatte diese ewigen Schuldgefühle satt. Die Zähne zusammengebissen griff ich nach meinem Laptop. Dies hier war mehr als ein Job. Ich musste mir mehr Mühe geben. Mehr, mehr, mehr …

Ich begann mit meiner Suche, indem ich Bella Kaluzas Facebook-Seite aufrief, dann ihre Instagram-Seite. Offenbar hatte sie Konten bei verschiedenen sozialen Medien, obwohl sie noch gar nicht alt genug dafür war. Anders als bei Grace, bei der ich es vermieden hatte, verschlang ich jeden Artikel, den ich finden konnte. Bella Kaluza, elf Jahre alt, polnische Familie. Ihre Eltern schienen sich gerade eine erbitterte Scheidungsschlacht zu liefern.

*Wie bei Olive.*

Der Gedanke hallte in meinem Kopf wider. Ich scrollte durch die Seiten wohlmeinender Kommentatoren und die Suchpläne für das Süd- und das Westufer des Sees, die Wälder, die Felder im Norden, die Vororte und die Parks. Immer wieder tauchten dieselben Namen auf: zwei Lehrer von der Arboretum Secondary und ein Mann, der zwei Straßen vom Chestnut Circle entfernt eine Karateschule betrieb. Ich notierte mir sämtliche Namen. Nicht selten brachten sich Täter in die polizeilichen Ermittlungen ein, das wusste ich.

Wieder klingelte das Telefon, wieder schaute ich aufs Display und ignorierte den Anruf. Ich kehrte zu meinem Laptop zurück und verschlang die flehenden Bitten und die Kommentare der Wohlmeinenden und Jugendlichen, die in ihrer Hoffnung nach jedem nur denkbaren Strohhalm griffen – stets vergeblich.

Auf Bellas Instagram-Seite sah man Fotos von Bücherbergen; Bücher für junge Erwachsene waren mit Lichterketten und künstlerischen Blumenarrangements geschmückt. Bella las also gern – wie Olive.

Bei dem Gedanken stieg mir die Galle hoch. Die Ähnlichkeiten häuften sich. Bella war in ihrem letzten Grundschuljahr in der Zeitung erwähnt worden, weil sie bei einem Kostümwettbewerb anlässlich des Weltbuchtags den ersten Preis gewonnen hatte. Auch sonst hatte sie nur Bestnoten. Auf ihrer Website zitierte sie Darwin und den verdammten Nietzsche und teilte wissenschaftliche Artikel über den Weltraum, die für mein Hirn zu anspruchsvoll waren.

*Genau wie Olive.*

Aber wie passte Grace in dieses Muster?

Ich stieg in meinen Wagen und wollte zu Bellas Zuhause fahren. Als ich bereits auf der Straße war, zögerte ich allerdings. Wozu sollte das gut sein? Dort würde es von Journalisten wimmeln, und wenn die erfahren würden, dass mich die Polizei vernommen hat, könnte ich keinen unbeobachteten Schritt mehr tun. Selbst wenn ich nicht tatverdächtig war, wäre mein Name fortan mit Bellas Verschwinden verknüpft, und überall würde Olives Gesicht auftauchen. Im Prinzip war ich mir nicht einmal mehr sicher, ob ich überhaupt etwas über Bella schreiben wollte. Oder über irgendetwas anderes.

Nein, erst wollte ich mir einen Eindruck von den polizeilichen Ermittlungen verschaffen. Eine Weile fuhr ich ziellos in der Gegend herum und versuchte, Ordnung in meine Gedanken zu bringen. Als ich wieder zu mir kam, stand ich mit dem Wagen vor Marions Haus.

Ich blieb sitzen, trotz des kühlen Abends mit heruntergelassenem Fenster. Marion war nicht da, und ich hatte kein Handy, um sie anzurufen. Aber nach Hause wollte ich auch nicht zurückkehren. Henry kam mir in den Sinn. Ich könnte zu seinem Hotel fahren und mit ihm zu Abend essen, aber ich wollte nicht. Ich wollte Marion.

Ich schaltete das Radio ein, um mich abzulenken, und wechselte zehn Minuten lang zwischen den Sendern hin und her. Hier ein Song, dort zwei weitere. Zwei Mädchen in Bishop's Green vermisst. *Zwei.* Wenn eines ein Zufall war, warum waren es dann jetzt schon zwei?

Je länger ich dasaß, desto stärker beschlich mich das Gefühl, dass irgendetwas nicht stimmte. Marion müsste längst zu Hause sein. Es war schon fast neun, und sie hatte die ganze Woche gearbeitet. Irgendwann musste sie doch auch mal schlafen, oder? Was, wenn in diesem Moment etwas geschah, und ich saß hier herum und hatte noch nicht einmal ein Handy, damit sie mich informieren konnte? Ich wechselte zwischen den Sendern hin und her, unfähig, irgendwo länger zuzuhören.

Irgendetwas stimmte nicht.

Ich verdrängte den Gedanken und hielt die Augen auf die Straße gerichtet, wo jeden Moment Marions Wagen auftauchen sollte. Aber er kam nicht.

Zur vollen Stunde verstummte die Musik, und der Nachrichtensprecher begann zu lesen. Ich lauschte dem verzerrten Gerede nur mit halbem Ohr.

Aber dann vernahm ich es.

»Bahnbrechende Neuigkeiten im Fall des vermissten Mädchens Grace Butler.«

Ich hielt den Atem an, unfähig, die Angst zu unterdrücken, die sich meiner bemächtigte.

»Heute Abend hat die Polizei bekanntgegeben, dass die vermisste elfjährige Grace Butler gefunden wurde. Grace und ihr Vater – den die Polizei vergeblich ausfindig zu machen versucht hatte – wurden um vier Uhr nachmittags dabei beobachtet, wie sie einen Campingplatz in Schottland verließen. Der Vater sagte der Polizei, dass er nichts von Grace' angeblichem Verschwinden gewusst habe. Seine Tochter und er hätten abgemacht, dass sie ihn während seiner freien Tage besuche, woraufhin sie dann spontan zu einem Zelturlaub aufgebrochen seien. Erst heute habe er erfahren, dass seine Tochter ihrer Mutter nicht Bescheid gesagt hatte. Polizeisprecher Michael Ardent erklärte: ›Wir sind alle sehr froh, dass Grace wohlbehalten zurückgekehrt ist. Die Ermittlungen zum Verbleib von Bella Kaluza sind noch in vollem Gang, und wir können nur hoffen, dass wir sie genauso gesund und munter wiederfinden wie ihre Freundin‹. Leider gibt es im Fall Kaluza bislang keine Neuigkeiten. Die Hörer seien daran erinnert, dass immer noch Suchaktionen für Bella laufen …«

Meine Überlegungen gerieten ins Stottern.

»Was?«, zischte ich.

*Grace geht es gut.*

Mein Körper war bleischwer, und das Pochen in meinem Schädel vertrieb sämtliche Gedanken außer einem: *Grace geht es gut.*

*Grace geht es gut. Grace geht es gut. Grace geht es gut …*

Aber zu meiner großen Schande bemerkte ich, dass ich wütend war. Ich hatte mich geirrt. Ich hatte mich auf ganzer Linie geirrt. Viele Stunden – für Bellas Leben wertvolle Stunden – waren verloren, weil die Fälle nicht vergleichbar waren. Die beiden Mädchen waren nicht von derselben Person entführt worden. Und mit Olive hatte das alles überhaupt nichts zu tun.

Mein Herz schlug so heftig, dass ich fürchtete, in Ohnmacht zu fallen. Die Gedanken, die mir durch den Kopf wirbelten, waren verbittert und wirr gleichermaßen und halfen mir kein Stück weiter. *Was hatte das zu bedeuten? Wie hatte ich mich nur so irren können?*

Den Kopf auf dem Lenkrad und die Arme über den Ohren, um mich von der Außenwelt abzuschirmen, saß ich da, bis Marion mich fand. Ich hörte sie kaum. Ihre Hand auf meiner Schulter war warm.

»Cassie?«, fragte sie. »Alles in Ordnung, Cassie?«

»Ich habe die Neuigkeiten gehört, Marion«, sagte ich mit tränenerstickter Stimme. »Grace geht es gut. Aber was ist mit Bella?«

# 23

*Oktober 1999*

Ein paar Tage lang war Micky eine gute Gesellschaft. Da das Wetter kälter wurde, kuschelte er sich gern an Olive. Sandmann brachte mittlerweile wärmere Kleidung mit, Pullover und einmal sogar eine Jeans. Die trug Olive gleich zwei Wochen lang, bevor es ihm auffiel, dann nahm er sie zum Waschen mit und brachte ihr nie eine neue.

Für die Nacht hatte sie nur ein T-Shirt, wenn sie nicht angezogen schlafen wollte. Sie versuchte, sich in die Bettdecke zu wickeln, aber die war an vielen Stellen verschlissen und klumpig. Am liebsten hätte sie Micky mit ins Bett genommen, als könne er sie wärmen, aber das ging natürlich nicht. Daher versteckte sie ihn jede Nacht in dem kleinen Brotkasten, in der Hoffnung, dass Sandmann das Brot weiterhin in den Kühlschrank legte.

An manchen Tagen war Micky nicht so gesellig, und einmal biss er sie sogar, eine winzige Wunde oberhalb des Knöchels ihres linken Zeigefingers. Sandmann, der immer höchst aufmerksam war, bemerkte es bei seinem nächsten Besuch und wurde fuchsteufelswild.

Aber Olive blieb hartnäckig. Sie habe sich gekratzt, als sie versucht habe, ihren Stift anzuspitzen. Ob sie nicht – bitte! –

ein Buch zum Lesen bekommen könne? Zwei Monate geschah nichts. Er trieb gern seine Spielchen mit ihr und erklärte, er könne keines auftreiben. Ihr war klar, dass das nicht stimmte. Natürlich hatte er Zugang zu Büchern, so wie sie es auch immer gehabt hatte, aber er wollte nicht. Der Gedanke machte sie wahnsinnig.

»Bitte«, hatte sie erst vor ein paar Tagen gesagt, während einem seiner abendlichen Besuche. Mittlerweile hatte sie gelernt, wann man solche Fragen stellte. Sie hatte auch gelernt, die Anzeichen für Stress oder Wut in seiner Miene zu erkennen. Dieses Mal seufzte er nur und ignorierte sie.

»*Bitte*«, hatte sie noch einmal gesagt, etwas vehementer. »Ich habe genug Bilder gemalt. Könnte ich nicht ein einziges Buch bekommen? Ich lese alles – selbst eines Ihrer Erwachsenenbücher.«

Das hatte ihm allerdings nicht gefallen. Er hatte entschieden den Kopf geschüttelt, und Olive wusste, dass die Unterhaltung beendet war. Ihm war es zuwider, wenn sie ihn daran erinnerte, dass er sie aushungern ließ – nicht durch Essensentzug, sondern durch den Entzug von *Leben*.

An diesem Abend war es besonders kalt. Olive, die weniger erschöpft war als sonst, wachte in der Nacht mehrfach auf. Sandmann beobachtete sie nun seltener. Er kam weniger regelmäßig, und sie stellte fest, dass sie weniger schläfrig war als in der ersten Zeit. Offenbar hatte er ihr irgendwelche Mittel verabreicht, dachte sie dumpf.

Aber in dieser Nacht wünschte sie sich, schlafen zu können. Die Kälte war durchdringend, und der Schlaf wollte sich nicht einstellen. Sie stand auf, um nach Micky zu schauen, dem es in seinem Nest aus zerrissenem Papier und Taschentüchern gut ging. Und dann hörte sie ihn.

Schritte auf der Treppe.

Tödliche Angst befiel Olive, wie immer. Sie würde sich nie daran gewöhnen. Schnell lief sie zu ihrem Bett zurück und warf sich auf die Matratze, als sie auch schon hörte, wie das erste Schloss aufgesperrt wurde.

Es war zu spät für diesen Besuch. Und sie war zu wach. Wilde Schauer der Angst brachten ihre Zähne zum Klappern. Aber vielleicht war es auch nur die Kälte.

Sandmann trat leise ein, aber irgendetwas war anders als sonst. Olive blieb aufrecht sitzen, wie erstarrt. Ihr Verstand raste. Sandmann war ein dunkler Schatten vor dem Blassgrau der schlecht gestrichenen Wand.

Und dann schaltete er die Deckenlampe an. Die Birne hatte er vor ungefähr einem Monat endlich ausgetauscht, aber Olive benutzte sie immer noch nicht gern.

Sie blinzelte. Ihre Sinne spielten verrückt, als das grelle Licht und der flüchtige Geruch von etwas Fremdem auf sie eindrangen.

»Ah, gut. Du bist ja wach«, sagte Sandmann. Seine Augen leuchteten in dem grellen Licht. Olives Magen rebellierte.

»Ja ...«

»Weißt du, was für ein Tag ist?«

Olive wusste es, sagte aber nichts. Sie wollte nicht, dass Sandmann die Strichliste fand, die sie an der Wand hinter dem Bett aufbewahrte. Zusammen mit einem Stapel Tagebuchseiten, die das Einzige waren, was sie vor dem Verrücktwerden bewahrte. Das billige Papier, das er ihr brachte, war dünn und grau.

»Der elfte Oktober.«

Irgendetwas stimmte nicht. Nichts stimmte. Er sollte heute Nacht gar nicht hier sein. Normalerweise kam er donnerstags zu den Gesundheits- und Hygienekontrollen. Olives Zittern hatte nun damit zu tun, dass er sich nicht an seine Rituale hielt – die alles waren, was Olive geblieben war.

Sandmanns Gesichtsausdruck wirkte fast glücklich. So hatte sie ihn seit jenem ersten Tag, als sie in seinen Wagen gestiegen war, nicht mehr gesehen.

»Ist das ein … besonderer Tag?«

»Zwei Monate! Acht wunderschöne Wochen ist es nun her, dass ich dich gerettet habe.«

Olive schluckte. Sie traute sich nicht, ihn zu fragen, was er mit »gerettet« meinte. Zwei Monate. Ihr Herz klopfte schneller, lauter. Würde er sie gehen lassen? War dies das Ende einer Prüfung? Olive zerquetschte den Gedanken wie eine Wanze. Hoffnung war nicht gut.

In diesem Moment fiel ihr Blick auf seine Hände. Er hielt etwas darin.

»Ist das eine Zeitung?«

Sandmann schaute nach unten. Lächelte ein wenig. Dann streckte er es ihr hin. Es war tatsächlich eine Zeitung. Zwei sogar. Und eine zerlesene Ausgabe eines Buchs von Roald Dahl, mit einem Knick im Cover.

»Herzlichen Glückwunsch«, sagte er.

Als sie es entgegennahm, erwartete sie fast, dass er es ihr wieder wegreißen würde. Ihre Hände zitterten. Sandmann schaute zu, wie sie es sich in den Schoß legte. Dann streckte er eine Hand aus und ließ sie auf ihren Kopf plumpsen, eine unbeholfene Geste der Zärtlichkeit. Als würde er einen Hund streicheln.

Olive zuckte zusammen. Gott sei Dank schien er es nicht zu merken.

Er wartete nicht, dass sie irgendetwas sagte oder tat. Er machte einfach kehrt und verließ den Raum.

Als er fort war, blieb Olive sitzen und wartete ungefähr eine Stunde lang. Bis sich ihr Herzschlag beruhigt hatte. Bis sich ihr Gesicht nicht mehr so taub anfühlte und ihr Körper ihr wieder gehorchte. Die Zeitungen waren nicht vollständig.

Olive seufzte. Die Seiten mit Artikeln über sie fehlten. Er hatte sie ausgeschnitten – obwohl sie den Grund nicht wirklich verstand. Das war es doch, wovor er sie »gerettet« zu haben glaubte.

*Ihre Seiten*. Ihre Familie suchte noch nach ihr.

Wieder stieg der kleine Ballon der Hoffnung in ihr auf. Und für eine Weile, eine winzige Weile, ließ sie es zu.

# 24

Marion reichte mir eine Tasse Tee und setzte sich in den Sessel gegenüber. Zum ersten Mal fiel mir auf, wie dünn sie geworden war, und die dunklen Schatten unter ihren Augen traten deutlicher hervor denn je. Das führte nur dazu, dass ich mich noch schlechter fühlte.

»Warum hast du mir das nicht gesagt?«, fragte ich. »Wolltest du es mir verheimlichen?«

Marions Augen blitzten auf, ob vor Wut oder weil sie sich angegriffen fühlte, konnte ich nicht sagen.

»Sei nicht albern, Cassie. Ich habe versucht, dich anzurufen, aber du warst ja nicht zu Hause.«

Mühsam gelang es mir, meine Miene unter Kontrolle zu halten. Mein Fehler. Schon wieder.

»Ich fühle mich nur …«

»Verraten?« Sie zog eine Augenbraue hoch.

»Überwältigt«, korrigierte ich sie. Aber Marion hatte recht, ich fühlte mich verraten. Und der Gedanke machte mich krank.

»Ist schon in Ordnung, Cassie«, sagte Marion leise. »Ich versteh dich.«

»Das glaube ich nicht.«

Am liebsten hätte ich um mich geschlagen. Ich wollte mich von meinem Platz erheben und verschüttete Tee auf meine Hände und Beine. Der Schmerz brachte mich zur Besinnung, und ich ließ mich wieder zurücksinken.

»Cassie, hör kurz zu. Du darfst dich nicht selbst zerfleischen.«

»Was soll ich denn tun? Bella Kaluza ist mutterseelenallein, und wir haben nichts in der Hand. Was ist mit ihren Eltern? Wo waren die?«

»Bellas Mum ist zur Arbeit gegangen, nachdem Bella zur Schule aufgebrochen ist, und ihr Vater ist Taxifahrer und kann seine Touren für die fragliche Zeit nachweisen. Aber es stimmt nicht, dass wir nichts in der Hand haben«, sagte Marion bestimmt. »Wir haben immer noch Darren Walker. Und diese SMS. Sie sind doch schon bei dir eingetroffen, bevor Bella verschwunden ist, oder? Diese Drohungen?«

»Was?« Ich runzelte die Stirn.

»Du hast selbst gesagt, dass Darren beide Mädchen kannte. Er ist zweimal in der Woche an der Schule und verkauft Secondhandklamotten und alte Bücher aus seinem Lieferwagen. Den ›Kofferraumverkauf‹ hat er mit der Mutter einer Schülerin ins Leben gerufen, aber die Frau hilft nur noch bei einem dieser Termine aus. Heute hat er gelogen und erklärt, er habe Bella Kaluza nie getroffen.«

Marion schaute mich mit einem fragenden Blick an. Sie wartete darauf, dass der Groschen fiel. Darren Walker mochte nichts mit Grace' Verschwinden zu tun gehabt haben, aber Bella kannte er. Er kannte sie und hatte gelogen. Wer auch immer mir die SMS geschickt hat, er wollte mich bereits vor Bellas Entführung abschrecken.

»Walker kennt sie?«

Marion nickte. Aber irgendwie führte das nicht dazu, dass es mir besser ging.

»Was verschweigst du mir«, fragte ich.

Marion schürzte die Lippen, tief in Gedanken versunken. Im ersten Moment antwortete sie nicht.

»Ich muss es jemandem erzählen.« Sie schaute zu mir auf. Ihr schwarzes Haar glänzte, als sie es aus dem Gesicht strich. »Aber es klingt so verrückt.«

»Was ist mit diesem Arschloch von deinem Partner?«, fragte ich. »Kannst du es nicht ihm erzählen?«

Marion schüttelte den Kopf. »Nein. Ich will nur … Gut, wir haben Darren Walker, einen Typen, den der Anblick der Polizei offenkundig nervös macht. Der unseren Fragen ausweicht und lügt. Ich bin mir sicher, dass er uns etwas verschweigt – aber ich glaube nicht, dass es sich um den Ort handelt, an dem sich Bella Kaluza befindet.«

»Warte«, sagte ich. »Wieso?«

»Er ist … er ist langsam und nachdenklich, und irgendetwas hält ihn davor zurück, mit uns zu reden. Aber er wirkt in erster Linie ängstlich. Als ich die Sonnenfinsternis erwähnte, wurde er ganz fahrig und murmelte etwas von ›damals‹. In dem Moment habe ich es gar nicht registriert, weil er so aufgeregt war, aber mittlerweile neige ich dazu, dir recht zu geben. Was die Sonnenfinsternis und den Zeitpunkt betrifft.«

»Noch einmal«, sagte ich, da mein müdes, ausgelaugtes Hirn nicht mitkam. »Ich kann dir nicht ganz folgen.«

»Ich denke, du hattest recht. Dass es tatsächlich eine Verbindung zu Olive gibt. Und zur Sonnenfinsternis. Bei Grace waren die Abweichungen zu groß. Aber die Sonnenfinsternis, Bella, der Zeitpunkt – das kann kein Zufall mehr sein.«

Sie schaute mich an, mit hochrotem Gesicht. Am Haaransatz hatten sich Schweißperlen gebildet. Ihr ganzer Körper wirkte angespannt, als habe sie etwas zu lang für sich behalten und platze nun fast. Ich registrierte es, ohne es wirklich zu sehen, weil ich plötzlich nur noch Olive vor Augen hatte – Olive, die davonmarschierte, weil ich nicht aufgepasst hatte. *Hab ein Auge auf sie, Cassie.* Die alten Selbstvorwürfe waren sofort wieder da, das Gefühl, dass ich schuld war. Dass *wir* schuld waren, Marion und ich.

»Eine Verbindung zwischen Olive und … Bella?«

Nicht Olive und Grace.

Olive und *Bella*.

In meiner Fixierung darauf, eine Verbindung zwischen allen drei Mädchen herzustellen, bin ich gar nicht auf die Idee gekommen, nur zwei anzuschauen. Nur Bella und Olive.

»Es gibt noch etwas anderes«, sagte Marion, immer noch atemlos.

Meine Ohren rauschten, als ich fragte: »Was denn noch?«

»Der Stimmungsring«, erwiderte Marion langsam. »Der Ring von Grace – mit dem alten schwarzen Stein und dem Meerjungfrauenschwanz. Du hast mir doch erzählt, dass er dich an den von Olive erinnert, nicht wahr? Heute Nachmittag habe ich herausgefunden, dass sich Grace und Bella ein paar Tage vor Grace' Campingurlaub darum gestritten haben.«

»Wieso haben sie sich gestritten?« Mir wurde plötzlich ganz schwindelig. Schweiß rann meinen Rücken hinab.

»Weil es nicht Grace' Ring war. Sie hat ihn nur an sich genommen, nachdem er während des Unterrichts konfisziert worden war. Der Geschichtslehrer hat uns von dem Vorfall erzählt.«

»Ein Lehrer?« Ich dachte an den Lehrer mit den Locken, den ich in den Nachrichten gesehen habe. An die Lehrer, die Beiträge für die offiziellen Facebook- und Twitter-Accounts der Schule schrieben. An die SMS, die so klangen, als habe ein Teenager sie geschrieben.

Marion nickte. »Grace hat den Ring nur bekommen, weil ihn sonst niemand wollte.«

Meine Gedanken über die Lehrer behielt ich für mich. Wilde Theorien brachten uns auch nicht weiter. Aber die Bedeutung des Ganzen war mir schlagartig bewusst. Mir war klar, warum Marion mir erzählt hatte, dass ich mit Olive und der Sonnenfinsternis recht hatte.

»Es war Bellas Ring.« Marion legte mir eine Hand aufs Knie – ob sie mich besänftigen oder an der Flucht hindern wollte, wusste ich nicht. »Jemand hat ihn Bella geschenkt.«

»Und davor«, sagte ich, von der Angst wie von einem Feuerpfeil durchbohrt, »war es Olives Ring.«

# 25

*Samstag, den 21. März 2015*

Am nächsten Morgen rief ich zunächst im Krankenhaus an, um mich nach Gran zu erkundigen. Ich hatte schlecht geschlafen und war immer wieder von Albträumen aus dem Schlaf gerissen worden. Im Traum hatte man Gran wieder etwas angetan, dieses Mal in der vermeintlich sicheren Umgebung der Krankenhausstation.

Ohne mein Handy wusste ich nicht, ob ich weitere Nachrichten von der unbekannten Nummer erhalten hatte. Der Gedanke hing wie eine düstere Wolke über mir. Jeder Wagen, der an mir vorbeifuhr, konnte jener sein, der Gran angefahren hat, jeder Fahrer der Mann, der Bella entführt hat. Und Olive.

Ich wappnete mich, den Anrufbeantworter des Festnetzes abzuhören. Gott sei Dank gab es nur eine Nachricht von Henry. Fast zögerte ich, ihn zurückzurufen. Mir war nicht klar, was ihm drohte, falls jemand kontrollierte, was ich alles wusste und wen ich alles anrief. Aber Verfolgungswahn würde Bella auch nicht zurückbringen.

»Wie ist dein Urlaub? Kannst du ihn einigermaßen genießen? Tut mir leid, dass ich mich nicht mehr gemeldet habe«, legte ich sofort los, als er dranging, damit er sich nicht nach meinem Wohlergehen erkundigen konnte. Nach unserer Unternehmung, bei der ich das Gruppenfoto mit Darren Walker entdeckt hatte, hatte mich Henry zu Hause abgesetzt und mir das Versprechen abgenommen, mich zu melden. Aber da ich mein Handy nicht mehr hatte, war es leicht, seine Lektionen über die Gefahren allzu persönlicher Verwicklungen in einen Fall abzuwehren.

»Ich dachte schon, du gehst mir aus dem Weg«, sagte Henry. »An deinem Handy springt immer nur die Mailbox an. Nachdem das mit dem anderen kleinen Mädchen passiert ist, hätte ich eigentlich gedacht, du hättest Redebedarf. Außerdem schuldest du mir ein Abendessen …«

»Tut mir leid, mein Handy ist kaputt. Ich muss mir ein neues kaufen.«

»Du wirkst so abwesend.« Henry hielt inne, und es klang, als würde er an einem heißen Getränk nippen. Dann seufzte er. »Ich nehme an, du bist ein wenig durch den Wind wegen dieser kleinen Kaluza?«

»Ja. Ich weiß, dass ich mich geirrt habe. Wegen Grace. Oder dass ich wenigstens nicht ganz richtiglag.« Ich rieb mir mit der freien Hand das Gesicht. Offenbar entwickelte sich das Gespräch zwangsläufig in diese Richtung, ob ich nun wollte oder nicht. »Dass es eine Verbindung zu Olive gibt, denke ich trotzdem noch. Mehr denn je sogar, da ich Grace nicht mehr in die Gleichung zwingen muss. Marion ist auch meiner Meinung.«

»Ah, ist sie das?«, fragte Henry verschmitzt. »Wie ich sehe, warst du also mit Maaarion beschäftigt.«

»Darüber rede ich nicht mit dir«, sagte ich, musste aber wider Willen lachen. »Hör zu, ich weiß, dass du vermutlich Interessanteres zu tun hast – spazieren gehen oder trinken oder was auch immer du mit Urlaub verbindest –, aber da ich dich nun einmal in der Leitung habe …«

»Schieß los.« Henry lachte. »Ich verspreche dir auch, dass ich dich nicht wieder nach Marion ausquetsche. Fang aber bloß nicht mit solchen Artigkeiten an. Du hast nie in deinem Leben artig nach etwas gefragt.«

Ich überlegte, ob ich beleidigt tun sollte, aber Henry würde es sofort durchschauen.

»Hast du etwas über Darren Walker herausgefunden? Darum hatte ich dich ja gebeten. Offenbar behauptet er, Bella nicht zu kennen, obwohl es Beweise fürs Gegenteil gibt. Marion scheint zu denken, dass er mehr weiß, als er sagt. Ich bin mir sicher, dass sie noch einmal mit ihm reden wird, wenn sie es nicht schon getan hat. Aber ich muss wissen, ob ich ihn mit … mit irgendetwas in Verbindung bringen kann.«

Mit *Olive*. Ich muss wissen, ob Darren Walker irgendetwas dazu sagen kann, wer meine Schwester entführt hat.

»Noch nicht, aber ich arbeite daran.«

Ich fuhr zunächst zum Krankenhaus, weil ich Gran sehen wollte, bevor ich mich mit Bellas Lehrer traf – dem Mann, der Bellas Stimmungsring konfisziert hatte. Gran schlief, als ich eintraf, aber da ich daran denken musste, dass mir Marion Unterstützung mit meiner Großmutter zugesagt hatte, weckte ich sie dieses Mal.

»Guten Morgen«, sagte ich und legte ihr einen Blumenstrauß aufs Bett. Die Blumen welkten bereits, aber die fröhlichen Farben ließen das triste Krankenhauszimmer ein wenig angenehmer wirken.

Gran lächelte mich an. »Cassie!«, rief sie in einem ihrer

seltenen klaren Momente. »Was für hübsche Blumen. Sind die für mich?«

»Natürlich.« Ich lächelte, überrascht, wie leicht mir das fiel. War das alles, was nötig war? Ein einzelner Gruß, der nur mir galt und niemandem sonst? Ich zog meine Hand hinter dem Rücken hervor und präsentierte Gran die Pralinenschachtel, die ich ebenfalls mitgebracht hatte.

»Oh«, sagte sie. »Meine Lieblingspralinen. Wo hast du die denn her?«

Nutzte ich ihr schlechtes Gedächtnis aus? Einer der Vorteile war nämlich, dass sie sich nie daran erinnern konnte, dass ihre heißgeliebten »exklusiven« Pralinen preisgünstig zu haben waren, sogar in Adys Eckladen.

»Bitte«, sagte ich.

»Mir wäre übrigens auch nach einer schönen Dose Cola.« Gran nahm die Pralinen und machte sich sofort darüber her. Sie riss das Zellophan auf wie ein kleines Kind ein Weihnachtsgeschenk. »Mir hat das Zeug nie geschmeckt, es ist so süß und klebrig. Und sie lässt die Dosen immer halb voll stehen, die reinste Verschwendung von Taschengeld, aber doch irgendwie köstlich.« Gran leckte sich die Lippen.

»Es ist ein bisschen zu früh für so etwas«, sagte ich. Andererseits aß sie ja auch Pralinen, und was konnte es schon schaden?

»*Sie* würde das nie sagen.« Gran steckte sich eine Praline in den Mund und lächelte. Ihre Augen funkelten. Ich erkundigte mich nicht, wen sie meinte, da ich es wusste.

Olive liebte Cola. Wie alle Kinder liebte sie Bonbons und Schokolade, aber süßen Brausegetränken gab sie eindeutig den Vorzug. Vermutlich deshalb, weil Mum so etwas unter gar keinen Umständen im Haus duldete. Ich lächelte traurig, überrascht über diese Erinnerung. Das hatte ich ganz vergessen. Gran hatte Olive immer Geld gegeben, um sich Cola zu kaufen – ein Geheimnis vor Mum, aber ein gutes.

Ich erinnerte mich noch an einen Sommernachmittag, ein paar Jahre vor Olives Verschwinden. Mum hatte uns von der Schule abgeholt, was selten vorkam, und wir freuten uns. Statt direkt nach Hause zu fahren, hielt sie an einer kleinen Ladenzeile in der Nähe. Dort gab es einen Süßwarenladen namens Bird's, an den ich mich noch lebhaft wegen der opulenten Eishörnchen und der selbst gebackenen Ochsenaugen erinnerte. Mum nahm uns mit hinein und spendierte uns Kuchen und Brause. Später bereute sie es, weil Olive mit ihren klebrigen Fingern alles im Wagen angefasst hatte. Ich musste lächeln, als ich mich jetzt wieder daran erinnerte.

»Wie geht es dir überhaupt?«, erkundigte ich mich, noch von der Wärme der Erinnerung durchdrungen.

»Ach, ein bisschen lädiert. Ich sage diesen Ärzten immer, sie sollen vorsichtig sein, aber ständig piksen sie mich mit irgendetwas. Das gefällt mir nicht.« Sie nahm noch eine Praline aus der Schachtel.

»Das ist ihre Aufgabe, dafür sind sie da. Sie kümmern sich um dich. Aber egal, du schwärmst doch immer davon, wie sanft Doktor White ist. Bald wirst du sicher wieder mit ihm zu tun haben. Und was macht dein Arm? Er ist gebrochen, erinnerst du dich?«

Gran runzelte die Stirn. Ich versuchte, mein Lächeln beizubehalten, selbst als die Falten auf Grans Stirn tiefer wurden und in ihren Augen etwas aufblitzte. Angst?

»Ist alles in Ordnung?« Mein Magen verkrampfte sich, und meine Kehle schnürte sich zusammen.

»Ich bin …« Gran schaute sich im Raum um. »Er hat das

Tempo gedrosselt«, flüsterte sie. »Er hat mich ins Visier genommen, aber ich glaube, er hat das Tempo gedrosselt.«

Ich legte meine Hand auf ihren gesunden Arm. Er war dünn, aber drahtig und kraftvoll, was ich fast vergessen hatte. Sie ist immer stark gewesen. Die Frauen in meiner Familie waren alle damit gestraft – mit einer Stärke, die sich in Sturheit äußerte.

»Das ist schon in Ordnung. Du warst sehr tapfer. Tut es sehr weh?«

»Nein.« Grans Augen verschatteten sich. »Na ja, ich denke schon. Aber selbst schuld, wenn man auf einem Motorrad mitfährt, oder?«

Und so ging der Moment vorüber. Ich zwang mich zu einem Lachen und versuchte, die Anspannung abzuschütteln. Dies war schon eher die Großmutter, an die ich mich erinnerte. In meiner Kindheit waren meine Großeltern die fröhlichsten Menschen, die ich kannte. Nie hatten sie Angst vor irgendwelchen Schweinereien. Olive und ich durften in der Küche Schaumschlösser bauen oder im Wohnzimmer mit Glitzerfarbe malen. Die Sommer nutzten wir, um so viel herumzuschmieren wie nur möglich. Gran sagte immer, dass wir, wenn wir unser System in ihrem Haus reinigten, Mum einen Gefallen täten. Vermutlich spürten meine Großeltern, dass wir das nach den ständigen Spannungen zu Hause brauchten: uneingeschränkten Spaß mit jemandem, der es genauso genoss wie wir.

Wir haben uns immer auf die Sommer fern von zu Hause gefreut. Selbst später, als ich älter wurde und über Langeweile klagte, war es doch eine behagliche Langeweile. Grans Haus war in vielerlei Hinsicht angenehmer als unseres, ein Ort, an dem jeder er selbst sein konnte, *freier*.

In den folgenden Jahren wurde meine Trauer über Olives Verschwinden noch dadurch verstärkt – egoistischerweise vielleicht –, dass die Sommer nicht mehr wie früher waren. Nie wieder habe ich einen ganzen Sommer in Bishop's Green verbracht, und meine Besuche wurden immer kürzer, weil sich meine Mutter und ich in unsere jeweiligen Welten von Trauer und Schuld zurückzogen. Mum arbeitete noch mehr, damit wir uns das winzige Haus leisten konnten, das wir nach Dads Auszug gemietet hatten, und ich tat alles, um sie in der Einbildung zu bestärken, sie habe nie einen Ehemann gehabt und auch nie einen gebraucht. Meine Großeltern fragten schon gar nicht mehr, ob ich zu ihnen kommen wolle, weil ich mal erklärt hatte, dass Mum dann nie richtig esse und auch keine sauberen Sachen für die Arbeit mehr habe.

»Motorräder«, sagte ich reumütig zu Gran und klopfte ihr sanft auf den Arm, »aber wirklich.«

Im Wagen löste sich meine gute Laune augenblicklich in Wohlgefallen auf. Bella Kaluza war bereits einen ganzen Tag und eine Nacht verschwunden. *Vierundzwanzig Stunden*, hallte es in meinem Gehirn wider. *Vierundzwanzig Stunden.* Die Sonnenfinsternis brannte noch hinter meinen Lidern, wenn ich die Augen schloss, ein Gespenst, das Kinder raubte.

Kurz nach der Hauptfrühstückszeit erreichte ich Earl's Café zu dem kurzfristig anberaumten Treffen mit dem Lehrer, der Marion von dem Stimmungsring erzählt hatte. Ich hoffte, dass er schon da war, weil ich bereits zu viel Koffein in mir hatte, um noch lang hier herumzusitzen. Wenn ich die Ruhe verlor, würde ich ihn vielleicht härter angehen als nötig.

Der Lehrer saß hinten im Café, einen dampfenden Latte macchiato vor sich. Er war gesegnet mit einem vollen Lockenschopf, der an den Schläfen leicht ergraute, und wunderbaren blauen Augen. Er erinnerte mich an einen meiner Lehrer, in den alle meine Freundinnen verliebt gewesen waren. Außerdem war er, wie ich feststellte, der Mann aus dem Fernsehen, der vor der Schule mit Bella geredet hatte.

»Jake Howden«, sagte er und streckte mir die Hand hin, aber ich war mit den Gedanken woanders. Als ich seinen Namen zum ersten Mal laut ausgesprochen hörte, regte sich irgendwo in meinem Kopf eine Erinnerung.

Unbeholfen stellte ich mich ebenfalls vor, nahm ihm gegenüber Platz und holte mein Notizbuch aus der Tasche. Er war einer der Lehrer, die in den sozialen Medien posteten, erinnerte ich mich; seinen Namen kannte ich von der Liste, die ich nicht mehr angerührt hatte, seit Grace wieder aufgetaucht war. Außerdem war er einer der wenigen Lehrer, die schon vor sechzehn Jahren, zurzeit von Olives Entführung, in der Stadt gewesen sind.

»Danke, dass Sie gekommen sind, Mr Howden.« Ich räusperte mich, um den Kloß loszuwerden, der sich in meinem Hals gebildet hatte. »Ihr Entgegenkommen weiß ich sehr zu schätzen.«

»Ich tue alles, um zu helfen«, sagte er. Als er seine Hände auf den Tisch legte, knallte seine Uhr – eine protzige goldene Uhr – auf die Kunststoffplatte. Er verzog das Gesicht. »Entschuldigung«, sagte er. »Das Ding ist leicht überdimensioniert. Meine Ehefrau hat sie mir geschenkt, aber ich habe mich noch nicht daran gewöhnt.«

Das Wort »Ehefrau« sprach er so betont aus, als wolle er keinen Zweifel daran lassen, dass er kein Single war. Ich dachte an Marion und verkniff mir das Grinsen, das mich wenig professionell aussehen lassen würde. Erstens war er gut zehn Jahre älter als ich, außerdem hatte er das falsche Geschlecht. Aber ich sagte nichts.

»Die Mädchen?«, ermunterte ich ihn.

»Ach ja. Grace – und Bella – kenne ich sogar ziemlich gut. Am Telefon sagten Sie, dass Sie über die beiden einen Artikel schreiben wollen, nicht wahr? Mittlerweile scheint mir ziemlich klar zu sein, dass Bellas Verschwinden nichts mit Grace' Fall zu tun hat.«

Ich zuckte mit den Schultern. »Mir geht es mehr um Bella als um Grace. Aber sie sind Freundinnen, daher ist jede Information hilfreich. Es geht um die Stadt und die Mädchen. Darum, wie die Menschen aus Bishop's Green sich zusammengetan haben, um diese beiden Mädchen mit ihrem so unterschiedlichen Hintergrund zu beschützen. Um die Helden, die den Ermittlern helfen. Solche Dinge.« Ich gab mir Mühe, die Sache kleinzuhalten, aber Jake Howdens Gesicht strahlte bei dem Gedanken, er könne ein Held sein.

»Sicher, klar.« Er nickte. »Viele von uns organisieren Suchaktionen. Was wollen Sie denn alles wissen? Ich habe beide Mädchen seit September im Unterricht. Kluge Kinder, besonders Bella.«

»Und doch mussten Sie letzte Woche etwas konfiszieren, oder? Detective Adams erwähnte, dass die beiden Mädchen sich gestritten hätten?«

»Eigentlich war es kein richtiger Streit. Aber ich erinnere mich noch daran, weil Bella normalerweise eher ausgeglichen ist. An dem Tag war sie den ganzen Morgen über aufgedreht und angriffslustig, und ich habe mich gefragt, was sie so aufgewühlt hat. Klar, die Dinge bei ihr zu Hause stehen nicht gerade zum Besten, aber diese Probleme trägt sie für gewöhnlich nicht in die Klasse.«

»Nicht gerade zum Besten?«

»Wegen ihrer Eltern. Üble Scheidungsschlammschlacht. So etwas habe ich oft mitbekommen, als ich ehrenamtlich in der Jugendgruppe gearbeitet habe.« Howden zuckte mit den Schultern, fast verlegen. Dann beugte er sich verschwörerisch vor, während ich ihn mir noch in der Jugendgruppe vorstellte. Kannte er Darren Walker? Konnte er Olive gekannt haben? Meine Haut kribbelte. Ich wollte mich danach erkundigen, brachte aber kein Wort heraus.

»Die Mutter scheint nicht gut mit der Situation klarzukommen«, erläuterte Howden. »Ich habe Bella nicht nur einmal in einer schmutzigen Bluse gesehen oder in einem schmuddeligen Blazer, als hätte ihre Mutter das gar nicht bemerkt. Und Sie sollten mal sehen, was sie ihr als Pausensnack mitgibt: nur minderwertiges Zeug. Ich habe ihr dieses Jahr sogar schon Marken für die Cafeteria gegeben, damit sie mal etwas Ordentliches zwischen die Zähne bekommt.« Er legte eine Pause ein, damit ich die Informationen notieren konnte, um sich dann mit einem Lächeln zurückzulehnen. »Aber Bella ist meistens gut drauf. Sie ist genau im richtigen Maß gesprächig. Und freundlich. Die meiste Zeit über scheint es ihr gut zu gehen. Sie ist zäh.«

Ich dachte an Olive in jenem Sommer. Gesprächig wie immer. Und doch litt sie unter dem Wissen, dass die Fundamente unserer Familie bröckelten. Damals habe ich es nicht wirklich erkannt, aber im Nachhinein habe ich begriffen, dass sich Olive viel stärker damit beschäftigt hat, als uns allen klar war. Vielleicht war es bei Bella genauso. Und Jake Howdens Wissen um die Vorfälle in Bellas Leben hat nichts dagegen auszurichten vermocht, dass sie entführt wurde, weggelaufen ist oder bei irgendjemandem Trost gesucht hat. Bei dem Gedanken wurde mir eiskalt.

»Haben Sie oft außerhalb der Schulzeit mit Bella gesprochen?«, fragte ich.

Man musste Howden zugutehalten, dass er nicht mit der Wimper zuckte. »Manchmal«, sagte er. »In letzter Zeit eher häufiger. Ich arbeite nur halbtags, aber ich versuche, zur Verfügung zu stehen, wenn ich zur Mittagszeit auf dem Gelände bin. Wir haben uns in den Pausen unterhalten, und einmal ist sie auch nach der Schule in mein Zimmer gekommen. Wir haben keine richtigen Sozialarbeiter an der Schule, und vermutlich findet sie es leichter, mit Lehrern zu reden als mit ihren Eltern.« Er zuckte mit den Schultern, aber ich sah den Stolz in seinen Augen aufblitzen.

Das war nicht die Antwort, die ich mir erhofft hatte, und sie beschwichtigte mich in keiner Weise, aber jetzt war nicht die Zeit, das zu vertiefen. Er sollte ja noch andere Fragen beantworten, und bestimmte Dinge sollte ich auch nicht ohne Marion zur Sprache bringen. Ich bewegte mich bereits auf dünnem Eis und wollte mich nicht wegen eines leisen Verdachts in Teufels Küche bringen.

»Dieser Streit«, sagte ich, »zwischen Grace und Bella. Da ging es doch um einen Ring, oder? Einen Stimmungsring.«

»Ja. Einen dieser Ringe, bei denen sich der Farbton ändert, wie man sie an jeder Ecke bekommt. So etwas habe ich schon oft gesehen. Nur dass dieser hier kaputt war. Oder vielleicht nicht kaputt, sondern einfach alt. Die Farbe hat sich nicht mehr verändert. Ich nehme an, dass Bella den Ring von einem Jungen bekommen hatte, aber sie wollte ihn nicht. Sie fand ihn abscheulich, wie sie sagte. Am Ende der

Schulstunde ist dann Grace gekommen und hat ihn abgeholt. Sie fand ihn cool.«

»Und?«, drängte ich ihn, weil ich spürte, dass er noch nicht alles erzählt hatte. Er kratzte sich an einer Stelle am Kinn, die er beim Rasieren übersehen hatte, wie ich mit überheblicher Genugtuung registrierte.

»Grace war der Ansicht, Bella würde ihre Meinung schon noch ändern – dass sie ihn nicht wolle, meinte sie. Grace wirkte nicht … nicht eifersüchtig, aber …«

Ich schluckte schwer. Bella hatte also einen Ring geschenkt bekommen – einen Ring, der auf entsetzliche Weise dem Ring glich, den Olive im Sommer ihres Verschwindens ebenfalls geschenkt bekommen hatte –, und Grace hat von diesem Geschenk gewusst.

»Wissen Sie, was den Streit ausgelöst hat?«, fragte ich. »Ging es vielleicht um das, was Bella über den Ring gesagt hat? Oder wo sie ihn herhatte?«

Mr Howden schüttelte den Kopf. »Sie sagte nur, sie wolle ihn nicht. Irgendetwas in der Art wie: ›Solche Geschenke sind doch komisch. Plötzlich widert mich das an.‹«

»Sie sagten, dass sie den Ring vermutlich von einem Jungen bekommen hat …«

Bella musste dem Ring eine gewisse Bedeutung beigemessen haben, wenn er eine so heftige Reaktion in ihr auslösen konnte – und Grace ihn so verlockend fand. Konnte es wirklich der Ring sein, den ich vor sechzehn Jahren am Finger meiner Schwester gesehen habe? Wieder dachte ich an die Sonnenfinsternis, den leeren schwarzen Kreis, den Zeitpunkt von Bellas Verschwinden. Und nun dieser Stimmungsring, ein Relikt als Geschenk, das niemand wirklich wollte.

Selbst wenn die Person, die Bella den Ring geschenkt hat, nichts von seiner Herkunft wusste, verwies dennoch alles auf Olive. Mir wurde fast übel.

»Ich weiß nicht, wer ihn ihr geschenkt hat«, sagte Jake Howden, als er meinen Blick sah. »Wirklich nicht. Ich frage die Schüler bewusst nicht nach ihrem Privatleben aus. Sicher haben viele Leute so etwas bei sich zu Hause rumliegen. Der Polizei habe ich auch nur deshalb davon erzählt, weil Bella so ausgerastet ist. Die ganze Klasse hat das mitbekommen. Dabei ging es ja nur um einen Ring, oder?«

»Klar«, sagte ich schwach.

»Und ... na ja, Mädchen machen ständig Theater wegen solcher Sachen. Sie bekommen Geschenke, die sie nicht wollen, oder wollen ihre Verehrer nicht kränken. Jungen sind absolut unwiderstehlich.«

Ich gab mir Mühe, mir meinen Ärger nicht anmerken zu lassen, als er seinen ganzen Charme versprühte und mir tief in die Augen blickte. Mit einem Naserümpfen brachte ich so viel Widerwillen zum Ausdruck, wie ich es mir erlauben konnte.

»Mit elf schon, das ist richtig«, sagte ich bestimmt.

# 26

»Gefällt mir nicht.« Ich saß in meinem Wagen, ohne den Zündschlüssel ins Schloss zu stecken. Nach dem Treffen mit Jake Howden hatte ich mir ein neues Handy gekauft, um mich leichter nach Gran erkundigen zu können, aber auch um mich von Marion auf dem Laufenden halten zu lassen. Es war schön, ihre Stimme zu hören, obwohl ich das nicht einmal mir selbst eingestanden hätte.

»Ich wette, das waren die ersten Worte, die dir als Kind über die Lippen gekommen sind«, sagte Marion. »*Gefällt mir nicht.*«

»Vermutlich war es eher ›*Ich will das da*‹.« Ich wartete, bis Marions Gelächter verklungen war, froh über die Ablenkung von meiner inneren Unruhe. »Dieser Lehrer gefällt mir trotzdem nicht, Marion. Er hat etwas Kriecherisches. Außerdem schien er eine Menge über Bella zu wissen, obwohl er sie nur zweimal die Woche im Unterricht hat. Bei der Jugendgruppe mischt er natürlich auch mit.«

»Er ist halt ein Kümmerertyp.« Aus Marions Stimme war das Lächeln verschwunden. »So ungewöhnlich ist das nicht. Und fast alle Väter der Stadt haben mal ehrenamtlich in der Jugendgruppe gearbeitet – wenn sie nicht bei den Pfadfindern waren oder eine Lotterie oder einen Wohltätigkeitswettbewerb ausgerichtet haben. Du weißt doch, wie das in Bishop's Green läuft. Aber egal, er ist zu uns gekommen, um uns etwa zu erzählen, nicht andersherum. Vermutlich ist er einfach einer dieser Lehrer, die sich für ein Geschenk Gottes halten.«

»Vielleicht wollte er jeden Verdacht von sich abwenden, indem er den Stimmungsring erwähnt hat«, sagte ich. »Da er sicher davon ausging, dass ihr es ohnehin herausfinden würdet, ist er euch vielleicht einfach zuvorgekommen.«

Marion ließ ein kehliges Geräusch hören, das wie Abwehr klang.

»Vielleicht«, sagte sie.

Mir war klar, dass Marion vermutlich recht hatte, aber irgendetwas an dem Mann gefiel mir nicht. Er war allzu interessiert. Allzu engagiert. Und dann all diese Beiträge auf Facebook und Twitter. Ich hatte es am eigenen Leib erfahren, was passierte, wenn man nicht auf seinen Bauch hörte.

»Habt ihr geprüft, ob er ein Alibi hat?«

Ich hörte es förmlich, wie Marion am anderen Ende der Leitung die Augen verdrehte. »Nun komm schon, Cassie.«

»Habt ihr, oder habt ihr nicht?«

Marion stieß einen Seufzer aus. »Ja, Cassie, haben wir. Er war bei seiner Frau, als Bella verschwunden ist, und hat sich für die Arbeit fertig gemacht. Danach war er in der Schule. Seine erste Unterrichtsstunde hatte er um elf. Eine eigene Klasse hat er dieses Jahr nicht – er arbeitet ja nur Teilzeit und schreibt ansonsten an einem Buch oder so –, aber er behauptet, er sei von halb zehn an auf dem Gelände gewesen. Wir überprüfen das, doch wegen der Sonnenfinsternis ist das alles nicht so einfach.«

Ich sagte nichts, aber das beruhigte mich keineswegs. Ehefrauen und Geliebte lügen, dachte ich. Carol hat während der Affäre für meinen Vater gelogen. Helen hat für mich gelogen, als man mir zum ersten Mal vorwarf, einen Interviewpartner beleidigt zu haben. Ich habe bei den SMS gelogen, um Marion zu schützen. Und Bella konnte jederzeit nach Verlassen des Hauses bis zur Registrierung in der Schule nach der Sonnenfinsternis entführt worden sein – ein Zeitfenster von zwei Stunden, in dem eine Menge passieren kann.

»Wie geht es eigentlich deiner Großmutter?«, erkundigte sich Marion, als ich nichts erwiderte.

»Der geht es … so weit gut. Denkst du, jemand hat sie absichtlich angefahren?«

»Keine Ahnung. Wer auch immer hinter dem Steuer saß, er war nicht sehr schnell«, sagte Marion nachdenklich. Ihre Worte klangen traurig. »Es hätte wesentlich schlimmer ausgehen können.«

Das bereitete mir größte Sorgen. Ist dies nur der Vorbote für mehr Gewalt gewesen? Darüber wollte ich gar nicht nachdenken.

»Der Stimmungsring«, sagte ich stattdessen. »Hat Grace ihn euch gegeben? Habt ihr etwas daran gefunden? Fingerabdrücke?«

»Grace behauptet, sie habe ihn verloren.«

Ich spürte, wie mein Magen rebellierte, weil mir sofort klar war, dass das nicht stimmte. Grace hätte den Ring niemals verloren. Marion sprach längst weiter, wie mir bewusst wurde.

»Außerdem könnten sich Unmengen von Fingerabdrücken darauf befinden, Cass, nicht nur die der Person, die ihn deiner Schwester geschenkt hat. Vor allem wenn er schon eine Weile im Umlauf war. Die der Mädchen, die der Eltern, die von anderen Kindern in der Schule … die von Lehrern. Jeder könnte Bella den Ring geschenkt haben … Grace sagt, sie wisse nicht, woher Bella ihn hatte.«

»Es ist Olives Ring, Marion.« Die Worte platzten aus mir heraus. »Olives Ring.«

»Cassie …« Ich hörte den warnenden Unterton in Marions Stimme, konnte aber nicht an mich halten.

»Ich weiß, dass es ihrer ist. Er ist alt. Immer schwarz. Stimmungsringe können diese Farbe annehmen, aber nicht für lang. Sie sind … o Gott.« Ich blinzelte gegen die Tränen an. »Es ist ihr Ring«, sagte ich dann wieder. »Und ich möchte herausfinden, wo Bella ihn herhatte.«

»Cassie, hör auf. Du bewegst dich immer noch auf dünnem Eis, was Fox betrifft …« Marion hielt inne, weil sie vermutlich ahnte, dass mich der Name nicht beeindruckte. Sie schnaufte, möglicherweise wütend, vielleicht aber auch einfach resigniert. »Bist du sicher?«, fragte sie dann.

»Ich muss ihn sehen, aber … ja, ich bin mir sicher.«

Noch eine Pause. Dann ein Seufzer.

»Denkst du, du bekommst mehr aus Grace heraus als wir? Ich kann dich allerdings nicht offiziell damit beauftragen, dort hineinzuplatzen, Cass. Wenn jemand fragt, werde ich leugnen, dass ich etwas damit zu tun habe. Und wenn du in Schwierigkeiten gerätst, werde ich dich hierher zurückholen, ob es dir passt oder nicht.«

Ich konnte mir ein kleines Lächeln nicht verkneifen. In meiner Brust machte sich Erleichterung breit. »Soll das ein Versprechen sein, Detective Inspector?«

»Darauf kannst du dich verlassen.« Marion schnaubte.

Als sie schließlich weitersprach, klang ihre Stimme warm. »*Ich will das da …*«, murmelte sie. »Tja, das trifft dein Wesen ganz gut.«

Das Haus der Uptons sah ganz anders aus als beim letzten Mal. Auf der Straße lungerten weniger Leute herum, weil alle bei den Kaluzas waren, um sich auf die arme alleinerziehende Mutter zu stürzen, die ein so herzerweichend gebrochenes Englisch redete.

Zwei Wagen standen in der Einfahrt, einer davon Roger Uptons weißer Audi. Ich parkte ein Stück weiter weg und ging ein paar Hundert Meter zu Fuß.

Adelaide Upton sah viel besser aus als beim letzten Mal, aber die ganze Sache hatte sie altern lassen. Ihr Haar war zu einem lockeren Knoten zusammengefasst, und sie trug eine Perlenkette; ihre Kleidung war dunkel und schlicht.

»Oh, hallo«, sagte sie. »Ich hatte schon befürchtet, Sie seien von der Presse.« Die Ironie ihrer Bemerkung entging mir nicht, aber ich kommentierte meine Arbeit gar nicht. Daran wollte ich jetzt nicht denken. Mittlerweile winkten keine Geschichte und kein Geld mehr, und ich war wieder zurück am Start: in Bishop's Green gefangen, ohne Arbeit und Zukunft.

»Möchten Sie hereinkommen?«, fragte Mrs Upton.

Ich trat in denselben Vorraum, der mit denselben geschmackvollen Bildern geschmückt war. Es war nun wärmer. Am Fuß der Treppe standen Stiefel, und über das Geländer war achtlos ein Kindermantel geworfen. Jetzt wirkten diese Dinge nicht mehr so traurig. Wieder überfiel mich Ärger, weil Marion mir ihren Verdacht wegen Grace' Vater nicht eher mitgeteilt hatte. Ich fragte mich, ob man ihn belangen konnte, obwohl er sich – seiner Meinung nach – nichts hatte zuschulden kommen lassen.

»Grace?«, rief Adelaide.

Ich folgte ihr in die Küche, wo ein Mädchen am Tisch saß, ein iPad in der Hand und eine Schale mit Müsli vor sich. Als sie aufsah, war das fast unheimlich. Das Gesicht, das mich bis in meine Träume verfolgt hat – plötzlich befand es sich hier direkt vor mir. Und doch war es nicht dasselbe.

Wenn ich mich mit Menschen traf, um einen Artikel über sie zu schreiben, war ich oft erstaunt, wie wenig Ähnlichkeit sie mit den Personen auf den Fotos hatten. Trauernde Witwen, von denen ich nur einen Schnappschuss gesehen hatte, überraschten mich nicht selten mit ihrer Ausstrahlung.

Bei vermissten Personen hingegen passierte oft das Gegenteil. Ihren Gesichtern fehlte die Begeisterung, die auf den Fotos zum Ausdruck kam. Die Familien wählten zweifellos immer die »besten« Bilder, jene, die sie für besonders schmeichelhaft hielten. Folglich liefen die Menschen durch die Gegend und hielten nach rotwangigen Kindern Ausschau, nicht nach solchen, die verängstigt und allein unterwegs waren.

Bei Grace war das nicht anders. Auf den Fotos war sie der reinste Engel: immer lächelnd, mit einer Lücke zwischen den Schneidezähnen und silberblondem Haar, das ihr kindliches Gesicht einrahmte. In Wirklichkeit sah sie viel älter aus. Fast mürrisch. Sie war magerer als auf dem Schulfoto, und man konnte bereits die junge Frau in ihr erkennen, die sie einmal werden würde.

»Mein Schatz, das ist eine der Damen, die uns bei der Suche nach dir geholfen haben«, sagte Adelaide. Ihre Stimme wirkte sanft und erleichtert, aber die Anspannung ihres Körpers verriet die Wut, die sie verspürte, weil sie sieben Tage lang grundlos um ihre Tochter gebangt hatte.

»Danke.« Dieses Mal schaute Grace nicht auf. Sie mied meinen Blick und starrte reglos auf den Bildschirm vor ihr.

»Mrs Upton«, sagte ich, »dürfte ich Sie um etwas zu trinken bitten? Ich würde gern mit Grace reden, wenn es Ihnen recht ist.«

Adelaide dachte einen kurzen Moment nach.

»Tee?«, fragte sie dann.

Als ich nickte, ging sie zur anderen Seite der Küche, um Wasser aufzusetzen.

»Wenn Sie mir mitteilen wollen, dass Sie froh sind, dass ich nicht tot bin, dann höre ich gar nicht erst hin.« Grace schaute mich trotzig an.

»Oh, Grace«, sagte ihre Mutter von der anderen Seite der Küche, »sei doch nicht so unhöflich.«

»Ist doch wahr.« Grace seufzte. »Tut mir leid, aber alle Leute sagen das. Ich war nie tot, okay? Es geht mir *bestens.* Ich hatte einen schönen Urlaub mit meinem Vater, und ...«

»Deswegen bin ich nicht hier. Können wir uns irgendwo unterhalten? Nur einen Moment? Es geht um Bella.«

Grace hielt inne und starrte mich an. Dann schaute sie zu ihrer Mutter hinüber. Adelaide stieß einen Seufzer aus, was ich als Zustimmung interpretierte.

»Wir können nach nebenan gehen«, sagte Grace schließlich.

Sie ließ Müslischale und iPad auf dem Küchentisch zurück, und ich folgte ihr in einen Nebenraum der Küche.

»Also, warum sind Sie hier?« Grace sah mich an, die Arme in einer Geste der Abwehr verschränkt, als könne ich jeden Moment auf sie losgehen. Ich blieb an der Tür stehen.

»Du bist Bellas Freundin«, sagte ich und achtete auf ihre Reaktion. »Ihre *beste* Freundin.«

Sofort verfinsterte sich ihr Gesicht und machte mir bewusst, wie tief das Erlebte saß. Ihr Ärger, ihre Ohnmacht und vielleicht auch ihre Schuldgefühle. Immer noch mied sie meinen Blick. Ihre blauen Augen waren auf das Bücherregal hinter meinem Kopf gerichtet, und ich widerstand dem Drang, mich umzudrehen und zu schauen, was sie dort sah.

»Gibt es irgendetwas, das du mir gern erzählen würdest?«, fragte ich freundlich. »Über Bella? Über den Vorfall?«

»Ich habe keine Ahnung, was passiert ist«, sagte Grace. »Wenn sie irgendwohin wollte, hätte sie es mir doch erzählt. Bella … Sie hat doch sonst niemanden, wo sie hingehen kann. Ich meine, mir ist schon klar, dass ich auch weggegangen bin, ohne jemandem Bescheid zu sagen, und da haben die Leute auch gesagt: ›Das würde Grace nie tun.‹ Aber ich hatte es einfach satt, dass ich meinen Dad nicht sehen durfte. Mum hätte mich nie im Leben mit ihm in den Urlaub fahren lassen. Und Bella habe ich ja gesagt, dass ich weg bin. Bella würde auch niemals irgendwohin fahren, ohne es mir zu sagen.«

Ich schwieg. Was auch immer Grace mir mitteilen wollte, es würde schon noch aus ihr heraussprudeln.

»Hören Sie«, fuhr sie fort. »Es tut mir leid, was ich getan habe. Ich hätte nie gedacht, dass Mum so sauer auf mich sein würde. Ich dachte einfach, sie wird schon wissen, dass ich bei Dad bin. Wenn es ihr nicht sowieso scheißegal ist. An die Schule habe ich gar nicht gedacht. Bella hat dichtgehalten, weil ich sie darum gebeten habe. Sie ist eine gute Freundin. Wir hatten eine Abmachung – eine Woche. Eine Woche sollte sie warten, bis sie einem Erwachsenen erzählt, wo ich bin. Wenn Bella also gewollt hätte, dass ich Ihnen jetzt etwas erzähle, dann hätte sie es mir gesagt.«

Grace schob die Unterlippe vor, und ich begriff, was in ihr vorging. Sie fühlte sich nicht schuldig oder traurig. Sie war sauer, weil Bella ihr nichts gesagt hatte, was vielleicht bedeutete, dass sie doch nicht so gut befreundet waren, wie sie immer gedacht hatte. Jetzt wurde mir auch klar, warum Bella gestern mit mir reden wollte – genau eine Woche nach Grace' Verschwinden.

»Denkst du, Bella würde wollen, dass du mir von dem Ring erzählst? Diesem Ring, den ihr jemand geschenkt hat und den sie nicht haben wollte? Mir ist aufgefallen, dass du ihn auf dem Foto trägst, das deine Mum ausgewählt hat.«

»Das ist nur ein Ring«, sagte Grace abwehrend. Ihr Blick war immer noch auf eine Stelle hinter meinem Kopf gerichtet. »Das hat nichts zu bedeuten.«

»Nun, das denke ich aber doch. Ich habe das Gefühl, dass dir der Ring seit Bellas Verschwinden nicht mehr geheuer ist. Und dass das der Grund ist, warum du ihn nicht mehr trägst.«

»Ich habe ihn verloren«, sagte Grace schnell. »Beim Camping. Sie wollte ihn nicht und hat ihn mir geschenkt. Aber ich habe ihn verloren.«

Ich beobachtete einen Moment, wie sich Grace' Miene veränderte. Ihre Lippen wurden vor Sorge ganz schmal.

»Er liegt also nicht in dem Regal hinter mir?«, fragte ich leichthin. »Ich werde ihn nicht zufällig entdecken, wenn ich mich umdrehe?«

»Na gut.« Grace starrte mich an. Ich hob den Blick an die Decke, um meinem Glücksstern zu danken, dass mein Bluff erfolgreich war.

»Wirst du mir auch erzählen, wieso der Ring so wichtig ist, dass ihr euch deswegen gestritten habt?«, fragte ich. »Was ist so wichtig daran, dass euer Lehrer der Meinung war, die Polizei müsse davon erfahren?«

»Er ist nicht … nicht wichtig.« Das Mädchen zuckte mit den Schultern, woraufhin ihr das blonde Haar über die Schulter fiel. »Bella fand ihn einfach nur hässlich, und mir gefiel er. Daher sagte sie, ich soll doch hingehen und ihn mir holen.«

»Woher hatte sie ihn denn?« Ich musste mir alle Mühe geben, ruhig weiterzuatmen.

»Sie sagte, sie habe ihn von einem Mann.« Grace schaute mich nicht an, sondern sah immer noch an mir vorbei. Ich konnte sie fast in meinem Rücken spüren, diese dunkle Kraft in dem kleinen silbernen Ring. Die Form erinnerte mich an die Sonnenfinsternis. Würde ich blinzeln, würde ich ihn bestimmt vor mir sehen, da war ich mir sicher.

»Von einem Mann?«, drängte ich sie.

»Sie wollte mir nicht sagen, von wem sie ihn hatte. Sie wollte mir *überhaupt* nichts über ihn erzählen. Und als Mr Howden ihr den Ring abgenommen hat, da war sie angeblich froh, ihn los zu sein. Sie sagte: Soll er doch wieder dahin zurück, wo er hergekommen ist.«

»Und Mr Howden? War er … wirkte er besonders interessiert an dem Ring? Oder an Bella?«

Grace zuckte mit den Schultern. »Nicht mehr als sonst. Sie ist seine Lieblingsschülerin, daher hat er ihn vermutlich an sich genommen, damit sie später zu ihm kommt und er sich erkundigen kann, wie es ihr geht.«

Nicht weil er ihr den Ring geschenkt hat und nun einen Grund brauchte, um ihn wieder an sich zu nehmen?

Grace wurde immer bleicher, als wisse sie, dass mit dem Ring irgendetwas nicht stimmte, ohne sagen zu können, was. Ich wollte sie nach dem Gefühl der Bedrohung fragen, das wir beide verspürten, und nach Bellas Weigerung, ihn zu tragen. Ich wollte sie fragen, ob sie selbst den Ring hatte behalten wollen, weil sie sich vielleicht nach der Aufmerksamkeit sehnte, die Bella zuteilwurde.

Unbehaglich registrierte ich, dass ich dieses Gefühl kannte – aus jenem Sommer. Dieses schreckliche Gefühl, dass irgendetwas nicht stimmte, diese Angst, dass etwas passiert sein könnte, diese Ohnmacht. Es war ein Gefühl, von dem ich nicht einmal gewusst hatte, dass ich es tief in meinem Innern verspürte, als Olive plötzlich Geheimnisse vor mir gehabt hatte.

Und mir war bewusst, dass ich es jetzt genauso wenig laut aussprechen konnte wie damals.

Langsam drehte ich mich um. Mein Körper stand unter Hochspannung und schrie mit jeder Faser: *Geh einfach. Verlass dieses Haus, dann musst du dich nicht damit belasten.* Aber ich wusste, dass ich es tun musste. Das Regal hinter mir war mit Büchern und geschmacklosen Reiseandenken vollgestopft. Und dort, inmitten des Chaos …

Ich stieß einen zischenden Seufzer aus.

Da lag er.

Ein kleiner dünner Silberring, eine Meerjungfrau mit einem gebogenen Schwanz und einem trüben schwarzen Stein in der Mitte. Ein so banales Ding – und doch konnte es so viel bedeuten. Es juckte mich in den Fingern, nach dem Ring zu greifen und ihn mitzunehmen. Ich streckte die Hand aus, bis meine Haut fast das kühle Metall berührte.

Olives Ring. Ich vermisste sie so abgrundtief, dass es schmerzte.

*Sie sagte, sie habe ihn von einem Mann.*

Und jetzt hatte er Bella, genau wie er Olive gehabt hatte.

# 27

*31. Dezember 1999*

Silvester. Olive feierte. Gestern war er nicht zur Gesundheits- und Hygienekontrolle gekommen, und sie wusste, dass er nicht das Risiko eingehen würde, es heute nachzuholen. Er hatte etwas von seiner Frau erzählt. Dass er mit ihr feiern würde.

Olive konnte sich kaum vorstellen, dass er eine Frau hatte. Dass er neben ihr noch etwas anderes in seinem Leben besaß. Er hatte ihr erzählt, dass er seine Frau kennengelernt hatte, als sie beide noch sehr jung gewesen waren. Dass seine Frau ihn verstand – verstand, dass er versuchte, Olive zu *retten*. Vor dem Leben und vor der grässlichen Welt da draußen.

Olive glaubte nicht, dass seine Frau von ihr wusste. Das war nicht möglich, oder? Sie wusste, dass Sandmann für seine Frau die Kleidung aussuchte, so wie er es für sie tat. Sie wusste, dass seine Frau jünger war und ihm das Mittagessen kochte und alles tat, was er von ihr verlangte. Vielleicht wusste seine Frau tatsächlich etwas und hatte beschlossen, nichts zu sagen. Vielleicht hatte sie Angst.

Aber heute feierte Olive aus einem anderen Grund. Er hatte ihr endlich erlaubt, einen Fernseher zu besitzen. Es war ein Geschenk zu Weihnachten gewesen – einem Tag, der wie alle anderen verlaufen wäre, außer dass sie Micky Weihnachtslieder vorgesungen und ihm ein Stück Möhre geschenkt hatte.

Sie hatten sich einen neuen Fernseher gekauft, Sandmann und seine Frau. Dieser hier war alt und klein und das Bild verwackelt. Über die Antenne bekam man nur einen Sender, jedenfalls in diesem Raum.

Olive war das egal. Immerhin war es eine Verbindung zur Außenwelt, oder? Es gab ihr etwas, worauf sie sich konzentrieren konnte. Etwas anderes, als vorwärts und rückwärts zu zählen. Etwas anderes, als ein albernes Bild nach dem anderen zu malen. Sie dachte an all die Stunden, in denen ihr Großvater ihr hatte beibringen wollen, wie man Pferde, Hunde und Menschen zeichnete, indem man Kreise übereinander lagerte. Seit sie den Fernseher hatte, musste sie nicht mehr ständig an Grandad denken. Und erfuhr, was in der Welt los war.

Sie selbst war nicht mehr in den Nachrichten. Zu den wirklich wichtigen Dingen gehörte sie nicht mehr. Jetzt war wichtig, dass man diesen Typen von den Beatles erstochen hatte. Oder dass in London die Feiern zum Jahrtausendwechsel anstanden.

Die Menschen schienen Olive vergessen zu haben.

Aber davon würde sie sich nicht beeindrucken lassen. Nicht heute Abend. Mum und Dad und Cassie würden sie nicht vergessen. Sie fragte sich, ob sie das Feuerwerk im Fernsehen anschauen würden wie jedes Jahr.

Hoffentlich taten sie es. Sie sah auf ihre Micky-Maus-Uhr. Die Batterie ging langsam zur Neige, denn die Uhr zeigte bereits zwei Uhr morgens an. Im Fernsehen lief noch der Countdown für Mitternacht.

Micky, der Mäuserich, saß auf ihrem Schoß. Er war ruhiger als sonst. Lethargisch. Sie wusste nicht, ob ihm etwas fehlte oder ob er nur fror. Obwohl sie die Decken um sie beide gewickelt hatte, war ihr nicht warm.

Das Feuerwerk begann. Ein neues Jahr. Ein wichtiges Jahr sogar. Wenn Olive an das Jahr 2000 gedacht hatte, schien es immer so weit weg zu sein. Als würde es nie eintreffen. Aber das war in ihrem anderen Leben gewesen. Vorher. Jetzt war es so weit, und sie konnte nicht einmal nach draußen gehen, um es zu begrüßen.

Immerhin konnte sie so tun, dachte sie. Als die Feuerwerkskörper hochschossen und mit einem Knall im neuen Jahrtausend landeten, schloss Olive die Augen und bildete sich ein, zu Hause zu sein. Vor dem Kamin. In irgendeinen banalen Streit mit Cassie verwickelt.

Sie vermisste ihre Familie.

Aber wenigstens hatte sie diese Woche keine Gesundheitskontrolle über sich ergehen lassen müssen. Wenigstens hatte sie einen Fernseher. Wenigstens war Micky bei ihr und lag warm in ihrem Schoß. Wenigstens hatte Sandmann ihr nicht wehgetan. Wenigstens hatte sie Elektrizität, Papier, Stifte.

Wenigstens.

# 28

Roger Upton saß im Wohnzimmer, als ich vorbeikam. Ich ging hinein und zog die Tür hinter mir zu. Er schaute von seinem Handy auf, erhob sich aber nicht.

»Miss Warren.«

»Ich möchte nicht stören«, sagte ich, »aber da ich schon einmal hier bin, würde ich gern ein paar Dinge loswerden.«

Roger zog eine Augenbraue hoch. Das Misstrauen war ihm ins Gesicht geschrieben, aber er nickte.

»Gut.«

»Ich habe niemandem davon erzählt – von Ihrer Vergangenheit. Das geht mich nichts an. Ich habe auch nichts darüber geschrieben.« Ich wartete auf seine Reaktion. Statt Wut, Enttäuschung oder Traurigkeit sah ich nur eine leere Miene. Seine Augen wirkten hohl.

»Eigentlich wollte ich mich nur entschuldigen«, fuhr ich fort. Es war das erste Mal, dass ich mich für einen Artikel entschuldigte, den ich *nicht* geschrieben hatte. »Nicht für das, was ich herausgefunden habe, aber für mein Verhalten. Klar, es ist meine Aufgabe, die Menschen zur Rechenschaft zu ziehen, aber ich habe nicht richtig kommuniziert …«

»Sie haben alles richtig gemacht.«

Ich hielt inne, sprachlos über so viel Ehrlichkeit. Natürlich ist es richtig gewesen, ihn zu befragen, nach allem, was ich über seine Vergangenheit in Erfahrung gebracht hatte. Aber ich hätte nicht erwartet, dass er das zugibt.

»Ach ja?«

Roger legte das Handy auf die Armlehne.

»Was mich betrifft, ja. Ich … Als es damals passierte, habe ich mir nicht viel dabei gedacht. Klar wusste ich, dass ich Mist gebaut hatte. Aber ich wäre nie auf den Gedanken gekommen, dass es etwas … so Schlimmes war. Damals hat mich vor allem aufgeregt, dass ich selbst in der Patsche saß. Sie war ein nettes Mädchen und mochte mich, und sie hatte mir versichert, dass sie älter war. Wir hatten nie miteinander geschlafen, was sollte das ganze Theater also?« Er machte eine Pause. Ich wartete. »Aber jetzt habe ich Gracie … und musste immer wieder daran denken. Manchmal schaue ich Gracie an und verspüre einfach … Scham. Ich war so dumm. Aber vor allem war es gefährlich. Sehr gefährlich. Ich hätte es besser wissen müssen, hätte mir meiner Verantwortung bewusst sein müssen.«

Roger hielt inne und fuhr sich mit der Hand übers Gesicht, um abzuwischen, was Tränen sein mochten. Dann seufzte er.

Wir saßen lang da. Ich sah, dass Rogers Hand immer wieder zum Handy griff. Das machte mir bewusst, wie wenig ich über die Leute um mich herum wusste und in wie vielen – für mich nicht erkennbaren – Zusammenhängen sie standen.

Ich dachte an Ady und seine tote Frau und die Traurigkeit, die ihm stets anzuhaften schien. Und ich dachte an Olive und ihre Geheimnisse.

»Es tut mir leid, wie ich mich aufgeführt habe«, wiederholte ich schließlich, obwohl mir klar war, dass ich beim nächsten Mal nicht anders handeln würde. »Manchmal bin ich wie ein Stier, der ein rotes Tuch sieht.«

»Nun ja«, sagte Roger, »ich würde nicht behaupten, dass ich mich über das, was vorgefallen ist, freue, aber ich bin froh, dass wir darüber geredet haben.«

Als ich an der Haustür meine Jacke anzog, hörte ich eine Stimme. Dünn, leise.

»Denken Sie … denken Sie, es geht ihr gut?«

Ich drehte mich um und sah Grace auf der Treppe sitzen, die Knie an die Brust gezogen. Ein sackartiger Kapuzenpullover bedeckte ihren Oberkörper, sodass sie wesentlich jünger aussah. Vielleicht hatte sie geweint, aber ihr Gesicht war trocken und gerötet. Sie beobachtete mich. Ich schüttelte den Kopf.

»Keine Ahnung«, sagte ich. »Aber deshalb tu ich ja auch alles Menschenmögliche, um herauszufinden, was geschehen sein könnte.«

»Mum sagt, dass Sie für die Zeitung arbeiten. Und dass Sie einen Artikel über mich geschrieben haben. Stimmt das?«

Nun, da Bella vermisst wurde, bot sich mir schon wieder die Gelegenheit, einen Zipfel Normalität zu erhaschen und die Sache professionell anzugehen. Aber aus irgendeinem Grund konnte ich mich nicht dazu überwinden, Bella als Teil meiner Arbeit zu betrachten. Der Lack war längst ab, und ich musste mich der Tatsache stellen, dass meine Arbeit vielleicht nicht länger meine Arbeit war.

»So in der Art«, sagte ich. »Aber im Moment gelingt mir

das nicht besonders gut.« Ich machte eine Pause, um Grace zu beobachten. Sie musterte mich mit zurückhaltender Neugierde, als könne ich mich jeden Moment in ein Monster verwandeln. Aber neugierig war sie schon. »Ich weiß nicht, ob deine Mum es dir erzählt hat«, sagte ich, »aber ich habe einen persönlichen Grund, dir all diese Fragen zu stellen. Deshalb kann ich auch keine Artikel darüber schreiben.«

Grace runzelte die Stirn und schüttelte den Kopf. »Nein, das hat sie mir nicht erzählt.«

Ich wollte Grace keine Angst einjagen, aber ich wusste auch, dass dies meine Chance war. Ich musste auf Risiko spielen, um ihr Vertrauen zu gewinnen.

»Als ich nur wenig älter war als du, wurde meine Schwester entführt. Während einer Sonnenfinsternis.« Ich gab ihr Zeit, das zu begreifen. Grace' Atmung beschleunigte sich, als ihr aufging, was das bedeutete. »Ich versuche, dafür zu sorgen, dass Bella nichts zustößt, so wie ich dafür zu sorgen versucht habe, dass dir nichts zustößt. Ich dachte, wenn ich … wenn ich darüber schreibe … über dich, dann wird dem Menschen, der dich mitgenommen hat, vielleicht klar werden, dass du jemandes Tochter bist. Dass jemand dich vermisst und dich wieder daheim haben will. Und dass dieser Wunsch stärker ist als alle Angst und Wut, sodass dieser Mensch dir vielleicht nichts antut.«

»Aber ich brauche keinen Beschützer.«

»Ich weiß«, sagte ich leise.

Grace sackte in sich zusammen. Sämtlicher Kampfgeist war plötzlich erloschen.

»Aber vielleicht braucht Bella Beschützer«, fuhr ich fort. »Gibt es noch irgendetwas, das du mir gern sagen würdest?«

Ich ließ den Satz in der Luft hängen. Grace schniefte, und

ihr Kopf sank auf ihre Knie. Als sie wieder aufsah, glänzten in ihren Augen Tränen.

»Sie hat mir nicht erzählt, von wem sie den Ring hatte«, sagte Grace schließlich. »Das ist nicht gelogen. Ich habe sie immer wieder gefragt, immer wieder, aber sie wollte es mir nicht verraten. Sie sagte, er sei ein … Geschenk. Ich habe gefragt, ob sie einen Freund hat, aber das hat sie bestritten. Als ich sie fragte, ob er von einem Erwachsenen sei, sagte sie erst nein. Aber ich … ich habe gemerkt, dass sie lügt. Ich wusste es einfach. Also habe ich sie gedrängt, bis sie gestand, dass sie ihn von einem Mann hatte. Da habe ich nicht mehr nachgebohrt. Jetzt wünschte ich, ich hätte es getan.

Sie wirkte einfach so … glücklich. Anfangs zumindest. Als würde sie vibrieren. Sie war ständig in Hochstimmung. Manchmal kam sie zu spät zu unserem Treffpunkt, ab dem wir das letzte Stück des Schulwegs zusammen gehen. Mir war klar, dass sie sich mit jemandem traf, aber sie mochte nicht darüber reden. Dann der Ring … Als Bella ihn nicht wollte, habe ich … Keine Ahnung. Ich wollte ihn einfach. Ich wollte wissen, wie sie sich am Anfang gefühlt hat, als sie so glücklich und begeistert war, und wollte einfach … Sie hatte sich schon eine ganze Weile so komisch aufgeführt, bevor ich überhaupt etwas gesagt habe, und dann habe ich einfach den Ring genommen, statt sie noch einmal zur Rede zu stellen. Was, wenn …?«

»Was, wenn was?«

»Was, wenn ihr wegen mir etwas zugestoßen ist? Vielleicht hätte ich ja mehr tun müssen, um ihr zu helfen.« Der Ausdruck blanken Entsetzens huschte über ihr Gesicht, und sie brach in Tränen aus. »Was, wenn sie wegen mir entführt wurde? Hätte ich es jemandem sagen sollen? Und überhaupt, wenn ich da gewesen wäre, hätte ich sie vielleicht beschützen können.«

»Grace, nein.« Ich streckte die Hand aus und legte sie ihr aufs Knie. »Bitte mach dir keine Vorwürfe. Jahrelang habe ich genauso gedacht wie du. Jeden Tag habe ich darüber nachgegrübelt. Ich fühlte mich schuldig und war wütend auf mich selbst. Aber, Grace, hör mir zu – das alles hat nichts mit dir zu tun.«

»Woher wollen Sie das wissen?« Grace' blaue Augen blitzten so wild, dass ich überrascht zurückwich. Diese Wut war mir so vertraut, dass ich mein eigenes Spiegelbild darin zu erkennen glaubte.

Wie sollte ich Grace erklären, dass ich unter anderen Umständen Bellas Verschwinden für reinen Zufall gehalten hätte? Dass meine Überzeugung, Grace treffe keine Schuld, von der tiefen Überzeugung begleitet worden wäre, Bellas Entführung zu diesem Zeitpunkt war nichts als ein Zufall? Wie sollte ich ihr klarmachen, dass das jetzt anders war? Die Sonnenfinsternis, die Ähnlichkeiten mit Olive … das war mehr als eine günstige Gelegenheit. Das war Schicksal.

Bellas Entführung war lang geplant gewesen. Und als Grace die Nachrichten dominierte, war es nur umso leichter geworden, jemand anderem die Schuld zu geben.

»Es ist nicht deine Schuld«, sagte ich bestimmt. »Das weiß ich.«

Das Grummeln in meiner Magengrube ließ sich nicht besänftigen, als ich den kurzen Weg zu Earl's Café zurückfuhr. Bei meinem früheren Besuch dort war mir nicht klar gewesen, dass Jake Howdens Frau – sein Alibi – direkt hinter dem Tresen gestanden hatte, da er es nicht erwähnt hatte.

Marion hatte es mir nur widerstrebend erzählt und nicht, ohne mir das Versprechen abzunehmen, keine Dummheiten anzustellen, aber ich musste unbedingt mit dieser Frau reden. Einfach, um Ruhe zu finden. Die Stille zwischen Frühstück und Mittagstisch, die nun in dem Café herrschte, verlieh ihm eine Aura von Verlassenheit.

Howdens Ehefrau stand hinter dem Tresen und polierte mit einem feuchten Lappen die Espressomaschine. Es war nicht schwierig, sie zu erkennen, da sie die einzige weibliche Mitarbeiterin über achtzehn Jahre war. Sie schaute in meine Richtung, als ich eintrat, ein höfliches, aber gleichgültiges Lächeln auf den Lippen.

»Lizzie Howden?«, fragte ich. Sie war klein, vermutlich kaum über einen Meter fünfzig groß, und blond. Der Pagenschnitt ließ sie älter aussehen und würde einer jungen Frau besser stehen als einer, die auf die vierzig zuging. Ich stellte sie mir neben Jake Howden vor, neben seiner imposanten Gestalt mit den wohldefinierten Muskeln unter dem schicken Hemd, und dachte, dass sie ein schräges Paar abgaben.

Sie wirkte nervös, fast fahrig. Mir sträubten sich die Nackenhaare. Sie war in vielerlei Hinsicht das genaue Gegenteil des eloquenten Lehrers. Jetzt legte sie den Lappen hin und nickte.

»Und Sie sind die Journalistin?«, fragte sie.

Ich setzte mein professionelles Lächeln auf und holte mein Notizbuch heraus.

»Cassie Warren, richtig«, sagte ich. »Mit Ihrem Ehemann habe ich vorhin bereits gesprochen. Ich suche noch nach der Person, die hinter all diesem Engagement steckt. Wenn man einen solchen Artikel schreibt, ist es immer wichtig, sich einen möglichst differenzierten Eindruck zu verschaffen …«

»Lassen Sie es sich gleich gesagt sein …« Lizzie hob die Hände, was wie eine Geste der Ergebung aussah. Ich erkannte darin gleich die Herausforderung. »Mein Ehemann hat diesem Kind nichts getan. Er war gestern Morgen bei mir. Wir haben uns geliebt, bevor er zur Arbeit aufgebrochen ist, weil seine erste Stunde wegen der Sonnenfinsternis ausgefallen ist. Sie können sich vorstellen, dass wir uns diese Gelegenheit nicht entgehen lassen wollten.«

Fast hätte ich gelacht. Gaben die Menschen solche intimen Details freiwillig preis? Ich sah, wie sich Lizzies Miene angesichts meiner Reaktion in echte Wut verwandelte.

»Tut mir leid«, sagte ich. »Gute Alibis sind für gewöhnlich belastbarer.«

Lizzie schnaubte. »Wie ich der Polizei schon sagte, habe ich keinerlei Anlass zu lügen.« Sie spie die Worte förmlich aus. »Und dass er ein Alibi brauchen würde, konnte ich ja nicht ahnen.«

O Gott, jetzt war mir auch klar, warum Marion eingelenkt und mich hierhergeschickt hatte. Dieselben Worte waren auch aus meinem Mund gekommen. Gewöhnliche Menschen verspürten nicht das Bedürfnis, jeden ihrer Schritte zu dokumentieren.

»Richtig«, sagte ich, »trotzdem vielen Dank. Ich weiß Ihre … Offenheit sehr zu schätzen.«

Sie lächelte. Ehefrauen konnten lügen, dachte ich erneut. Aber so sehr Lizzie Howdens Bekenntnisse mich auch zum Schaudern brachten, ich hatte doch den Eindruck, dass sie die Wahrheit sagte.

# 29

»Fang du an, Cass. Dir wird nicht gefallen, was ich zu sagen habe.«

Ich hörte Marion am anderen Ende der Leitung durch den Raum schlurfen, dann schloss sich mit einem sanften, satten Geräusch die Tür in der Polizeiwache. Ich schaute auf die Uhr. Es war fast neun Uhr abends, und Marion arbeitete immer noch. Vermutlich hatte sie heute auch noch nichts gegessen. Wie ich ist sie nie eine gute Esserin gewesen, aber falls sie nicht aufpasste, würde ihr das noch auf die Gesundheit schlagen. Und so verrückt das sein mochte, wenn ausgerechnet ich das sagte, machte ich mir doch Sorgen um sie. Ich dachte daran, ihr von meinem Gespräch mit Jake Howdens Ehefrau zu erzählen, beschloss dann aber, dass sie das nur noch länger vom Abendessen abhalten würde.

»Ich habe Grace nach dem Stimmungsring gefragt«, sagte ich.

»Hast du ihn gefunden?«

»Sie hat ihn noch. Ich habe ihn nicht mitgenommen, weil ich nicht wusste, ob ich das darf. Aber ich denke auch nicht, dass sie irgendetwas anderes damit anstellt, als ihn dir zu geben, wenn du sie noch einmal danach fragst. Sie hat sich mir gegenüber ein wenig geöffnet. Angeblich hat Bella ihr erzählt, dass sie den Ring von einem Erwachsenen bekommen hat. Einem Mann. Ich denke, dass Bella von irgendjemandem gezielt umworben wurde.«

Ich gab ihr einen Moment, um darüber nachzudenken.

»Irgendwann war Grace das alles nicht mehr geheuer, daher wollte sie den Ring nicht mehr tragen. Sie sagte, dass Bella so glücklich wirkte – anfangs zumindest –, und wollte wohl einfach etwas von diesem Glück abhaben. Ich glaube, sie weiß selbst nicht so genau, warum sie sich den Ring geholt hat. Oder warum sie ihn irgendwann nicht mehr tragen wollte. Es ist, als sei ihr irgendwann aufgegangen, dass an der ganzen Situation irgendetwas nicht stimmte, nur dass sie es nicht in Worte fassen konnte.«

»Himmel.« Marion verstummte, und wir dachten beide darüber nach, was meine Worte zu bedeuten hatten – dass jemand Bella gezielt dorthin gelockt hatte, wo er sie haben wollte. »Ich bin ja so froh, dass du mit ihr gesprochen hast, Cassie«, sagte Marion schließlich. »Ich denke oft, wenn jemand damals mit dir geredet hätte – mit uns –, damals, 1999 … vielleicht wäre dann alles anders gekommen. Vielleicht hätten wir beide dann auch miteinander reden können. Meinst du nicht auch?«

Ja, meinte ich auch, weil ich oft dasselbe gedacht hatte. Ich sagte nichts, aber das Schweigen hatte nichts Unbehagliches.

»Was für Neuigkeiten sollen mir denn nicht gefallen?«, lieferte ich ihr das Stichwort.

Marion atmete lang aus und sagte schließlich: »Darren Walker ist wieder im Spiel. Als wir ihn abholen wollten, stand die Heckklappe seines Lieferwagens auf. Sperrangelweit.«

Sie machte eine Pause.

»Ja und?«

»Wir haben einen Schulblazer gefunden«, sagte sie ruhig. »Einfach hinten reingeworfen. Und an einer der Hecktüren befanden sich Bellas Fingerabdrücke. Fox ist unterwegs. Es sieht nicht gut aus.«

Sie sprach es nicht laut aus, aber an ihrem Tonfall konnte ich erkennen, dass Fox wohl die Befürchtung hatte, Bella könne tot sein. Die Statistiken kannte ich. Die ersten drei, vier Stunden waren entscheidend, wenn Kinder vermisst wurden – und diese Zeit hatten wir mit sinnlosen Nachforschungen verbracht. Indem wir uns mit Grace beschäftigt haben. Die Zahlen waren brutal. Nach den ersten vier Stunden waren fünfundsiebzig Prozent der Kinder tot – besonders bei der Entführung durch Fremde.

Innerhalb der ersten vierundzwanzig Stunden stieg der Wert auf neunzig Prozent an …

Ich musste an Darren Walker denken. Ein fieser Typ, klar, aber konnte er einem Kind etwas zuleide tun? Mir stand wieder vor Augen, wie seine Hände bei unserem Gespräch gezittert haben, und mir lief ein Schauer über den Rücken.

Bella wurde bereits über sechsunddreißig Stunden vermisst. *Sechsunddreißig Stunden.* Aber Bella war nicht nur eine Zahl. Sie war ein kleines Mädchen und immer noch dort draußen.

Sie *musste* dort sein.

Ich wollte nicht nach Hause fahren. Das Haus war leer ohne Gran. Überall knarrte es, und jeder dunkle Winkel machte mich kribbelig. Ich stellte mir vor, wie sie im Krankenhaus lag, allein und verwirrt. Hoffentlich kümmerte man sich gut um sie. Allerdings hatte ich heute Nachmittag bereits zweimal angerufen und mich nach ihrem Wohlergehen erkundigt.

Ihre Worte wollten mir nicht aus dem Kopf. Man könnte es ihrer Verwirrung zuschreiben, wenn ich nicht die Angst in ihren Augen gesehen hätte.

*Er hat das Tempo gedrosselt.*

Ich schaltete sämtliche Lampen im Haus ein, damit ich schlafen konnte, und sank in eine Art Dämmerzustand.

In meinem Traum herrschte schon wieder heiße Nacht, so heiß, dass Olive und ich die Fenster weit aufgerissen hatten. Der Wind strich über meine nackten Beine. Olive beugte sich aus dem Bett über mir; ihr goldbraunes Haar rahmte ihr Gesicht ein. Ist es im wahren Leben auch so gewesen? Ich wusste es nicht. Konnte mich nicht erinnern. Olives Arm hing herab, und ich entdeckte den Bluterguss, die Fingerabdrücke unserer Mutter, nicht zu übersehen. Mum war schon wieder fort, zurück in Derby, wo sie den Sommer über durcharbeiten konnte, ohne ein schlechtes Gewissen haben zu müssen, weil sie uns verließ.

Meine Großeltern schliefen seelenruhig.

»Tut es weh, wenn ich es berühre?«

Olive zuckte mit den Schultern und wackelte mit dem Arm.

»Ist schon okay.«

*Nichts ist okay*, dachte ich und warf mich auf den Rücken. Meine Beine verhedderten sich in der Decke. Ich bekam keine Luft mehr. Der sanfte Wind hatte sich gelegt, und um mich herum war nur Dunkelheit. Wann hatte ich das Licht ausgeschaltet? Ich kniff die Augen zusammen.

»Olive? *Olive?*«, rief ich, und da war sie und lächelte ihr verhaltenes, geheimnisvolles Lächeln. Dieses Lächeln, das besagte, dass sie etwas wusste und ich nicht. Sie wusste vieles, von dem ich keine Ahnung hatte.

Sie beobachtete. Lauschte. *Interessierte sich.*

»Wieso lächelst du?«

»Mach dir wegen mir keine Sorgen, Cassie. Da draußen gibt es Leute, die sich um mich kümmern. Die sicherstellen, dass mein Arm nicht wieder wehtut.«

»Leute?«, fragte ich. »Was für Leute?«

»Jemand.« Wieder lächelte Olive. »Ein Junge. Ein *Mann.*«

Ich bemerkte den Ring an ihrem Finger. Den Stimmungsring. Mit einem dunklen Türkis, der sich durch die Wärme ihrer Hand verfärbt hatte. Ich wollte die Hand ausstrecken und ihr den Ring vom Finger reißen. Irgendetwas stimmte nicht mit ihm. Das spürte ich auf dieselbe Weise, die ich auch in Grace' Gesicht wahrgenommen habe. Sie hat es gewusst, so wie ich es gewusst habe. Etwas Schreckliches würde geschehen, und wir hatten keine Ahnung, was wir dagegen unternehmen sollten.

»Was für ein Mann? Wer hat dir den Ring gegeben?«, fragte ich, plötzlich von Verzweiflung gepackt. Ich wand mich unter meiner Decke. Olive entfernte sich von mir, immer weiter und weiter. Im Traum verschwammen ihre Gesichtszüge. Ich wusste, dass das nicht der Wirklichkeit entsprach, dass es nie so passiert war. Nicht so. Olive hatte mir nichts erzählt. Warum quälte sie mich also in meinen Träumen?

»Was für ein Mann?«

»Einfach ein Mann …«, sagte Olive verträumt. »Er wird mich beschützen.«

»Dafür bin *ich* da, Olive. Es ist meine Aufgabe, dich zu beschützen.«

Sie schüttelte den Kopf. Ihre Haare strichen über die Bettkante.

Und dann war sie, wie in allen meinen Träumen, plötzlich verschwunden.

# 30

*Sonntag, den 22. März 2015*

»Wie geht es dir?«

Gran saß in ihrem Lieblingssessel, eine Tasse Tee in der Hand, und zuckte mit den Schultern. Auf dem Rückweg aus dem Krankenhaus hatten wir eine fast logische Unterhaltung geführt, auch wenn es um das Solarsystem-Projekt gegangen war, bei dem ich Olive in dem Sommer geholfen hatte, als sie acht und ich zehn Jahre alt gewesen war. Gran hatte erklärt, wie stolz sie war.

Ich hatte sie nicht daran erinnert, dass zwischen jenem Moment und heute etliche Jahre lagen. Wärme durchdrang mich, wenn ich an die Zeit dachte, in der Gran nicht Olive den Vorzug gegeben, sondern uns beide gleich geliebt hat. Durch die Distanz und den Verlust haben wir uns entfremdet, aber heute hatte ich ihr stolzes Lob erfreut hingenommen.

Ich war benommen, weil ich zu wenig geschlafen hatte. Nach dem frühen Erwachen bin ich als Allererstes zu Bellas Zuhause gefahren. Aber dort wimmelte es von Journalisten, und Mrs Kaluza weigerte sich, mit irgendjemandem zu reden. Ich wartete eine halbe Stunde und schaffte es sogar bis zur Haustür, aber niemand reagierte auf mein Klingeln.

Enttäuscht fuhr ich zurück und fühlte mich ausgebremst, ohne zu wissen, was ich noch tun könnte. Den Rest des Morgens, bevor ich zum Krankenhaus aufbrechen würde, blätterte ich in meinem Olive-Tagebuch und ging alle Details noch einmal durch. Auch die Notizen, die ich mir zu Dad und Cordy Jones gemacht hatte, studierte ich noch einmal, um mich mit der Tatsache zu versöhnen, dass ich wertvolle Stunden mit meiner Großmutter hätte verbringen können, statt nach Bella zu suchen. Und mit der Tatsache, dass wertvolle Minuten verstrichen. Ich hatte mir die Telefonnummer von Bellas Mutter verschafft und rief immer wieder an, aber sie meldete sich nicht.

Die Worte in meinem Olive-Tagebuch kannte ich mittlerweile auswendig, trotzdem las ich immer wieder ganze Seiten, mehrfach sogar, weil ich etwas in meiner Erinnerung zu finden hoffte, das sich mir bislang entzog. Damals hatte ich über einen Menschen geschrieben, einen geheimnisvollen Mann, der nur in meiner Einbildung existierte und sich als Olives Entführer erwies. Zu diesem Phantom war ich immer wieder zurückgekehrt und tat es heute noch gelegentlich, bevor ich nachts in den Schlaf glitt. Dieser Entführer war eine Mischung aus einem extravaganten Millionär und einem Kleinkriminellen, eine Figur wie aus dem Musical *Annie*.

In meiner Fantasie malte ich mir aus, wie er uns Olive weggenommen hat, weil er ein besseres Leben für sie wollte. Er wollte ihr Dinge geben, die sie hier nie bekommen würde: Spielzeug zum Beispiel, mehr Spielzeug, als Mum uns kaufen konnte. Außerdem war er mit einer warmherzigen, liebevollen Frau verheiratet, die nie arbeiten musste und Olive auch in den Ferien nicht abschob. In meinem Tagebuch – wenn auch nur dort – war Olive wohlbehalten und glücklich und an einem warmen Ort. Eines Tages würde sie nach Hause kommen und mich suchen.

Diese Seiten zu lesen machte mich stinksauer. Würde Olive noch leben, wäre sie jetzt siebenundzwanzig Jahre alt – ausgeschlossen, dass sie so lange gewartet hätte, um Kontakt zu mir aufzunehmen. Nach ihrem Verschwinden hatte ich monatelang begierig auf Post gewartet, man konnte ja nie wissen. Eine Weile entwickelte ich eine Obsession für Postkarten und deckte mich überall damit ein, damit ich Olive, wenn sie mir eines Tages schreiben würde, einen ganzen Schwung zurückschicken könnte. Selbst heute noch zuckte ich beim Klappern des Briefkastens manchmal zusammen, weil ich das vertraute Gefühl der Hoffnung verspürte, gefolgt vom Absturz in die Verzweiflung.

Als ich kürzlich das Tagebuch wieder weggelegt hatte, war ich auch auf das Foto gestoßen, das an Grandads Pinnwand gehangen hatte. Im Gegensatz zu meinen eigenen Fotos, die immer noch glatt und ordentlich hinter der Außenhülle des Tagebuchs steckten, war dieses verblasst und in der Mitte geknickt.

Ich fragte mich, ob die Abnutzungsspuren von Grandad stammten, und stellte mir vor, wie er mit dem Finger darüber gestrichen hatte, genau wie ich neulich, und wie er es in seine Brieftasche gesteckt hatte, um es immer bei sich zu haben. Jetzt zog ich es aus der Gesäßtasche meiner Jeans und hielt es mit zittrigen Händen fest.

»Ich frage mich, Gran, ob ich dir vielleicht etwas zeigen dürfte … etwas, das dich möglicherweise aufregen könnte. Aber wenn du mal einen Blick darauf werfen würdest … dafür wäre ich dir sehr dankbar. Und falls du dich nicht erinnerst, ist das überhaupt nicht schlimm.«

Gran wandte sich vom Fernseher ab und lächelte mich an. Gelächter aus der Konserve durchbrach die Stille im Raum.

»Natürlich, mein Schatz, was auch immer du möchtest. Allerdings weiß ich nicht, ob ich dir helfen kann. Leider ist mein Gedächtnis nicht mehr das, was es mal war.« Ihre Augenwinkel kräuselten sich.

Ich hielt ihr das Foto hin. Sie nahm es in ihre Hand, jene, die nicht in einem Gips in der Schlinge steckte.

In all den Jahren, seit es passiert ist, haben Gran und ich nie über Olive gesprochen. Zu schmerzhaft war das, zu sensibel. Und als ich schließlich bereit war, über sie zu reden, hatte Gran alles vergessen. Aber nun betrachtete sie das Foto, und ihre Finger fuhren genau über die Stellen, an denen das Papier abgenutzt war.

Es war nicht Grandads Foto, wurde mir klar. Es war ihres.

»Ich vermisse sie«, sagte sie leise. »Wo ist sie?«

Auf diese Frage hatte ich mir eine Antwort zurechtgelegt, aber beim Anblick von Grans Gesichtsausdruck blieben mir die Worte im Hals stecken. Ich zuckte mit den Schultern. Meine Kehle schnürte sich zusammen, und ich schluckte schwer.

»Sie ist … Keine Ahnung.«

Gran betrachtete das Foto noch einen Moment, dann fragte sie: »Warum?«

Diese Frage konnte ich ihr auch nicht beantworten.

»Gran, kannst du dich noch erinnern … Siehst du den Ring an ihrem Finger? Den silbernen?«

»Natürlich. Das war eine Weile ihr Lieblingsring. Ich kann mich noch erinnern, wann sie ihn bekommen hat.«

Mein Herz machte einen Satz. »Wirklich? Kannst du mir etwas darüber erzählen?«

»Sie war immer so verschlossen. Und als ich sie gefragt habe, ob sie den Ring von einem Jungen habe, bestritt sie das vehement. Ihr beide habt nie gelogen, keine von euch.« Gran lächelte traurig. »Sie sagte, den habe ihr jemand in Derby geschenkt – aber ich bin eher davon ausgegangen, dass es jemand von hier war, weil ich ihn noch nie gesehen hatte. Vielleicht einer der Jungen aus dieser Jugendgruppe, wo sie manchmal war.

Hier in dieser Hippiestadt bekommt man so etwas überall. In Earl's Café, im Eckladen, selbst beim Bingo und beim Arzt. So ein Ring kostet weniger als eine Dose Cola.« Sie schwieg und hielt das Foto fest in der Hand.

»Ich habe Durst«, sagte sie dann. »Könnte ich wohl eine Cola bekommen? An einem heißen Tag gibt es nichts Besseres, das sage ich ihr auch immer. Schön süß. Von wegen Taschengeld und so. ›Lauf los und hol dir eine Cola. Lass dich aber nicht von deiner Schwester erwischen.‹ Ja, Kathy, ich passe gut auf sie auf.«

So schnell, wie er gekommen war, war der Moment wieder vorbei, und ihr Verstand vernebelte sich. Die Wörter und Sätze aus meiner Kindheit drangen wie Rauch aus ihrem Mund.

Ich wollte sie nicht unter Druck setzen, obwohl ich wild darauf gewesen wäre, mehr zu fragen. Nach Olive, nach jenem Sommer, nach den darauffolgenden Wochen – alles Fragen, die ich schon vor Jahren hätte stellen sollen, deren Antwort ich damals aber nicht hören wollte. Und jetzt war es zu spät.

Es war derselbe Ring, das bildete ich mir nicht nur ein. Ich träumte nicht. Der Ring auf dem Foto war bis hin zum Schwanz der Meerjungfrau derselbe Ring, den ich bei Grace gesehen hatte.

»Wie geht es ihr?«

Marions Stimme am anderen Ende der Leitung hatte etwas Beruhigendes, obwohl ich bedeutend lieber persönlich mit ihr gesprochen hätte.

»Ganz gut«, sagte ich. »Ziemlich müde. Angeschlagen. Aber vermutlich ist sie froh, zu Hause zu sein.« Ich beobachtete, wie Gran zwischen den Kanälen hin und her schaltete und sich dann für eine alte Kriminalshow entschied.

»Und wie geht es dir?«

»Mir geht es gut.« Ich nahm den Hörer vom Festnetz mit in die Küche und lehnte mich an die Arbeitsplatte. Es war schwer zu sagen, wie es mir ging. Ich war froh, Gran wieder bei mir zu haben – natürlich war ich das –, aber ich konnte das Gefühl nicht abschütteln, dass mit jeder Sekunde die Wahrscheinlichkeit wuchs, Bella zu verlieren. »Es würde mir besser gehen, wenn ich nicht das Gefühl hätte, von unerklärlichen Vorgängen umgeben zu sein.«

»Cassie«, mahnte Marion, »warum nimmst du dir nicht ein bisschen Zeit und verbringst sie mit deiner Großmutter? Sie braucht dich.«

»Das werde ich ja auch tun. Aber es ist wie … Zeitverschwendung.« Ich unterbrach mich mit vor Scham glühenden Wangen. »Das habe ich nicht so gemeint. Ich weiß, dass ich hier sein sollte, klar. Aber Bella …«

»Ich weiß.«

»Ich muss das Gefühl haben, etwas Sinnvolles zu tun. Was wissen wir über Bellas Familie?«, fragte ich in dem verzweifelten Versuch, die Panik in meinem Innern zurückzudrängen. »Ich habe versucht, zu Mrs Kaluza Kontakt aufzunehmen, aber sie meldet sich nicht auf der Festnetznummer, die ich von ihr habe.«

»Die Familie stammt aus Polen«, sagte Marion. »Die Mutter spricht nicht sehr gut Englisch und meidet die Presse wie die Pest. Der Vater ist vor drei Monaten ausgezogen, daher wohnen Mrs Kaluza und Bella allein in dem Haus.«

»Was ist denn mit dem Vater?«

»Der ist Taxifahrer und wohnt nicht in Bishop's Green. Er behauptet, er habe gearbeitet, daher versuchen wir, seine Touren an dem Morgen zu überprüfen.«

»Und der Ring?«, drängte ich sie. »Hast du Bellas Mum nach dem Stimmungsring gefragt?« Das machte mich wahnsinnig. Ich musste begreifen, wie all diese Puzzleteilchen zusammenpassten.

Marion stieß einen verzweifelten Seufzer aus. »Eins nach dem anderen, Cass. Ja, ich habe sie danach gefragt. Aber im Moment scheinen ihr die Dinge über den Kopf zu wachsen, und sie ist keine große Hilfe. Das passiert manchmal. Sie sagt, sie habe nicht bemerkt, dass Bella etwas Ungewöhnliches angehabt habe. Andererseits sammelt sie Secondhandklamotten und Schmuck – oder hat es zumindest getan, bevor Mr Kaluza sie verlassen hat. Im Moment ist das Geld etwas knapp.«

Ich knetete meine Nasenwurzel. »Was ist denn mit ihrem Zimmer? Habt ihr dort etwas gefunden, das uns weiterbringen könnte?«

Marion ließ einen Laut hören, der auf ihre Enttäuschung schließen ließ. »Nein. Wir haben ihren Laptop und ihr Handy mitgenommen, aber bislang sind wir auf nichts Außergewöhnliches gestoßen.«

»Kein Tagebuch?«

»Nichts in der Art. Heutzutage finden Kinder das vermutlich altmodisch.«

Ich stellte Wasser auf. »Und Darren Walker?«

»Bislang auch nichts Neues. Cass, warum nimmst du dir nicht einen Tag, um … Lass mich einfach meinen Job machen, und ich teile es dir mit, wenn wir etwas finden.«

Ich war mir sicher, dass sie nicht bevormundend klingen wollte, aber gegen die plötzliche Wut konnte ich mich nicht erwehren. Das Wasser kochte, und ich goss Tee auf. Marion hörte das Plätschern und seufzte.

»Tut mir leid«, sagte sie. »Ich wollte es nicht an dir auslassen. Aber … bleib einfach mal zu Hause, ja?«

»Klar«, murmelte ich vor mich hin. »Ich werde Däumchen drehen, bis morgen die Krankenschwester kommt. Mach dir keine Sorgen um mich.«

Später am Nachmittag klopfte es an der Tür. Doktor White stand davor, das braune Haar zurückgegelt, die Hose frisch gebügelt.

»Hallo, Cassie«, sagte er. »Ich dachte, ich komme mal vorbei und schaue nach Ihnen beiden. Heute ist sie doch entlassen worden, oder?«

Ohne meine Antwort abzuwarten, schlüpfte er wie selbstverständlich an mir vorbei in den Vorraum. Ich fragte mich, ob er noch viele Hausbesuche machte oder ob das eher der Vergangenheit angehörte.

»Hallo, Peggy. Wie geht's denn so?«

Ich folgte ihm ins Wohnzimmer und sah, wie er vor Gran in die Hocke ging, eine Hand auf ihrem unverletzten Arm. Er hatte einen kleinen Arztkoffer aus abgewetztem Leder dabei.

Gran stieß einen Überraschungsschrei aus und strahlte, als sie ihn erkannte.

»Ihr geht es ganz gut«, sagte ich. »Nicht zu viele Schmerzen. Man hat sie anständig wieder zusammengeflickt.« *Für diesmal.* Das sagte ich nicht laut, aber die Worte hingen ohnehin in der Luft. Was, wenn es wieder geschah, jetzt, wo sie zu Hause war?

Irgendetwas in meiner Stimme musste mich verraten haben, weil sich der Arzt zu mir umdrehte, die Augenbraue hochgezogen, wie so oft.

»Verabreichen Sie ihr ein Schlafmittel?«, erkundigte er sich.

»Es ist am Abend passiert, nicht in den frühen Morgenstunden«, sagte ich müde. Ich wurde den Kloß im Hals nicht los. Dass es sich nicht einfach um einen nächtlichen Unfall handelte, war ja das Problem. »Ich mache mir entsetzliche Sorgen um sie.«

Doktor White musterte Gran wortlos. Er kontrolliert den Arm in der Schlinge, ihren Blutdruck, ihre Atmung. Als er sanft an ihrem Arm zupfte, verzog Gran nur leicht das Gesicht, die Augen weiterhin auf den Fernseher gerichtet.

Ich kochte ihm eine Tasse Tee, und er folgte mir in die Küche. Das Licht war grau und tauchte uns in Schatten. Ich musste mich zwingen, die Hände stillzuhalten.

»Sie hatte großes Glück«, sagte er schließlich. »Aber das wissen Sie ja vermutlich. Wo waren Sie, als es passiert ist?«

Obwohl es bestimmt keine Absicht war, konnte ich den vorwurfsvollen Unterton in seiner Stimme nicht überhören. Ich spürte, wie sich meine Schultern hoben, und verschränkte die Arme vor der Brust.

»Ich war … ich war nicht zu Hause. Ich habe an dem Artikel über Grace Butler gearbeitet.«

Er erwiderte nichts, sondern schaute aus dem Küchenfenster in den Garten, der vom Wind gezaust wurde.

»Schrecklich«, sagte er. »Das mit der kleinen Bella. Das mit Grace war schlimm genug, aber Bella kenne ich schon seit ihrer Geburt.« Whites Miene war überraschend ausdruckslos, obwohl in seiner Stimme Gefühle mitschwangen, die ich nicht zuordnen konnte.

»Kennen Sie das Mädchen gut?«, fragte ich. »Was ist sie für ein Typ?«

»Sie ist« – er zuckte mit den Schultern – »klug. Sie erinnert mich an meine Tochter.« Er hielt inne. Ich hatte gar nicht gewusst, dass er eine Tochter hatte, aber ich ließ das Schweigen zwischen uns stehen. Schließlich sagte er: »Sie ist gestorben.«

»Das tut mir leid.«

»Ja. Na ja.« Er schaute mich an und war plötzlich wieder ganz der Arzt. »Aber egal, Ihre Großmutter wird in den nächsten Wochen viel Aufmerksamkeit in Anspruch nehmen. Sie muss den Arm in Bewegung halten, damit sie so viel Mobilität wie möglich wiedererlangt. In der ersten Zeit wird er noch sehr schwach sein, daher würde ich Ihnen raten, sie nicht öfter als nötig allein zu lassen.«

Der Blick, mit dem er mich ansah, war eindeutig. Der Vorwurf darin war keine Einbildung.

»Ich wollte natürlich nicht, dass so etwas passiert. Es hat ein Missverständnis gegeben …«

Ich konnte die Verzweiflung in meiner Stimme nicht verbergen, meine Schuldgefühle und die Wut auf mich selbst. Aber der Arzt seufzte nur.

»Ich würde vorschlagen«, sagte er ruhig, »dass wir in ein paar Wochen einen Blick darauf werfen, was sie für Fortschritte macht. Wenn Sie in der Praxis anrufen, können wir Sie bestimmt dazwischenschieben.«

Doktor White stellte seine halb volle Tasse auf die Arbeitsplatte und suchte seine Sachen zusammen. Dann war er auch schon an der Tür, mit erstaunlich flinken Bewegungen. Er verabschiedete sich von meiner Großmutter und schaute mich schließlich noch einmal an.

»Passen Sie gut auf sie auf«, sagte er mit einem durchdringenden Blick. »Wir wollen ja nicht, dass das noch einmal passiert.«

Die nächtliche Dunkelheit war klebrig. Heiß, drückend. Ich riss die Augen auf, sah aber nichts als Flecken von tintenschwarzer Finsternis. Ich blinzelte. Blinzelte heftiger.

Dann plötzlich Helligkeit. Ein perfekt anschwellendes weißes Licht. Heißer noch als die Dunkelheit. Die Sonnenfinsternis. Sie brannte in meinen Augen. Ein silberner Ring, dem ein Stück fehlte, in der Dunkelheit rotierend. Die Mitte verrutschte, die Sichel dehnte sich, und dann war es plötzlich ein kleiner Ring. Er lag in meiner Handfläche und versengte mein Fleisch.

Der Ring. Sobald ich die Augen schloss, war er da. Wie eine Wunde war er hinter meinen Augenlidern eingebrannt. Ich sah Olives erwartungsvolles Gesicht.

»Warum kann ich nicht heimkommen?«, fragte sie. »Warum kannst du nicht irgendetwas unternehmen?«

Mit einem Schrei auf den Lippen kam ich zu mir. Um meinen Herzschlag zu beruhigen, versuchte ich, an Marion zu denken, die nach einem langen Arbeitstag allein zu Hause war. Das machte mich aber nur krank vor Sorge.

Ich dachte an Henry in seinem Hotelzimmer. Ich fragte mich, ob er allein war, aber dann wurde mir klar, dass er vermutlich trotz der späten Stunde noch in der Hotelbar saß. In einem anderen Leben wäre ich auch dort. Ich dachte an die Bar, an Cocktails, die nach Zuckerwatte rochen, an meinen trockenen Mund. Ich dachte an Helen in London. Die drei Jahre, die wir miteinander verbracht hatten, waren bereits wie ein Traum, ein komplizierter, von Ängsten beflügelter Traum.

Und dann erblickte ich unvermittelt ein Mädchen, das Getränke servierte und wie Olive aussah, mit diesen einzigartigen großen goldbraunen Augen. Sie musste es sein. Was, wenn sie irgendwo dort draußen darauf wartete, gefunden zu werden? Das war der Traum, der mir immer am schlimmsten zusetzte.

Im nächsten Moment war das Mädchen in meinem Kopf Bella. Dann wieder Olive. Aber die echte Olive diesmal, nicht die Olive aus meinen Träumen, die älter und glücklicher war. Diese Olive war elf Jahre alt und trug den verdammten silbernen Seejungfrauenring mit dem gebogenen Schwanz. Sie strich darüber, wie Gran über das Foto gestrichen hat.

*Wo bist du?*

Sie wäre niemals weggelaufen. Olive nicht. Die ruhige, vernünftige Olive. Wenn ich wütend war, schrie und heulte ich und steckte alle anderen an. Olive nicht. Sie war manchmal traurig oder still, aber wenn sie eine Weile wie eine Verrückte geschrieben oder gemalt hatte, dann war alles wieder gut – als hätte sie genug davon, sich aufzuregen.

Ich hasste meine Einschlafversuche. Jedes Mal wenn ich die Augen schloss, war die Sonnenfinsternis wieder da wie ein Omen. Die silberweiße Sichel drehte sich ohne Unterlass, zählte die Stunden seit Einbruch der Dunkelheit. Ich konnte nicht schlafen, weil ich Angst vor den Träumen hatte. Olive wollte ich heute Nacht nicht mehr sehen, weil ich doch nur wieder die niederschmetternde Erinnerung durchleben würde, sie beim Öffnen der Augen nicht mehr zu erblicken.

Ich weigerte mich aber auch, das Bett zu verlassen. Stattdessen dachte ich an Marion. Marion, die mir wieder vertraute. Das hatte ich schon lang nicht mehr erlebt. Dieses warme Gefühl, wenn ich an sie dachte. Sie glaubte mir. Sie glaubte an mich. Ich musste beweisen, dass ich es wert war.

Also nahm ich meinen Laptop auf die Knie und klappte ihn auf. Mich begrüßte eine Website, die ich gefunden und nicht wieder geschlossen hatte. Cordy Jones. Da ich mit Bella nicht weitergekommen war, war ich zu Olive zurückgekehrt, nur um mich gleich wieder zu verheddern. Dies war ein Artikel, den Henry mir geschickt hat, die Seite eines Forums aus den frühen Zweitausendern, als man Theorien zu seinem Verschwinden aufgestellt hat.

Mit halb geschlossenen Augen scrollte ich durch die erste Seite. An diesem Faden musste ich immer wieder ziehen, fast zwanghaft. Konnte Cordy Jones schuld sein an Olives Schicksal, auch wenn er hinterher selbst gestorben ist? Konnte Bella von jemand anderem entführt worden sein? Einem Nachahmer vielleicht? Kaum vorzustellen. Ich war mir sicher, dass Bella und Olive von derselben Person entführt worden waren.

Plötzlich fiel mir Marions SMS wieder ein. *Haben wir überprüft. Spielt keine Rolle.* Sie hat diese Spur verfolgt und wieder aussortiert. Ein Fall von Selbstjustiz würde ein eigenes Ermittlerteam und eine eigene Akte bekommen. Mit dem, was jetzt geschah, hatte das nichts zu tun. Ich war sauer auf mich selbst, weil ich seit Bellas Verschwinden so viel

Zeit darauf verschwendet hatte, wie ein Huhn im Dreck zu scharren.

Ich klickte die zweite Seite des Artikels an, die sich mit Cordys Zeit als Leiter der Jugendgruppe von Bishop's Green beschäftigte. Ein Foto von einer Veranstaltung zeigte eine Gruppe von Erwachsenen und Kindern zwischen Kreppgirlanden und Luftballons.

Und da, den Blick auf mich gerichtet, stand mein Vater.

Ich saß senkrecht im Bett.

*Dad?*

Hat er je als Ehrenamtlicher bei der Jugendgruppe gearbeitet? Ich konnte mich erinnern, dass er zu Beginn des Sommers ein paar Wochen in der Stadt war, aber er hat im Hotel gewohnt und eine Arbeit über Frauen bei Chaucer geschrieben, so etwas in der Art, für sein nächstes Seminar.

Rückblickend ist er aber vermutlich mit Carol zusammen gewesen. Bevor sie seine Ehefrau Nummer zwei wurde, war sie seine Studentin und hat die Affäre pflichtschuldig geheim gehalten.

Wie gut kannte Dad Cordy Jones? Ich konnte es nicht fassen, aber der Mann auf dem Foto war definitiv mein Vater. Ich kniff die Augen zusammen. Obwohl er einen Vollbart hatte und Sachen trug, an die ich mich nicht erinnerte, konnte kein Zweifel bestehen. Vielleicht war er früher im Sommer gekommen, um nach uns zu schauen, und ich erinnerte mich nur nicht daran. Vielleicht hatten ihn Schuldgefühle gepackt, weil er seine Zeit mit Carol verbrachte, obwohl er mit uns zusammen sein sollte.

Mit pochendem Herzen ließ ich mich aufs Bett sinken. Wenn er Cordy kannte … hieß das, dass er sich auch an Darren Walker erinnerte? Die anonymen SMS kamen mir wieder in den Sinn. Meine Überraschung nach der ersten Nachricht. *keinen schritt weiter*. Dabei hatte ich nicht den Eindruck, dass ich überhaupt etwas wusste.

War es möglich, dass Dad auch etwas wusste, ohne dass ihm das klar war?

# 31

*14. Februar 2000*

Das Jahr 2000 begann für Olive nicht gerade erfreulich. Das Fernsehgerät stand kurz davor, den Geist aufzugeben, und sie begriff allmählich, warum er es ihr überlassen hatte. Die Hälfte der Zeit über funktionierte es nicht, und wenn das Wetter schlecht war, schaltete es sich oft einfach aus. Sie erinnerte sich allerdings auch noch an die ersten Tage – diese langen, leeren Stunden, die sie verzweifelt mit allen möglichen Spielen zu füllen trachtete – und gab sich Mühe, sich nicht allzu sehr zu beklagen.

Außerhalb der üblichen Tage der Gesundheitskontrolle waren selten Schritte auf der Treppe zu vernehmen, aber wenn sie heute welche hören würde, wäre sie nicht überrascht. Valentinstag. Sie fragte sich, ob er sie wohl besuchen würde. Ob er ihr etwas mitbringen würde. An Tagen wie diesem übertraf sich Sandmann selbst. Er schenkte ihr Pralinen oder sogar Blumen. Manchmal auch Eis. Sie musste zugeben, dass sie sich darauf freute. Die monatlichen Feiern anlässlich ihrer »Rettung« waren ihre Lieblingstage. Dann brachte er Kuchen mit. Aber auch Neujahr, Weihnachten und Halloween nahm er zum Anlass zu feiern.

Trotzdem klopfte ihr Herz, als sie ihn jetzt hörte. Daran

würde sie sich nie gewöhnen. Und auch nicht an das Geräusch, mit dem der Riegel ins Schloss glitt, sobald er im Raum war, die Schlüssel um den Hals gehängt.

Als er durch die Tür trat, lächelte er allerdings nicht. Er zog auch keine finstere Miene. Es war vielmehr wie in den frühen Tagen, als sein Gesicht kalt wie Eis gewesen war.

Olive, die vor dem Fernseher auf dem Boden hockte, sprang auf. Ohne Vorankündigung jagte er sie durch den Raum, sodass sie vor Schreck einen Schrei ausstieß, der in ihrer Kehle schmerzte.

»Was ist denn?«, rief sie.

»Das weißt du.«

Sobald er sie erwischt hatte, drückte er sie an die Wand, mitten auf dem schmalen, klumpigen Bett. Einer seiner Arme lag an ihrem Hals, und sie fühlte das Blut in ihrem Körper pochen. Ihr Magen war eine klebrige Masse, wie regenbogenfarbene Ölschlieren auf dem Asphalt, und sie musste würgen.

»Wo ist sie?«

Sie konnte nicht atmen, geschweige denn reden. Panik durchströmte sie, und zu ihrer großen Verlegenheit stellte sie fest, dass sie weinte. Angewidert versetzte Sandmann ihr noch einen Stoß und ließ sie dann los. Sein Gesicht war puterrot. An seiner Schläfe pochte eine Vene. Olive schluchzte.

»Wo ist sie?

»Ich weiß nicht …«

Aber sie wusste es. Micky. Er redete von Micky, auch wenn ihr nicht klar war, woher er es wusste. Die Panik schwoll immer stärker an, bis sie keinen klaren Gedanken mehr fassen konnte. Wenn er sich auf die Suche machte, müsste er nur …

»Wo?«

Olive konnte nichts tun. Konnte nicht helfen. Konnte ihn nicht aufhalten. Sie war hilflos und verletzt. Ihr Kopf schien mit Watte gefüllt. Und mit etwas Scharfem. Mit weit aufgerissenen Augen sah sie zu, wie Sandmann den ganzen Raum auf den Kopf stellte. Er durchsuchte Schränke, öffnete die Mikrowelle und knallte sie so laut wieder zu, dass es in ihrem Kopf widerhallte. Ihre Bilder warf er an die Wand, offenbar aus reiner Lust. Schließlich blieb er vor dem Fernseher stehen. Keuchend. Sein T-Shirt war verschwitzt, sein Rücken klitschnass.

Er drehte sich ein Stück zu ihr um. Fing ihren Blick auf. Dann schleuderte er den Fernseher zu Boden. Das Gehäuse zerbrach, und Fragmente des Bildschirms vermischten sich mit dem Plastik auf dem fadenscheinigen Teppich.

Olive konnte nicht schreien, da er schon wieder in Bewegung war. Zurück zur Küche. Zum Brotkasten. Zu Micky, der gerade ein dreistöckiges Bett ausprobierte, das Olive aus Müslischachteln gebastelt hatte.

»Nein!«, schrie sie.

Aber das machte es nur noch schlimmer. Sandmann packte den Brotkasten und stürzte sich auf sie.

»Wie dumm bist du eigentlich?«

Olives Stimme war weg. Zerbrochen wie der Fernseher. Sie schluchzte noch heftiger.

»Ich sehe doch den Kot an deiner Kleidung. Ich sehe *Haare*. Hast du mir denn nie zugehört, wenn ich etwas gesagt habe?«

Er hatte immer noch den Brotkasten in der Hand. Mehr nahm Olive nicht wahr. Alles andere um sie herum schwankte. Sie wusste, dass Micky da drin war, und hatte das Gefühl, ihr Frühstück erbrechen zu müssen.

»Hygiene!« Sandmann spie das Wort aus. »Ungeziefer … Ich weiß nicht, wie lange sie schon da drin ist, aber, Herrgott, Mädchen, sehnst du dich wirklich nach dem Tod?«

Mit diesen Worten knallte Sandmann, bevor Olive noch etwas tun oder sagen oder auch nur blinzeln konnte, den Brotkasten an die Wand. Der wenige Putz an den Backsteinen platzte ab und rieselte zu Boden. Olive vernahm einen Schrei, der so hoch und so anhaltend war, dass er von einem Geist zu stammen schien.

Dann wurde ihr bewusst, dass sie den Schrei ausgestoßen hatte.

Durch die Tränen konnte sie kaum etwas sehen, aber sie wusste, dass es vorbei war. Der Brotkasten bestand aus Metall, aber der Aufprall dürfte gereicht haben, um Micky zu betäuben. Für den Rest sorgte Sandmann. Seine Miene strahlte Zufriedenheit aus, und der Geruch von Desinfektionsmitteln erfüllte den Raum.

»Dummes Mädchen«, murmelte er. »Ich möchte dir doch etwas beibringen, du dummes, dummes Mädchen.«

Olive war egal, was er von ihr dachte. Sie saß reglos auf dem Bett. Sandmann nahm den Brotkasten und die scharfen Teile des zerbrochenen Fernsehers, dann ließ er sie allein. Kein frisches Essen. Keine frischen Sachen.

Auch das war ihr egal.

Ihr wurde klar, dass Sandmann recht hatte. Sie war dumm – dumm zu glauben, dass er je nett zu ihr sein würde. Dass der Mann, der sie von allen sie liebenden Menschen weggeholt hatte, etwas anderes als ein Monster war.

Schade, dass er die Scherben des zerbrochenen Fernsehbildschirms mitgenommen hat, dachte sie geistesabwesend. Die hätte sie gut gebrauchen können.

# 32

*Montag, den 23. März 2015*

Als das erste graue Licht der Dämmerung durch den Spalt im Vorhang sickerte, wälzte ich mich aus dem Bett. Das Licht war wässrig wie bei der Sonnenfinsternis. O Gott, ist das erst am Freitag gewesen? *Drei Tage. Zweiundsiebzig Stunden.*

Ich nahm eine Dusche, zog mich an und brachte Gran das Frühstück ans Bett, während ich auf die Demenzschwester wartete. Mitarbeiter des staatlichen Gesundheitssystems hatten mich an eine Organisation namens »Helfende Hände« verwiesen, wo man mir Hilfe nach dem Unfall zugesagt hatte. Nicht umsonst natürlich, aber für das Tagespflegezentrum war Gran nicht gesund genug, und Doktor Whites Warnung hatte ich noch gut im Ohr. Dabei hatte ich so viel zu tun. Den Leuten, die ich zuvor engagiert hatte, traute ich nicht mehr, obwohl ich mir immer noch nicht sicher war, ob es ihr Fehler gewesen war, der zu Grans Unfall geführt hatte, oder doch eher meiner. Wie mich der Arzt gestern angeschaut hatte, gefiel mir nicht, aber das Gefühl wurde von der Scham über meine brüske Reaktion überdeckt. Einen weiteren verlorenen Tag, wenn ich eigentlich nach Bella suchen sollte, konnte ich mir allerdings nicht leisten.

Da Gran für ein paar Stunden versorgt war, fuhr ich den kurzen Weg zum Chestnut Circle, die Hände ans Lenkrad geklammert. Diesen Morgen war es nicht Olives Gesicht, das ich ständig sah, sondern Bellas. Allmählich begannen sich die beiden in meiner Vorstellung zu vermischen. Bella bin ich nur ein einziges Mal begegnet, was vermutlich der Grund dafür war. Dennoch jagte es mir Angst ein, weil es meine angeschlagene Urteilskraft noch stärker beeinträchtigen könnte.

Ich fuhr in den Chestnut Circle und musste zweimal auf die Bremse steigen. Der Fahrer hinter mir hupte, aber da er sein Handy am Ohr hatte, schnippte ich nur mit dem Finger. Überall sah ich Kinder, aus den Augenwinkeln, außerhalb meines Sichtfelds. Ich hörte sie und sah die verschwommenen Schatten wie Geister durch die Gegend schweben. Sie waren viel zu jung, um Bella sein zu können – oder Olive –, und manche saßen noch in Kinderwagen. Eine Gruppe Kindergartenkinder in gelben Warnwesten wurde von drei gestressten Erziehern über einen Zebrastreifen gescheucht.

Immerzu musste ich an Darren Walkers Verhaftung denken. Mir passte es gar nicht, dass ich nichts über die Hintergründe erfahren hatte. Walker war sonderbar, aber konnte er Bella wirklich entführt haben? Und was war mit Olive? Ich fragte mich, wo er an dem Tag gewesen sein mochte, als meine Schwester entführt wurde.

Ich rief Henry an und hinterließ ihm eine Nachricht, dass er mich doch bitte auf den neuesten Stand seiner Recherchen zu Darren Walker bringen möge. Nach seinem Alibi für den Zeitpunkt der Entführung meiner Schwester würden Fox oder Marion ihn sicher nicht fragen, nicht solange Bella nicht gefunden war. Sie hatte Priorität, und das war auch gut so.

Bishop's Green wimmelte immer noch von Presseleuten. Übertragungswagen parkten in den Straßen, und Journalisten rotteten sich vor den Cafés und dem Springbrunnen zusammen. Auch die mir bekannte Journalistin, die mir schon einmal begegnet war, sah ich wieder, aber dieses Mal verlieh mir ihr Gesicht das Gefühl, fehl am Platz zu sein. Hier ging es nicht um »große« Nachrichten, aber die Unfähigkeit der Polizei und das Verschwinden eines weiteren Mädchens waren ein willkommener Anlass, eine Geschichte daraus zu spinnen.

Mein Eindruck war wieder derselbe wie damals als Teenager: Tiere waren das, die sich auf die Beute stürzten. Um Bella ging es ihnen nicht. Möglicherweise wäre es ihnen sogar lieber, wenn sie nie nach Hause käme – zugunsten von Einschaltquoten und Zugriffszahlen. Ihr einziges Ziel war es, einen Coup zu landen und den Artikel zu schreiben, der am häufigsten angeklickt wurde, egal, was für Folgen das hatte.

Ich konnte kaum glauben, dass ich selbst einmal Teil dieser Meute war, obwohl doch so viel auf dem Spiel stand. Sicher, ich hatte mir immer eingeredet, dass ich anders war und in diesem Meer hungriger Mäuler die Stimme der Opfer repräsentierte. Alles leeres Gerede, wie mir plötzlich bewusst wurde.

Ich hielt im selben Moment vor Adys Eckladen, als er hineintrottete. Es war schon fast zehn Uhr, später als sonst. Er sah müde aus, und in seinem Gesicht sprossen Bartstoppeln. Als ich eintrat, erreichte er gerade die Ladentheke. Ich begab mich direkt zum Kaffeeautomaten, in meinen Taschen nach Kleingeld kramend.

»Spät heute, was?«, witzelte ich, weil ich unbedingt einen

Anschein von Normalität aufrechterhalten wollte. Ady zuckte mit den Schultern, schnappte sich eine Kiste mit Zeitungen und stellte sie auf das Brett vor der Ladentheke, ohne sie auszupacken. Ich war froh darum, weil ich es nicht ertragen hätte, Bellas Gesicht auf dem Titelblatt zu sehen.

»Tja«, knurrte Ady, »ich war noch spät unterwegs.«

»Aha. Wie klappt es denn allein im Laden, während Wie-hieß-sie-noch-gleich im Urlaub ist?« Ich vergaß manchmal, dass sich der Rest der Welt während meiner frenetischen Suche nach Bella Kaluza weiterdrehte.

»Beschissen. Aber ich war trotzdem gestern Abend unterwegs, um nach dem vermissten Kind zu suchen.« So viel zum Rest der Welt, dachte ich bedrückt. »Für Donnerstag organisiere ich mit einem der Lehrer eine Art Mahnwache. Falls Bella dann noch nicht zurück ist. Aber sie wird bestimmt zurück sein – schnell auf Holz klopfen.«

Ady klopfte mit dem Knöchel auf die Ladentheke.

»Tut die Schule denn viel?«, fragte ich, vor allem um meine Schuldgefühle zu verdrängen, weil ich nichts organisierte.

»O ja. Die ganze Stadt tut etwas, aber besonders dieser eine Lehrer. Jake ist wirklich grandios. Er hat die Schüler zusammengetrommelt und damit beauftragt, Plakate und Flugblätter zu malen. Das trägt auch dazu bei, dass die Stimmung nicht kippt.«

»Jake Howden?«, fragte ich.

»Ja.« Ady sah mich an. »Kennst du ihn?«

»Gewissermaßen.« Ich verkniff mir den Kommentar, dass ich solche Typen kannte. »Nicht wirklich. Ein bisschen schräg ist er schon, oder? Ich hatte den Eindruck, dass er besser in die Großstadt passen würde.«

»Nein, der ist schon in Ordnung. Sein Enthusiasmus ist beeindruckend. Ich kenne ihn seit vielen Jahren.«

Ich reichte ihm das passende Kleingeld für einen kleinen Kaffee und drückte auf den Knopf am Automaten. »Keine Sorge«, sagte ich, als Adys Miene schon wieder melancholisch wurde, »die Polizei wird sie schon finden.«

Während ich darauf wartete, dass sich die Tasse füllte, begab ich mich in den Gang, den Mum immer die »Ramschmeile« genannt hat – den Gang ganz hinten im Laden, wo alles stand, mit dem man Kinder bei Laune hielt.

Mir fiel wieder ein, dass Grandad uns zu Beginn der Sommerferien immer hierhergebracht hatte, damit wir uns austoben konnten. Fünf Minuten bekamen wir, um den Laden zu durchstöbern, während er vor dem Geschäft eine Zigarette rauchte. Für gewöhnlich suchten wir uns zwei, drei Dinge aus. Olive ging sofort zu den Stiften und Rätselheften, um dann den Rest der Zeit den wenigen Taschenbüchern zu widmen, die Ady neben der Ladentheke stehen hatte. Ich begab mich direkt zu den Zeitschriften und schlich mich dort herum, wo ich nicht von Olive gesehen wurde.

Die Ramschmeile sah auf gespenstische Weise noch so aus wie früher. Aber wo einst reihenweise Ausmalbücher gelegen hatten, standen nun Kisten mit vollkommen überteuertem Kleinspielzeug: Wasserschlangen, magischen Federn und – ich zog eine Grimasse – Selfiesticks. Heutzutage Kind zu sein war schon eigentümlich.

Und dort lagen sie dann, genau wie in Earl's Café, der Bingohalle, der Arztpraxis und auch sonst überall: *Stimmungsringe: £ 1,50.* Sie verfolgten mich. Ich schaute in die Schachtel und betrachtete sorgfältig jedes einzelne Design.

Sechs verschiedene gab es: einen Stern, einen zunehmenden Mond, ein vierblättriges Kleeblatt, ein Herz, einen schlichten Kreis und eine Muschel. Keine Meerjungfrau.

Ich notierte mir den Hersteller.

Mir lief ein Schauer über den Rücken. In einer Stadt wie Bishop's Green, die zu gleichen Teilen von Aberglauben und Hokuspokus lebte, konnte jeder Olive – und Bella – den Ring geschenkt haben. Jeder. Es konnte jemand gewesen sein, den meine Großeltern kannten, den meine Eltern kannten, den ich in unserer Straße sein Auto habe waschen sehen, dem wir vertraut haben.

Der Kaffeeautomat piepte, und ich musste meine zitternden Hände beruhigen, als ich zurückging, um die heiße Tasse zu holen.

»Stimmungsringe«, sagte ich zu Ady, »verkaufst du die eigentlich auch an Erwachsene?«

Ady schaute von seinem Taschenrechner auf, leicht verwirrt.

»Nicht wirklich. Hin und wieder vielleicht. Meist an Touristen.«

»Hast du … hast du Olive auch einen verkauft? Einen mit einer Meerjungfrau?«

»Deiner Schwester?« Seine Miene verfinsterte sich. »Tut mir leid, Cass. Ich kann mich nicht an alles erinnern, was ich je verkauft habe.« Er zuckte mit den Schultern, sah aber so aus, als wolle er noch etwas sagen. Wieder lief mir ein kalter Schauer über den Rücken, und ich packte meine Tasse fester. Irgendetwas an seinem Zögern ließ mich aufmerken.

»Wieso denn nicht?«

Ady sah aus, als hätte ich ihm eine Ohrfeige verpasst, und ich spürte, wie meine Wangen vor Scham brannten.

*Das ist doch lächerlich*, ermahnte ich mich. *Reiß dich zusammen*. Es war genauso wie gestern mit Doktor White. Oder bei meinem Gespräch mit Jake Howden. Mein ganzer Körper schien darauf zu warten, dass der Funke zündete.

»Tut mir leid«, entschuldigte ich mich. »Ich wollte nicht unhöflich sein. Es ist nur … meine Schwester hatte so einen Ring. Als sie entführt wurde.«

Ady lächelte sanft und mitfühlend.

»Ich habe Tilly letztes Jahr einen zum Geburtstag geschenkt. Ein vierblättriges Kleeblatt. Er soll ihr Glück bringen. Ich musste sie allerdings fast zwingen, ihn zu tragen. Suchst du nach einem bestimmten Motiv? Heutzutage sehen sie anders aus als früher, aber es gibt überall die gleichen Einheitsmodelle.«

Ich ließ die Information sacken. Dabei nippte ich an meinem Kaffee und genoss die Hitze, die mich auf den Boden zurückholte. Schließlich stieß ich einen langen Seufzer aus.

»Wie geht es übrigens deiner Großmutter?«, erkundigte sich Ady. »Ist sie wieder zu Hause?«

»Ja. Es geht ihr … einigermaßen. Höchstens ein wenig verängstigt. Doktor White war gestern da. Er scheint der Ansicht zu sein, dass sie noch einmal glimpflich davongekommen ist.«

»Das ist nicht gerade das, was ich jemandem sagen würde, der von einem Auto angefahren wurde.« Ady runzelte die Stirn. »Aber solange du dich um sie kümmerst, habe ich keine Bedenken. Du solltest dir mehr Zeit für sie nehmen, statt in der Gegend herumzukurven. Widme dich einfach für eine Weile nur ihr.« Er lächelte.

Ich dachte an Bella und Grace und all die Überschneidungen mit Olive und wurde wieder von Schuldgefühlen gepackt. Natürlich sollte ich jetzt in diesem Moment bei Gran sein. Aber ich konnte nicht alles tun.

»Das sagt Doktor White auch.« Ich seufzte. »Es ist aber schwer, alles unter einen Hut zu bringen. Ich habe immer gearbeitet, das war stets das Wichtigste in meinem Leben, verstehst du? Und in Bishop's Green herrscht ein anderer Rhythmus. Du hast doch oft genug mitbekommen, dass ich mich beschwert habe, wie langweilig es hier ist. Außerdem kann ich ja nicht ewig arbeitslos bleiben.«

Ady nickte. »Tja, aber es ist tatsächlich ein großes Glück, dass deine Großmutter nicht ernsthaft verletzt wurde und du dich um sie kümmern kannst. Ich hoffe, sie bekommen diesen Typen. Sag übrigens Bescheid, wenn du Lust hast, bei der Mahnwache oder einer anderen Aktion mitzumachen. Jake und ich können jede Hilfe gebrauchen.«

# 33

*31. Mai 2001*

Als Olive aufwachte, verspürte sie einen diffusen Schmerz im Magen. Ihr Kreuz tat auch weh, und sie blieb einen Moment liegen, um die Schmerzquelle zu lokalisieren. Vorsichtig streckte sie die Hand aus und berührte die zarte Haut ihres Unterleibs. Ihre Augen waren schlafverkrustet, aber am grauen Licht konnte sie erkennen, dass die Dämmerung soeben eingesetzt hatte, eine Tageszeit, die sie im letzten Jahr zu lieben gelernt hatte. Es war ein friedvoller Moment. Nicht wegen der Ruhe, obwohl sie sich noch aus der Zeit vor diesem Raum daran erinnerte, wie der Tag ganz still begann und mit Einsetzen des Vogelgezwitschers immer lebendiger wurde.

Jetzt hatte die Stimmung mit Geräuschen nichts zu tun, weil sie ohnehin nicht viel von draußen hörte. Und auch nicht mit der neuen Empfindlichkeit ihres Gehörs. Es war eher so, dass das Licht selbst etwas Beruhigendes hatte. Grau, wie es war, wusch es den Schmerz von der Welt.

Aber an diesem Morgen dominierte der Schmerz. Sie drehte sich auf die Seite und zog die Knie an die Brust. Das brachte ein wenig Erleichterung, aber der Schmerz war so heftig, dass sie die Augen zukneifen musste.

Wo kam er nur her? Sie versuchte, sich zu erinnern, was

sie gegessen hatte. Vielleicht hatte Sandmann recht, wenn er sie ständig ermahnte, ihr Geschirr sauber zu halten. Und sich selbst auch. In letzter Zeit hatte sie sich vernachlässigt, hatte zwischen den Gesundheitskontrollen den Dreck unter den Fingernägeln nicht mehr entfernt. Sie war klug genug, Sandmann nicht zu provozieren, aber den Rest der Zeit über konnte sie sich gehen lassen, hatte sie sich gedacht. Schließlich fing sie sich davon keine Erkältung ein.

Mit einer gewissen Häme dachte sie an die Tage mit Micky zurück. Damals war sie sauberer gewesen, was sie Sandmann natürlich nicht sagen konnte. Als sie das Zimmer mit Micky geteilt hat, hat sie sorgsam darauf geachtet, ihre Hände sauber zu halten und sich in der kleinen Zinnbadewanne zu schrubben. Am liebsten hätte sie gelacht.

Und lachte dann tatsächlich. Zwang sich dazu. Prompt schlug es ihr auf den Magen. Sie wälzte sich aus dem Bett und dachte, dass sie vielleicht ein Bad nehmen sollte. So etwas wie diesen krampfartigen Schmerz hatte sie noch nie verspürt. Nachdem sie sich aus dem Bett gequält hatte, kippte sie nach vorn, keuchte.

Als sie sich umdrehte, um die Bettdecke zurückzuschlagen, entdeckte sie das Rot. Einen Schmierstreifen quer über der Matratze. Als sie auf ihre Beine schaute, sah sie, dass auch die Innenseiten ihrer Oberschenkel verschmiert waren, direkt unter dem T-Shirt. Angetrocknete braune Streifen zogen sich über ihre Haut.

Panik stieg in ihr auf, ein heißes, übermächtiges Gefühl, wie sie es schon lang nicht mehr verspürt hatte. Trotzdem riss sie sich zusammen, ging zum Waschbecken und drehte das heiße Wasser auf, um ein Bad zu nehmen.

Als sie das Wasser in den Krug laufen ließ, versuchte sie,

Ordnung in ihre Gedanken zu bringen und ihren Herzschlag zu beruhigen.

Es war nicht so, dass sie Angst hätte, weil sie nicht wusste, was mit ihr geschah. Sie war ja nicht blöd. Sie konnte sich noch gut erinnern, wie es Cassie passiert war. Vollkommen aufgelöst ist sie gewesen, bis ihre Mutter sie beruhigt hat. Dann hat Mum es ihr erklärt. Und Cassie hat es später Olive erklärt.

Sie wusste, was das bedeutete. Sie war jetzt dreizehn Jahre alt, genau wie Cassie damals. Olive wartete schon eine ganze Weile darauf. Aber es war ein Gedanke, den sie in einem Winkel ihres Gehirns verbarg, genau wie die Gedanken an ihre Familie. Oft holte sie sie nicht hervor, weil sie sie nur aufregten oder ängstigten, zumal Olive schnell gelernt hatte, dass sie nichts halfen. Sie musste sich aufs Hier und Jetzt konzentrieren, auf das Buch, das sie las, auf die Zeitung, die Sandmann ihr kürzlich gebracht hatte …

Aber jetzt konnte sie den Gedanken nicht mehr ignorieren. Das Blut schaute sie an, und sie verspürte noch mehr, oben an ihren Oberschenkeln, als sie langsam die Badewanne füllte.

Ihre erste Periode.

Jetzt war sie eine Frau. Seine Worte, nicht ihre. Sie hatte schon früh begriffen, dass es bei den Gesundheitskontrollen vor allem darum ging, ob es ihm nun klar war oder nicht. Sandmann begutachtete sie, wie man im Supermarkt eine Apfelsine nahm, um zu testen, ob sie schon reif war.

*Eines Tages werden wir eine richtige Familie sein.*

Sandmanns Worte hallten in ihrem Kopf wider, zusammen mit dem beständigen Rauschen des Wassers, das sie in die Wanne schüttete. Als sie voll war, zog sie sich automatisch aus und legte das verschmutzte T-Shirt und den Schlüpfer auf einen ordentlichen Haufen. Langsam stieg sie ins Wasser und betrachtete ihren Bauch. Er sah genauso aus wie immer. Nicht so, als würde eines Tages ein Baby hineinpassen. Der Schmerz hatte etwas nachgelassen, aber sie fühlte sich immer noch verletzlich. Irgendwie geschunden.

Niemand hatte ihr gesagt, dass es so wehtun würde.

Normale Menschen bekamen keine Angst. Oder wenn sie welche bekamen, wurde es besser, wenn sie die Ursachen verstanden. Aber Olive verstand, und das machte es umso schlimmer. Jetzt war sie eine Frau.

Jetzt gab es nichts mehr, was ihn noch aufhalten konnte.

Könnte sie es verbergen? Als sie die blutigen Kleidungsstücke und Laken musterte, wich die Panik der Verzweiflung. Sie konnte es ihm nicht verheimlichen. Sie bräuchte neue Laken, neue Kleidung, Monatsbinden. Ihr ganzer Körper fühlte sich hohl an.

Sie musste an den Tag denken, als er ihren Fernseher zerstört hatte, und wünschte, sie hätte eine der Glasscherben behalten. Vielleicht könnte sie ihn dazu bewegen, sie gehen zu lassen, wenn sie ihn bedrohte. Aber hier gab es nichts, was auch nur annähernd gefährlich war. Die Verzweiflung ballte sich in ihrem Bauch wie ein Teerklumpen zusammen und ließ sie schaudern.

Sie wusch sich das Gesicht, bevor das Wasser schmutzig werden konnte, dann ließ sie den Tränen freien Lauf. Sie wünschte, Cassie wäre da. Vermutlich wüsste sie, was zu tun ist. Und falls nicht, dann wäre Olive wenigstens nicht allein. Olive konnte tapfer sein, wenn sie nicht allein war.

Sie war nur so müde. Müde davon, müde zu sein. Und ratlos.

# 34

»Alle in der Stadt verkaufen dieselben sechs Modelle, Marion«, sagte ich an diesem Nachmittag. Ich war in jedem Laden am Chestnut Circle und in den umliegenden Straßen gewesen, wild entschlossen zu überprüfen, was ich längst wusste. »Bella könnte ihn von Darren Walker bekommen haben, da er all dieses Secondhandzeug verkauft. Aber du hast ja gesagt, dass ihr in seinem Lieferwagen nur die neuen Modelle gefunden habt, oder?«

»Cassie, das ist … das ist wirklich interessant«, sagte Marion. Sie klang atemlos. »Aber ich muss dir etwas Wichtiges …«

»Ich wollte nur beweisen …«

»Cassie«, schnitt Marion mir das Wort ab, »es ist wegen Walker. Wir werden ihn gehen lassen müssen.«

»Was?« Plötzlich fühlte ich mich benommen. »Was willst du damit sagen? Ich dachte, du hättest gesagt, er sei … Fox wolle … Ich dachte, ihr hättet Fingerabdrücke in seinem Lieferwagen gefunden. Und ihren Blazer. Und was ist mit *Olive*?«

»Bella hat regelmäßig bei ihm eingekauft. In seinem Kofferraumladen. Wir haben Zeugen. Und ein Video.«

»Und was ist mit dem Blazer? Gehörte er ihr?«, fragte ich.

»Er sagt, sie habe ihn in seinem Lieferwagen gelassen. Seine Mitarbeiterin bestätigt seine Aussage. Er ist … Mit ihm zu reden ist ein verdammter Albtraum – als wolle man Blut aus einem Stein pressen.« Marion schnaubte verärgert, und ich bemerkte, dass sie es nur für mich tat. »Aber egal, seine Mutter hat Fox erzählt, dass Walker schon immer besser mit jüngeren Kindern klargekommen ist, von ein, zwei älteren Freunden mal abgesehen. Er hat einen kleinen Bruder, der nach Australien oder so ausgewandert ist. Damals hat er mit dem Kofferraumverkauf angefangen.«

»Das könnte sie auch einfach behaupten«, sagte ich matt. »Vielleicht hat er trotzdem etwas zu verbergen.«

»Wir haben die Kriminaltechnik auf seinen Lieferwagen angesetzt, aber außer den Fingerabdrücken haben wir nichts gefunden. Keine DNA, keine Haare, keine Spuren. Nur diese Fingerabdrücke direkt an der Tür, wo er die Sachen aufhängt, die er verkauft. Jeder könnte die Tür berührt haben.«

»Hast du Bellas Mutter noch einmal nach dem Kofferraumverkauf gefragt?«, drängte ich sie.

»Ja, Frau Starreporterin, natürlich habe ich das getan, verdammt.« Marion machte eine Pause. Ich hörte Schritte und dann wieder das Geräusch der sich schließenden Tür. Sie war jetzt draußen. »Tut mir leid, das war nicht nett von mir. Ich bin einfach total gerädert. Und ich sollte dir überhaupt nichts von diesen Dingen erzählen. Wir können der Presse nicht …«

»Marion, ich habe schon seit Tagen kein Wort mehr geschrieben. Ich war wild auf die Geschichte, wild auf meinen Job. Aber ich kann das nicht. Darum geht es jetzt nicht mehr.« Ich schaute auf meinen Laptop. Das Textdokument war noch geöffnet, der Cursor blinkte.

»Ich weiß«, sagte Marion, »tut mir leid.«

»Mrs Kaluza ruft mich immer noch nicht zurück«, sagte ich und rieb mir das Gesicht. Ich hatte so viele Fragen und war es leid, mich so nutzlos zu fühlen.

»Sie möchte mit niemandem reden, der nicht zur Polizei gehört«, sagte Marion. »Vor allem nicht mit der Presse. Ich glaube, sie leidet sehr unter dem Druck. Ein paar deiner Kollegen haben wohl auch … nun ja … wenig einfühlsame Artikel darüber geschrieben, dass die Familie nicht aus England kommt. Ich glaube nicht, dass du die Einzige bist, der sie aus dem Weg geht.«

Ich brauchte nicht viel Fantasie, um mir vorzustellen, wie es war, von Reportern gejagt zu werden. Jahrelang hatte ich mich auf Pressekonferenzen herumgetrieben und Familien interviewt, und jedes Mal hatte mir das stärker zugesetzt. Ich musste daran denken, wie erschöpft und ausgemergelt meine Mutter schon nach wenigen Wochen gewesen war, als unentwegt das Telefon geklingelt und die gnadenlose Belästigung angedauert hatte. Die geschlossenen Vorhänge, das hermetisch abgeriegelte Haus, die staubige Stille, dieses Gefühl, unter Beobachtung zu stehen.

Und dann trat ich eines Tages aus der Tür, und sie waren alle fort. Die Ruhe in der Straße war mir noch gut in Erinnerung. Die Vögel zwitscherten, in der Ferne brummte ein Rasenmäher, und es roch schon nach Herbst – und nicht ein Reporter in Sicht.

Adrenalin rauschte durch meine Adern, als ich ins Haus zurückrannte.

»Mum! Sie sind fort! Denkst du, sie haben etwas gefunden?«

Aber Mum wusste, was das zu bedeuten hatte, und schüttelte nur den Kopf. »Nein, Cassie. Das heißt, dass sie nicht mehr auf sie warten.«

Ich riss mich zusammen und konzentrierte mich auf Marion und auf unser Gespräch. Die alte Traurigkeit stieg wieder in mir auf und mit ihr der tief verwurzelte Wunsch, anders zu sein. Zu diesen Journalisten hatte ich nie gehören wollen – ich würde nicht aufgeben. Nicht, ohne Antworten zu erhalten. Die Wahrheit.

»Vermutlich würde ich auch nicht mit mir reden«, sagte ich einsichtig. »Was ist mit Darrens Vergangenheit?«, fragte ich. »Wegen Olive, meine ich.«

»Ich weiß es nicht, Cassie. Er hat keine Vorstrafen oder Verwarnungen, nicht einmal einen Strafzettel wegen Geschwindigkeitsübertretung. Er behauptet, nichts über sie zu wissen, aber bei den Vernehmungen ist er still und angespannt. Es ist, als würde er uns etwas verschweigen, und ich habe zunehmend das Gefühl, dass es nichts mit Bella zu tun hat.« Sie versank in Gedanken, und ich hörte in der Ferne das Motorengeräusch eines Wagens, der losfuhr. »Ich weiß nur, dass er bei der letzten Sonnenfinsternis in der Stadt war. Aber das trifft auf Tausende von Menschen zu. Deshalb hat es ja auch diesen Schlamassel mit deinem Vater gegeben.«

»Das kann man nicht vergleichen«, murmelte ich. »Er war mit … Carol zusammen. Er war einfach nicht dort, wo er angeblich gewesen sein wollte. Das war das Problem.«

»Ich weiß.« Marion seufzte. Einen Moment herrschte Stille. Ich sah vor mir, wie sie vor der Polizeiwache stand und ihre Zigarettenpause genoss. Dass sie mich anrief, obwohl sie so wenig Zeit hatte, rechnete ich ihr hoch an.

»Du bist süß, wenn du nachdenkst«, sagte ich.

»Du kannst mich doch gar nicht sehen.«

»Natürlich nicht, aber das macht es nicht weniger wahr.«

Marion lachte. »In Ordnung, du Klugscheißerin. Und jetzt hör auf herumzuschleimen und sei einfach vorsichtig, ja?«

Mein Herz schlug heftig, als ich die Scheibenwischer einschaltete. Es war Jahre her, dass ich meinen Vater besucht, mich in sein Territorium vorgewagt hatte. Sein Haus in Chesterfield habe ich nie gesehen, obwohl er schon fünf Jahre dort wohnte. Normalerweise trafen wir uns irgendwo draußen: im Restaurant, im Kino, manchmal auch im Einkaufszentrum, um ein paar schnelle, freudlose Weihnachtseinkäufe zu erledigen. Helen hat er nie kennengelernt. Er hat nicht einmal bemerkt, wie unwohl ich mich bei meinem Coming-out ihm gegenüber fühlte. Es war aber auch besser so, wenn einer von uns flüchten konnte, sobald es schwierig wurde.

So ist es lang zwischen uns gewesen. Ich wusste, dass mein Vater mich liebte, natürlich. Aber nach der Sache mit Olive fiel es ihm schwerer, das zu zeigen. Und mir auch. Dafür haben unsere gegenseitigen Schuldzuweisungen schon gesorgt.

Während der polizeilichen Ermittlungen ist er ausgezogen. Nach sechs Monaten in Hotels und auf Gästebetten von Freunden hat er sich ein eigenes Zuhause geschaffen. Na ja, ein Zuhause mit Carol. Ich war fast froh. Das bedeutete, dass ich ihn zu Recht hassen durfte. Selbst wenn er Olive nichts angetan hat – und schon bei dem Gedanken fühlte ich mich elend –, hat er *mir* etwas angetan. Er hat mich verlassen. Sein neues Haus und seine Freundin waren der beste Beweis dafür.

Im ersten Jahr sah ich ihn nur alle paar Monate, zu den

Wochenenden erzwungener Vater-Tochter-Beziehungspflege, die uns beide nur wütend machte. Mit sechzehn Jahren reduzierte ich die Treffen auf eine einzige Begegnung zu Weihnachten. Es war leichter so.

Als ich siebzehn war, starb meine Mutter. Ich pflegte zu witzeln, dass sie ihr Leben beendet hat, als ich alt genug war, um auf mich selbst aufzupassen – aber Henry stellte klar, dass das nicht witzig war, nur weil ich darüber lachte. Sarkasmus vertrieb nicht den Schmerz. Selbst als sie starb, wandte ich mich nicht an Dad und konnte mich nicht dazu überwinden, einen Schritt auf ihn zuzugehen.

Gran war es, die in unser Haus kam und bei mir blieb. Bei ihrer Ankunft hatte sie einen leeren Koffer dabei. Sogar jetzt noch dachte ich immer, wenn ich sie sah, an diese harten Tage, in denen sie mit der Morgendämmerung aufstand und Mums Dinge sichtete. Wenn ich dann aufwachte, brachte sie mir eine Tasse Tee ans Bett und küsste mich auf die Stirn. Jeden Morgen, zuverlässig.

Eines Morgens, ungefähr zwei Wochen nach Mums Beerdigung, saß Gran mit der Teetasse auf meiner Bettkante, das Gesicht zerfurcht, die Augen abwesend. Sie wirkte so präsent in dem graublauen Licht, eine Quelle des Trostes, dass ich zunächst gar nicht bemerkte, dass sie weinte.

»Könntest du dir vorstellen, mit nach Bishop's Green zu kommen?«, fragte sie. »Nur für eine Weile. Bis du dein Studium anfängst. Ich würde mich gern um dich kümmern. Grandad möchte das auch. Kommst du mit?«

Mir wurde bewusst, dass sie mich genauso brauchte wie ich sie. Immerhin hatte sie ihre Tochter verloren. Ich ließ sie also den leeren Koffer für mich packen, denn wir waren eine Familie und brauchten einander.

Das war auch der Grund, warum ich ihr jetzt helfen musste. Ich musste für sie da sein, musste die Tage bewältigen mit dieser Frau, die nicht mehr diejenige war, an die ich mich erinnerte, weil ich es ohne sie nicht geschafft hätte. Mein Vater verstand dieses Bedürfnis nicht, diese Verzweiflung. Als ich daran dachte, dass er vorgeschlagen hatte, Gran doch einfach in ein Heim zu stecken, hätte ich fast den Wagen gewendet, zähneknirschend.

Aber ich musste ihn sehen, um ihm die Fragen zu stellen, um die ich immer herumgeschlichen war. Dieses Mal konnte ich nicht weglaufen. Nervös klopfte ich aufs Lenkrad, als ich links abbog und mich von dem alten Navigationsgerät durch eine Einbahnstraße lotsen ließ, bis ich schließlich vor der Hausnummer neun der Rose Crescent vorfuhr.

Es war genau die Art von Haus, in dem ich ihn mir immer vorgestellt habe. Stattlich, ordentlich. Große Fenster, roter Backstein. Es könnte mein Haus sein. Meine Familie. Wenn die Dinge anders gelaufen wären.

Ich stieg aus und knallte die Tür kräftiger zu als unbedingt nötig. Hoffentlich war er zu Hause, sonst müsste ich zur Universität fahren, und das wäre noch schlimmer. Langsam schritt ich durch den Vorgarten. Auch die Haustür war schön, aber ich freute mich über den Kratzer, der sich mitten über das Holz zog. Ich fragte mich, wie er wohl entstanden war und ob ich noch andere Macken hinzufügen könnte, ohne dass sie es bemerkten.

»Voll psycho«, murmelte ich vor mich hin.

Carol war ich seit Grandads Beerdigung nicht mehr begegnet. Ihre Tochter Hailey hatte sie damals nicht mitgebracht. Schuldbewusst dachte ich, dass ich keine der beiden heute sehen wollte, so wie ich sie auch vor ein paar Monaten nicht hatte sehen wollen. Hailey war nicht meine Schwester, auch wenn die offiziell so genannt wurde. Ich brauchte nicht noch eine Schwester – und sie brauchte mich nicht, wer auch immer ich sein mochte.

Carol war es, die an die Tür kam. Ihr Lächeln erstarrte, als sie mich erblickte, aber sie führte mich wortlos in die Küche.

Meine Beziehung zu Carol ist immer schon schwierig gewesen. Sie versuchte gar nicht erst, mir eine Mutter zu sein, und insgeheim nahm ich ihr das übel. Ein Teil von mir wollte das, was Hailey hatte, aber ich hätte nie darum gebeten. Ich wäre auch nie zu Dad gezogen, als er mir das angeboten hat. Haileys Geburtstagen war ich ferngeblieben und auch allen anderen Familientreffen seit ihrer Geburt. Ich weigerte mich, an irgendetwas teilzunehmen, das mich an das, was ich vermisste, erinnerte.

»Hallo, Dad«, sagte ich, als er in die Küche kam. Seine Brille war auf die Nasenspitze gerutscht, und sein Kinn war mit Bleistift verschmiert. Es sah aus, als hätte er wieder zu zeichnen begonnen. Plötzlich war er mir sehr vertraut, und ich hatte das Gefühl, den Tränen nahe zu sein.

»Cassie. Was machst du denn hier?«

»Ich habe nur … Ich dachte, wir könnten miteinander reden. Ich wusste nicht, ob du zu Hause bist, aber …«

»Komm, ich koche uns einen Tee.«

Carol stand hinter uns, lehnte unsicher am Türrahmen, als wolle sie sich nicht in unser Gespräch einmischen, könne sich aber auch nicht lösen. Dad füllte Wasser in den Kessel und ließ sich dann am Küchentisch nieder. Ich setzte mich ebenfalls, am ganzen Körper angespannt.

»Ich hätte auch einfach anrufen können«, sagte ich in dem Versuch, die Sache herunterzuspielen. »Aber mir ist klar geworden, dass ich noch nie hier war, nicht ein einziges Mal.« Es war ein schwacher Versuch, ihn zum Lächeln zu bringen.

»Nein, das stimmt.« Dad zuckte mit den Schultern. »Aber für eine Tasse Tee mit meinem großen Mädchen habe ich immer Zeit.«

Eine Weile redeten wir über dies und das, aber ich war nicht mit dem Herzen dabei. Als eine Gesprächspause eintrat, warf ich einen Blick über die Schulter. Carol war glücklicherweise gegangen. Ich fühlte, wie sich mein Körper ein wenig entspannte, und lehnte mich auf dem Holzstuhl zurück.

»Eigentlich bin ich gekommen, Dad, um ... um dir ein paar Fragen zu stellen.«

Dad seufzte, bemühte sich aber um ein Lächeln. »Das hätte ich mir ja denken können. Also schieß los.«

»Es hat mit Olive zu tun.« Ich holte tief Luft. »Ich wollte dich nach ... nach den Ermittlungen fragen. Nach dem, was damals passiert ist. Mir ist schon klar, dass du nicht gern darüber sprichst, wegen ... wegen allem.«

*Cassie sollte auf sie aufpassen.* An seine Worte erinnerte ich mich noch gut. Nur wenige Tage später hatte ich ihn dabei ertappt, wie er mit Carol telefonierte. Damals hatte Mum es herausgefunden, und die Polizei begriff, dass er doch ein Alibi hatte.

Ich hatte das Telefon gesehen und die weibliche Stimme am anderen Ende gehört und mich auf ihn gestürzt. Mit dem ganzen Körper hatte ich mich auf ihn geworfen, seinen Hemdkragen gepackt und geschrien, heiß und zitternd.

*»Ich wünschte, du wärst an ihrer Stelle verschwunden! Ich hasse dich! Das ist alles deine Schuld!«*

Ich verdrängte die Erinnerung.

»Du bist der Einzige, den ich danach fragen kann«, sagte ich jetzt. »Du bist der Einzige, der noch da ist. Warum hast du mir nie erzählt, dass du Cordy Jones kennst?«

Dad mied meinen Blick. Er saß mit hängenden Schultern am Tisch, die Ellbogen an den Seiten. Seine Miene wirkte fast ängstlich.

»Ich dachte, das macht alles nur noch schlimmer«, sagte er schließlich mit belegter Stimme. »Du hast mich sowieso schon gehasst, warst so wütend und feindselig. Ich wollte dir nichts verheimlichen, aber ich dachte, dass du nicht …«

»Dass ich nicht damit umgehen kann?«

Plötzlich war es mir sonnenklar, und ich konnte seine Angst besser zuordnen. Es war nicht Angst um sich selbst, sondern um mich. Um meine Sicherheit. Er wollte mich beschützen – ein ähnlicher Grund, weshalb ich Marion nichts von den SMS erzählt habe. Natürlich ging es mir auch darum, mich nicht von meinen Nachforschungen abbringen zu lassen, aber vor allem wollte ich sie keinem Risiko aussetzen.

»Denkst du, Cordy hat Olive entführt?«, fragte ich leise.

Dad schüttelte den Kopf. »Keine Ahnung. So etwas weiß man nie. Es gab einiges, was darauf hindeutete, aber das war … Keine Ahnung. Die Zeitungen haben das furchtbar aufgebauscht, aber die Polizei hat uns nie etwas Konkretes erzählt. Die Menschen – ich denke, sie brauchen jemanden, dem sie die Schuld geben können. Eine Weile war ich derjenige. Dann haben sie sich auf ihn eingeschossen. Olive hat den Chestnut Circle auf eigene Faust verlassen. Etliche Leute konnten sich daran erinnern, sie gesehen zu haben, daher nahm die Polizei an, dass Cordy ihr gefolgt ist. Ich kannte ihn nicht sehr gut. Ich war nur bei ein paar Veranstaltungen der Jugendgruppe, wegen dir und Olive. Eure Mum wollte euch nicht hingehen lassen, bevor ich es nicht ausgekundschaftet hatte. Vermutlich war ich bei ein, zwei Veranstaltungen, ganz zu Beginn, als ihr noch gar nicht dort wart – nur um sicherzustellen, dass ihr dort gut aufgehoben seid.«

Er verzog die Miene. »Offenbar hat es nicht richtig funktioniert.«

Ich kämpfte gegen das Mitleid an, das mir den Hals zuschnürte.

»Kannst du dich noch an die Leute in der Jugendgruppe erinnern?«, fragte ich.

Dad zuckte mit den Schultern. »Nicht wirklich, obwohl man ein paar von ihnen nicht vergisst. Manche kenne ich noch aus der Zeit danach, als wir in den Wochen nach Olives Verschwinden ständig aufeinandertrafen. Da gab es ja all diese Mahnwachen und so. Es war … entsetzlich.« Er machte eine Pause. Seine Stimme war heiser, als er weitersprach. »Warum willst du das jetzt plötzlich wissen?«

»Wegen Darren Walker. Er ist im Moment der Hauptverdächtige im Fall Bella Kaluza. In dem Sommer, in dem Olive verschwand, war er auch Mitglied der Jugendgruppe. Ich habe mich gefragt …«

Dad schaute mich ratlos an.

»Älter. Nicht ganz helle. Mager, dunkle Haare …«

»Das nervöse Kind? Kaputte Zähne? Klar, damals nannten wir ihn Daz. Er hing oft am Chestnut Circle herum, mit ein paar anderen.«

»Kannst du dich gut an Darren erinnern?«

»Nicht wirklich. Er war ein bisschen … eigenartig. Spielte immer mit kleineren Kindern. Nach der Sonnenfinsternis war er vollkommen aufgewühlt. Nach Olives Verschwinden. Keine Ahnung, warum. Ich glaube nicht, dass er viel Zeit mit ihr verbracht hat. Bei einer der Mahnwachen ist er förmlich ausgerastet und fing an zu schreien, dass er die Sonnenfinsternis sowieso nicht habe sehen wollen. Dass man ihn gezwungen habe. Eine richtige Szene war das. Andererseits waren viele Kinder damals aufgewühlt. Das ist vermutlich normal. Es war schließlich das erste Mal, dass sie es mit, na ja … schlimmen Dingen zu tun bekamen. Viele Eltern sind sicher nicht gut damit umgegangen. Daz war aber wirklich durch den Wind. Bei der Mahnwache hat er sich mit jemandem gestritten, sodass man sogar Grandads Arzt holen musste, um ihn zu beruhigen. Der Arzt war der Einzige, auf den er hörte. Das totale Chaos. Sein Vater musste ihn nach Hause zerren, bevor noch jemand die Polizei holen würde.« Dad schürzte die Lippen und schüttelte den Kopf.

»Doktor White?« Ich versuchte, mir vorzustellen, wie er sich ins Getümmel stürzte. Dad nickte.

Ich dachte an Darrens Weigerung, mit Marion zu reden. Er war ausgerastet, als Olive entführt worden war. War sein Schweigen jetzt eine bewusste Verweigerung? Und wenn ja, worum war es in dem Streit gegangen?

»Und was ist mit Cordy?«, fragte ich. »Was ist mit ihm?«

»Er schien … ein ganz normaler Typ zu sein. Tut mir leid, mein Schatz, mehr kann ich dazu nicht sagen.«

Mein Kopf fühlte sich prallvoll an. Die Gedanken sprangen so wild herum, dass mir ganz schwindelig wurde. Das ergab alles keinen Sinn. Es gab zu viele Fäden und zu viele Menschen, die man überprüfen müsste. Darren war angeblich nervös. Angespannt. Als würde er etwas verschweigen. Aber was? Ich konzentrierte mich auf das, was Dad gesagt hatte. Darren ist an jenem Tag vermutlich dort gewesen. In der Menge. Olive hätte ihn vermutlich erkannt, und er war nicht Furcht einflößend. Hatte er etwas gesehen?

Ich dachte an die Stimmungsringe und Bellas Fingerabdrücke in Darrens Lieferwagen. Meine Gedanken sausten in einem Wirbel diffuser Verdächtigungen herum.

»Was denkst du?«, fragte Dad und runzelte die Stirn.

»Ich weiß es nicht«, sagte ich leise. »Vermutlich … vermutlich wird man nie wissen, wie die Menschen wirklich ticken oder was sie denken. Selbst wenn man es zu wissen glaubt.«

»Cassie.« Dad beugte sich vor, Sorgenfalten um die Augen. »Du musst vorsichtig sein. Pass auf, dass das alles nicht außer Kontrolle gerät. Obsessionen sind nicht hilfreich.«

»Ich weiß, Dad.«

Von den SMS erzählte ich ihm nichts. Oder von Gran. Das alles gehörte nicht mehr der Vergangenheit an. Ich hatte es in die Gegenwart geholt und war sehr beunruhigt. Auf meinem neuen Handy hatte ich noch keine Drohungen bekommen, aber ich sah zwanghaft immer wieder nach. Und dieses Mal würde er mich nicht nur auffordern, keinen Schritt weiterzugehen.

Schweigen senkte sich herab. Die Gedanken hingen schwer zwischen uns. Dad hatte sich ein wenig entspannt, aber ich bemerkte, dass ihn die Sache nicht kaltließ. Ich fragte mich, ob er erwartet hatte, dass ich ihn auf Carol ansprechen würde, darauf, dass er während der Sonnenfinsternis mit ihr zusammen gewesen war. Es war kein Verbrechen, wenn ein Vater nicht da war, aber er hatte gelogen.

Das war allerdings eine alte Geschichte. Eine, mit der ich mich in meiner Jugend erschöpfend auseinandergesetzt hatte. Mir war egal, ob er Schuldgefühle verspürte. Es tat nichts mehr zur Sache.

Um es ihm zu beweisen, machte ich etwas, zu dem ich mich eigentlich niemals in der Lage gesehen hatte. Ich schenkte ihm ein Lächeln und sagte: »Denkst du, wir könnten uns alle zusammen mal treffen? Zum Mittagessen oder so? Hailey habe ich schon seit Ewigkeiten nicht mehr gesehen. Und Carol …«

Ich war mir nicht einmal sicher, ob ich es so meinte, aber der Blick meines Vaters war die Sache wert.

# 35

Ich fuhr zu Henry ins Hotel. Typischerweise hatte er ein abgelegenes Haus ausgesucht, wo nur Touristen verkehrten, die gern ein bisschen mehr Geld für den Luxus des schnellen Zugangs zu Spitzenleistungen ausgaben. Es hatte einen Spa-Bereich, eine Lounge, eine Bar und ein Restaurant mit Michelin-Sternen.

Wir trafen uns kurz vor sechs in der Lounge, wo meine Nervosität nicht so auffiel. Das Sprudelwasser, mit dem wir uns niederließen, erinnerte mich an die Phase damals an der Uni, als ich versucht hatte, nicht mehr so viel Diät-Cola zu trinken. Es hinterließ einen sauren Geschmack auf der Zunge, aber ich trank es trotzdem.

Henry nahm einen Schluck von seinem Wasser. »Erst die Arbeit, dann das Vergnügen«, sagte er und zog ein paar Zettel aus der Innentasche seines Jacketts. Er strich sie auf dem Tisch glatt, und ich erkannte sein charakteristisches Gekritzel. »Arbeit«, sagte er und zeigte auf die Zettel. »Vergnügen.« Damit zeigte er auf mich.

Ich stöhnte.

»Eigentlich wollte ich nur darauf anspielen, dass du unser Abendessen ständig verschiebst. Ich sehne mich nach

Klatsch und Tratsch. Vermutlich siehst du Marion viel häufiger, als du zugibst.« Er zwinkerte.

Ich ließ den Kopf sinken und ignorierte die Schmetterlinge in meinem Bauch, als ich an Marions Geruch nach Toner und Kaffee dachte und an das Gefühl, wie ihre Hand auf meinem Knie lag oder sich ihre Schulter an meine drückte.

»Was hast du über Darren Walker herausgefunden?«, fragte ich ihn.

Er verdrehte die Augen. »Langweiliger Typ, wirklich. Ist mit sechzehn von der Schule abgegangen, hat aber nie wirklich Ärger gehabt. Tausend verschiedene Jobs, aber nie für lang. Am längsten hat er seinen Kofferraumladen an der Schule. Offenbar kauft er bei größeren Geschäften billig ein und fährt das Zeug dann zur Schule, um es an die Kinder zu verscherbeln.«

»Willst du sagen, er ist ein Allerweltsgruseltyp, der mit Kindern abhängt, nicht aber ein Gruseltyp, den man hinter Schloss und Riegel bringen sollte?«

»Was ich sagen will, ist, dass es keinerlei Beweise dafür gibt, dass er überhaupt ein Gruseltyp ist – nicht offiziell jedenfalls.«

»Und inoffiziell?«

Henry neigte den Kopf zur Seite, was so viel hieß wie: *Ich weiß was, was du nicht weißt*, wie ich in den Jahren unserer Zusammenarbeit gelernt hatte. Nicht dass er sich mir gegenüber aufspielen würde, niemals.

»Das Interessanteste ist vielleicht, dass ihm sein Vater bei seinem Tod vor vielen Jahren ein bisschen Geld aus einem Immobilienverkauf hinterlassen hat.«

»Was für eine Immobilie?«

»Irgendetwas Industrielles. Ein Lagerhaus, glaube ich. Lagerhäuser schreien immer nach bösen Buben.«

»Das ist nicht lustig, Heno.«

»Tut mir leid. Aber egal, ich finde keinen Beleg für diesen Verkauf, außer dass er eben stattgefunden hat. Genaues kann ich dir also auch nicht erzählen. Wie es aussieht, sitzt er aber auf einem Haufen Geld. Keine Ahnung, ob das relevant ist.«

»Ich frage lieber nicht, wie du das alles herausgefunden hast.«

»Gut.«

»Marion sagt, sie mussten ihn gehen lassen«, erklärte ich leise. »Aber es muss doch noch mehr geben. Kannst du für mich dranbleiben?«

Henry legte die Finger aneinander und schaute mich an. »Wo wir schon von Marion reden …«

»Um Himmels willen, Henry. Was läuft zwischen dir und ihr?«

Henrys Miene wurde weicher. »Du weißt, dass ich mir nur Sorgen um dich mache, Cassie.« Er zuckte mit den Schultern. »Wenn ich immer einen Penny bekommen hätte, wenn du in den Jahren unserer Zusammenarbeit ihren Namen genannt hast, dann … Halte mich ruhig für altmodisch, aber ich weiß, wie Liebe aussieht.«

»Ich liebe Marion nicht«, sagte ich.

Aber schon als ich die Worte aussprach, wusste ich, dass es eine Lüge war. Die größte Lüge, die man je vernommen hat. Es mag eine Zeit gegeben haben, in der ich es sogar geglaubt habe, eine Zeit, in der ich absolut davon überzeugt war, dass Marion lediglich eine Freundin war. Und eine *Quelle* für meine journalistische Tätigkeit. Eine Erinnerung an mein altes Leben – das Leben vor Olives Verschwinden. Mehr nicht.

Aber mir war klar, dass das nicht mehr stimmte, sollte es überhaupt je gestimmt haben. Ich fühlte noch dasselbe für Marion Adams wie damals als junges Mädchen. Die E-Mails, SMS und Telefonate über die Jahre hinweg hatten Marion Teil meines Alltags werden lassen, auf eine distanzierte, belanglose, fast bequeme Art und Weise. Aber Marion war nichts davon.

Sie war immer für mich da. Sie zu sehen war ein Gefühl, als würde ich nach Hause kommen. Sie war schön und fähig, und ich wollte, dass sie *mir* gehörte.

»Bist du noch da?« Henrys Stimme holte mich in die Gegenwart zurück.

»Was?«

»Ich sagte gerade, dass ich dich fragen wollte, ob du nach Hause kommst – nach London. Du kannst bei mir wohnen.« Er hielt inne und beobachtete, wie ich mich wand.

»London ist nicht mehr mein Zuhause«, sagte ich wahrheitsgemäß. »Vielleicht war es das, bevor ich hierher zurückgekommen bin. Ich wollte, dass alles beim Alten bleibt, aber das wäre falsch. Mir ist aufgegangen …« Ich konnte es nicht in Worte fassen – dass ich meine Zukunft in Marions Augen sah, wenn sie lachte, in der Wölbung ihres Halses und dem Leberfleck an ihrem Kinn. »Ich muss einen Schritt weitergehen.«

»Aber genau das tust du ja gerade nicht«, sagte er. »Ich kenne dich doch. Wirst du sie um ein Rendezvous bitten?«

Ich schaute schnell nach rechts und links, weil ich plötzlich bemerkte, wie laut Henry sprach. In London fand ich es vollkommen problemlos, sich zu outen. Aber hier war das etwas anderes. Die Stadt war kleiner. Enger. Weniger tolerant.

Ich erinnerte mich noch an den Blick meiner Mutter, als ich ihr von Marion erzählt hatte. Jahre nach jenem Sommer war das, lang nach Olives Verschwinden, aber ich hatte es einfach jemandem erzählen müssen. Es war das erste Mal, dass ich wirklich sauer auf meine Schwester war, weil ich durch ihr Verschwinden nicht nur sie, sondern auch Marion verloren hatte. Ich hatte das verloren, was auch immer sich in der Dunkelheit der Sonnenfinsternis zwischen uns hätte entwickeln können.

Ich erzählte Mum, dass Marion und ich mehr als nur Freundinnen waren. Mum wurde wütend. Nicht nur wütend, sondern fuchsteufelswild. Dann wurde sie still. Das hat mich lange Zeit beschäftigt, weil mir bewusst wurde, dass meine sexuelle Orientierung für viele Leute immer noch ein Schlag ins Gesicht war. Durch Henry habe ich zu einer Art Normalität gefunden. Er hat mich unterstützt. Er wusste, was es mich gekostet hat, in diese Stadt zurückzukehren, zutiefst besorgt, dass Marion in der Offline-Welt keinen Kontakt mehr zu mir wünschen könnte.

Allerdings hatte Henry recht. Ich hatte nicht einen einzigen Schritt unternommen. Arroganter Bastard.

»An einem Rendezvous mit Marion habe ich kein Interesse«, log ich und schob das Unvermeidliche noch ein bisschen vor mir her. »So ist das nicht.«

Henry schüttelte den Kopf. »Aber sollte es denn nicht so sein?«

# 36

Marion öffnete die Tür, ein Glas Wein in der Hand. Drei Tage waren vergangen. Sie hatte rund um die Uhr gearbeitet, und ich konnte es ihr nicht übel nehmen, dass sie ein wenig Entspannung brauchte und endlich einmal schlafen musste. Insofern war ich ihr dankbar, dass sie mich in ihre Pläne für die Abendgestaltung überhaupt einbezogen hatte.

»Ich habe gar nicht so früh mit dir gerechnet«, sagte sie statt eines Grußes. »Musst du nicht bei deiner Großmutter sein?«

»Die Schmerzmittel hauen sie um. Außerdem hat ihr Doktor White Schlaftabletten verschrieben. Jetzt wird sie bis morgen früh bewusstlos sein. Ich darf nur nicht zu spät heimkommen. Aber egal, ich werde mich nicht auf dich stürzen, nur weil du ein Glas Wein in der Hand hältst. Ich bin ja kein Tier.«

»Schade.« Marion grinste. »Wie spät ist es denn?«

»Halb acht.«

Ich stellte mir vor, wie die Tage für Marion waren. Eine Ansammlung von falschen Spuren. Mannschaften, die losgeschickt wurden, um Terrains zu sondieren, die man bereits sondiert hatte. Die Last des vermissten Mädchens auf den Schultern. All diese Indizien, die in so viele verschiedene Richtungen zeigten. Dann ich, die ich alles nur noch schlimmer machte, indem ich ihr Informationen hinwarf, die vielleicht etwas zu bedeuten hatten, obwohl ich keinen blassen Schimmer hatte, was.

Ich wusste genau, was für ein Tag es war. Jede verstreichende Sekunde war mir bewusst. Aber das half niemandem. Auf die Uhr zu schauen brachte Bella auch nicht nach Hause.

Marion führte mich ins Wohnzimmer, setzte sich aufs Sofa und nahm die Bestellliste eines Take-away-Imbisses.

»Ich dachte, wir bestellen uns eine Pizza«, sagte sie. »Ich habe nichts zu essen im Haus.«

Ich nickte und überließ Marion die Auswahl. Sie wirkte erschöpft. Ich war mir sicher, dass die Falten um ihre Augen und den Mund letzte Woche noch nicht da gewesen sind. Außerdem schien sie immer dünner zu werden. Ich fragte mich, ob sie heute überhaupt schon Zeit gehabt hatte, etwas zu essen.

Allerdings hielt ich mich mit meinen Fragen zurück, bis wir gegessen hatten. Marion schwenkte ihr Weinglas und ließ die rubinrote Flüssigkeit herumschwappen, trank aber nicht. Als ihr bewusst wurde, was sie tat, schaute sie weg.

»Entschuldigung, ich höre schon auf.« Eine Pause. »Du machst mich nervös.«

»Das sagen alle.«

Sie hielt es nicht für nötig, mir zu widersprechen.

»Ich bin vollkommen am Ende«, sagte sie stattdessen. Sie trank einen Schluck Wein und stellte ihr Glas auf den Couchtisch. »Ich habe schon seit Ewigkeiten nicht mehr geschlafen. Unsere Leute suchen noch einmal auf dem Gelände um die Schule herum und bei Bella Kaluzas Haus. Sie sind auch außerhalb des Hauptrasters ausgeschwärmt, in den Feldern und am See. Eigentlich wollten wir die Suche noch auf Matlock und den Peak District ausdehnen, aber das ist ein sehr großes freies Gelände, und wir haben nur eine begrenzte Anzahl Leute zur Verfügung. Bislang ist nichts dabei herausgekommen. Die Tipps, die bei uns eingegangen sind, haben sich alle als unbrauchbar erwiesen.« Marion schüttelte den Kopf.

»Ich habe mit meinem Vater über Darren Walker geredet«, platzte es aus mir heraus.

Marion sagte nichts, aber ich sah, dass sie mir aufmerksam zuhörte.

»Ich bin zu ihm nach Hause gefahren, weil ich ein Foto von der Jugendgruppe gefunden habe, dieser Gruppe, zu der auch Darren gehörte. Ich wusste nicht … Es gibt ein Foto von meinem Vater und Cordy Jones, diesem Typen, der die Gruppe geleitet hat, erinnerst du dich? Offenbar hat mein Dad ein paarmal ausgeholfen, aber daran konnte ich mich nicht mehr erinnern. Er kannte Darren.«

»Und?«

»Und? Findest du es nicht merkwürdig, dass Darren eine solche Angst hat? Vor mir, vor dir. Hätte er das nötige Selbstbewusstsein, um Olive irgendwohin zu locken? Keine Ahnung.«

Das war die Wahrheit. Nicht dass ich mir nicht vorstellen könnte, dass er Bella etwas antat. Heutzutage mit den Handys und den Verlockungen des Internets war alles möglich. Was ich mir nicht vorstellen konnte, war, dass Darren Walker als jüngerer Mann meine Schwester erfolgreich dazu gebracht haben sollte, mit ihm irgendwohin zu gehen.

»Keine Ahnung.« Marion schüttelte den Kopf. »Wenn es eine Verbindung zwischen ihnen gibt …« Sie unterbrach sich, als sie meine Miene sah. »Wenn es eine gibt, hast du recht. Walker dürfte damals ungefähr fünfzehn Jahre alt gewesen sein. In Anbetracht seiner gegenwärtigen Fähigkeiten, sich auszudrücken, ist es nur schwer vorstellbar, dass er wusste, was er tun oder wie er es verbergen sollte.«

»Genau.« Ich rieb mir übers Gesicht. »Wo stehen wir also?«

So lange hatten wir schon seit Jahren nicht mehr über Olive gesprochen. Wir hatten eigentlich noch nie über sie gesprochen. Über die Sonnenfinsternis. Über den Tag und unseren Kuss und wie etwas so Widerwärtiges daraus entstehen konnte. Marion hatte es versucht, aber ich hatte immer dichtgemacht. Meine Wut und meine Schuldgefühle waren so heiß, dass sie alles verbrannt hätten, was mit ihnen in Berührung kam. Ich konnte nicht zulassen, dass Marion das erlebte.

Aber heute Abend *musste* ich über meine Schwester reden, musste den Geist aus der Flasche lassen, weil ich Angst hatte, ich könnte verbrennen, wenn er eingeschlossen blieb.

»Ich habe immer gesagt, Olive wäre nicht mit jedem mitgegangen. Aber da bin ich mir jetzt nicht mehr so sicher. Wir wissen, dass sie den Chestnut Circle auf eigene Faust verlassen hat. Gran sagt, irgendjemand habe ihr den Stimmungsring geschenkt – so wie irgendjemand ihn auch Bella geschenkt hat. Wie viel wusste ich wirklich über sie? Sie hätte mit jedem mitgehen können. Olive war ja nicht blöd. Wenn jemand nett zu ihr war oder ihr weisgemacht hat, sie sei etwas Besonderes …«

»Ja«, murmelte Marion. Sie griff wieder nach ihrem fast

leeren Glas und fummelte mit ihren eleganten Fingern am Stiel herum. Ich hatte Marions Hände immer bewundert, diese langen Pianistinnenfinger mit den schlanken Handgelenken. Ihre Fingernägel polierte sie lediglich, anders als ich, die ich meine abgekauten Nägel immer lackierte.

»Wenn ich mich doch nur an irgendetwas erinnern könnte.« Ich sah den Wein in Marions Glas schwappen und fühlte mein Herz flattern. »Es ist nur … meine Erinnerungen drehen sich alle um dich. Das war schon immer so.«

Marion errötete. »Der Kuss«, flüsterte sie.

»Ich fühle mich so schuldig. Weißt du, dass ich sie ausgeschimpft habe? Bevor du dich zu uns gesellt hast. Sie wollte einfach nicht stillstehen, und das hat mich wahnsinnig gemacht. Ich war richtig wütend.«

»Das ist aber nicht der Grund, warum es passiert ist«, sagte Marion. Ihre zittrige Stimme trug allerdings nichts dazu bei, mich zu beruhigen.

»Das weißt du doch gar nicht«, sagte ich. »Was, wenn sie weggelaufen ist, weil ich mit ihr geschimpft habe?«

Wie sollte ich Marion erklären, dass mich Olives Geist in all diesen Jahren immer verfolgt hat? Sie ist mit den Ereignissen auf ihre eigene pragmatische Weise umgegangen. Hat studiert. Wurde Polizistin. Half Menschen.

»Vielleicht kann ich deinem Gedächtnis ja auf die Sprünge helfen.« Marion atmete tief ein und streckte die Hand aus. Als sie warm auf meinem Knie lag, verspürte ich das vertraute Kribbeln. »Manchmal mache ich das bei der Arbeit mit den Leuten. Es kann helfen. Wenn man einen bestimmten Moment immer wieder durchspielt, verzerrt er sich oder bricht einfach ab. Vielleicht steckt in deinem Kopf aber noch etwas, das du bislang … nun ja, ignoriert hast? Vielleicht könntest du dein Gehirn sanft dazu drängen, die Erinnerung freizugeben?«

Ich schüttelte den Kopf, hielt dann aber inne. Mit Henry hatte ich das auch schon einmal versucht. Etwas Ähnliches jedenfalls. Das war in den Anfängen mit Helen, als ich durch die neue Liebe leichtsinnig geworden war. Ich hatte getrunken – ich musste betrunken sein, um mich erinnern zu können –, und nichts war geschehen.

Ich konnte mich an nichts erinnern.

Marion atmete schneller. Mir wurde bewusst, dass sie mich schon länger darum bitten wollte und es sich nur verkniffen hat. Aber jetzt funkelten ihre Augen. In ihrem Wunsch zu *wissen* hielt sie mein Knie fest umklammert.

Ich war so egoistisch. In all den Jahren habe ich mich nie gefragt, wie es Marion eigentlich ging. Ob sie sich Vorwürfe machte. Ob sie mir Vorwürfe machte.

Plötzlich ergab alles Sinn. Es war nicht mein Fehler, was passiert ist, es war *unser* Fehler. Und Marion wollte ihn genauso verzweifelt wiedergutmachen wie ich.

»In Ordnung«, sagte ich. »Lass es uns versuchen.«

Marion dämpfte das Licht und lehnte ihr Handy an eine Stumpenkerze, die mitten auf dem Couchtisch stand. Sie hatte eine App, die silberweiß blinkendes Licht aussandte, das sich vor dem schwarzen Hintergrund hin und her bewegte. Ich bemerkte, dass meine Augen dem Licht folgten. Marion saß mir gegenüber auf der Kante des zum Sessel gehörenden Fußschemels, die Ellbogen fest auf die Knie gestützt. Der oberste Knopf ihrer weißen Bluse stand offen.

»Ich möchte, dass du dem Licht mit den Augen folgst«, wies sie mich an.

»Wie bei der Hypnose?«, fragte ich.

»Nein. Na ja, so in der Art. Und jetzt Ruhe.« Sie beugte sich vor. Ihre Schlüsselbeine zogen meinen Blick auf sich. Ich sah, dass sie lächelte, ein müdes, abgespanntes Lächeln, das trotzdem Wärme ausstrahlte. Dieses Lächeln hatte ich immer geliebt, vor allem wenn ich der Grund dafür war. »Achte auf die Punkte – oder ich muss die Bluse ausziehen.«

»Ist das ein Versprechen?«

»Sei nicht so vulgär.« Noch ein Lächeln. »Und jetzt versuch, dich zu entspannen. Nicht bewegen. Nur atmen. Ich beginne mit ein paar banalen Fragen, auf die wir beide die Antwort kennen. Dann werde ich ein bisschen sinnlicher und lenke deine Gedanken auf Dinge außerhalb deines Gehirns – außerhalb der eingefahrenen Erinnerungen.«

»Gut.«

»Es war August. Wir standen am Chestnut Circle. Vor dem Eckladen befand sich eine schattige Stelle. Du warst vor mir da, zusammen mit Olive. Wann seid ihr dort eingetroffen?«

»Gegen zehn vielleicht«, sagte ich, in meinem Gedächtnis kramend. »Es wurde bereits dunkel. Olive und ich sind vom Haus unserer Großeltern zu Fuß gekommen. Wir sind gelaufen, weil Gran sich die Haare machen ließ und wir die gesamte Sonnenfinsternis beobachten wollten. Gran war das recht. Sie sagte, ich sei alt genug, um auf Olive aufzupassen. Wir hatten gelesen, dass es eine Stunde dauert, bis die Sonne total verfinstert sein würde, vielleicht sogar länger … Du bist dort zu uns gestoßen. Ich habe mich gefreut, als du kamst.«

»Was habt ihr getan, bevor ich zu euch gestoßen bin?«

»Wir haben einfach herumgehangen.«

»Könntest du das genauer beschreiben?«

Ich wühlte in den Tiefen meiner Erinnerung. Auf dem Weg in den Ort redete Olive über Astrologie. Ihre damalige Leidenschaft galt dem Mars, dem Planeten, der mit Aggression und Konflikt in Verbindung gebracht wurde, wie ihr jemand erzählt hatte.

»Was ist Begierde?«, fragte sie. Ich fühlte, wie mein Gesicht heiß wurde, und ignorierte sie. Gereiztheit, Nervosität und Hitze stellten eine explosive Mischung dar.

»Los, Olive«, fuhr ich sie an, »wir kommen zu spät, und dann verpassen wir alles und müssen die dämliche Sonnenfinsternis von der dämlichen Straße aus sehen.«

»Bestimmt nicht.« Olive zuckte auf ihre gelassene Art mit den Schultern. Sie wusste, dass sie recht hatte. Ich war nervös und wollte einen guten Platz ergattern. Insgeheim wollte ich irgendwo stehen, wo ich Marion sehen würde, wenn sie eintraf. In der Hoffnung, sie würde mich auch entdecken. Marions Gang, ihre Beine, ihr Körper faszinierten mich.

Olive redete weiter und bemerkte mein Unbehagen gar nicht. Die Luft war staubig und heiß. Es war die Art Hitze, bei der man den Geschmack von Felsen und Salz im Mund hatte. Wir schienen durch Sirup zu laufen.

»Es dauert noch eine Weile, bis man etwas sieht«, erklärte Olive. Sie ließ das Geld in ihrer Faust klimpern, ein paar Pfund in Münzen, die Gran ihr gegeben hatte, um sich etwas Schönes davon zu kaufen. Das Geräusch machte mich wahnsinnig.

Als wir zum Chestnut Circle kamen, waren schon viele Leute dort. Die Luft wurde immer kälter, die Schatten immer länger. Es war, als würde es mitten am Tag dämmern.

Einige Läden hatten geschlossen, in anderen herrschte rege Geschäftigkeit.

»Was siehst du?« Marions Stimme holte mich in den Raum zurück, und ich sah wieder das blinkende Licht, das sich vor meinen Augen hin und her bewegte.

»Unsinn«, sagte ich.

»Interessante Beobachtung.« Marion lachte. »Tut mir leid, war das mein Fehler?«

»Das bringt doch nichts. Ich sehe nur das, was vorher war. Das ist das Einzige, woran ich mich immer erinnere: vorher und nachher.«

»Folge einfach dem Licht«, sagte Marion. »Komm, wir versuchen es noch einmal.«

Ich gab mir Mühe, meine Augen auf den Punkt zu richten und den Nippes von Marions Vater auf dem Kaminsims auszublenden. Ich folgte dem Licht, silbern aufblitzende Punkte, immer wieder, wie Tausende von Sternschnuppen.

»Was habt ihr getan, Olive und du, als ihr am Chestnut Circle ankamt?«, fragte Marion. »Wollte sie an einer bestimmten Stelle stehen? Hat sie jemanden erwähnt oder mit jemandem gesprochen?«

»Nein. Wir sind einfach ein bisschen herumgelaufen. Dann haben wir beschlossen, vor dem Eckladen stehen zu bleiben, weil sonst nirgendwo mehr Platz war. Die Menschen kamen und gingen, aber niemand war so weit weg von der Bühne vor Earl's Café wie wir. Außerdem standen wir unter der Markise, weil es dort kühler war.

Olive wollte unbedingt auf etwas draufsteigen. Sie fand eine Kiste oder so, konnte aber immer noch nichts sehen. Dann wollte sie mich zu sich herüberziehen, aber ihre Finger waren klebrig, weil sie Cola verschüttet hatte. Ich wurde sauer und stieß sie fort. Alles war schrecklich. Du weißt doch, wie das ist, wenn man so gereizt ist, dass man nichts mehr erträgt? Selbst die Gerüche und Geräusche machten mich wahnsinnig. Es roch nach …«

Die Hitze war drückend. So heiß ist es schon seit Wochen nicht mehr gewesen. Olive und ich trugen Shorts. Mein T-Shirt klebte mir am Rücken, und ich hatte Sorge, dass Marion, falls ich sie treffen sollte, die Schweißflecke unter meinen Armen bemerken könnte. In der Luft hing der Geruch von Zwiebeln – irgendwo stand ein Lieferwagen, der Hotdogs und Hamburger verkaufte. Darunter mischte sich der durchdringende, stechende Geruch von … Orangen.

»Von Orangen?«, fragte Marion. »Wo kam der denn her?«

»Keine Ahnung.« Ich schüttelte den Kopf und versuchte, die Erinnerung festzuhalten und in die Gegenwart zu ziehen. Das war etwas, an das ich bisher nie gedacht hatte. Die Gerüche. »Ich glaube … er könnte von Olive ausgegangen sein.«

Der Orangengeruch war so stark, als würde Olive direkt vor meinen Augen Orangen schälen. Und dann kam Marion, ging erhobenen Haupts durch die Menge. Die Menschen traten zur Seite, um sie durchzulassen. Sie hatte diese Ausstrahlung, und ich verspürte einen Schauer, weil sie direkt in unsere Richtung lief.

Olive verschwand, um etwas Größeres zu suchen, auf das sie draufsteigen konnte. Unentwegt drehte sie an dem Stimmungsring an ihrem Finger, als sei er eine Sorgenpuppe. Aber ich achtete nicht darauf.

»Ich kann nichts sehen«, beschwerte sich Olive und schaute mich an, die goldfarbenen Augen zusammengekniffen. Es gab aber nichts zu sehen außer dem Himmel, und den hatte sie wunderbar im Blick.

»Gran hat gesagt, du sollst nicht weggehen, Olive.«

Und dann war Marion an meiner Seite. Die Hauptphase der Sonnenfinsternis hatte mittlerweile begonnen, und der Himmel wurde so dunkel, dass sich die Härchen an meinen Armen aufrichteten. Eine kühle Brise strich mir über den Nacken. Aber das hatte vor allem damit zu tun, dass Marions Lippen auf den meinen lagen. Der erste, verstohlene Kuss. Der Geruch von Orangen, immer noch da, aber lang vergessen. Und dann …

»Und dann war Olive fort.«

Ich fuhr mir mit der Hand übers Gesicht, weil ich bemerkte, dass es nass war. Das Salz der Tränen brannte auf meinen Lippen. Die Erinnerungen an den Missmut, den ich empfunden hatte, waren mir auf den Magen geschlagen und verwandelten sich in Wut.

Ich schlug mit der Hand auf den Couchtisch. Das Handy fiel scheppernd um, und Marion fuhr zusammen.

»Es war wegen uns.«

»Cassie …«

»Nein, Marion. Ich kann mich nicht … Ich weiß nicht, wo Olive hingegangen ist. Nicht weil ich mich nicht erinnere, sondern weil ich es nie gewusst habe. Mir ist nicht einmal aufgefallen, dass sie weg war!«

»Cassie, es tut mir leid.«

»Du hast gesagt, wir sollten uns um sie kümmern, und ich habe erwidert, um Olive müssten wir uns keine Gedanken machen. Ich *wollte*, dass sie geht – und im ersten Moment war ich froh, dass sie fort war.«

Ich schnappte mir meine Jacke, verließ das Haus und taumelte in die Dunkelheit.

# 37

Meinen Wagen ließ ich stehen. Ich musste laufen, brauchte frische Luft. Die feuchte Abendluft drang tief in meine Lunge. Ich marschierte so zielstrebig, dass niemand mich aufzuhalten gewagt hätte – wenn denn jemand unterwegs gewesen wäre. Den ganzen Weg bis zum Chestnut Circle lief ich, widerstreitende Gedanken im Kopf, die sich wild auftürmten.

*Hab ein Auge auf sie, Cassie.* Die Worte verfolgten mich wie ein Gespenst. Ich ging schneller, mit schwingenden Armen und pochendem Herzen, um dem Gefühl zu entkommen. Als könne mir jeden Moment jemand in den Weg springen, mich zu Boden reißen und schreien: ES WAR DEINE SCHULD.

Und plötzlich war ich am Springbrunnen im Zentrum des Chestnut Circle. Das Geräusch des Wassers holte mich in die Gegenwart zurück. Ich spürte, wie heiß ich war, wie verschwitzt und atemlos. Die Hände auf die Knie gestützt blieb ich stehen. Der Ärger, der mir die Sicht vernebelte, verrauchte allmählich. Nachdem ich noch ein paarmal Luft geholt hatte, schaute ich auf.

Ein Licht zog meinen Blick auf sich. Ein warmes, orangefarbenes Licht. Es kam aus dem Eckladen. Ich wusste nicht, wie spät es war, aber nach neun bestimmt. Ich konnte mir nie merken, bis wann der Laden geöffnet hatte. Auf dem Chestnut Circle war außer mir niemand mehr – außer mir und Ady. Es musste allein im Laden sein. Ich ging hinüber, mit beiden Händen in den Taschen kramend. Ohne Ady eines Blickes zu würdigen, trat ich ein.

Ich begab mich direkt zu den Kühlschränken und nahm zwei Flaschen von dem billigsten Wein mit Schraubverschluss heraus. Marion konnte nicht erwarten, dass ich so etwas ohne einen flüssigen Mutmacher tat. Den brauchte ich jetzt. Nein, den hatte ich mir verdient, oder? Irgendetwas, das der Sache die Schärfe nahm.

Ich trat auf die Ladentheke zu, als müsste ich etwas beweisen. Vielleicht war es auch so. Ady scannte die erste Flasche ein, ungewöhnlich schweigsam, und ich musste wieder, wie so oft, an unser Gespräch über die Stimmungsringe denken.

*»Die Meerjungfrau.«*

Mir wurde erst bewusst, dass ich die Worte laut ausgesprochen hatte, als Ady in der Bewegung innehielt und mich anstarrte, die Miene eine Maske der Verwirrung. Tief in meinen Eingeweiden spürte ich das Adrenalin rauschen.

»Du hast gesagt, dass du heute andere Modelle verkaufst.« Ich verhaspelte mich fast. »Wie kamst du darauf? Woher weißt du, dass Olives Ring anders war?«

Ady zuckte nur mit den Schultern. Ihm war gar nicht klar, was für eine Hysterie in meinem Innern brodelte und dass sie jeden Moment auszubrechen drohte.

»Du hast mich doch nach einer Meerjungfrau gefragt. So ein Modell habe ich schon viele Jahre nicht mehr, tut mir leid. Ist alles in Ordnung?«

Ich stieß ein bellendes Gelächter aus, unfähig, mich zusammenzureißen. Am liebsten wäre ich im Boden versunken.

»Entschuldigung«, sagte ich. »O Gott, ich führe mich wie eine Verrückte auf. Es ist nur … Keine Ahnung. Ich klammere mich an jeden Strohhalm. Wir haben so eine Erinnerungsübung gemacht, und die hat mich derartig in ihren Bann gezogen …«

Ady lachte nicht. Über sein Gesicht huschte ein Ausdruck der Irritation, als er die zweite Flasche Wein einscannte.

»Bist du sicher, dass du noch mehr von dem Zeug brauchst?«, fragte er.

»Oh, ich bin nicht betrunken. Nur hysterisch. Mach dir keine Sorgen.«

Ich spürte immer noch die Hitze jenes Sommer 1999, diese unerbittliche, aggressive Hitze. Und den Geruch von Orangen. Jetzt, da ich ihn einmal gerochen hatte, würde er sich nicht wieder verflüchtigen und vermischte sich mit dem alkoholischen Geruch des Handdesinfektionsmittels, das auf der Kasse stand. Ich wurde langsam verrückt, dachte ich. Das war die einzige Erklärung, die Sinn ergab. Ich wurde verrückt und riss Marion mit mir mit.

Die Erinnerungen an jenen Sommertag wucherten und wurden quälender. Ich entschuldigte mich noch einmal bei Ady, nahm die beiden Flaschen und verließ den Laden.

Draußen hatte sich die Luft merklich abgekühlt. Eine der Straßenlaternen war ausgefallen, eine andere flackerte unheilvoll. Mich fröstelte.

Die Sache belastete mich, das war nichts Neues. Aber was ich mir soeben bei Ady geleistet hatte … Ich kam mir wie eine Idiotin vor. Wie konnte ich so mit ihm sprechen oder mit Doktor White. Diese Art, mit anderen umzugehen, schien zu einer neuen Gewohnheit zu werden.

Ich lief über den Chestnut Circle und setzte mich an den Springbrunnen. Der Stein drückte sich in meine Sohlen, als ich die Schuhe gegen den Brunnenrand presste. Eine Flasche stellte ich neben meine Füße, um dann begierig die andere zu öffnen. Ich starrte sie an und spürte ihr beruhigendes Gewicht in der Hand. Niemand war in der Nähe, und da vermutlich die halbe Stadt nach Bella Kaluza suchte, würde mich sicher niemand stören.

*Du solltest dich auch an der Suche beteiligen*, sagte das Stimmchen in meinem Kopf. *Du solltest da draußen sein und helfen, statt jedem Mann in der Stadt vorzuwerfen, dass er kleine Mädchen entführt.*

Ich betrachtete die Flasche noch einen Moment. Stellte mir den Geschmack des billigen Weins vor, das warme Gefühl in den Eingeweiden. Meine Finger klammerten sich an das kühle Glas, und ich bemerkte, dass ich zitterte. Ich dachte daran, was Doktor White bei seinem letzten Besuch gesagt hatte. Dass Gran Glück hatte, dass die Sache noch einmal glimpflich verlaufen ist. Damals hatte es nicht wie eine Drohung geklungen, aber nun in der Dunkelheit, mit dem kalten Wind im Rücken, stellte ich verlegen fest, dass ich Angst hatte.

Was glaubte ich eigentlich, was ich da tat? Mit so etwas spielte man nicht. Das war Marions Job, nicht meiner. Und ich begriff, dass ich es ihr nur noch schwerer machte.

Ich schaute zu den Laternen gegenüber vom Springbrunnen. In meiner Fixierung auf die Frage, was mit meiner Schwester passiert ist, habe ich gar nicht gewürdigt, dass

Marion alles Menschenmögliche getan hat, um nicht nur ihren, sondern auch meinen Spuren zu folgen. Und dass sie auf mich aufgepasst hat, während ich Zeugen, Informanten und Freunde beleidigt habe. Brachte ich Bella in Gefahr, indem ich wertvolle Kräfte band? Sollte ihr etwas zustoßen, würde ich mir das nie verzeihen können.

Ich stellte die Flasche neben die andere zu meinen Füßen, plötzlich müde.

»Cassie?«

Ich hatte den Wagen nicht gehört. Als ich mich umsah, entdeckte ich im Scheinwerferlicht eines dunklen Wagens eine Silhouette. Ich wusste, dass es Marion war, das erkannte ich an der Form ihrer Schultern. Bei ihrem Anblick hörte ich das Blut in meinen Ohren rauschen. Die Flaschen zu meinen Füßen erkannte ich plötzlich als das, was sie waren: eine bloße Krücke. Ein wohlfeiler Ausweg aus einer beschissenen Situation, so wie immer. Marions Miene war entspannt, als sie sich nun näherte, ihr Blick sorgenvoll. Ich merkte, dass mein Atem sich wieder normalisierte.

»Alles in Ordnung«, sagte ich schnell. »Ich brauche nur einen Moment. Panikattacken, Wein … Das schien mir eine gute Idee zu sein, aber ich werde noch einmal darüber nachdenken.«

»Gut.« Marion nahm eine der Flaschen und runzelte die Stirn. »Ich hätte allerdings gedacht, dass du einen besseren Geschmack hast.«

# 38

Marion saß neben mir auf dem Sofa, den Körper an meinen gedrückt. Sie hatte eine Tasse Tee in der Hand und blies in den Dampf, während wir in das Feuer schauten, das sie angezündet hatte. Es tauchte den Raum in orangefarbenes Licht und verlieh den Dingen eine gewisse Schwere. Marions Gesichtszüge schienen sich auszudehnen, als sie sich vorbeugte, um die Tasse abzustellen.

»Ich bin ein elendes Miststück«, sagte ich.

»Nein, bist du nicht.«

»Ich kann es kaum fassen, dass ich einfach hier rausgestürzt bin – nur um dann auch noch Ady anzubrüllen.«

»Das ist schon in Ordnung, Cassie. Ich bin stolz auf dich. So etwas sage ich nicht oft, aber ich weiß, wie schwer das alles für dich ist. Ich hätte dir das niemals zumuten dürfen – dich deinen Erinnerungen auszusetzen. Mir war klar, dass es schmerzhaft für dich wird, aber ich habe nicht richtig nachgedacht. Vielleicht wenn jemand anders es getan hätte. Meine Anwesenheit löst in dir womöglich das Gefühl aus, dass …«

»Ich habe dich gehasst.« Ich schaute sie an. »Das habe ich wirklich gedacht. Ich dachte, ich hasse dich.«

Marion wirkte fassungslos. »Du … hasst mich?«

»Nein. Ich war nur wütend. Wegen damals. Und wegen jetzt. Vermutlich auch wegen dir und Fox. Also bin ich getürmt und habe es an Ady ausgelassen.«

»Ich habe ein einziges Mal mit Matthew geschlafen.« Marion nahm meine Hand. »Ich sage das nicht, weil ich dir das schuldig bin. Ich möchte nur reinen Tisch machen. Du sollst wissen, dass es passiert ist. Es war nicht von Belang.«

»Ich habe doch gar nicht …«

»Komm schon, wir sind schließlich beide erwachsen.«

Ich wollte mir Marion nicht mit ihm vorstellen. Aber ihr Tonfall ließ erkennen, dass es vorbei war, ob nun von Belang oder nicht. Eine Last fiel mir von den Schultern, von der ich gar nicht gewusst hatte, dass ich sie trug. Ich fragte mich, ob das der Grund dafür war, dass sich Fox so unausstehlich verhielt – weil er wusste, was ich Marion bedeutete. Und was Marion mir bedeutete.

Der Gedanke, dass sie mit ihm über mich geredet haben könnte, machte mich auf perverse Weise glücklich.

Wir verfielen in Schweigen. Trotz der Ereignisse des Abends war es ein angenehmes Schweigen. Es war, als hätten wir eine Art Frieden geschlossen. Als hätten wir uns eingestanden, dass sich etwas zwischen uns befand, das wir jetzt beseitigen konnten.

Marion rührte sich. Das Hemdchen, das sie angezogen hatte, ließ viel von ihrer Brust sehen. Dieses Mal wandte ich nicht den Blick ab. Stattdessen dachte ich an jenen Sommer zurück, in dem ich nur Augen für sie hatte. In dem ich mich bei jeder sich bietenden Gelegenheit von Gran und Olive weggeschlichen habe, um mit ihr in der kühlen feuchten Luft der Wälder zu sitzen, in trauter Eintracht.

Wir radelten mit einem Picknickkorb zu den Triplet Stones und verbrachten viele Stunden am See, obwohl wir eigentlich bei Marion zu Hause sein sollten. Ihr Vater war bei der Arbeit, und Gran war damit beschäftigt, mit Olive Gipsdinosaurier zu gießen. Die Tage waren nie lang genug. Ich roch förmlich die staubige Luft und das frisch geschnittene Gras und spürte den feuchten, moosigen Kuss der Erde unter unseren nackten Beinen.

»Wünschst du dir manchmal, wir hätten es nicht getan?« Ich hielt inne, weil ich nicht wusste, wie ich es ausdrücken sollte.

»Uns geküsst? Uns verliebt? Uns so verdammt cool aufgeführt?«

»Ja.«

»Nein.« Marion stieß mich sanft an. »Früher vielleicht. Jetzt nicht mehr.«

»Was ist nur mit uns passiert?«, fragte ich.

»Wir sind erwachsen geworden«, sagte sie leise. »Wir haben begriffen, dass wir das nicht wiedergutmachen können, was geschehen ist.«

»Können wir nicht?«

Ich drehte mich zu ihr hin. Sie war immer noch die schönste Frau, die ich je kennengelernt habe, in jeglicher Hinsicht. Marion war so lebendig. Außerdem verstand sie mich besser als irgendjemand sonst. Mir wurde unvermittelt klar, dass es daran lag, dass niemand sonst diese Dunkelheit und die Schuldgefühle teilte.

Aber Marion haftete die Dunkelheit nicht an. Tief in ihrem Innern brannte ein Licht, eine Sturmlaterne. Eine stille Zuversicht. Sie war immer da, wenn ich sie brauchte, wenn auch nur am anderen Ende der Leitung. Sie war die

Einzige, zu der ich genug Vertrauen hatte, um sie anzurufen, als ich die Leiche meiner Mutter gefunden habe – das Licht grau und wässrig, mein Blick von heißen, salzigen Tränen getrübt. Ich taumelte aus dem Raum und tastete blind nach dem Hörer. Nicht um Dad oder Gran anzurufen. Die erste Person, die ich nach der Polizei anrief, war Marion.

»Denkst du je an Olive?«, fragte ich sie.

»Ständig. Ich frage mich oft, was sie jetzt tun würde. Ob sie Ähnlichkeit mit dir hätte. Mir schwebt immer das Bild von ihr in einem Laborkittel vor.«

In meiner Kehle bildete sich ein Kloß und schnitt mir die Luft ab. Ich hatte die gleichen Fantasien. In all den Jahren wollte ich mit Gran darüber reden, habe es aber nie geschafft, nicht einmal, bevor sie vergesslich wurde.

»Oh, Cassie.«

Marion wischte mir die Tränen ab, lehnte sich an mich und nahm mich in die Arme. Sie roch nach Weichspüler. Ihr Parfum war mild und moschusartig, und ich sog es tief in mich ein. Ich überließ mich ihrer Umarmung, rutschte näher und versuchte, die Tränen zurückzuhalten.

»Ich …«

»Ist schon in Ordnung«, flüsterte sie.

Sie hob mein Kinn an und schaute mir in die Augen. Ihr Lächeln war von der Art, die ein ganzes Gesicht erstrahlen ließ. Nicht vor Freude, sondern vor Glück, einem Glück, das mit unserer Beziehung zu tun hatte. Dann beugte sie sich vor und küsste mich. Das Gefühl in meinem Innern schwoll an, und die Welt explodierte in Farben.

Es war das gleiche Gefühl, an das ich mich so gut erinnerte, nur sechzehn Jahre intensiver. Niemand hat mein Herz je so schlagen und meine Glieder so beben lassen wie

Marion. Ich schaute ihr tief in die Augen, zog sie enger an mich und schlang die Decke um sie.

»Marion …«

»Schsch.«

Ihre Küsse wanderten von meinen Lippen zu meiner Kehle hinab. Die Berührung löste einen Schauer in mir aus, und tief in mir vibrierte etwas. Die Jahre dehnten sich hinter uns aus, eine lebenslange Liebe, die wir uns nie eingestanden hatten. Lebenslang geteilte Schuldgefühle, Trauer und Ohnmacht.

Plötzlich fühlte es sich anders an. Was war passiert? Ich wunderte mich noch darüber, als ich die Finger über ihren Kiefer und ihre Schlüsselbeine gleiten ließ. Ich wollte mich hingeben und zulassen, dass sie alles wegküsste, wollte, dass alles zur fernen Erinnerung wurde.

»Es tut mir leid«, flüsterte Marion. Ihre Lippen waren so nahe an meinem Ohr, dass ihre Stimme mich erschaudern ließ. Ich hielt sie ganz fest.

»Was?«

»Dass ich dir nicht geglaubt habe. Dass ich dich behandelt habe, als seist du verrückt. Das bist du nicht. Ich hätte Vertrauen zu dir haben sollen.«

»Ja«, sagte ich mit einem leisen Lächeln, »das hättest du. Aber ich weiß ja, dass du dir alle Mühe gibst.«

Marion zuckte mit den Schultern. »Ich hätte dich besser unterstützen sollen.«

Ich verdrängte die Schuldgefühle wegen meines unhöflichen Verhaltens Ady, Doktor White und meinem Vater gegenüber. Bellas Verschwinden hat mich fast um den Verstand gebracht, aber ich kann es nicht für alle meine Fehler verantwortlich machen.

»Möglicherweise kann ich dir verzeihen«, sagte ich und gab mir Mühe, nicht an das heiße Gefühl in meiner Magengrube zu denken, »wenn ich dich noch einmal küssen darf.«

Ihr Daumen massierte Kreise in meine Handfläche, als sie mir in die Augen schaute. Ihre Lippen bewegten sich wortlos, und ich beugte mich vor, um sie mit einem Kuss zu schließen. Ich war in Sanftheit geborgen. In ihren Armen verloren.

»Ich könnte dir mit deiner Großmutter helfen, Cassie«, flüsterte sie. »Unbedingt. Ich weiß, dass du wieder Panikattacken hast und alles tust, um damit klarzukommen. Aber ich glaube nicht, dass billiger Wein der beste Weg …«

»Ich brauche keine Hilfe.«

»Ich möchte dir aber helfen. Mir ist schon klar, dass du Alkohol für besser hältst als Schlaftabletten, aber keines von beidem wird dir helfen, deine Probleme zu lösen. Aber ich könnte es tun.«

»Ich weiß.« Ich fuhr mit meinem Daumen über ihr Schlüsselbein und dann hoch zu ihrem Kinn. Ihre Wangen waren gerötet, und ihre Augen leuchteten unter meiner Berührung auf. »Tut mir leid. Ich werde mir Mühe geben, es zuzulassen.« Plötzlich dachte ich wieder an die bedrohlichen SMS. Ich hätte Marion davon erzählen sollen, bevor Gran angefahren wurde. Ich schwor mir, von nun an ehrlich zu versuchen, mir helfen zu lassen, und nicht mehr immer alles allein mit mir ausmachen zu wollen.

Wieder küsste Marion mich, die Hand auf meinem Rücken. Ihre Küsse wurden tiefer, fordernder. Als ihre Finger und ihr Mund über meinen Körper glitten, schloss ich die Augen und lehnte mich zurück. Öffnete mich für sie. Auf dem kleinen tätowierten O an der Innenseite meines Ellbogens blieben ihre Lippen liegen und bliesen warmen Atem an meine Haut. Sie musste nicht fragen, was das bedeutete, sie wusste es – so wie ich vom selben Moment an, als ich in diesen Raum gekommen war, gewusst hatte, warum es hier von Elefanten wimmelte. Es war eine Erinnerung. An Olive.

Marions Körper schmiegte sich an meinen. Ich schob meine Finger in ihr Haar und zog sie in mich hinein.

Nach all der Zeit waren wir immer noch das perfekte Paar.

Als ich aufwachte, lag Marions Kopf auf meiner nackten Brust. Das Feuer brannte langsam herunter, und die Glut tauchte den Raum in schummriges Licht. Der Schein der Straßenlaterne warf schwache Schatten durch den Spalt im Vorhang. Marions dunkles Haar hatte sich wie Wasser um ihren Kopf herum ergossen. Sanft strich ich es ihr aus der Stirn. Sie schlug die Augen auf und rutschte ein Stück zur Seite, um mich anschauen zu können.

»Wie geht es dir?«, fragte sie. Ihre Stimme klang rau vor Sorge.

»Als hätte ich den Jackpot geknackt.«

Das sollte ein Witz sein und doch auch wieder nicht. Ich fühlte mich ausgelaugt, aber von meinem Körper war plötzlich eine Last abgefallen, die ich schon seit Tagen mit mir herumschleppte. Seit Wochen. Länger noch. Ich schleppte diese Last seit der Zeit vor Bella mit mir herum, vor Grace. Vielleicht seit dem Tod meines Großvaters. Vielleicht sogar noch länger. Vielleicht schon seit Olives Verschwinden. Denn ich habe begriffen, dass sämtliche Versuche, einen großen Bogen um Marion und Bishop's Green zu machen, erfolglos waren.

Ich konnte diese Stadt nicht hinter mir lassen, so wie ich Marion nicht hinter mir lassen konnte. Stets bin ich weggerannt, und nun war ich wieder am Ausgangspunkt angelangt. Der Kreis hat sich geschlossen. Zurück auf Start – von wo wir es noch einmal versuchen würden.

»Weißt du noch, dass du mir vor Grandads Beerdigung gemailt hast, dass ich Gran aus Bishop's Green wegholen soll?« Meine Stimme brach.

Marions Körper spannte sich an und presste sich an meinen. Ich streichelte ihren Kopf, und sie entspannte sich wieder.

»Hattest du Angst davor, was passieren würde, wenn ich hierher zurückkäme? Dass ich alles ruinieren könnte – wie immer?«

Im ersten Moment erwiderte Marion nichts, dann stieß sie einen langen Seufzer aus.

»Ja, ich hatte Angst«, gab sie zu. »Aber nicht wegen dir. Eher weil … Es hat lang gedauert, bis ich mir die Zuneigung der Menschen erworben hatte. Sie haben Respekt vor mir. Ich habe eine gute Arbeit, und die Menschen in der Stadt sind … nett zu mir. Ich hatte Angst, was passiert, wenn sie …«

»Wenn ich dir die Sache mit Detective Fox vermassele«, beendete ich den Satz für sie.

»Nein, so meine ich das nicht. Das war sowieso eine Farce. Er ist sauer, weil ich Schluss gemacht habe, aber für mich war die Geschichte einfach … angenehm. Für eine Weile zumindest. Ich hatte das Gefühl, endlich einmal dazuzugehören. Ich hätte mir sogar vorstellen können, das ganze Programm durchzuziehen, Ehe, Kinder und so. Einfach so zu sein wie alle anderen auch.«

»Verstehe.«

Wieder schluckte Marion. »Ich hatte auch Angst, dich zu verlieren.« Das hatte sie so leise gesagt, dass ich schon dachte, sie nicht richtig verstanden zu haben.

»Wie meinst du das?«

»Ich hatte Angst, dass wir … wenn du hier, na ja … Ich dachte, wir würden das nicht schaffen. Wir haben das alles nicht sehr gut hinbekommen, oder? Es gibt so vieles … so vieles in der Vergangenheit. Ich hatte Angst vor schmerzhaften Erinnerungen. Davor, dass wir aneinanderkleben, obwohl wir die Dinge besser ruhen lassen sollten.«

»Das glaube ich nicht.«

Ich hörte, dass Marion hastig atmete. Offenbar wollte sie noch etwas sagen, aber ich würde sie nicht drängen, daher blieb ich still liegen und schaute an die dunkle Decke. Dann richtete ich den Blick auf das erlöschende Feuer.

»Cassie …« Marions Stimme klang, als würde sie sich in einem anderen Raum befinden. »Als Olive verschwand, dachte ich, wir sind schuld. Ich habe immer uns die Schuld gegeben. Und jetzt tust du das auch. Aber was ist, wenn das gar nicht stimmt?«

»Was meinst du damit?«

»Opfer machen sich immer verantwortlich, das habe ich oft genug erlebt. Dieser Moment damals hat mich mein Leben lang verfolgt. Aber was, wenn es gar nichts mit uns zu tun hatte? Wir denken das, weil wir nicht aufgepasst haben, aber … an jenem Tag liefen so viele Kinder dort herum. Er hätte sich ein beliebiges Kind aussuchen und fortlocken können …«

Ich schluckte.

»Was ich sagen will, ist: Ich glaube nicht, dass es Zufall

war. Oder Pech. Ich glaube nicht, dass es damit zu tun hatte, dass wir nicht aufgepasst haben. Oder wenigstens nicht nur damit. Du hast selbst gesagt, dass du Olive nicht so gut gekannt hast, wie du immer dachtest. Andererseits hast du bemerkt, dass sie sich anders verhält. Wäre es nicht denkbar, dass die Sonnenfinsternis der Schlüssel zu allem ist? Als eine Art … Symbol. Sie sollte einen Neuanfang darstellen, für alle von uns. Gleichzeitig steht sie für die Wiederholung: Alles geht wieder von vorn los. Du sagst ja selbst, dass es viele Ähnlichkeiten zwischen Bella und Olive gibt: Eltern, die sich trennen, ein kompliziertes Familienleben; dann der Stimmungsring vor der Sonnenfinsternis. Bella sieht Olive sogar ein bisschen ähnlich. Beide sind Leseratten und mögen die Gesellschaft von Erwachsenen …«

Ich wollte ihr Einhalt gebieten, wollte die Worte aufhalten, die aus ihr hervorsprudelten. Aber ich konnte nicht.

»Wäre es nicht denkbar, dass tatsächlich Absicht hinter der Wiederholung steckt?«, fragte sie. »Wer auch immer Olive mitgenommen hat, vielleicht hatte er dasselbe noch einmal vor. Das würde auch erklären, warum Olives Ring wieder aufgetaucht ist. Totale Sonnenfinsternis – das beflügelt den Aberglauben der Menschen. Obwohl es sich gar nicht um eine totale Sonnenfinsternis gehandelt hat, war sie in den Medien allgegenwärtig. Unübersehbar. Es könnte wie ein Zwang sein.«

Mein Herz pochte plötzlich heftig. Im nächsten Moment hatte ich mich aufgesetzt und rutschte auf dem Sofa zurück, die Decke an die Brust gedrückt. Marion hatte in Worte gefasst, was ich schon lang fühlte, schon von Beginn an.

Jetzt krabbelte sie über mich hinweg, sprang vom Sofa und stand nackt da. Ich fuhr erschrocken hoch. Bevor ich etwas sagen konnte, schnappte sie sich ihre Unterwäsche und begann, sich anzuziehen.

»Warte«, sagte ich. »Was ist los?«

»Ich muss dir etwas zeigen«, erklärte sie. »Komm. Bislang habe ich es nicht getan, aber jetzt musst du es sehen. Vorher werde ich nicht schlafen können.«

Verblüfft glitt ich vom Sofa herab und griff nach meiner Kleidung. Marion machte sich nicht die Mühe, sich vollständig anzuziehen. Sie bedeutete mir, ihr zu folgen, verließ das Wohnzimmer und eilte die Treppe hinauf.

»Was ist nur in dich gefahren?«, fragte ich.

»Hör zu, ich habe damit angefangen, als mein Vater starb. Er hat eine Menge Zeug aus seiner Zeit bei der Polizei hier angesammelt, und ich habe alles gesichtet. Zunächst hatte es eher mit einer Art makabrer Neugierde zu tun. Ich fühlte mich schuldig, und das war eine gute Methode, mir einzubilden, ich könne etwas dagegen tun. Aber jetzt …«

Vor dem Raum, von dem ich wusste, dass er Marions Vaters Arbeitszimmer war, blieben wir stehen. Sie öffnete die Tür weit und schaltete das Licht an.

Meine Überraschung konnte ich nicht verhehlen.

Der ganze Raum war mit Papieren vollgestopft. Marion hatte das Bett aus dem Zimmer entfernt und an seiner Stelle einen Schreibtisch aufgestellt. Aus früheren Zeiten hatte ich noch einen vagen Eindruck von dem Raum, aber dieser Anblick kam unerwartet.

»Sind das …?«

»Fallakten«, sagte Marion. »Er hat eine Menge Zeug aufbewahrt – mit Sicherheit nicht ganz legal. Fotokopierte und handgeschriebene Notizen.« Als sie sich zu mir umdrehte, entdeckte ich in ihren Augen so etwas wie Stolz. Aber als ich den Raum betrat, wurde mir klar, dass es sich nicht um Stolz handelte. Es konnte kein Stolz sein. Es war eher Faszination. Und Angst.

»Marion«, sagte ich leise, »das hier hat ja alles mit Olive zu tun.«

»Ich weiß. Ich *weiß*. Ich habe alles tausendfach studiert. Immer wieder habe ich das Zeug gelesen, und es kam mir irgendwie ... dürftig vor. Nicht wirklich stümperhaft. Aber einfach ... Vermutlich weil deine Familie nicht aus der Stadt kam. Ich meine, Dad hat sich konzentriert auf ...« Sie hielt inne und wandte den Blick ab, als versuche sie, Kontrolle über ihre Sprache zu gewinnen. »In den meisten Missbrauchsfällen stammt der Täter aus dem Umkreis der Familie.«

»Dein Dad war es, der meinen Vater verdächtigt hat?«

»Nein«, sagte sie schnell, »nicht auf diese Art. Es war sicher nicht in seinem Sinn, dass die Sache dermaßen außer Kontrolle geriet. Aber als man sich auf Cordy Jones kapriziert hat, war schon viel Zeit vergangen. Es lagen nie belastbare Beweise gegen ihn vor, trotzdem waren die meisten Leute in der Stadt von seiner Schuld überzeugt. Und so ...«

»... hat er die Sache einfach laufen lassen.«

Ich schlang die Arme um die Brust, da mir plötzlich eiskalt war.

Marion holte tief Luft. Ich trat zu ihr und wollte sie berühren, wollte mich vergewissern, dass dies hier real war. Aber ich konnte mich nicht dazu überwinden. Überall hingen Bilder von Olive, die ich nicht kannte, und Bilder, von denen ich nie gedacht hätte, sie irgendwann wiederzusehen. Dann Zeitungsartikel, handschriftliche Transkriptionen von Interviews und sogar ein Foto von ihrem Geburtstag in jenem Jahr. Außerdem Klebezettelnotizen in unterschiedlichen Handschriften.

»Hat er es getan?«

»Nein«, sagte Marion. »Wie ich schon sagte, das habe *ich* so arrangiert.«

»Nein, ich meine, ob er ... ob er das alles aufbewahrt hat, weil es ihm so vorkam, als habe er nicht genug getan?« Ich schaute sie an. Ihre Schultern sackten herab, und plötzlich wich sämtliche Energie aus ihrem Körper.

»Ich weiß es nicht«, sagte sie. »Olive und Bella konnten beide entführt werden, weil sie allein unterwegs waren. Aber ich denke nicht, dass es Zufall war. Dad hatte Zeugen, die gesehen haben, wie Olive den Chestnut Circle verlassen hat. Sie hat sich von der Menschenmenge entfernt und wurde von niemandem mehr gesehen. Aber viele Kinder waren an jenem Tag unbeaufsichtigt, und nur Olive wurde entführt. Dasselbe gilt für Bella. Viele Kinder kamen wegen der Sonnenfinsternis zu spät zur Schule und trudelten irgendwann ein. Aber er hat ausgerechnet Bella mitgenommen. Warum?«

Vielleicht hatte Marion recht, aber das würde etwas bedeuten, an das ich gar nicht denken mochte. Wenn ich da gewesen wäre – für Bella und für Olive –, wenn jemand die richtigen Fragen gestellt hätte, dann hätten sie vielleicht gerettet werden können.

Was hatten die beiden Mädchen an sich, dass er ausgerechnet sie ausgewählt hatte? Beide waren klug und nett. Beide waren für ihr Alter sehr reif. Mir wurde übel, als mir etwas klar wurde.

Er hatte es auf Kinder abgesehen, die mein Großvater »altmodisch« genannt hätte, solche, die gut mit Erwachsenen klarkamen. Kinder aus zerbrochenen Familien. Sowohl

Olive als auch Bella dürften für die Aufmerksamkeit eines älteren Mannes – einer Vaterfigur – offen gewesen sein.

Aus den Augenwinkeln sah ich eines der Papiere, dann noch eines. Fotokopien von linierten Blättern mit kindlichem Gekritzel. In meinen Augen brannten Tränen. Ich trat näher und sah die kleinen Schnörkel in den Ecken, entdeckte meinen eigenen Namen. Es waren Seiten aus Olives Tagebuch, das ich nie gefunden hatte.

Ich beugte mich vor und las schweigend. Alles bezog sich auf Bishop's Green. Ich sah die Wörter »Sonnenfinsternis« und »Cassie« und »Chestnut Circle«. »Große Aufregung«. Nichts von einem Mann, nichts von einem Ring. Aber hier, auf diesem Blatt Papier, hatte sich ein winziger Teil meiner Schwester erhalten.

»Möchtest du eine Weile hierbleiben?«, fragte Marion unvermittelt. Sie trat hinter mich und legte mir die Hand auf den Rücken, nichts von dem Sturm in meinem Innern ahnend. Ich überließ mich ihrer Berührung und spürte den sanften Druck ihrer Arme. »Oder möchtest du nach Hause gehen? Ins Bett? Mit mir?«

Ich drehte mich in ihren Armen um, mich vom Geist meiner Schwester losreißend. In diesem Moment zählte nur noch Marion. Ich hob die Hand und strich mit den Fingern über den Bogen ihres Kiefers, sah das Pochen in ihrer Halsschlagader. Ihr schwarzes Haar war zerzaust, ihre blauen Augen gleichzeitig traurig und verschmitzt.

»Bett«, sagte ich heiser. »Bring mich ins Bett.«

# 39

*30. August 2002*

Er hat etwas übersehen.

Endlich hat er etwas übersehen. Eine Sekunde lang triumphierte sie, bis ihr klar wurde, was das bedeutete. Bis sie die Härte in ihrem Innern realisierte. Und im nächsten Moment wich das Triumphgefühl der Übelkeit.

Sie hielt den Zeitungsartikel zwischen Daumen und Zeigefinger so, dass das schwache Abendlicht darauf fiel. Den Tag hatte sie damit verbracht, das Buch zu lesen, das Sandmann ihr am Abend zuvor gegeben hatte. Es war ein zerlesenes Exemplar von *Harry Potter*. Der vierte Band. Ihr Lieblingsbuch bislang. Und auch das dickste, sodass sie zehn herrliche Stunden lang in eine andere Welt abgetaucht war. An einen anderen Ort.

Dann hatte sie sich der Zeitung zugewandt, einem Exemplar der *Bishop's Green Chronicle*. Sie las gern Zeitung, fühlte sich aber hinterher oft unglücklich. Es passierte so viel in der Welt, und vieles war nicht erfreulich. Heute war das auch nicht anders.

Es gab einen Artikel, der sich auf einen früheren beziehen musste. In Suffolk hatten Spaziergänger die Leichen zweier Mädchen gefunden.

Olive fühlte, dass hinter ihren Augenlidern heiße Tränen aufstiegen. Sie konnte kaum glauben, dass Sandmann ihr den Artikel zufällig überlassen hatte. Immerhin schien er andere Ausgaben zensiert zu haben, da die Mädchen bereits vor einer Woche gefunden worden waren.

Sie spürte, wie sich Panik in ihren Körper fraß, unterdrückte sie aber. Sie kannte Sandmann besser. Vermutlich war es keine Warnung, sondern nachlassende Wachsamkeit. Sie blätterte durch den Rest der Zeitung und versuchte, die Gesichter der beiden Mädchen zu ignorieren, obwohl ihre roten Fußballtrikots aus den Seiten hervorblitzten. Tränen hatten die Schrift verschmiert, und an Olives Fingern klebte Druckerschwärze.

Die letzten Seiten der Zeitung, die sie beim ersten Lesen für gewöhnlich ignorierte. Normalerweise hob sie sich diesen Teil für später auf, wenn sie kein Buch mehr hatte und dringend etwas zu lesen brauchte. Aber nun zog etwas ihren Blick auf sich.

Und das war der Hammer. Etwas, das bewies, dass keine Absicht dahintersteckte. Dass Sandmann tatsächlich etwas übersehen hatte. Den Namen, der aus der Rubrik »Geburten und Todesfälle« herausstach, erkannte sie sofort.

Peter Warren.

Ihr eigener Vater.

Im ersten Moment stülpte sich ihr Magen um, aber dann wurde ihr bewusst, dass er unter »Geburten« genannt wurde. Sie überflog den kurzen Absatz. Die Zunge lag ihr schwer und trocken im Mund, und sie wusste nicht, ob sie lachen oder weinen sollte.

*Universitätsdozent Peter Warren und seine Ehefrau Carol freuen sich über die Geburt ihrer Tochter Hailey; geboren am 28. August 2002. Geburtsgewicht: sechseinhalb Pfund. Willkommen in der Welt, Hailey!*

In den Umrissen eines Luftballons war das Bild eines Babys abgedruckt, rot und zerknautscht nach der traumatischen Erfahrung der Geburt. Olive wurde schwindelig, und sie musste die Augen schließen.

Dad. Ehefrau Carol. Carol war nicht der Name ihrer Mutter. Wo war Cassie? Wo war Mum? Olive hätte sich am liebsten übergeben. Sie wusste, dass ihre Eltern unglücklich waren. Das hatte sie verstanden, lang bevor sie begreifen konnte, was das bedeutete. In den vergangenen Jahren hatte sie sich sogar häufiger gefragt, was nach ihrem Verschwinden passiert sein könnte.

Aber so etwas?

Das kam so plötzlich. So unerwartet. Olive fühlte Wut in sich aufwallen. Sie packte die Zeitung mit beiden Händen, knüllte die einzelnen Seiten zusammen und warf damit um sich. Hielt dann wieder inne. Besann sich anders und begann, sie zu zerreißen. Das herrliche Geräusch von reißendem Papier trieb sie zur Weißglut.

Sie schrie.

Ihre Stimme klang fremd in ihren Ohren, fremder noch als die üblichen Lieder und Geschichten. Sie war an ihr sanftes Ich gewöhnt, nicht an dieses hier. Aber die Wut brannte lichterloh in ihrem Innern, bis sie schließlich erstarb.

Kurz darauf lag Olive auf dem Boden, inmitten von Hunderten Zeitungsschnipseln. Ihr ganzer Körper schmerzte von der Anstrengung, und sie keuchte, bis sich ihr Herzschlag allmählich beruhigte. An ihren Fingern klebte Druckerschwärze, und ihre Hände waren schmutzig. Als ihr Blick auf einen Teil des Bilds von den beiden ermordeten Mädchen fiel, wurde ihr Hass bitter, wurde zu einem Gefühl der Traurigkeit.

Dad hatte also wieder geheiratet. Ihre Eltern hatten sich endlich getrennt. Vermutlich war das auch besser so. Besser für Cassie. Und ihre Mum würde vielleicht endlich jemand anderen finden. Diese Carol war möglicherweise die Frau, mit der er sich immer getroffen hatte, wenn er angeblich bei der Arbeit gewesen war. Olive fragte sich, ob jemand anders davon gewusst hatte: von den Rendezvous und den heimlichen Treffen, die keine Treffen waren. Sie selbst hatte es seit Ewigkeiten gewusst – seit sie mal in seinem Büro angerufen hatte, um zu erfahren, dass er sich einen »Familientag« genommen hat.

Jetzt wussten es vermutlich alle. Und vielleicht würde auch Cassie es endlich begreifen.

Olive verdrängte die letzten Reste ihrer Wut und dachte an die beiden ermordeten Mädchen. Sie waren jünger als sie und hatten größere Sorgen gehabt als nur Eltern, die sich trennen würden. Dann war ein Mann gekommen und hatte ihnen Bücher und Schokolade geschenkt, Kleidung und Essen. Aus Gewohnheit nahm Olive ihr Lieblingsbuch aus dem Regal, drückte es an sich und begann mit ihrer üblichen Litanei:

*Ich freue mich, dass ich es warm habe. Ich freue mich, dass ich im Trockenen bin. Ich freue mich, dass ich gesund bin. Immerhin habe ich Bücher. Immerhin habe ich Papier. Immerhin kommt er nicht jeden Tag.*

Die Worte, die sie nicht länger denken konnte, lagen ihr

noch auf der Zunge. *Immerhin tut er mir nicht weh. Immerhin bin ich nicht allein.*

*Immerhin*, dachte sie, *lebe ich.*

Aber was hieß das schon?

# 40

*Dienstag, den 24. März 2015*

Ich erwachte noch vor Marions Wecker. Die dünnen Vorhänge ließen wässriges Licht herein, das sich über das gelockte Haar auf dem Kissen neben mir ergoss. Ich atmete Marions vertrauten Geruch ein und konnte kaum dem Drang widerstehen, mit dem Finger über die cremeweiße Haut ihres achtlos auf meiner Brust liegenden Arms zu streichen. Sie in meinem Bett liegen zu sehen wärmte mich innerlich. Marions Vorschlag – nicht meiner! –, die Nacht hier zu verbringen, damit Gran nicht allein war, ließ meine Liebe zu ihr nur noch wachsen.

Sie atmete sanft und regelmäßig. Ich erfreute mich daran und wurde von einem Gefühl der Wärme durchdrungen, auch wenn die Sorge wieder an mir nagte. Es war nicht die alte Sorge, die mich beschlichen hatte, wenn Marion und ich ein paar Tage nicht mehr miteinander geredet hatten – die Sorge, dass sie keine Zeit mehr für mich haben könnte. Nein, es war grundlegender, war eher Angst. Ich hatte zwar keine anonymen Nachrichten mehr bekommen, keine Drohungen, aber ich wurde den Gedanken nicht los, dass es nicht gut war, was wir hier taten – dass man in meiner Nähe nicht sicher war.

Vielleicht ist Grans Unfall einfach nur ein Unfall gewesen, versuchte ich, mir einzureden. Die Nachrichten konnten von jeder beliebigen Person stammen, einem Kollegen, Grace' Stiefvater … Nach Bellas Verschwinden waren sie ausgeblieben. Vielleicht waren es überhaupt keine Drohungen gewesen. Marion hatte mir nicht erzählt, ob sie herausgefunden hatten, von wem sie stammten, aber vielleicht waren sie der Mühe auch nicht wert.

Marion war hier sicher. Oder?

Das Wecksignal ihres Handys versetzte mich in Panik – bis ich das Geräusch schließlich zuordnen konnte. Marion gähnte und räkelte sich, und als sie mich mit katzengleicher Wärme anlächelte, schwoll mein Glücksgefühl noch einmal an und verdrängte die dunklen Sorgen.

Marion trank zwei Tassen schwarzen Kaffee. Ich saß mit ihr am Küchentisch, immer noch nervös. Als sie gerade Butter auf ihr Toastbrot strich, klingelte ihr Handy. Sie ließ die Scheibe auf dem Küchentresen liegen. Nachdem sie ein paar gedämpfte Laute von sich gegeben hatte, nutzte sie eine Gesprächspause, um ihre Füße in die Stiefel zu schieben.

Als sie auflegte, zog sie eine Miene, die ich noch nie an ihr gesehen hatte.

»Alles in Ordnung?«, fragte ich, aber meine Zunge fühlte sich vor Anspannung fast taub an.

»Das war Matthew«, sagte sie. »Heute Nacht hat ihm Darren Walker auf die Mailbox gesprochen. Offenbar klang er ein bisschen betrunken. Walker will mit dir reden. Mit niemandem sonst.«

Irgendetwas wallte in mir auf. Hoffnung? Panik?

»Wann?«

»Heute. Bald.« Sie schüttelte ungläubig den Kopf.

»Und das ist in Ordnung für Fox?«, fragte ich. »Nach allem, was vorgefallen ist?«

»Nein«, sagte sie. »Aber was bleibt ihm schon übrig? Wenn wir Walker zur Vernehmung einbestellen, macht er sofort dicht. Rede mit ihm – vielleicht kannst du ihn aus der Reserve locken. Bring ihn dazu, sich an uns zu wenden. Vielleicht steckt auch nichts dahinter.«

»Aber davon gehst du nicht aus?«, fragte ich.

»Nein. Der Typ ist nicht schlau genug, um mit der Presse zu spielen, Cassie. Wenn er mit dir reden will, dann muss er etwas zu sagen haben.«

Ich massierte meinen Handrücken, unfähig, mir einen Reim darauf zu machen. In meinem Ohr flüsterte eine Stimme: *Vielleicht geht es um Olive. Vielleicht weiß er etwas.* Ich brachte sie zum Schweigen, um keine falschen Hoffnungen aufkommen zu lassen. Aber warum sollte er mit mir reden wollen?

»Was muss ich tun?«

»Geh hin und sprich mit ihm«, sagte Marion bestimmt. »Aber ich werde jemanden bitten, dich zu begleiten. Vor der Mittagspause wird das vielleicht nicht klappen, aber er hat gesagt, er sei den ganzen Tag zu Hause. Rede mit ihm und bete, dass er etwas für uns hat. Ich ruf dich an, sobald ich einen Kollegen finde, der mitkommen kann. Und sobald du mit ihm gesprochen hast, musst du mich anrufen.«

Als sie fort war, blieb ich noch eine Weile sitzen. Vielleicht war es das. Das fehlende Puzzleteilchen. Vielleicht wusste Darren etwas über Bella. Oder über Olive.

Gran schlief tief und fest. Ich weckte sie erst, als Marion fort war. Die Wirkung einer ungestörten Nachtruhe grenzte an ein Wunder – als ich den Kopf zur Tür hineingesteckt hatte, hatte sie im Schlaf gelächelt. Ich brachte ihr eine Tasse Tee und bereitete ihr dann das Frühstück zu, damit sie ihre Schmerzmittel nehmen konnte. Ich half ihr beim Waschen und Anziehen, wartete aber insgeheim darauf, dass Marion mir grünes Licht für das Treffen mit Walker gab. Gran wirkte klarer an diesem Morgen, ausgeruht. Ich lenkte mich ab, indem ich die beste Enkeltochter gab, die ich zu sein vermochte.

»Was wirst du heute tun?«, fragte ich. »Soll ich dir einen Film besorgen?«

Gran rümpfte die Nase. »Vielleicht lese ich das Buch da«, sagte sie. »Aber es bereitet mir wirklich Mühe, in die Geschichte hineinzukommen. Und später mache ich vielleicht einen Spaziergang …«

»Bitte tu das nicht.« Ich bemühte mich um einen munteren Tonfall, obwohl mir insgeheim vor dem Gedanken graute, sie könne allein in der Gegend herumlaufen. »Nicht ohne mich oder die Krankenschwester. Wie wär's denn, wenn wir eine Runde um den Block gingen? Nur du und ich?«

Bis letztes Jahr hatte Gran ausnahmslos jeden Tag einen Spaziergang gemacht. Als Grandad starb, hörte sie damit auf, aber ich gab mir alle Mühe, wieder ein bisschen Struktur in ihren Alltag zu bringen. Wenn dies hier alles vorbei war …

»Ja, das wäre keine schlechte Idee, jetzt hinauszugehen«, sagte Gran lächelnd. »Dann kann ich auch das Frühstück abtrainieren. Ich werde allmählich etwas pummelig.«

Geistesabwesend rieb sie sich über den Bauch, und mir wurde bewusst, wie mager sie geworden war. Bei Demenzkranken konnte es in beide Richtungen gehen, wie ich wusste: Entweder man aß mehr, weil man vergaß, dass man bereits gegessen hatte, oder man aß weniger, weil man dachte, man habe bereits gegessen. Ich wünschte, Gran würde zum ersten Typ gehören. Oder ich wäre häufiger zu Hause und könnte auf regelmäßige Mahlzeiten achten.

Aber ich würde ja häufiger daheim sein. Sobald alles vorbei war. Sobald Bella wieder zu Hause war …

»Wir machen nur einen kleinen Spaziergang«, sagte ich in der Hoffnung, bestimmt zu klingen. »Ein bisschen Ruhe würde dir sicher guttun. Wenn du zu viel unternimmst, könntest du dich verletzen.«

»Das tu ich ganz bestimmt nicht.« Gran schaute auf ihren Arm und bemerkte die Schlinge. »Dämliches Ding. Es ist mir ständig im Weg.«

»Das macht nichts«, sagte ich. »Du wirst es ja nicht ewig tragen müssen.«

Nachdem wir von unserem Ausflug zurückgekommen waren, einem langsamen, aber erstaunlich vergnüglichen Spaziergang durch die frische Brise, traf die Krankenschwester ein. Trotz der Kosten hatte ich sie für die nächsten Tage bestellt, um wenigstens für ein paar Stunden Ruhe zu finden. Ich fühlte mich rastlos, und mein ganzer Körper ächzte unter der Verantwortung, selbst als ich die beiden mit einem Ratespiel aus Grans Jugend zurückgelassen hatte.

Im Wagen schaltete ich das Radio an und hörte genau hin, wenn Bellas Name fiel, aber es gab keine Neuigkeiten. Trotzdem lenkte es mich von dem Gedanken an das bevorstehende Gespräch mit Darren Walker ab. Marion hatte noch nicht angerufen, und das machte mich schier wahnsinnig.

Die Stimme im Radio redete weiter: Der Tatverdächtige

ist entlassen worden; die Polizei hat der Presse mitgeteilt, dass er nur noch als Zeuge eingestuft werde; die Suche erstrecke sich weiterhin auf die Rosewood Avenue und den Chestnut Circle blablabla. Nichts, was ich nicht schon gewusst hätte. Ich versuchte, die Anspannung zu ignorieren, unter der ich stand. Trotzdem brauchte ich ein paar Minuten, um mich aus dem Wagen zu quälen, als ich vor Adys Eckladen vorgefahren war.

Ady befand sich wie immer hinter der Ladentheke, den Blick auf sein Handy gerichtet. Eigentlich sonderbar, dass er so viel Zeit damit verbrachte, auf sein Handy zu starren, seiner Tochter aber keines zugestand.

»Hallo …«, begann ich. »Na ja, ich wollte mich eigentlich nur entschuldigen, dass ich … dass ich gestern Abend ein bisschen komisch war.«

Ich blieb vor der Ladentheke stehen und tat so, als studiere ich die Auswahl an Schokoriegeln. Ady zuckte mit den Schultern.

»Kein Problem. Jeder hat mal einen schlechten Tag.« Er lächelte.

»Tja.« Ich massierte mir den Nacken. »Leider habe ich mehr schlechte Tage als gute. Die Ereignisse setzen mir einfach zu. Die Sache mit Gran, der Versuch, wieder etwas zu schreiben, dann das vermisste Mädchen …«

Das mit dem Schreiben war gelogen. Mit meiner Arbeit hatte mein Unbehagen nichts zu tun, aber ich wollte Ady auch nicht meine Theorien über Olive und Bella unterbreiten.

Ady nickte mitfühlend. »Du arbeitest zu viel. Vergiss das Schreiben und konzentriere dich auf das Wesentliche. Als meine Frau so unerwartet starb, war das bei mir genauso.

Man lernt, Vergnügen an den kleinen Dingen zu finden. An den gestohlenen Minuten, die man für sich selbst herausschlagen kann. Tilly war noch ein Baby, was natürlich hart war, aber man sucht sich seine Zerstreuungen.« So viel hatte Ady noch nie über seine Frau geredet. Tilly war jetzt sein ganzes Leben, und er tat alles, um sie zu beschützen.

»Du siehst heute Morgen besser aus«, sagte er dann. »Fast fröhlich. Das freut mich.«

Ich dachte an Marion und unsere Nacht im Bett. Ein ganzer Schwarm von Schmetterlingen flatterte in meinem Bauch auf. Dann kam mir das Interview mit Darren Walker in den Sinn. Ich konnte die Hoffnung nicht loswerden, dass es uns endlich weiterbrachte.

»Ja, es geht mir tatsächlich ziemlich gut.«

»Darf ich dir einen Kaffee spendieren?«

Ich nickte lächelnd. Und als würde ich Marions Mut in den Adern spüren, beschloss ich, ihm die Frage zu stellen, die ich ihm schon eine ganze Weile stellen wollte.

»Kannst du dich noch an den Tag erinnern, an dem Olive verschwunden ist?« Der Kaffeeautomat röchelte vor sich hin. »Vermutlich hast du uns damals gar nicht so gut gekannt.«

»Doch, schon.« Ady nickte nachdenklich. »Euer Großvater hat euch ja häufiger mit hierhergebracht, daher wusste ich, wer ihr seid. Er hat immer etwas gespendet, wenn wir für obdachlose Kinder gesammelt haben, oder mit mir für Wohltätigkeitsveranstaltungen gebacken. Solche Sachen. Ihr durftet immer das Kleingeld in die Büchse stecken, die ich auf der Ladentheke stehen hatte. Was die Sonnenfinsternis betrifft, muss ich aber leider passen. Da hatte ich so viel zu tun.«

»Ich glaube, Olive war hier im Laden«, sagte ich. »Kannst du dich erinnern, ob sie mit irgendjemandem gesprochen hat? Oder ob irgendjemand hier herumstand?«

Ady dachte einen Moment nach, die Brauen gerunzelt. »Ich glaube nicht«, sagte er. »Keine Ahnung. Ich kann mich nicht einmal mehr erinnern, sie gesehen zu haben.«

»Ich bin mir aber sicher, dass sie hier war.«

»Kann sein«, sagte Ady. »Aber falls sie hier war, wird sie wohl nichts gekauft haben. Daran hätte ich mich sicher erinnert – nach allem, was passiert ist. Tut mir leid, Cassie. Ich wünschte, ich könnte dir helfen.«

Ich nickte. »Dann gehe ich jetzt mal besser. Danke. Und Entschuldigung noch einmal, dass ich dich so angefahren habe.«

Adys Lächeln war warmherzig, was mich mit Dankbarkeit erfüllte. Er hatte recht, ich sollte die kleinen Dinge mehr schätzen.

»Jederzeit gern.«

Vor dem Laden blieb ich einen Moment stehen und atmete die Frühlingsluft ein. Es wurde allmählich wärmer, aber der Himmel in seinem ewigen Grau drohte mit Regen. Ich begann gerade, mich ein wenig zu entspannen und die Wirkung des Koffeins zu spüren, als Jake Howden, der Lehrer, um die Ecke bog.

Er trug einen hellgrauen Anzug und ein blaues Hemd mit offenem Kragen. Seine Zähne blitzten, als er mich anlächelte. Ich ließ die Schultern kreisen und bereitete mich auf eine Auseinandersetzung wegen des Gesprächs mit seiner Frau vor.

»Das Earl's hat den besseren Kaffee«, sagte er statt eines Grußes und zeigte auf den leeren Becher in meiner Hand.

»Aber manchmal schaue ich auch hier vorbei, wenn ich keine Zeit habe, auf das gute Zeug zu warten.«

Ich stieß ein überraschtes Lachen aus. Was auch immer ich erwartet hatte, das war es jedenfalls nicht gewesen.

»Ich würde bezweifeln, dass der Kaffee im Earl's so viel besser ist«, sagte ich und schaute auf die Uhr. Es war kurz nach halb neun. »Sollten Sie nicht in der Schule sein?«

»Ich habe heute erst zur zweiten Stunde Unterricht – die Vorteile einer Halbtagsstelle.« Jakes Lächeln wurde spröde. »Wieso? Haben Sie ein Auge auf mich, Miss Warren?«

»Müsste ich das?«, fragte ich zurück. Jake schüttelte den Kopf und presste die Lippen aufeinander. »Aber egal«, fügte ich hinzu, »Sie sind es doch, der mich verfolgt. Ich bin schließlich immer hier.«

Jetzt war es an Jake zu lachen. »Das ist mir auch schon aufgefallen«, sagte er trocken. »Ich wohne nämlich da drüben.« Er zeigte auf eine der langen Wohnstraßen, die vom Chestnut Circle abgingen. Unwillkürlich schoss mir durch den Kopf, wie nahe hier alles beieinanderlag – und wie leicht es für alle möglichen Personen gewesen wäre, Bella auf dem Schulweg anzuhalten und ihr anzubieten, sie mit dem Auto mitzunehmen …

»Nicht schlecht«, murmelte ich verunsichert, weil ich nicht wusste, wieso er mir das mitteilte.

»Das nennt man höfliche Konversation«, erklärte Howden lächelnd, als habe er meine Gedanken erraten. »Aber egal, vielleicht sehen wir uns ja am Donnerstag. Ady hat die Mahnwache sicher erwähnt. Wir nehmen einen Text aus Doktor Whites Buch. Er hat es für Ihre Schwester angefertigt, wie Sie sich vermutlich erinnern, oder? Sie sollten unbedingt kommen.«

Verblüfft schaute ich Howden nach, als er die Tür zu Adys Laden öffnete und eintrat. Dass er Olive erwähnt hatte, ging mir nahe. Wollte er mich verletzen, oder war das nur mangelnde Empathie? War es vielleicht seine Rache dafür, dass ich mit seiner Frau gesprochen hatte? Ich musste daran denken, wie voreilig sie zu dem Schluss gelangt war, dass ich ihrem Ehemann unterstellen wollte, etwas mit Bellas Verschwinden zu tun zu haben. Die Frage war nur: Traf das zu?

# 41

Gegen Mittag konnte ich nicht länger darauf warten, dass Marion mich anrief, um mir eine Begleitung für meinen Besuch bei Darren Walker zuzuteilen. Ich war wieder zu Hause, hatte nach Gran und der Krankenschwester geschaut und noch einmal versucht, Bellas Mutter zu erreichen. Was, wenn Walker kalte Füße bekam und doch nicht mehr mit mir reden wollte? Oder wenn eine Polizeieskorte ihn einschüchtern und zum Verstummen bringen würde? Eigentlich wollte ich nicht gegen Marions Willen handeln, aber irgendetwas war los, und ich konnte nicht untätig herumsitzen. Uns lief die Zeit davon.

Kurz nach zwölf Uhr fuhr ich zu seinem Bungalow. Mein Magen verkrampfte sich, als ich seinen Lieferwagen davor stehen sah. Die Doppelhaushälfte lag am Ende einer Sackgasse in einer Gegend, in die ich mich noch nie verirrt hatte.

Die Straße war ruhig. Plötzlich wurde ich nervös. Vielleicht hätte ich doch auf Marions Kollegen warten sollen. Mit schweißnasser Hand holte ich mein Handy heraus, obwohl ich nicht genau wusste, was mir das bringen sollte.

»Mr Walker?« Am Haus angekommen klopfte ich mit

den Fingerknöcheln an die Tür mit der weißen PVC-Beschichtung. Das Innere hinter der Milchglasscheibe wirkte dunkel.

»Darren? Hier ist Cassie Warren. Sie wollten mit mir sprechen?«

Ich blickte mich um und hielt nach Nachbarn Ausschau, aber im Haus nebenan schien niemand zu sein. In der Einfahrt standen keine Autos, und der Garten müsste auch mal wieder in Schuss gebracht werden.

Ich klopfte noch einmal. Nichts.

»Mr Walker, wenn Sie es sich anders überlegt haben, ist das in Ordnung. Aber Sie sollten es mir mitteilen.«

Ich trat zurück und betrachtete den Bungalow. Die Vorhänge waren zugezogen, aber das ganze Haus wirkte auf unheimliche Weise verlassen.

Da stimmte etwas nicht.

Ich umklammerte mein Handy. Sollte Darren heute Nacht hier gewesen sein, nachdem in den Nachrichten über seine Entlassung berichtet worden war, dann war alles denkbar. Mir kam in den Sinn, was Cordy Jones' Frau über die Reaktion der Leute auf seine Entlassung gesagt hatte.

Adrenalin rauschte durch meine Adern. Ich drückte die Klinke hinunter. Sie ließ sich problemlos bewegen, und die Tür schwang nach innen auf. Zögernd blieb ich stehen, auf den Fußballen auf und ab wippend. Ich sollte einfach Marion anrufen und ihr die Sache überlassen. Aber vielleicht war er ja verletzt.

*Klar, und falls nicht? Was, wenn das alles ein ausgeklügelter Plan war? Wenn er mir die Drohungen geschickt hat und sich irgendwann an mir rächen wollte?* Aber wofür? Ich gebot meinen Gedanken Einhalt. Wofür sollte er sich wohl rächen wollen? Er hätte doch nicht Fox angerufen, wenn er mir etwas antun wollte.

»Reiß dich zusammen, Cassie.«

Ich trat über die Schwelle, Marions Nummer auf dem Display geöffnet, um sie jederzeit anrufen zu können. Sosehr ich mir auch einzureden versuchte, dass alles in Ordnung war, es war zwecklos.

Die Tür öffnete sich auf einen Flur, von dem links und rechts je ein Schlafzimmer abging. Beide waren leer, außer dass in den Fenstern und über den Betten eine ganze Sammlung von Traumfängern hing, die mit ihren bunten Federn die lebendigsten Gegenstände im Haus zu sein schienen. Die Zimmer waren so akribisch aufgeräumt, als hätte er alles entfernt, was an ihn erinnern könnte. Ein großes Wohnzimmer und ein Bad waren ebenfalls leer.

Am Ende des Flurs befand sich der Raum, der die Küche sein musste.

»Mr Walker?«

Meine Stimme wurde vom Teppich gedämpft, eine fast geisterhafte Stille. Die Glastür schien erst vor Kurzem geputzt worden zu sein; auf der Scheibe sah man noch die Schmierflecken, da jemand das falsche Reinigungsmittel benutzt hatte.

Die Tür war geschlossen, und ich schaute hindurch.

»O Gott.«

Ich stieß die Tür weit auf und eilte in den Raum, direkt zum Küchentisch. Ein Stuhl lag umgestürzt an der Stelle, wo jemand ihn hingekickt hatte. Und da war Darren, wenige Zentimeter über dem Fußboden.

Auf dem Tisch, unter einer Teetasse, lag ein Zettel. Beim Anblick des hingekritzelten Texts begann mein ganzer

Körper zu schmerzen – ob es Trauer oder Schuldgefühle waren, hätte ich nicht sagen können. Ich konnte mich nicht überwinden, ihn zu lesen.

Ich strauchelte und fiel auf die Knie. Ich presste meine Hände gegen den Laminatboden und versuchte zu atmen, vergeblich.

Nicht noch einmal.

Während ich auf allen vieren dahockte, die Augen geschlossen, sah ich nichts anderes als sie. Meine Mutter. Die Küche war eiskalt, weil sie sämtliche Fenster aufgerissen hatte. Der Tisch war mit dem Sonntagsgeschirr gedeckt. Die Schuhe, an denen mein Blick kleben blieb, waren jene, die sie eigentlich nie trug. Hochhackig. Auf Hochglanz poliert. Die Schuhe, die sie mir zu meinem siebzehnten Geburtstag einen Monat zuvor geliehen hatte. Sie trug ihr schönstes Kleid, das mit dem Spitzensaum. Grün. Ihre Lieblingsfarbe. Ihre Hände waren weiß.

Ihr Gesicht war rot-violett. Ich schrie. Versuchte es wenigstens, aber der Schrei blieb mir in der Kehle stecken. Ich konnte meine Mutter nicht abnehmen. Konnte mich nicht einmal vom Boden erheben. Eine ganze Stunde musste ich dort gehockt haben, bevor ich in der Lage war, das Telefon zu suchen. Die Polizei, dann Marion, dann Gran. Der Gedanke, Dad anzurufen, kam mir nicht in den Sinn.

Jetzt atmete ich ein paarmal tief durch. Die Luft brannte in meiner Kehle. Mit geschlossenen Augen zwang ich mich dazu, einige Minuten weiterzuatmen. Ein und aus. Nichts leichter als das. Als die Übelkeit endlich nachließ, rappelte ich mich auf und betrachtete die Szenerie. Niemand außer uns war im Haus, nur wir beide.

Nur ich, besser gesagt.

# 42

»Komm, ich fahre dich nach Hause. Du musst dir das nicht weiter antun.« Marions Gesichtszüge waren sanft vor Sorge, aber ihre Stimme klang professionell, da sie bei der Arbeit Distanz zu mir herzustellen versuchte.

»Sie können noch nicht nach Hause gehen.« Detective Fox war hinter ihr erschienen und fuhr sich mit der Hand durch das kurze schwarze Haar. Seine Jacke saß ziemlich locker, und der Gürtel an seiner Hose war enger geschnallt als sonst.

Als er mich anschaute, verspürte ich nichts von seiner Boshaftigkeit bei unserer letzten Begegnung. Ich fragte mich, ob Marion mit ihm gesprochen hatte. Oder ob die Erschöpfung seinen Zynismus ausgelöscht hatte.

»Meine Aussage wurde noch nicht aufgenommen«, erinnerte ich Marion und nickte Fox zu, um zu signalisieren, dass ich mich als kooperativ erweisen würde. In Wahrheit hatte ich nichts zu berichten, was ich Marion nicht schon erzählt hätte, nachdem sie mit heulenden Sirenen und ein paar Kollegen eingetroffen war. Später sind weitere Menschen gekommen, Sanitäter und Kriminaltechniker, die alle einen großen Bogen um mich machten.

Und Schaulustige. Die Nachricht verbreitete sich in Windeseile, sodass es in der Straße innerhalb einer halben Stunde von Menschen wimmelte, von Journalisten und Neugierigen, die ich aus der Stadt kannte. Irgendjemand flüsterte das Wort »Selbstmord«, und ich erstarrte. Auch Earl vom Café entdeckte ich, mit seinem kleinen Cockerspaniel – ich hatte gar nicht gewusst, dass er hier wohnte –, im Gespräch mit einer alten Frau, die sich auf ihren Stock stützte. Hatten diese Leute denn nichts Besseres zu tun?

Als wir am Rand der Einfahrt standen, blieb Marion dicht bei mir. In meiner Orientierungslosigkeit schien sich alles langsamer zu bewegen. Ich spürte die Wärme ihrer Hand auf meinem Rücken. Nichts hätte ich lieber getan, als mich in ihre Arme zu schmiegen, aber ich riss mich zusammen.

»Was, um Himmels willen, hast du dir nur dabei gedacht, Cassie?«, fragte sie. »Ich hatte dich nicht grundlos gebeten, nicht allein hierherzufahren.« Sie schüttelte den Kopf, und ich konnte es ihr nicht verdenken, dass sie sauer war. »Geht es dir denn so weit gut?«, fragte sie dann noch, da sie zweifellos an Mum denken musste.

»Warum sollte er sich umbringen?«, fragte ich sie. »Heute Nacht hat er noch erklärt, dass er mit mir reden wolle. Er sagte …«

»Manchmal soll so eine Behauptung einfach sicherstellen, dass man gefunden wird«, erwiderte Marion so freundlich wie möglich, aber das Grauen fraß sich trotzdem in mein Inneres hinein.

»Warum ich?«, fragte ich und schaute Marion an. Ihr Gesicht war bleich und eingefallen.

»Keine Ahnung.«

Fox hatte mit einem der Sanitäter geflüstert, aber nun kam er wieder zu Marion und mir herüber.

»Ich kann Cassie auf die Wache bringen, um ihre Aussage aufzunehmen, wenn du hierbleiben und die Sache übernehmen würdest?«, sagte er.

Marion warf mir einen Blick zu, aber ich hatte nicht die Kraft zu protestieren. Sobald sie weg war, führte Fox mich zu seinem Wagen und hielt mir die Beifahrertür auf. Ich schlüpfte hinein, fast dankbar, meine zittrigen Beine entlasten zu können. Ich biss die Zähne zusammen, damit sie zu klappern aufhörten, und ballte meine Hände zu Fäusten.

Dass Fox ebenfalls einstieg und den Motor anließ, bemerkte ich kaum. Als er nicht losfuhr, schaute ich zu ihm hinüber. Er sah mich fragend an, eine Hand am Lenkrad, die andere am Schaltknüppel. Seine braunen Augen waren eindringlich.

Ich fühlte die Fragen unter meiner Haut kribbeln.

»Hat er Bella entführt?«, platzte es aus mir heraus.

»Es gibt keinerlei Hinweise darauf, dass Walker in diesem Haus jemanden gefangen gehalten hat.« Fox sprach in einem kühlen, pragmatischen Tonfall, offenbar froh, dass er private Themen vorerst umschiffen konnte.

»Warum hat er sich dann umgebracht?«, fragte ich. »Es muss doch einen Grund geben. Wegen irgendetwas muss er doch Schuldgefühle gehabt haben.« Ich fuhr mir mit der Hand durch mein zerzaustes Haar und zog so fest an den Strähnen, dass es wehtat.

»Als er heute Nacht angerufen hat, war er betrunken«, erklärte Fox. »Ich denke, er kam aus einem Pub. Jedenfalls habe ich Leute herumlaufen hören.« Fox drehte sich noch weiter zu mir herum, die Augenbrauen hochgezogen.

»Ja und? Wollen Sie damit andeuten, dass er es Ihrer Meinung nach nicht getan hat? Dass jemand anders …?«

Meine Gedanken überschlugen sich. Jeder hätte mitbekommen können, dass er Fox am Telefon gesagt hat, er wolle mit mir reden. Jeder hätte mitbekommen können, dass er drauf und dran war einzuknicken. Mir wurde übel.

»Ich will gar nichts andeuten«, erwiderte Fox. »Und ganz bestimmt würde ich es nicht einer Journalistin auf die Nase binden, wenn etwas anderes dahinterstecken würde.«

Er hielt meinem Blick stand. Meine Gedanken überschlugen sich, und mir gefiel gar nicht, wohin sie mich trugen. Ich wollte Fox nicht erzählen, dass ich mir nicht sicher war, ob ich überhaupt noch Journalistin sein wollte.

»Warum erzählen Sie mir das?«, fragte ich ihn.

Fox seufzte und massierte sich die Nasenwurzel. Meine Frage würde er nicht beantworten.

Schließlich sagte er: »Marion … die ist zu gut für Sie.«

Mir wurde flau, aber er war noch nicht fertig.

»Aber wissen Sie, was? Heute Morgen, als sie zur Arbeit kam … so habe ich sie noch nie erlebt. Noch nie. Sie war eine … wandelnde Energiequelle. Das ist Ihnen zu verdanken, das weiß ich. Sehen Sie es also als Versuch, mich als Mann zu erweisen. In Ordnung?«

Er verzog das Gesicht. Freunde würden wir wohl trotzdem nicht werden. Ich nickte schnell.

»Was ist mit dem Abschiedsbrief?«, fragte ich.

»Das ist kein Brief. Nur meine Telefonnummer und Ihr Name.«

»Er wusste etwas«, sagte ich. »Er wusste ganz bestimmt etwas.«

»Er wollte es *Ihnen* erzählen, Cassie. Ich weiß, dass Marion und Sie über die Vergangenheit geredet haben. Walker hatte aus irgendeinem Grund das Gefühl, dass er sich Ihnen anvertrauen muss.«

Meine Gedanken kamen zum Stillstand. Wenn ich eine Stunde eher hier gewesen wäre, würde er vielleicht noch leben. Vielleicht hätte ich etwas tun können.

»Vielleicht hatte es mit Olive zu tun«, flüsterte ich. »Und irgendjemand hat ihn deswegen umgebracht.«

Auf der Wache kochte mir Fox einen Kaffee, bevor er mich in denselben Vernehmungsraum führte, in dem wir ein paar Tage zuvor auch gesessen hatten. Stück für Stück gingen wir den Ablauf des Vormittags durch. Jedes Mal wenn ich die Augen schloss, sah ich Darren vor mir – oder meine Mutter. Klebrige Schuldgefühle stiegen in mir auf, und mir wurde übel. Richtig übel. Ich hatte nicht einmal die Kraft, mich zu entschuldigen, als ich zur Toilette rannte.

Es war meine Schuld. Ich hatte mit dem Finger auf Darren gezeigt. Er hatte mit mir reden wollen, und jetzt war er tot.

Immerzu musste ich an den Abschiedsbrief denken. Nicht den, den Darren hinterlassen hat, sondern den, den ich vor vielen Jahren gefunden habe. Meine Gedanken drehten sich im Kreis und erinnerten mich ständig an meine Mutter. Daran, wie sie mich verlassen hat.

*Cassie, es tut mir leid. Ich habe es versucht. Es ist lang überfällig. Lass mich einfach gehen, dann wird es dir besser gehen. Nichts funktioniert mehr, nichts kann den Schmerz stillen. Nur dies hier. Mum*

Es hat den Schmerz nicht gelindert. Meinen jedenfalls nicht.

Als ich nach Hause zurückkehrte, war der halbe Nachmittag verstrichen. Ich war erschöpft und fahrig. Das viele Koffein auf fast leeren Magen führte dazu, dass mir schlecht war. Ich betrat das Haus so leise wie möglich, falls Gran ein Nickerchen halten sollte.

Das Wohnzimmer war leer. Grans Strickzeug lag als wirres Knäuel auf der einen Sofalehne, ihr Buch auf der anderen. Ich schlüpfte aus den Schuhen und schlich mich die Treppe hinauf. Sie lag in ihrem Bett und hatte sich auf der Seite zusammengerollt; der gebrochene Arm war auf Kissen gebettet. Ich stieß erleichtert einen Seufzer aus, da ich einen Moment für mich brauchte, bevor ich mich ihr widmen konnte.

Als ich wieder in den Flur trat, gab mein Handy einen klagenden Laut von sich. Ich ging ins Bad, bevor ich es herausholte.

*sie waren schwer zu finden*

Meine Hände wurden feucht und verkrampften sich. Ich gab mir Mühe, langsam zu atmen. Meine Kontakte waren auf diesem Handy nicht gespeichert, daher könnte die Nachricht von jedem stammen. Aber noch bevor die zweite SMS kam, wusste ich, dass es nicht so war. Ich wusste es einfach.

*sind sie froh dass sie weiter im Dreck gewühlt haben? sehen sie was sie angerichtet haben? jetzt ist er TOT und das ist IHRE SCHULD*

Instinktiv wollte ich die SMS löschen, tat es dann aber nicht. Meine Hände zitterten. Mein Magen krampfte sich zusammen, obwohl ich nichts mehr gegessen hatte, seit ich mich auf der Polizeiwache übergeben hatte. Bittere Galle stieg mir in die Kehle.

Er war es. Sollte ich mir nicht sicher gewesen sein, jetzt wusste ich es.

*Wer sind Sie?*, schrieb ich zurück. *Was wollen Sie von mir?*

*keinen schritt weiter sagte ich. halten sie sich raus. letzte chance.*

*Sonst passiert was?*, schrieb ich.

Keine Antwort. Ich wartete – endlose Sekunden lang. Zitternd und mit einem flauen Gefühl im Magen, als hätte ich Grippe. Ich drückte auf Anrufen, und die Nummer wurde angezeigt. Es war eine andere, als ich Henry zu überprüfen gebeten hatte.

Ich wusste nicht, was ich tun würde, wenn sich jemand meldete. Aber natürlich meldete sich niemand. Als ich mein Handy schon aus dem Badezimmerfenster werfen wollte, brummte es wieder. Ein Anruf.

Mein ganzer Körper verspannte sich. Ich schluckte hart, und in meinen Achselhöhlen bildete sich Schweiß.

»Hallo?«

»Sie lebt ja noch! Endlich gehst du mal an dein dämliches Handy.«

Erleichterung durchströmte mich beim Klang von Henrys vertrauter Stimme. Salzige Tränen brannten in meiner Kehle, aber ich hielt sie zurück.

»Hallo«, sagte ich, »im Moment ist es ungünstig.«

»Ah, das ist genau die Reaktion, die ich mir erhofft habe, nachdem ich mir den Arsch aufgerissen habe, um wertvolle Informationen für dich zu beschaffen.«

Ich war immer noch damit beschäftigt, meinen Atem unter Kontrolle zu bringen.

»Heno«, warnte ich ihn, »das ist nicht lustig.«

»Tut mir leid. Hör zu, ich rufe nur wegen diesem Walker an …«

»Da kommst du zu spät«, sagte ich.

»Was? Warum?«

»Er ist tot.«

Die Stille war mit Händen greifbar, als Henry die Nachricht verarbeitete. Ich wollte, dass er mich in Ruhe ließ, damit ich sie selbst verarbeiten konnte, und hätte sogar fast das Handy weggelegt. Dann wurde mir aber bewusst, dass er eine Frage gestellt hatte.

»Was?«, fragte ich.

»Fremdeinwirkung?«

»Heno, können wir es nicht einfach dabei belassen? Das hilft doch niemandem.«

»Ich frage ja nur. Es gibt nämlich etwas, das mich beschäftigt, seit wir zum letzten Mal miteinander gesprochen haben. Dieses Lagerhaus, das Walkers Vater verkauft hat … Walker hat nur einen kleinen Teil des Geldes bekommen. Der Rest ist irgendwo anders gelandet. Walker hat jahrelang nur Mindestlohn verdient und Kreditkartenschulden angesammelt. Das Geld scheint einfach wie vom Erdboden verschluckt.«

»Das ist ja merkwürdig. Wer hat das Lagerhaus denn gekauft?«, fragte ich.

»Keine Ahnung.« Henry klopfte wieder gegen sein Handy. *Tapp-tapp, tapp-tapp-tapp.* »Das lässt sich nicht so leicht herausfinden. Aber der Zeitpunkt ist irgendwie verdächtig, Cass. Wie es aussieht, wurde es sechs Monate vor dem Verschwinden deiner Schwester verkauft. Der Vater starb kurze Zeit später an einem Herzinfarkt. Sollte er in krumme Geschäfte verwickelt gewesen sein, war er das Problem los.«

»Mist.« Ich atmete langsam aus. Konnte das irgendetwas mit dem zu tun haben, was Walker mir heute erzählen wollte? Könnte der Käufer des Lagerhauses die Person sein, die Olive entführt hat? Und Bella? Vielleicht war das an den Haaren herbeigezogen, aber es würde Walkers Nervosität erklären, seine Angst. »Kannst du irgendwie herausfinden, Henry, an wen er es verkauft hat?«

»Er hat bar auf die Hand gezahlt, mein Schatz. Schwer nachzuverfolgen.«

»Ich weiß, aber kannst du es wenigstens versuchen?« Meine Stimme brach. »Entschuldigung. Vielleicht hat es nichts zu bedeuten. Vielleicht hat es aber auch alles zu bedeuten. Walker wollte mit mir sprechen, bevor er starb. Ich muss herausfinden, wieso.«

»Was hast du jetzt vor?«

»Dahin zurückgehen, wo alles begonnen hat.«

# 43

Ich hatte meinen Wagen zu Hause stehen lassen und marschierte in die Innenstadt, wo mein Blick von den Auslagen sämtlicher Läden angezogen wurde, die Kristalle oder magischen Schmuck verkauften. Die Sonne war herausgekommen und wärmte die kühle Nachmittagsluft, sodass ich ins Schwitzen geriet, als ich den leichten Anstieg zum Chestnut Circle in Angriff nahm. Es war ein gutes Gefühl, das mich vom Grauen des Tages ablenkte.

Ich sah in das Gesicht eines jeden Kindes, an dem ich vorbeikam. Die meisten wirkten scheu und klammerten sich an den Arm ihrer Mutter oder Freundin, als könne die Frau in dem schwarzen Kapuzenpulli gefährlich sein. Andererseits konnten sie ja nicht wissen, dass ich es nicht war. Ich wusste es selbst nicht mehr genau. Alle Menschen, mit denen ich in den letzten eineinhalb Wochen Kontakt hatte, sind in Schwierigkeiten geraten. Darren Walkers verzerrte Gesichtszüge, dieser Ausdruck von Panik und Angst – ich verdrängte das Bild mit aller Macht.

Als ich den Chestnut Circle erreichte, spielten Kinder am Springbrunnen, von ein paar Müttern mit Argusaugen bewacht. Ich blieb kurz stehen. Unsere Schritte an jenem

Augusttag vor sechzehn Jahren hatte ich nachvollzogen, so gut ich es aus der Erinnerung vermochte. Nun versuchte ich, das Bild heraufzubeschwören, das ich am Vorabend mit Marions Hilfe gesehen hatte. Die Sonnenfinsternis, die die Luft kühler werden ließ; die geheimnisvolle Dunkelheit, die alles mit ihrem magischen Netz einfing; Olive ruhelos und unzufrieden; ich selbst distanziert und in Gedanken ganz woanders. Von meiner Position auf der anderen Seite des Platzes aus betrachtete ich Adys Laden und die Stelle, wo damals die Markise gehangen hatte.

Die Markise gab es nicht mehr, aber die Straßenecke sah noch genauso aus wie früher. Dort, wo sich der gestreifte Stoff um die Ecke gezogen hatte, in die Gasse auf der anderen Ladenseite, ragte immer noch eine einsame Stange aus der Wand.

In der Gasse standen ein kleiner Tisch und ein paar Plastikstühle, auf denen die Leute sitzen, Eis essen und den Brunnen betrachten konnten. Damals hatten keine Stühle dort gestanden, und ich gab mir alle Mühe, den Gedanken zu verdrängen, was gewesen wäre, wenn Olive einfach auf einen der Stühle hätte steigen können. Vielleicht hätte sie dann mehr gesehen und wäre nicht weggegangen.

»Warum habe ich dir nicht einfach zugehört?«, fragte ich mich, als ich weiterging. Meine Stimme holte mich in die Gegenwart zurück, und ich schüttelte den Kopf.

Als ich mich dem Laden näherte, sah ich jemanden davor stehen. Ein kleines blondes Mädchen, das sich bückte, weil es etwas vom Boden aufheben wollte. Eine Pappbrille. Als ich näher kam, erkannte ich Adys Tochter.

»Hallo«, sagte ich, ein wenig außer Atem.

»Hallo.« Sie wich zurück, mit den Lederschuhen der

Schuluniform über den Asphalt schleifend. Ihr Rock war zu lang und eher für jemanden gemacht, der zwei, drei Jahre älter war. Sie zupfte daran, als habe man sie bei einer Lüge ertappt. »Mein Dad ist drinnen, falls Sie den suchen. Im Moment arbeitet er ständig. Ich wollte nur schauen, ob man mit diesem Ding wirklich dreidimensional sieht. Eigentlich darf ich mich nicht vom Laden entfernen, aber es ist ja nur um die Ecke …«

»Oh«, sagte ich. »Nein, das ist schon in Ordnung. Ich wollte nur …«

Nur was? Die Strecke ablaufen, die ich mit meiner Schwester vor sechzehn Jahren gegangen war, bevor sie dann entführt wurde?

»Ich muss gehen, sonst bekomme ich Ärger«, sagte Tilly. »Dad wird sauer, wenn er mich nicht sieht. Besonders im Moment. Er rastet aus.«

»Nein, warte.« Ich hob die Hände, um zu signalisieren, dass ich ihr nichts tun würde. Zu meiner Überraschung blieb sie sofort stehen. Normalerweise funktionierte es nicht. »Hör mal, du gehst doch auf dieselbe Schule wie Bella Kaluza, oder?« Ich zeigte auf die Schuluniform, die auch Bella und Grace und ihre Freunde trugen. Mir war noch gar nicht aufgefallen, dass die Mädchen vermutlich gleichaltrig waren.

Tilly neigte misstrauisch den Kopf; ihre große, runde Brille rutschte ihr auf die Nasenspitze. »Warum?«

»Ich habe mich nur gefragt, ob du Bella kennst. Das Mädchen, das vermisst wird.«

»Ja, aber mein Dad … Er redet nicht über sie. *Überhaupt nicht.* Die Sache regt ihn wirklich auf. Aber ich habe gestern Abend und heute Morgen ein paar Dinge im Fernsehen gesehen. Als er nicht da war. Mette – meine Babysitterin – hat es mir nicht verboten. Schließlich bin ich ja auch kein Baby mehr.«

»Nein, natürlich nicht«, sagte ich, obwohl sie mir durchaus ein bisschen babyhaft vorkam. Sie lächelte. »Kennst du denn Bella?«, fragte ich.

»Nicht gut. Wir haben keinen Unterricht zusammen. Unsere Fächer sind ganz andere. Aber sie scheint nett zu sein.«

»Nett im Sinne von freundlich?«

»Eher nett im Sinne von … cool. Wissen Sie, was ich meine? Sie lässt sich von niemandem reinreden, obwohl wir in die unterste Klasse gehen und die Älteren uns immer ärgern. Bella schert sich nicht darum. Ich sehe sie auch immer mit den Lehren reden, aber sie schmeichelt sich nicht ein. Sie tut nichts wegen guter Noten. Sie ist einfach … irgendwie erwachsen. Das ist alles. Ich glaube, sie ist viel mit ihrer Mutter zusammen, und manchmal isst sie auch mit Mr Howden zu Mittag.

Einmal habe ich sie auch in der Arztpraxis getroffen. Wir haben nämlich denselben Arzt. Selbst da war sie cool, dabei hatte sie die röteste Nase, die ich je gesehen habe. Dad sagt, es ist ein Zeichen für schlechte Erziehung, wenn man seine Kinder so herumlaufen lässt.«

Tilly rümpfte die Nase und betrachtete die Pappbrille, mit der man die Sonnenfinsternis anschaute. Sie schwieg, aber ihre Miene deutete darauf hin, dass sie noch mehr zu sagen hatte.

»An was denkst du?«, drängte ich sie.

»Ich weiß nicht.« Tilly zuckte mit den Schultern. »Morgens kommt sie meist allein in den Laden. Ihre Freundinnen wohnen alle in diesen großen Häusern in der Nähe der

Schule. Aber sie lebt hier unten, wie wir. Sie kauft immer dasselbe … im Laden, meine ich. So erwachsen ist sie wohl doch nicht. Jedenfalls trinkt sie keinen Kaffee. Manchmal hat sie sogar Zöpfe.«

»Was kauft sie denn?«, fragte ich.

»Orangensaft. Den in dieser Packung mit dem Strohhalm. Jeden Tag.« Tilly schnaubte, als könne das lustig sein, wenn Bella nicht vermisst wäre. »Dad würde mich das nie trinken lassen. Nichts als Zucker, sagt er. Überhaupt erlaubt er mir kaum etwas, das Spaß macht. Er sagt, schlechtes Essen hat meine Mutter krank gemacht …

Aber Bella trinkt das Zeug jeden Tag und ist trotzdem gesund. Manchmal sehe ich sie mit ihren Freundinnen zur Schule gehen, wenn Mette mich hinfährt. Manchmal sehe ich sie auch hier, wenn Dad mich bringt.«

»Du kommst manchmal vor der Schule hierher?«, fragte ich. Vielleicht hat sie Bella am Morgen der Sonnenfinsternis gesehen. Vielleicht hat sie gesehen, in welche Richtung sie gegangen ist, als sie den Chestnut Circle verlassen hat.

Tilly zuckte mit den Schultern. »Früher war ich immer hier, aber in letzter Zeit lässt mich Dad nicht mehr. Ich soll zu Hause bleiben, weil es da sicherer ist. Aber Gott sei Dank verlässt er ziemlich früh das Haus. Dann kann ich länger im Bett bleiben, bis Mette mich rausschmeißt.« Sie lächelte, ein verschmitztes Lächeln, das Grübchen in ihre Wangen zauberte.

»Hast du Bella an dem Morgen gesehen, als sie verschwunden ist?«, fragte ich.

»Nein.« Tilly schüttelte den Kopf. »Dad hat mich ziemlich früh an der Schule abgesetzt, weil ja auch Lehrer da waren. Er wollte, dass ich nichts von der Sonnenfinsternis verpasse.

Und laufen darf ich ja nicht, obwohl es nicht weit ist. *Alle* haben die Sonnenfinsternis angeschaut. Das war echt klasse.

Dad sagt, in anderen Städten ist den Leuten das nicht so wichtig. Aber Bishop's Green ist cool, oder? Alles ist irgendwie magisch. Mein Geschichtslehrer hat uns etwas über die Geschichte der Sonnenfinsternisse erzählt. So etwas kommt sogar schon in der Bibel vor. Er sagt, das sei eine Art uralte Magie. Wir haben viel darüber geredet. Er weiß viel über diese Dinge.

Aber egal, das Ganze hat jedenfalls zwei Stunden gedauert. Dad sagt, es bringt Unglück, wenn man den Anfang verpasst. Wussten Sie, dass es während der letzten Sonnenfinsternis dieses riesige Fest hier gab? Aber das war in den Schulferien und ist auch schon Ewigkeiten her.«

Einmal in Fahrt gekommen war dieses Kind nicht mehr zu bremsen.

»Und was ist mit Bella?«, drängte ich. »Hat dein Dad gesagt, ob er sie gesehen hat? Oder ob sie sich irgendwie komisch benommen hat? Oder ob jemand bei ihr war?«

»Er hat es nicht gesagt, aber ich glaube, er fühlt sich schlecht, weil er nicht weiß, was passiert ist.«

Im Laden packte Ady gerade eine Kiste Orangensaft aus. Als er meinen Gesichtsausdruck sah, hielt er sofort inne.

»Was ist los?«, fragte er.

»Bella«, sagte ich heiser, »sie kommt jeden Tag hierher. Hast du das der Polizei erzählt?«

»Ich? Nein. Ich hätte nicht gedacht, dass das … Ich habe nicht …« Er zögerte, und über sein Gesicht huschte ein Ausdruck der Traurigkeit. »Sie haben mich nicht danach gefragt.«

»War Bella am Freitagmorgen hier?«, fragte ich.

Ady stellte die Kiste ab und ging zur Ladentheke, wo ein kleiner Bildschirm für die Überwachungskamera stand.

»Vielleicht«, sagte er. »Keine Ahnung. Ich habe nicht mal darüber nachgedacht ... sie war immer so ...« Sein Gesicht war nun aschfahl. Er fummelte an einer Box herum, und der Bildschirm flackerte. Ich wartete gar nicht auf eine Einladung, sondern trat einfach um die Kasse herum und stellte mich neben ihn.

»Du kannst dich nicht daran erinnern?«, fragte ich.

Ady schüttelte den Kopf.

»Ady ...«

»Die Tage verlaufen alle so gleichförmig«, murmelte er und kratzte sich an den Bartstoppeln. »Ich fühle mich schrecklich. Keine Ahnung ...«

Bilder vom Band sausten im Zeitraffer vorbei. Ich sah die Zeitanzeige durchlaufen, wertvolle Minuten, die zu einem grauen Nebel verschwammen.

»Da«, sagte ich.

Ady drückte auf die Abspieltaste. Bella kam in den Laden, ging sofort zu dem Getränkekühlschrank neben der Kasse und kramte etwas von ganz hinten hervor.

»Das tut sie immer«, sagte Ady. Seine Stimme klang belegt, als würde er das Gleiche denken wie ich: Wie leicht es gewesen war, diese Gewohnheiten herauszufinden und ihr zu folgen. Sie mit irgendetwas zu locken.

Auf der Aufnahme stand Ady nicht hinter der Theke. Bella schaute sich um. Wartete einen Moment. Dann legte sie einen Stapel Münzen auf die Kasse.

Ady neben mir atmete laut aus, was wie ein erleichterter Seufzer klang.

»Ich wusste es nicht mehr«, sagte er leise. »Ich konnte mich nicht mehr erinnern. Ich wusste nicht mehr, ob ich sie gesehen habe. Es war eine Lieferung gekommen, die ich ausgepackt habe. Vielleicht war es der Tag, an dem ich den Reis verschüttet habe …«

Auf der Aufnahme sah Bella plötzlich hoch und schaute zur Tür, wo der Überwachungsbereich endete. Jemand hatte ihre Aufmerksamkeit auf sich gezogen. Ihre Lippen bewegten sich, als würde sie ihn erkennen. Sie nahm ihren Orangensaft und lief zur Tür. Und dann war sie verschwunden.

»Die Polizei braucht eine Kopie von dieser Aufnahme«, sagte ich. Meine Stimme zitterte so heftig, dass ich nicht wusste, ob Ady mich verstanden hatte. Aber er nickte.

# 44

»Wir werden sofort jemanden auf die Aufnahmen der Überwachungskamera ansetzen«, sagte Marion. Sie lehnte an der Wand vor der Polizeiwache, die Arme vor der Brust verschränkt. Die Knöpfe spannten, als sie sich streckte. »Scheint so, als habe Bella die Person gekannt, die kam. Vielleicht ist es ihr Entführer.«

Ich stand mit dem Rücken zum Parkplatz und fröstelte im kalten Wind. Mittlerweile wurde es dunkel. Alle Stellplätze waren belegt, aber die meisten Wagen gehörten nicht Polizisten. Marion hatte mir von all den Leuten erzählt, die nach Bellas Verschwinden ihr Lager vor der Wache aufgeschlagen hatten. Die Vorstellung, dass ich vor gar nicht langer Zeit eine von ihnen war, erfüllte mich mit einer sonderbaren Mischung aus Sehnsucht und Verachtung.

Ich steckte mir eine Zigarette an. So viel zum Aufhören. Rauchen hatte allerdings ein paar Vorteile. Marion stand dicht neben mir, den Kopf zu mir vorgebeugt. Als sie noch näher heranrückte, fühlte ich mich noch sicherer.

»Ich wünschte, ich wüsste, wer es war«, murmelte ich. »Ich wünschte, wir würden diese Person finden.«

»In der Tat.« Marion seufzte. »Immerhin haben wir eine

Bestätigung dafür entdeckt, dass Walkers Leiche nach dem Todeszeitpunkt bewegt wurde. Er ist in den frühen Morgenstunden gestorben.« Sie suchte meinen Blick.

»Er war die ganze Zeit tot?«, fragte ich. »Und wurde aufgehängt, als er schon tot war?« Ich gestand mir nur ungern ein, dass ich eine gewisse Erleichterung verspürte. In dem Fall hätte ich ihm sowieso nicht helfen können. Selbst dass er mit mir reden wollte, habe ich erst nach seinem Tod erfahren.

»Sieht so aus.« Als Marion sich zurückzog, fing ich sofort wieder an zu zittern. Mir ging es immer noch schlecht. *sehen sie was sie angerichtet haben.* Ich hatte Marion die jüngsten Nachrichten gezeigt, aber sie jagten mir immer noch einen Schauer über den Rücken. Offenbar gelang es der Polizei nicht, die Nummer zurückzuverfolgen, was es nicht besser machte. »Die Würgemale am Hals stimmten mit der Weite der Schlinge überein, aber Fox sagte, die Position war falsch. Er wurde erwürgt, bevor er aufgehängt wurde.«

»Mist«, sagte ich.

Ein Schatten huschte über Marions Gesicht. Sie wandte sich ab und schaute auf den Parkplatz. »Wer auch immer es getan hat, er wusste genug, um die Spuren des Geschehens zu verwischen. Andere Spuren gibt es auch kaum. Keine DNA.«

»Warum hat man ihn nicht einfach am Tatort liegen lassen?«, fragte ich.

»Er wurde nicht in seinem Haus getötet. An Walkers Jeans befand sich Staub, aber das Haus ist makellos sauber. Keinerlei Anzeichen für einen Kampf. Es ist also wahrscheinlicher, dass er woanders umgebracht und dann nach Hause transportiert wurde. Abwehrverletzungen gibt es auch nicht.«

»Keine Abwehrverletzungen?«, sagte ich mit hohler Stimme. »Dann hat er den Mörder gekannt?«

Marion kaute auf ihrer Lippe. »Wahrscheinlich.«

»So wie Bella vermutlich wusste, wer sie entführt hat.« Eine Minute lang rauchten wir schweigend. Dann sagte ich: »Es muss jemand sein, vor dem sie keine Angst hatte, wenn sie ihm an einem Schultag begegnete. Vielleicht hat sie ihn sogar erwartet? Oder es war jemand, der einen Grund hatte, in der Nähe zu sein.«

Meine Gedanken kehrten wieder zu Howden zurück, den ich vor dem Laden getroffen hatte: *Ich wohne nämlich da drüben.*

»Vielleicht eine Autoritätsperson«, sagte Marion nachdenklich. »Kinder trauen bestimmten Berufsgruppen mehr als anderen – Ärzten, Lehrern, Eltern. Menschen, die sie oft sehen.«

Ich hatte eine Gänsehaut und rieb mir die Arme. So leicht könnte es sein. Jemand, den sie kannte, ein vertrautes Gesicht. Dann das Angebot, sie zur Schule zu bringen. So hatte ich mir das schon häufiger ausgemalt, aber nun war ich davon überzeugt, dass diese Version wirklich zutraf.

»Ich werde mir die Aufnahmen der Überwachungskamera noch einmal anschauen«, sagte Marion. »Wir sehen uns später.«

Sie beugte sich vor und küsste mich auf die Wange, direkt vor ihrer Arbeitsstelle, unbekümmert, wer sie sehen könnte. Ihr Atem war warm. Ich gestattete mir ein kleines Lächeln.

Zu Hause stellte ich sicher, dass Gran zu Abend aß, und schaffte es sogar, ebenfalls ein wenig zu essen. Dann begab ich mich in die Bar von Henrys Hotel. Bella war schon fast fünf Tage verschwunden. Über hundert Stunden seit der Sonnenfinsternis. *Hundertacht Stunden, aber wer zählte schon mit?*

Ich ließ mich in einen Sessel plumpsen, da plötzlich sämtliche Energie aus meinem Körper wich.

»Du siehst fertig aus«, sagte Henry.

Ich verdrehte die Augen.

»Danke. Was hast du über die Lagerhausgeschichte herausgefunden?«

»Es beruht alles ein bisschen auf Spekulation, aber es sieht so aus, als wäre es an einen« – Henry schob sein Whiskeyglas zur Seite – »Neil White verkauft worden. Zweiundfünfzig Jahre alt.«

»Aber nicht *Doktor* White?« Der Raum schien zu schrumpfen. Plötzlich rückten die dunklen Wände bedrohlich auf mich zu. Ich öffnete den Reißverschluss meiner Kapuzenjacke. »*Mein* Doktor White?«

»Sofern es nicht noch einen anderen Doktor White gibt, der in der Nähe des Chestnut Circle praktiziert.«

In meinen Ohren rauschte es, und ich hatte das Gefühl, in Ohnmacht zu fallen. Blind griff ich nach Henrys Glas und nahm einen Schluck. Er beobachtete mich mit einem unergründlichen Blick.

»Wozu, um alles in der Welt, braucht ein Arzt eine Lagerhalle, Heno?«

»Ich bin mir sicher, dass es eine Menge ehrenwerter Gründe gibt«, sagte Henry, wirkte aber nicht überzeugt. Ich konnte nicht an ehrenwerte Gründe denken, sondern nur an den Duft von Orangen, der in jenem Sommer in seiner Praxis gehangen hatte. An die Schale mit dem Schnickschnack und den Ring mit der Meerjungfrau. Ich dachte an die Schlaftabletten, die meiner Großmutter helfen, aber auch ein Kind zum Schlafen bringen konnten.

»Cassie, ist alles in Ordnung? Du siehst aus, als sei dir nicht gut.«

Ich atmete tief ein. Dachte daran, wie er nach Grans Unfall mit mir gesprochen hat, als sei das alles meine Schuld. Und an seine Sorge um Bella, die keinerlei Grund hatte, Angst vor ihm zu haben.

»*Cassie.*«

»Mir geht es gut«, sagte ich matt. Mein Herz hämmerte, und ich hatte das Gefühl, mich übergeben zu müssen. »Rede einfach weiter.«

Henry betrachtete mich mit Adleraugen, gehorchte aber. »Tja, sieht so aus, als würde er Strom bezahlen, aber keine sonstigen Gebühren. Ich habe mit Walkers Mutter gesprochen. Ein enger Freund hat Walker senior dazu überredet, das Gebäude zu verkaufen, weil er unbedingt Geld brauchte. Die Summe hat als eine Art inoffizielles Darlehen die Seiten gewechselt. Mrs Walker hat sich mit der Idee des Verkaufs allerdings nie anfreunden können, zumal sie nicht einsah, wozu ein Arzt ein Lagerhaus braucht.«

»Könnte es das sein, was Darren mir mitteilen wollte?«, fragte ich, eher mich selbst als Henry. »Dachte er, sein Vater habe das Lagerhaus an den Mann verkauft, der … der …«

Ich zitterte. »Ich muss sofort los«, sagte ich. »Ich muss … ich muss mich vergewissern … Gran …«

Doktor White. *Doktor White.*

# 45

*15. März 2003*

Die Blutergüsse traten nun deutlich hervor. Das Violett hatte eine tiefere Färbung angenommen, als könne ihre Haut nicht glauben, was sie ihn alles tun ließ. Olive betrachtete die Verletzungen im blassen Licht des Nachmittags. Ein nasser Tag. Der Regen schlug gegen die Fensterscheibe, wo er vom Dach herabtropfte. Nicht zum ersten Mal wünschte sie sich, dass sie die Luft riechen könnte.

Die Blutergüsse waren etwa fünf Zentimeter groß. Einer an jedem Oberschenkel an der Innenseite, sodass sie die Beine beim Sitzen leicht spreizen musste. Eigentlich war sie selbst schuld. Sie hätte wissen müssen, dass sie nicht protestieren sollte, wenn er sich mit seiner Frau gestritten hatte. Dann war er unberechenbar, das wusste niemand so gut wie Olive.

Insgeheim fragte sie sich, was seine Frau wohl über ihn dachte. Und ob sie wusste, wo er hinging, wenn er das Haus verließ, um das gefangene Mädchen zu sehen. Einen Abend in der Woche, seit fast vier Jahren nun, und sie hatte noch keinen Verdacht geschöpft? Vielleicht stritten sie sich ja deswegen häufiger in letzter Zeit. Vielleicht ahnte sie etwas. Sandmann behauptete, seine Frau wisse von Olive, aber das nahm sie ihm nicht ab. Sie konnte nicht glauben, dass jemand sie in dieser Weise leiden lassen würde.

Olive hat sie nur einmal gesehen, lang bevor Sandmann sie entführt hat. Sie war eine Schönheit wie aus dem Bilderbuch: tiefschwarzes Haar, schneeweiße Haut und so dünn und zerbrechlich, als könne ein scharfer Wind sie umblasen. Eine Künstlerin, hatte Olive damals gedacht. Jetzt war sie eher der Ansicht, sie müsse ziemlich dumm sein.

Wann war Olive so hartherzig geworden? So gemein? Vermutlich war sie immer schon so. Da ihr der Mut fehlte, wurde sie wütend. Das war mittlerweile fast schon ein Dauerzustand. Wie einen kalten Stein hegte sie den Zorn in ihrem Bauch. Jugendliche suchten ja gern Ärger. An Cassies Wutausbrüche konnte sie sich noch gut erinnern. Cassie – die in ihrer Vorstellung ewig dreizehn Jahre alt blieb – war fast schon erwachsen. Olive hatte einen Artikel entdeckt, den Cassie letzten Sommer für die *Chronicle* geschrieben hatte, und sich über die erwachsen klingende Sprache gewundert.

Sie fragte sich, ob sie auch erwachsen klingen würde. Vermutlich nicht, da ihre Welt nur aus den Büchern bestand, die sie las, und den schlimmen Nachrichten, die sie gegen ihren Willen verschlang. Sandmann sagte, das verleihe ihr eine Ernsthaftigkeit, die sie reifer wirken ließ. Vermutlich diente ihm das aber nur als Vorwand für sein Verhalten.

Als sie versuchsweise auf einen der Blutergüsse drückte, kostete sie den Schmerz aus, der in ihr Bein abstrahlte. Das erdete sie. In letzter Zeit hat sie immer häufiger aufs Lesen verzichtet und nur auf dem Bett gesessen, wie in den ersten Tagen. Hat an die Wand gestarrt. Hatte keine Lust mehr, zu zeichnen oder zu schreiben. Sie wünschte, er hätte den Fernseher nicht zerstört.

Sie hatte noch eine Zeitung von vor drei Tagen. Gleichgültig strich sie mit der Hand darüber, während sie mit der anderen auf den Blutergüssen herumdrückte. Sie schob es vor sich her, aber es war unvermeidlich. Irgendwann würde sie sich derart langweilen, dass sie die Zeitung lesen musste.

Eigentlich konnte sie es genauso gut sofort tun. Im Wesentlichen würde es derselbe alte Kleinstadtmist sein: Gartenschauen, Preisgewinner, leere Gebäude, die in Brand gesetzt wurden (wie vor zwei Wochen geschehen – Olive hatte verlegen festgestellt, dass sie sich schon seit Wochen nicht mehr so sehr für etwas interessiert hat). Die Liste ließe sich fortsetzen.

Sie bereitete sich in der Mikrowelle einen lauwarmen Tee zu und fragte sich wohl zum hundertsten Mal, ob sie genug Wasser auf Siedetemperatur halten könnte, um es Sandmann bei seinem nächsten Besuch ins Gesicht zu schütten. Ein müßiger Gedanke, da sie es nie tun würde. Sie wusste, dass sich der Raum – wo auch immer sie sich befand – auf einem gesicherten Gelände befand. Das hatte er ihr erzählt, obwohl er ihr nicht verraten wollte, um was es sich handelte. Ihm einfach nur wehzutun würde nichts bringen; würde er einen solchen Angriff überleben, hätte sie keine Chance, das wusste sie. Und sollte er ihn nicht überleben, kam sie vielleicht nie hier heraus.

Also nahm sie den Teebecher, kehrte zum Bett zurück und schlug die Zeitung auf. In letzter Zeit fing sie immer mit den Todesanzeigen an. Das war vielleicht makaber, aber auf diese Weise konnte sie sich das Beste bis zum Schluss aufsparen. Im Anschluss las sie die Geburtsanzeigen. Dann die Anzeigen von Leuten, die Katzen und Hunde anboten.

Und schließlich die Nachrichten.

Und dann wünschte sie sich plötzlich, sie hätte nicht drei Tage gewartet. Sie wünschte, sie hätte nicht erst Tee gekocht oder die Todesanzeigen gelesen.

Das konnte nicht sein.

Olive fühlte, wie sich ihr Brustkorb zusammenschnürte, fühlte den vertrauten Schwindel, den sie mit Panikattacken verband, wann immer in einem Buch eine Figur davon befallen wurde. Sie versuchte, innerlich bis zehn zu zählen. *Eins, zwei, drei …* Aber die Wörter starrten sie an, und sie schaffte es nicht.

*Mutter eines vermissten Mädchens tot aufgefunden. Verdacht auf Selbstmord.*

Die Worte hallten in ihrem Kopf wider, als hätte sie sie laut ausgesprochen. Vielleicht hatte sie das auch. Ihr wurde übel, und ihr ganzer Körper war plötzlich bleischwer. Ihr Herz flatterte, und sie bemerkte, dass sie sich an der Zeitung festklammerte.

Selbstmord.

Ihre Mutter war tot.

Sie wusste nicht, ob sie es ertragen würde, den ganzen Artikel zu lesen – aber sie wusste auch, dass sie es nicht ertragen würde, es nicht zu tun. Das Foto oben auf der Seite zeigte ein Haus. Nicht das Haus ihrer Kindheit, sondern ein kleineres. Einen Bungalow. Olive konnte nicht sagen, wie groß es war oder wo es stand, aber aus irgendeinem Grund wusste sie, dass es das Haus ihrer Mutter war.

Der Artikel konzentrierte sich mehr auf Olive als auf ihre Mutter. Ihr eigenes Bild schaute sie aus der Zeitung heraus an. Entsetzt wurde ihr bewusst, dass sie sich zum ersten Mal in der Zeitung sah. Bisher hatte Sandmann sie immer abgeschirmt, aber als er diese Zeitung mitgebracht hat,

hat er etwas gesagt, das keinen Sinn ergab – bis zu diesem Moment.

»Ich hoffe, das öffnet dir die Augen dafür, wie gut du es hier hast«, hatte er gesagt, ohne eine Miene zu verziehen. Dann hatte er das Licht gelöscht und war mit ihr ins Bett gegangen, und das war's dann.

Nun hallten die Worte nach. Er wusste, dass sie es entdecken würde. Er wusste, dass ihre Mutter tot war. Er wusste es … und hatte sie es trotzdem sehen lassen.

Überrascht stellte Olive fest, dass Wut in ihr aufstieg. Auf ihre Mutter. Auf ihren Vater und die Nebenbuhlerin. Sogar auf Cassie, obwohl ihr klar war, wie albern das war. Vor allem aber auf Sandmann, weil er sie den Artikel hatte sehen lassen. Wollte er sie nicht beschützen? Das behauptete er jedenfalls immer.

Sie wusste noch, dass er es an dem Tag gesagt hat, als alles begann. An dem Tag, als er ihr den Stimmungsring geschenkt hat, während Cassie draußen auf sie wartete. Damals, als sie noch dachte, er sei nett zu ihr. Als sie ihm vertraute.

»Kreise beschützen einen«, hatte er mit verschwörerischem Unterton gesagt. »Wusstest du das? Kreise sind Symbole von großer Klarheit. Ein Kreis aus Salz soll den Teufel abwehren. Ein Kreis aus Silber – dieser Ring – wird dir helfen. Das ist spirituell erwiesen.«

Eigenartige Vorstellung, dass sich selbst damals noch alles hätte verhindern lassen. Wenn Mum ihr nicht am Arm wehgetan hätte. Wenn er es nicht bemerkt hätte. Wenn sie nicht aufgehört hätte, sich immer neue Theorien über Kreise und Sonnenfinsternisse anzuhören, zu denen er sie stets mit Orangenschnitzen fütterte. Wenn sie sich ihm nicht anvertraut hätte … dann wäre es vielleicht nie so weit gekommen.

Nach allem, was er über ihre Unschuld gesagt hat, wie konnte er ihr das jetzt antun?

Der Artikel enthielt eine Zeile, direkt neben dem Foto von Olives Gesicht. Darin stand etwas von einem »Mann aus der Stadt, der dabei half, Mahnwachen für Mutter und Tochter zu organisieren«. Sie zitterte. War er das? Sandmann? Andererseits wäre es nicht *er*. Es wäre sein anderes Selbst, das, vor dem niemand in der Stadt Angst hatte. Die Verzweiflung drohte, sie zu verschlingen.

Olive spürte die Tränen auf ihren Wangen und drückte die Zeitung ans Gesicht. Die oberste Seite klebte an ihrer Haut fest. Olive roch den vertrauten Geruch von Druckerschwärze und einen Hauch ihrer Seife.

Sie versuchte, wütend zu werden. Wut verlieh ihr ein gutes Gefühl. Sie dachte an Dad und seine neue Familie.

Mum ist das Letzte gewesen, was sie noch hatte. Das Letzte, was von ihrem Leben noch geblieben ist, unverändert. Wenn Olive den Mut aufbrachte, an ihre Familie zu denken, dann war ihre Mutter wie immer – dieselbe sture, schöne Frau wie eh und je.

Und nun war sie fort.

Unwillkürlich ließ Olive die Zeitung aufs Bett fallen. Sie nahm einen Schluck von dem Tee. Nun gab es niemanden mehr. Nur Cassie. Aber Cassie war für sie noch ein Kind. Einfach ein Kind.

Zwei Kinder waren keine Familie.

# 46

Panik strömte durch meinen Körper, als ich in die Stadt zurückraste. Gran war allein zu Hause. So spät war keine Krankenschwester mehr bei ihr, und mir wurde plötzlich bewusst, wie verletzlich sie war. Ich hatte gedacht, dass ich sie für eine Stunde mit ihrem Puzzle und dem Radio allein lassen könnte. Aber ein Mann wie Doktor White … Ich erinnerte mich noch an ihren Gesichtsausdruck, als er uns zu Hause besucht hatte. Ihm würde sie blind vertrauen.

So töricht mir das vorkam, ich hatte Angst. Richtige Angst. Als ich Marion über Bluetooth anrief, meldete sich nur die Mailbox. Jemand anderen hatte ich nicht – also rief ich meinen Vater an.

Er nahm die Panik in meiner Stimme wahr und zog sich ausnahmsweise einmal nicht aus der Affäre.

»Ich bin in einer halben Stunde bei dir«, sagte er.

Das Haus war still, als ich vorfuhr. Ich verdrängte, dass mir vor Angst speiübel war, und schloss auf. Gran war da. Sie war wohlauf. Natürlich, er würde seine Zeit nicht mit mir vergeuden, wenn er bei Bella sein konnte. Ich eilte die Treppe hoch, hing fünf Minuten über der Kloschüssel und kämpfte gegen den Brechreiz an.

Als Dad eintraf, stellte ich fest, dass ich ihn trotz der fortgeschrittenen Stunde bei der Arbeit erwischt hatte. Es war fast acht Uhr, und er trug immer noch eine elegante Hose und eines seiner vielen dunkelbraunen Jacketts. Seit der Beerdigung kam er zum ersten Mal in dieses Haus. Obwohl er es zu verbergen trachtete, sah ich ihm das Unbehagen an, als er ins Wohnzimmer trat.

»Möchtest du einen Tee?«, fragte er mich.

Ich konnte nicht an mich halten. »Dad. Nein. Ich weiß nicht. O Gott. *Doktor White*. Kennst du ihn? Weißt du ... Ist er?«

»Was ist denn mit dir los, Cass?« Er führte mich in die Küche, setzte mich an den Tisch und kochte Tee. Dann bat er mich, ihm alles zu erzählen. Ich konnte meine Worte gar nicht schnell genug hervorbringen.

»Das *Lagerhaus*«, wiederholte ich. Dads Gesicht wirkte ratlos. »Darren Walkers Vater hat es an Doktor White verkauft. *Doktor White*. Die Menschen vertrauen ihm. Und jetzt ist Walker tot. Ich habe kein ... Marion geht nicht an ihr Handy. Ich werde noch wahnsinnig.«

»Cassie, jetzt hol mal tief Luft. Ich verstehe kein Wort. Wir kennen den Arzt seit ... einer Ewigkeit. Seit du ein Kind warst. Er ist ein netter Mensch.«

»Wofür braucht er denn dann ein Lagerhaus?« Ich bemühte mich, leise zu sprechen, weil Gran im Nebenraum war.

Dad fuhr sich mit der Hand durchs Haar. »Seine Frau war Künstlerin oder so etwas. Vermutlich hat sie den Raum für ihre Zwecke benötigt. Ich kann mich noch vage erinnern, dass deine Mutter mal wegen einer Ausstellung dort war. Dein Großvater hat auch davon erzählt. Er kannte die Frau aus einem seiner Malkurse. Sie hat das Gebäude von einem Patienten bekommen – offenbar von Walkers Vater –, und zwar zu einem Spottpreis, weil er es ganz schnell verkaufen musste.«

Mir war gar nicht aufgefallen, dass Dad meine Hand genommen hatte. Allmählich kam ich wieder zu mir, und das Blut schien in meine Glieder zurückzuströmen. Ich zog die Hand zurück. In meiner nunmehr eisigen Ruhe spürte ich erst recht, wie groß meine Angst war.

»Ganz schnell verkaufen?«, fragte ich.

»Ja. Offenbar gab es Druck von jemandem aus dem Umfeld der Familie. Wegen eines Kredits.« Dads Blick war stählern. »Atme mal tief durch, Cassie. Du siehst aus, als würdest du im nächsten Moment umkippen. Hör zu, ich hole dir schnell ein paar Bachblütentropfen, die haben beruhigende Wirkung. Ich habe welche im Wagen. Du bleibst hier sitzen.«

Ich bekam kaum mit, dass er ging. Die Panik hatte meine Sinne betäubt. Selbst als mein Handy klingelte, hörte ich es nicht sofort. Ich ging nur dran, weil ich hoffte, dass es Marion war, die meinen Verdacht entkräftete. Ich wusste nicht, was ich tun sollte. Wusste nicht einmal, wo ich anfangen sollte.

Es war nicht Marion, sondern Henry.

Er wartete gar nicht, bis ich etwas sagte, sondern kam direkt zur Sache. »Cassie, ich glaube, ich habe herausgefunden, wo das Geld hingegangen ist. Das aus dem Verkauf des Lagerhauses.«

Ich hatte nicht das Gefühl, noch mehr Informationen verkraften zu können. »Wohin?«

»Der Freund der Familie heißt Adrian …«

Adrian. Mein Blut schien in den Adern zu gefrieren. Ady?

»*Jacobs?* Mir war gar nicht klar, dass sie befreundet sind.« Ich fragte mich, ob er von Darrens Tod wusste.

»Ja. Über ihn persönlich habe ich nicht viel herausbekommen. Nur dass seine Frau sehr zurückgezogen lebt …«

»Lebte«, korrigierte ich ihn. »Seine Frau ist gestorben, als seine Tochter ein Baby war.«

»Richtig. Nun, als Person des öffentlichen Lebens ist eine Menge über ihn zu finden. Ziemlich engagiert, der Typ, was?«

Ich dachte an die Mahnwachen und Suchaktionen. Meine Gedanken drehten sich im Kreis. Auch Doktor White beteiligte sich daran. Und Jake Howden.

»Gut, das Geld also. Was ist damit passiert?« Ich war mir gar nicht sicher, ob ich die Antwort hören wollte. Mein Dad sollte zurückkommen. Ich brauchte unbedingt …

»Er hat es eingesetzt, um ein kleines Lager für seinen Laden zu kaufen. Nummer elf …« Henry grübelte. »Die Zahl Elf scheint allgegenwärtig. Bella, Olive …«

In der Bibel, das wusste ich noch aus der Schulzeit, bedeutete die Zahl Elf Unordnung, Chaos und Urteil. Urteil worüber? Die Sonnenfinsternis, das Alter der Kinder … Es war, als würde sich die Geschichte wiederholen. Und ich war genauso dumm und machtlos wie zuvor.

Dad kehrte in den Raum zurück, eine kleine Sprühflasche in der Hand. »Henry, ich rufe dich zurück.« Ich legte das Handy weg, benommen vor Angst. »Dad, was weißt du über Ady?«

»Ady vom Eckladen?«, fragte er. »Früher haben wir uns gut verstanden. Er war ein netter Typ. Sehr engagiert. Deine Mum ist auf dieselbe Schule gegangen wie er, Arboretum

Secondary. Ich glaube, er war ein paar Jahre weiter. Kathy war aber mit der Frau befreundet, die er später geheiratet hat. Annabelle Soundso.«

»Wie war sie denn so?«, fragte ich. »Annabelle, meine ich.«

»Na ja.« Dad zuckte mit den Schultern. »Still. Eher linkisch. Spindeldürr. Sie hat mich an einen Vogel erinnert, immer diese nervösen Zuckungen. Deine Mutter und sie waren sehr eng, bis sich Annabelle mit Ady angefreundet hat. Danach ging sie ein bisschen auf Distanz. Aber Ady ... er hat sie wirklich aus ihrem Schneckenhaus gelockt, für eine Weile jedenfalls. Obwohl er sie auch sehr abgeschirmt hat.«

»Gab es einen Grund dafür?«

»Keine Ahnung. Sie ist einfach ... sie war immer schon eine Einsiedlerin, aber dann wurde sie wohl krank. Irgendetwas mit der Verdauung offenbar. Sie war immer schon hager, doch plötzlich war sie regelrecht ausgemergelt. Sie fing an, diese wirklich komischen Sachen zu tragen, fast wie ein Kind. Beim Sprechen hielt sie sich die Hand vor den Mund. Schließlich kam sie gar nicht mehr aus dem Haus. Wir dachten alle, sie leide an einer Essstörung. Am Ende soll sie an einer Überdosis gestorben sein, aber ich weiß nicht, ob das stimmt. Gerüchte, du weißt ja.«

Ich ließ die Information sacken. Das Bild eines ausgezehrten Kinds à la Edgar Allan Poe kam mir in den Sinn. Aber was hatten Ady und Darren mit Olive zu tun? Mit Bella?

»Du musst vorsichtig sein, Cass. Lass nicht dein Leben davon bestimmen – von der Tragödie, dass wir Olive verloren haben. Wenn du das zulässt, verlierst du dich selbst – diesen schönen, tapferen Teil, der sich für die Menschen einsetzt.«

»Ich weiß nicht, was ich sonst tun soll«, sagte ich leise. »Ich muss sie finden. Ich muss …«

»Wusstet ihr, dass er ein Baby hatte?« Grans Stimme schwebte aus dem Wohnzimmer herüber. Ich ging dem Klang nach. Sie war aufgestanden und hielt mein Olive-Tagebuch in beiden Händen, obwohl sie nicht zu wissen schien, um was es sich handelte. Sie hatte es noch nicht aufgeschlagen.

Mein Herz begann zu stolpern.

»Oh, Gran.« Ich trat auf sie zu, um ihr das Buch wegzunehmen, aber sie drückte es fest an die Brust. Sie schaute zwischen Dad und mir hin und her. Für einen kurzen Moment wirkten ihre Augen ganz klar.

»Sie hatte ein Baby, dabei wussten wir nicht einmal, dass sie schwanger war«, sagte Gran bestimmt und hielt das Tagebuch fest, als ich es ihr entreißen wollte. »Sie wurde immer dünner und dünner, als wolle sie verschwinden. Und dann starb sie.«

Schweigen senkte sich herab. Gran ließ das Tagebuch los, als ich noch einmal daran zog, und es fiel zu Boden. Ich ging in die Knie, um es schnell aufzuheben, bevor Dad es sehen konnte. Aber es war zu spät. Er hatte sich gebückt und das Foto von Olive genommen, das aus dem Umschlag gefallen war.

»Das ist aber ein schönes Foto«, sagte er gedehnt, als überlege er krampfhaft, was er noch sagen könne. Ob er mir Vorwürfe machen solle. Schließlich entschied er sich für ein trauriges Lächeln und eine Erinnerung. »Du hast es immer gehasst, wenn sie dir etwas weggenommen hat. Ich kann mich noch erinnern, dass ihr euch furchtbar in den Haaren gelegen habt.«

Damit reichte er mir das Foto und stand auf.

»Aber jetzt muss ich wohl gehen. Es war sehr schön, dich zu sehen … euch beide. Aber ich muss nach Hause. Carol und Hailey …« Seine Stimme erstarb. »Wenn es dir jetzt besser geht …«

Ich nickte geistesabwesend.

Denn ich hatte soeben die Haarspange entdeckt. Die Spange in Form einer Eule, messingfarben. Mir brach der kalte Schweiß aus.

Die hatte ich erst vor Kurzem gesehen.

Ich raste zu Marions Haus. Den Ersatzschlüssel, den sie mir gegeben hatte, umklammerte ich wie einen Rettungsring. Als ich im Haus war, schaltete ich aber weder im Flur noch im Wohnzimmer das Licht ein, weil mir das zu intim erschien. Stattdessen machte ich die grellen Deckenlampen an, die lange Schatten warfen. Auf der Treppe nahm ich immer zwei Stufen auf einmal und stürzte direkt in Marions provisorische Einsatzzentrale, die ich genauso chaotisch vorfand wie am Vorabend.

Ich kniete zwischen Papieren, Interviews, Fotos und Suchrastern der Polizei und wusste selbst nicht, was ich eigentlich suchte. Wieder versuchte ich, Marion anzurufen, wieder vergeblich.

Zwischen den Papieren fand ich auch meine eigene Zeugenaussage, protokolliert in Ben Adams' schräger, verschnörkelter Schrift. Meine eigenen Worte. *Ich habe nur für eine Minute weggeschaut … Ich habe nicht aufgepasst … Gran hat gesagt, ich soll ein Auge auf sie haben.*

Und dann sah ich es. Ady. Ady, der sich unermüdlich an der Suche nach Grace und Bella beteiligt hat, so wie vermutlich auch bei Olive damals. Ich hatte ihn in den Nachrichten entdeckt, vor der Schule, der vertraute Lockenkopf in der Menge kaum zu erkennen. Mir fiel wieder ein, was er zu mir gesagt hat: dass er sich nicht erinnern könne, Olive gesehen zu haben, und dass er der Polizei nichts Hilfreiches mitzuteilen habe. Wenn die Polizei ihn nie befragt hat, warum stand dann hier sein Name?

Ich schob die Brille hoch, die mir auf die Nasenspitze gerutscht war, und beugte mich über das Papier. Blinzelnd versuchte ich, Detective Adams' Schrift zu entziffern. Neben der abgetippten Liste von Kunden am Chestnut Circle bemerkte ich eine Bleistiftnotiz.

*Zeuge erinnert sich, Olive Warren am Morgen gesehen zu haben. Genaue Zeit konnte er nicht angeben. Sie kaufte eine Dose Cola und ging wieder. Nichts Auffälliges an ihrem Verhalten oder an dem der anderen Kunden, die zu dieser Zeit im Laden waren.*

Da war das Muster. Kein Arzt, sondern ein Ladenbesitzer. *Das Zentrum des Chestnut Circle – des kreisrunden Platzes.* Ein freundliches Gesicht, vor dem Olive und Bella keine Angst haben mussten. Ady mit seiner geheimnisvollen Frau, die sich wie ein kleines Mädchen kleidete und dann einfach in Luft auflöste. Das Warenlager, das er von Darren Walkers Geld gekauft hat. Die Cola-Dose, an deren Verkauf er sich nicht mehr erinnerte. Die Sonnenfinsternis. Ein Kreis. Ein neuer Versuch. Der symbolische Neustart, von dem er seiner Tochter seither immer erzählt hat …

Ady.

# 47

Ich hinterließ Marion noch eine Nachricht auf der Mailbox, bevor ich mit quietschenden Reifen zum Chestnut Circle raste. Die Stoßstange schrammte über den Bordstein, als ich vorfuhr. Kurz dachte ich darüber nach, auch Fox anzurufen, aber was, wenn ich mich wieder irrte? Noch vor wenigen Stunden war ich von der Schuld unseres Arztes überzeugt gewesen.

Ich dachte nicht an meine Jacke und machte mir auch nicht die Mühe, den Wagen abzuschließen, als ich hinaussprang. An der Tür wurde mir klar, dass irgendetwas nicht stimmte. Das Licht war zu schwach. Es war nur die Sicherheitsbeleuchtung eingeschaltet.

Geschlossen.

Ich ging zur Ladentür und versuchte, sie zu öffnen. Rüttelte an der Klinke. Ein Blick auf die Uhr. Kurz nach neun. Ich kam zu spät, um mit ihm zu reden. Ich konnte mir nie merken, ob der Laden um neun oder um zehn Uhr schloss. Gestern Abend musste ich Glück gehabt haben. Ich könnte mich in den Hintern treten. Die Panik machte mich unkonzentriert.

»Sie haben ihn um ein paar Minuten verpasst. Die Angestellte, die sonst abends arbeitet, ist im Urlaub.«

Ich zuckte zusammen. Ein paar Schritte weiter stand ein älterer Mann, auf seinen Krückstock gestützt.

»Rachel schließt normalerweise um zehn, aber er sagte, diese Woche sei er selbst im Laden, weil sie Urlaub habe.«

»Was?«, fragte ich. Mein Gehirn versuchte, seinen Worten Sinn zu verleihen.

»Der Laden. Normalerweise schließt er um zehn Uhr, aber die Dame, die sonst dort arbeitet, ist im Urlaub. Vermutlich hat er heute eher dichtgemacht. Er hat ja eine kleine Tochter, um die er sich kümmern muss. An den letzten Tagen hatte er immer länger geöffnet, wie mir aufgefallen ist.«

Der Mann wurde von einem feuchten, rasselnden Husten geschüttelt.

Ich spürte, dass ich erblasste. Mein Herzschlag setzte aus. Mir fiel ein, was Tilly gesagt hatte – dass ihr Vater sie morgens nicht mehr mit in den Laden nehme. Und dass er früher aufbreche, nicht später. Und doch hatte ich selbst gesehen, dass er fast bis zehn Uhr abends geöffnet hatte. Eine heiße Welle der Angst erfasste mich.

Zurück im Wagen, griff ich nach meinem Handy. Nichts von Marion.

Ich wusste, wo er wohnte, nur ein paar Straßen von Gran entfernt. Ein-, zweimal hatte ich ihn vor seinem Haus vorfahren sehen, den Kofferraum voller Einkaufstüten, die Tilly ihm hineintragen half. Das Haus sah ich vor mir, klein, aber hübsch. Gut gepflegt, sogar im Winter, die Fensterrahmen frisch gestrichen und die Blumenkästen ordentlich bepflanzt.

Es hat mich immer beeindruckt, wie gut organisiert er zu sein schien. Wie hart er arbeitete, um für seine Tochter sorgen zu können. Als ich nun vor dem Haus vorfuhr, war mein Eindruck ein ganz anderer. War das nicht auffällig, wie perfekt alles wirkte? Wie hübsch dieses Haus war, wie ordentlich? Nirgendwo eine umgeknickte Blume oder ein Schmierfleck am Fenster. Es war zu sauber, zu perfekt. Genau wie sein Laden.

Fast als gehöre es jemandem, der etwas zu verbergen hatte.

Ich sprang bei laufendem Motor aus dem Wagen. Die Fenster unten waren erleuchtet, aber die Vorhänge waren zugezogen. Ich eilte durch den Vorgarten und stand Sekunden später vor der Haustür. Das Hufeisen klapperte laut, als ich klopfte.

Als sich die Tür öffnete, brachte ich allerdings kein Wort heraus. Hier ging es um Ady. Ich kannte ihn doch, oder? Tilly stand in der Tür, das Haar zerzaust und die Oberlippe mit Schokolade verschmiert. Sie wischte sie mit dem Zeigefinger ab und gab sich Mühe, ihre Verwirrung zu verbergen.

»Oh, hallo. Ich dachte schon, es ist mein Dad, der da so randaliert.«

»Ist er nicht zu Hause?« Ich versuchte, mir nicht anmerken zu lassen, wie aufgewühlt ich war, scheiterte aber kläglich. Tilly schaute sich um und trat einen Schritt zurück.

»Äh, nein. Der ist noch bei der Arbeit. Er sagte, es kann ziemlich spät werden.«

»Da ist er aber n…« Ich unterbrach mich. »Er ist nicht hier?«

»Nein.« Tilly runzelte die Stirn noch stärker und zog sich weiter ins Haus zurück. »Warten Sie.« Dann schaute sie sich wieder um. »Mette? Kannst du mal kommen, bitte?«

Nach einer Weile hörte man die schlurfenden Schritte einer Frau in Pantoffeln. Schließlich erschien sie an der Tür, das graue Haar im Nacken zurückgesteckt. Über den Knöpfen ihrer blauen Strickjacke hing eine Brille an einer Kette.

»Wer sind Sie?«, fragte sie mit einem fremdländischen Akzent.

»Mein Name ist ... Das tut jetzt nichts zur Sache. Wo ist er?«

Die Frau verschränkte die Arme vor der Brust und sah mich finster an.

»Mein Name ist Cassie«, sagte ich. »Cassie Warren. Ich bin eine Bekannte von Ady und ... und suche ihn.«

»Er ist bei der Arbeit«, sagte Mette und winkte ab. »Der Laden hat noch geöffnet.«

»Nein, ist er nicht. Ich war gerade dort.« Das hatte ich vor seiner Tochter eigentlich nicht sagen wollen, aber ich konnte mich nicht beherrschen. Tilly schaute mich entsetzt an und blickte dann zu Mette auf, die noch einmal abwinkte.

»Dann ist er eben auf dem Heimweg und wird bald da sein«, erklärte sie. »In den letzten beiden Wochen hat er immer sehr lang gearbeitet. Tilly, du gehst jetzt bitte wieder hinein. Mach deine Hausaufgaben fertig, sonst stürzt du deinen Vater ins Unglück.«

Tilly wirkte eingeschüchtert und verschwand ohne ein weiteres Wort.

»Ich muss ihn aber finden«, sagte ich und klang in meiner Verzweiflung ziemlich verrückt.

»Da kann ich Ihnen leider nicht helfen.«

Dann knallte sie mir die Tür vor der Nase zu. Ich lief zu meinem Wagen zurück. Meine Haut kribbelte vor Angst. Es gab nur einen Ort, an dem ich es noch versuchen konnte.

# 48

*1. Mai 2003*

Das war nicht wahr. Es konnte nicht wahr sein. Es gab nichts, was sie in ihrem Leben weniger gewollt hätte. Und doch sah es so aus. Plötzlich ergab alles andere Sinn. Tief im Innern hatte sie es schon eine Weile gewusst.

Sie saß auf dem Bett, die Hände zwischen den Knien, und wusste, dass sie ihn irgendwann ins Zimmer zurückrufen musste. Er stand vor der Tür – war extra hinausgegangen, immerhin. Aber seine Höflichkeit würde nicht so weit reichen, dass er weggehen und nie wiederkommen würde.

Olive verspürte Brechreiz. Das übliche Gefühl, in der Falle zu sitzen, wurde ersetzt durch das Gefühl, auf hoher See zu sein, machtlos schwankend zwischen tausend Empfindungen und dieser schrecklichen Übelkeit. Sie schluckte schwer und stieß einen quiekenden Laut aus, der ein Wort sein sollte.

Er hatte ihn gehört, kam herein und schloss die Tür in einer einzigen fließenden Bewegung ab. Ihre Hände zitterten in einer Weise, dass sie sie noch fester zwischen die Knie klemmte. Er begegnete ihrem Blick.

»Und?«

Sie nickte zu dem kleinen Tisch in der Mitte des Raums hinüber. Dort hatte sie am Morgen gesessen und Cassie gezeichnet – so wie sie sie in Erinnerung hatte. Jedes Mal wenn sie ihre Schwester zeichnete, war sie sich sicher, dass sie sich weiter von der Realität entfernte. Dieses Mal war sie allerdings ziemlich zufrieden mit dem Ergebnis. Obwohl es nicht viel Ähnlichkeit mit ihrer Schwester hatte, war das Gesicht realistisch, und auch die Nase gefiel ihr – mit der sie sich sonst immer herumquälte.

Jetzt lagen keine Zeichnungen und Pinsel mehr auf dem Tisch. Kein Essen. Nur eine leere Tasse und daneben ein kleines weißes Röhrchen. Sie sah zu, wie Sandmann hinging und es in die Hand nahm, entgegen all seinen Hygieneregeln – wenn man bedachte, wo das Röhrchen soeben noch gewesen ist.

Er stieß einen krächzenden Laut aus. Sie war sich sicher, dass es ein Ausdruck von Freude war, aber er ging ihr trotzdem durch Mark und Bein. Ihr wurde bewusst, dass nun alles noch schlimmer wurde. Dass sie mehr Angst hatte denn je zuvor.

Es war ein Gefühl, als habe jemand sie aus einem dreißigstöckigen Hochhaus geworfen. Unvermittelt hatte sie keinen Boden mehr unter den Füßen.

Er hingegen lächelte. Das dachte sie jedenfalls. Sehen konnte sie es nicht, weil ihr Blick verschwamm.

»Eine Familie«, sagte er ganz leise. Er wiegte das Röhrchen in der Hand, als sei das Baby bereits da. Olive wurde wieder von Übelkeit überwältigt, aber dieses Mal gab sie sich keine Mühe, sich zu beherrschen. Los, dachte sie, komm schon. Alles auf den verdammten Teppich. Das wäre ganz nach seinem Geschmack.

Aber erneut ließ ihr Körper sie im Stich. Sie war nicht in der Lage, sich zu übergeben. Sie konnte das Gefühl aber auch nicht verdrängen, also rumorte es weiter in ihrem Innern, zusammen mit dem Scheusal, das er erschaffen hatte.

»Eine richtige Familie«, wiederholte er.

»Was ist mit deiner Frau?«

Die Wut verlieh Olive Mut. Mehr Mut, als sie seit langer Zeit verspürt hat. Wie er das Röhrchen hielt, war ein Fehler. Sie wusste, dass seine Frau keine Kinder bekommen konnte – oder vielleicht keine bekommen wollte. Olive war immer noch nicht klar, wie viel Annabelle über ihren Ehemann wusste und ob sie das Monster kannte, das sich in seiner normalen Gestalt verbarg. Vielleicht war das der Grund, warum sie ihm nie gegeben hat, was er wollte. Warum sie nie ein paar unschuldige Kinder in die Welt gesetzt hat. Vielleicht, ganz vielleicht, war es auch Sandmann, der Annabelle krank machte. Zutrauen würde sie es ihm.

Olive wusste, dass er ihr niemals wehtun würde. Nicht jetzt, wo er hatte, was er wollte. Die Wut brodelte in ihr, und sie begriff, dass sie plötzlich ein Druckmittel hatte. Oder wenigstens etwas, das sie zuvor noch nicht gehabt hatte.

»Ist sie jetzt nicht mehr im Rennen, deine Frau? Was hast du vor? Willst du ihr sagen, dass du das Baby auf der Straße gefunden hast? Dass es von einer Cousine stammt, die sich nicht selbst darum kümmern kann? Oder wirst du sie einfach verprügeln und auch in eine Kiste stecken?«

Olive keuchte, sah aber, dass Sandmann eher überrascht als wütend war. Als hätte er diese Seite nie bedacht.

»Natürlich nicht.« Er schüttelte den Kopf. »Nichts dergleichen.«

»Was dann also?« Jenseits ihrer Wut flackerte Hoffnung auf, aber sie verdrängte sie rasch. »Wirst du mich einfach hier herauslassen? Wegen der Ärzte und so?«

»Die brauchst du nicht. Dies hier ist sicheres Terrain. Hier bist du geschützt. Du wirst keiner Gefahr ausgesetzt sein. Hier drinnen ist es besser als draußen.«

»Allein kann ich das nicht schaffen.«

»Natürlich kannst du das. Seit Anbeginn der Menschheit haben Frauen Kinder bekommen! Es ist ja nicht so, dass man nicht selbst auf sich aufpassen kann.« Er gestikulierte wild herum, und ihr wurde bewusst, wie verrückt er tatsächlich war.

Verrückter, als sie den Eindruck gehabt hatte. Naiver.

*Wie dumm von mir,* dachte sie. *Es war so dumm von mir zu glauben, dass er mich hier herauslässt.*

»Ich soll einfach hierbleiben? Was ist mit …«

»Ich glaube nicht, dass wir das jetzt diskutieren müssen«, unterbrach Sandmann sie. »Zerbrich dir nicht deinen hübschen Kopf deswegen. Ich werde das schon regeln. Es gibt Mittel und Wege, solche Dinge zu regeln.« Seine Miene hatte sich verändert. Er war jetzt zornig. Olive unterdrückte den Drang, ihn anzuschreien.

»Es ist ja noch früh«, fügte er hinzu. »Du darfst dich nicht aufregen. Es würde mir nicht gefallen, wenn etwas passieren würde.«

Er schaute auf ihren Bauch. Da war noch nichts zu sehen, nicht für sie jedenfalls. Und vor allem für ihn nicht. Er wollte ihr etwas damit sagen. Es gab noch kein Baby, gab noch nichts zu beschützen. Nicht wirklich. Nicht für ihn.

Fast instinktiv legte Olive die Hand auf ihren Bauch. Nicht aus Liebe, sondern aus einem tiefen, schmerzlichen

Bedürfnis heraus, ihr einziges Pfand zu beschützen. Das Einzige, was sie hatte und er nicht.

Sandmann verstand das als Zeichen, dass er seinen Beitrag geleistet hatte. Er lächelte noch einmal und nahm das kleine weiße Röhrchen mit, als er ging. Sie wusste, dass er vermutlich in ein paar Tagen mit Blumen zurückkommen würde. Sicher auch mit Vitaminen. Er würde alles tun, was ein guter Vater tat.

Olive wartete, bis sich der Schlüssel im Schloss herumgedreht hatte und die Schritte verhallt waren, dann erhob sie sich. Streckte sich. Holte ihr provisorisches Tagebuch unter dem Bett hervor und begann zu schreiben. Sie würde alles niederschreiben, so gut sie es vermochte. Ihre Handschrift war nicht schön – sie ist nie wirklich über die einer Elfjährigen hinausgekommen –, aber für ihre Zwecke reichte es.

Ihr war egal, wie lange es dauern würde. Das und die Zeichnungen würden reichen. Um zu planen und die Dinge auszuarbeiten. Zeit war das Einzige, was sie wirklich hatte. Und Mut stellte sich nicht über Nacht ein.

# 49

Als Marion endlich anrief, saß ich hinter dem Steuer. »Gott sei Dank, Marion.« Die Worte sprudelten aus meinem Mund hervor. »Ich habe versucht, dich anzurufen …«

»Wir hatten eine Ortsbegehung. Leider ein Reinfall. Was soll das heißen, du weißt, wer Bella entführt hat?«, fragte Marion. Ich hörte die Angst in ihrer Stimme. Die Panik. Aber auch die Aufregung.

»Ady war's, Marion.« Meine Worte erstickten in einem Schlucken. »Ady war's, das weiß ich.«

»Aber …« »Ich glaube, er hat eine Beziehung zu ihr aufgebaut. War nett zu ihr. Hat ihr den Stimmungsring geschenkt – so wie er ihn Olive geschenkt hat. Sie war jeden Tag bei ihm. Er hatte die Gelegenheit dazu. Sie kannte ihn. Sonst war niemand im Laden. Sie hat ihr übliches Getränk gekauft. Keine Dose, sondern eines dieser Pappdinger. Da kann man problemlos alle möglichen Mittel injizieren …«

»Cassie, ich begreife nicht. Du kennst Ady doch, oder?«

»Ja, ich kenne ihn. Er war immer nett zu mir. Aber es gibt so vieles, was ich nicht wusste. Dinge über seine Frau – sie ist ganz plötzlich gestorben. Mein Vater hat erzählt, dass von einer Überdosis die Rede war. Das passt alles zusammen. Er hat ein Lager angemietet.« Ich hätte mir so sehr gewünscht, mich zu irren, so wie ich mich bei Doktor White geirrt hatte. Und bei Darren Walker. Andererseits hatte ich bei ihnen gar nicht wirklich falschgelegen. Irgendwie waren sie alle in die Sache verwickelt, ob ihnen das bewusst war oder nicht.

»Cassie …«

»Er hat gelogen«, sagte ich. »Bei der Frage, ob er Olive gesehen hat. Und Bella. Er kannte sie beide. Er kannte Olive. Sie … sie hätte keine Angst vor ihm gehabt.«

»Du sitzt im Auto, Cassie.« Marion klang besorgt. »Was hast du vor?«

»Das habe ich dir doch gesagt«, erwiderte ich. »Henry hat mir die Adresse gegeben. Wir holen Bella nach Hause zurück.« Ich beendete das Gespräch, bevor sie mich davon abbringen konnte.

Es war die Sonnenfinsternis, die alles ins Rollen gebracht hat. Das war mir klar, als ich weiterfuhr. Ich wusste, dass mein Bauchgefühl richtig gewesen ist, die ganze Zeit über. Jemand hat mir mal erzählt, dass man in der hinduistischen Mythologie glaubte, Sonnenfinsternisse würden von Schlangendämonen verursacht, die das lebensspendende Licht aufsogen. Sie saugten das Leben in sich auf …

Das war genau das, was Ady tat. Er entführte Mädchen in einer dunklen Zeit, die für Neubeginn stand, um sein eigenes neues Spiel zu beginnen.

Ich fühlte mich beschmutzt und ausgenutzt, wenn ich daran dachte, wie viel Zeit wir in den letzten beiden Monaten bei Wohltätigkeitsveranstaltungen zusammen verbracht haben. Immer war er hilfsbereit, spendierte mir einen Kaffee, engagierte sich auch noch spätabends und war sogar bereit, seinen Laden eher zu schließen, um rechtzeitig zu Veranstaltungen zu kommen.

Dann dachte ich an Darren Walker, der Ady schon viele Jahre lang kannte. Walkers Familie hat Ady das Geld zur Verfügung gestellt, von dem er den Lagerraum gekauft hat. Jetzt begriff ich, warum er geschwiegen hat, als Marion ihn nach Olives Stimmungsring gefragt hat. Warum er mit mir reden wollte. Offenbar hatte er etwas erfahren.

Er wollte mir mitteilen, was er wusste – dass sein Freund zwei kleine Mädchen entführt und in einem Lagerraum gefangen gehalten hat, keine fünf Meilen von dem Ort entfernt, an dem Bella zuletzt gesehen wurde. Und dass er Angst hatte.

Deshalb hat Ady ihn umgebracht.

# 50

Ich fuhr mit fast hundert Stundenkilometern über die kleinen Landstraßen, das Stadtzentrum und die großen Verkehrsadern meidend. Irgendwann begann es, in Strömen zu gießen. Ich schaltete die Scheibenwischer ein, musste aber trotzdem das Tempo drosseln. Meine Flüche wurden immer lauter. In Adys Lager bin ich nie gewesen, aber es war leicht zu finden.

Während der Regen gegen die Windschutzscheibe prasselte, starrte ich in die Dunkelheit. Adys Lager befand sich in einer alten Industrieanlage auf der anderen Seite der Stadt. Es war kein großer Komplex; gut zehn Lagerhäuser und Bürogebäude gruppierten sich um eine kreisförmige Straße herum. Die meisten Unternehmen nutzten die Räume, wie man mir gesagt hatte, als Lagerraum für überschüssige oder sperrige Waren. Tagsüber war es hier still, nachts wie ausgestorben.

Da ich wie eine Wahnsinnige auf das Gelände zuraste, musste ich abrupt bremsen, als ich sah, dass das Tor geschlossen war. Wenn es verriegelt war, war ich aufgeschmissen. Ich parkte den Wagen halb auf der Straße und ließ die Scheinwerfer eingeschaltet, um besser sehen zu können. Vor dem

Tor hing ein großes Vorhängeschloss. Und es war mehr als verriegelt – mit Zahlenkombination und allem. Nur die Eigentümer der Lagerräume hatten Zugang zu dem Gelände.

»Mist!« Ich schlug mit der Hand gegen die Metallstangen.

Ich sah mich um und hielt nach etwas Ausschau, auf das ich klettern könnte. Eine Kiste, ein Karton, egal was. Schließlich gab ich auf. Da war nichts. Der Regen strömte mir in die Augen und sammelte sich auf meiner Brille. Die Haare klebten mir auf der Stirn, und das Wasser floss mir in den Halsausschnitt. Als ich wieder in den Wagen stieg, beschlugen sofort die Scheiben. Aber dann kam mir eine Idee.

Ganz langsam fuhr ich auf das Tor zu, immer näher, bis die Stoßstange das Tor berührten. Ein metallenes Geräusch war zu hören, ein dumpfer Knall, dann zog ich die Handbremse an und stieg erneut aus.

Bei dem Regen war es nicht ganz leicht, auf die rutschige Motorhaube zu klettern, aber schließlich schaffte ich es. Ich schwang ein Bein über das gebogene Tor und fühlte, wie sich meine Jeans mit Wasser vollsog. Dann zog ich das andere Bein nach und sprang in einer fließenden Bewegung auf der anderen Seite zu Boden.

Der Aufprall war hart, und ein scharfer Schmerz schoss in mein Knie. Meine Hosenbeine waren nun vollkommen durchnässt und die Socken in den leichten Schuhen ebenfalls. Als ich durch den Schlamm stapfte, bemerkte ich zu spät, dass ich die Scheinwerfer angelassen hatte und der Zündschlüssel noch steckte. Trotzdem lief ich los und zählte die Gebäude, bis ich die Nummer elf erreichte. Die Einheiten öffneten sich alle nach innen auf die kreisförmige Straße hin. Ich hielt nach Adys Lieferwagen Ausschau, konnte ihn aber nicht entdecken.

Einen Moment lang hielt ich inne: War die ganze Aktion nicht ziemlich dumm von mir?

Dann marschierte ich direkt auf das Gebäude zu.

An der Fassade waren keine Markierungen angebracht. Es war einfach ein gewöhnliches graues Gebäude, leicht verwittert und nicht ganz so gepflegt wie Adys Haus. Die Angst ließ meine Bewegungen fahrig werden, aber ich blieb nicht stehen.

Die Tür schien aus robustem Metall zu bestehen. Auf der anderen Seite sah ich ein Rolltor, aber es war geschlossen. Ich versuchte es mit der Tür. Abgeschlossen. Das Rolltor ebenfalls.

»Verdammter Mist.«

Hielt ich Ady tatsächlich für derart böse? Würde er wirklich ein Kind entführen? Zwei Kinder? Derselbe Mann, der mir so oft einen Kaffee spendiert hat? Der für eine gewisse Zeit mein einziger Freund in der Stadt war?

Ein Schauder des Zorns durchfuhr mich, als mir bewusst wurde, dass ich genau das dachte. Als ich um das Gebäude herumeilte, entdeckte ich ein Fenster, das vielleicht zu einer Toilette oder einem kleineren Lagerraum gehörte. Es war nur eine Scheibe aus einfachem Glas. Dieses Mal hielt ich nicht inne, um zu überlegen, ob ich vielleicht eine Dummheit beging. Ich konnte nur daran denken, was ich in Darren Walkers Haus erlebt hatte, als ich auf eigene Faust dort eingedrungen war. Seit ich das Gespräch mit Marion beendet hatte, vibrierte mein Handy, aber ich traute mich nicht, die Nachrichten zu lesen, damit Marion mich nicht von meinem Vorhaben abbringen konnte.

Jetzt zwang ich mich, doch auf mein Handy zu schauen. Ein ganzer Schwall von SMS. *Wo bist du? Cassie, was tust du?*

*Cassie, RUF MICH SOFORT AN.* Ich tippte meine gegenwärtige Adresse ins Antwortfeld und drückte auf Senden. Nur für alle Fälle. Ich konnte selbst noch nicht glauben, was hier passierte.

Dann nahm ich einen großen Stein.

Das Fenster zerbarst. Ich lauschte und wartete, ob etwas geschah. Aber falls jemand da war und mich gehört hatte, ließ er es nicht erkennen. Ich wartete noch zehn Sekunden, zwanzig, dann zog ich den Ärmel meiner Kapuzenjacke über den Stein und schlug die restlichen Scherben aus dem Rahmen.

Ich steckte den Kopf durchs Fensterloch und schaute in den dunklen Raum. Meine Augen brauchten einen Moment, um sich an das Dämmerlicht zu gewöhnen, dann sah ich unter mir eine Toilette und an der Seite ein Waschbecken. Mühsam kroch ich durch das Fensterloch. Die Tür auf der gegenüberliegenden Seite war nicht abgeschlossen. Ich nahm mir einen Moment, um wieder zu Atem zu kommen und den Regen von meiner Brille zu wischen, dann öffnete ich sie.

Die Tür führte auf einen Gang, der die gesamte Länge des Gebäudes zu durchziehen schien. Ich entdeckte einen Lichtschalter, und die Birnen über meinem Kopf flackerten auf. Die Wände bestanden aus schlichten Betonsteinen. Zu spät fiel mir auf, dass meine Schuhe auf dem unversiegelten Betonboden, der bis auf weißen puderigen Staub sauber war, feuchte Spuren hinterließen.

Beton. Ich dachte an den Staub, den man an Darren Walkers Jacke gefunden hat. War dies der Ort, an dem er gestorben ist? Ich zitterte am ganzen Körper.

Ich wagte mich weiter in das Gebäude vor. Es schien leer

zu sein, aber ich konnte das Gefühl nicht abschütteln, dass mir jemand folgte. Sämtliche Geräusche schienen ein Echo zu haben, aber von der Außenwelt drang nichts herein. Selbst der Regen klang gedämpft.

Am Ende verzweigte sich der Gang zu einem T. Zur Rechten befand sich eine kleine Küche, nicht viel mehr als ein Schrank. Die Tür zur Linken war geschlossen. Und verriegelt.

Mit drei Schlössern.

Mit einer Mischung aus Angst und Ekel starrte ich sie an. Das oberste Schloss bestand nur aus einem vorgeschobenen Riegel. Ich drückte dagegen, und er glitt mit einem leisen Klacken zur Seite, als wäre er erst vor Kurzem geschmiert worden. Die anderen beiden Schlösser waren komplexer, viel zu massiv für einen leeren Lagerraum.

Eine Stimme in meinem Kopf sagte: *Warte auf Marion*, aber ich brachte sie zum Schweigen. Verdrängte sie. Dafür war jetzt keine Zeit.

Ich lief zur Küche zurück. Einen Herd gab es nicht, aber an der Wand hing noch ein kleiner Feuerlöscher, ein Relikt aus der Zeit, als dieses Gebäude mehr als ein Gespenst war. Ich nahm ihn ab und registrierte erleichtert, wie schwer er war.

Zurück an der Tür, hob ich das Ding über den Kopf und hoffte, dass diese aus Holz bestand und nicht aus einem härteren Material. Wenn es eine Metalltür war, wüsste ich nicht, was ich tun sollte. Innerlich zählte ich bis drei und spürte, wie mein Herzschlag aussetzte und mein Magen rebellierte. Ich biss mir auf die Lippe, schmeckte Blut, konzentrierte mich. Eins … zwei … drei …

Der Feuerlöscher knallte gegen die Tür. Der Klang hallte

in meinem Kopf wider. Unter Aufbietung aller meiner Kräfte schlug ich noch einmal zu. Nach vier, fünf Schlägen sprang ein Teil vom ersten Zahlenschloss ab und landete mit einem lauten Scheppern auf dem Boden. Ich hielt nicht inne, um mich umzuschauen, sondern zielte auf das zweite Schloss, bis meine Arme mir fast den Dienst versagten.

Nachdem ich einmal tief Luft geholt hatte, drückte ich gegen die Tür.

Sie schwang nach innen auf, in die Dunkelheit. Ich zögerte. Vor mir lag kein Zimmer, sondern ein Treppenhaus. So dunkel, dass ich in dem wenigen Licht aus dem Gang nur ein paar undeutliche Schatten erkennen konnte. Ich wartete einen Moment, bis der Schmerz in meinen Armen nachließ, immer noch wie ein Schraubstock den Feuerlöscher im Arm, unfähig, ihn abzusetzen. Ich tastete nach einem Lichtschalter, fand aber keinen.

Im Treppenhaus war es wärmer als im Flur, als würde irgendetwas die gesamte Wärme hier unten halten. Meine Kapuzenjacke war vollkommen durchnässt, aber ich wollte keine Zeit damit verschwenden, sie auszuziehen. Ich atmete langsam aus und begann den Abstieg in die Dunkelheit. Mit einem Ellbogen glitt ich an der Wand entlang, weil ich große Angst hatte, auszurutschen und zu stürzen. Die Stufen waren unregelmäßig, als habe man sie aus dem Boden gegraben und nicht gemauert.

Am Ende der Treppe stieß ich auf eine weitere Tür. Sie war ebenfalls abgeschlossen, mit zwei Schlössern diesmal. Aber das eine war nur ein Riegel und das andere ein normales Zylinderschloss, wie ich es mal zu knacken gelernt hatte – von Marion damals, in der staubigen Hitze des Gartenschuppens ihres Vaters.

Unvermittelt von lähmender Angst befallen hielt ich inne und holte mein Handy heraus. Was, wenn Marion meine Nachricht nicht bekommen hatte? Ich hätte es ihr persönlich sagen sollen und konnte nur hoffen, dass sie sich die Dinge selbst zusammenreimte. Als ich aufs Display schaute, stellte ich fest, dass ich kein Netz hatte. Ich konnte mich nicht dazu bringen, das Schloss zu zerstören, zumal ich mir nicht sicher war, ob ich es überhaupt schaffen würde. Also nahm ich mein Handy in den Mund, um mir Licht zu spenden, und stellte den Feuerlöscher endlich ab. Mit einer Haarnadel, die ich zufällig in der Tasche hatte, machte ich mich daran, das Schloss zu knacken. Manchmal war es praktisch, eine Frau zu sein.

Schweißperlen sammelten sich auf meiner Stirn und rannen mir den Rücken hinab. Das Handy wackelte zwischen meinen Zähnen, und das Licht flackerte. Meine Hände zitterten vor Anstrengung, und was einst ein Kinderspiel gewesen war, wurde nun fast unmöglich.

Schließlich ertönte ein Klicken, gefolgt von einem dumpfen Geräusch auf der anderen Seite. Einem Schleifen. Ich steckte das Handy in die Jeanstasche und drückte vorsichtig gegen die Tür. Den Feuerlöscher ließ ich stehen, da ich in meinen Armen keine Kraft mehr hatte. Mein Herz pochte so laut, dass ich kaum einen klaren Gedanken fassen konnte. Ein Souterrainzimmer. Ein beschissenes Souterrainzimmer …

Als die Tür vollständig aufgeschwungen war, wurde ich in meinem Gedanken unterbrochen.

Übelkeit wallte in mir auf. Ich schluckte schwer.

Der Raum war vielleicht so groß wie mein Wohnzimmer, aber es befand sich genug Zeug für ein ganzes Leben darin.

Auf der einen Seite stand ein Kühlschrank, daneben eine Arbeitsplatte mit Mikrowelle. An der anderen Wand sah ich eine Zinnbadewanne, klein und glänzend; hinter einer niedrigen Wand verbarg sich eine Toilette. Und überall hingen Bilder und Zeichnungen. Einige waren kindlich, Pferde und Bäume, das Papier vom Alter gewellt, teils gerissen und wieder zusammengeklebt, einige waren bereits anspruchsvoller. Zitternd betrachtete ich die Bilder. Sie erzählten die Geschichte eines Lebens in Gefangenschaft. Meine Knie gaben nach, und aus meiner Lunge wich sämtliche Luft.

Von einem der späteren Bilder schaute mich mein eigenes Gesicht an. Die Wangen immer noch von jugendlicher Weichheit, die Augen genau mit der richtigen Schattierung von Goldbraun, die Haare lockig und wild. Mein Gesicht. Perfekt eingefangen von meiner kleinen Schwester.

Ich unterdrückte ein Schluchzen.

Zur Rechten befand sich ein Fenster, so winzig, dass ich es von draußen nicht gesehen hatte. Es dürfte sich auf Bodenhöhe befinden und in der Dunkelheit schwer zu entdecken sein. Von draußen drang gelbliches Laternenlicht herein, aber es war schwach und warf eher Schatten, als dass es etwas erhellte. Aber dort, unter dem Fenster, stand ein Bett.

Ein Einzelbett, fast wie für ein Kind. Es hatte erhöhte Kanten, die ihm etwas Geborgenes, Handgefertigtes verliehen. Und in dem Bett lag eine Gestalt.

»Olive?«, flüsterte ich.

Das Mädchen erhob sich mühsam, die Augen weit aufgerissen und glänzend vor Angst.

»Nein«, sagte sie mit leiser, heiserer Stimme. »Ich bin Bella.« Sie erstarrte, und ihr Mund formte ein panisches O.

»Wo ist sie?«

Bellas Augen waren trocken. Ich wusste, was sie sagen wollte, noch bevor die Worte ihren Mund verließen. Die Welt verfinsterte sich, und ich konnte nur noch die Bilder an den Wänden sehen. Mein Gesicht …

Es stimmte also.

»Ich glaube, sie ist tot.«

# 51

Das Herz zersprang mir in der Brust, aber ich zwang mich dazu, ruhig zu bleiben und mich nicht der Welle der Traurigkeit in meinem Innern hinzugeben.

Das Mädchen rührte sich nicht. Sie war schmutzig, und über ihr Gesicht zogen sich die Spuren von Tränen und Staub. Das Haar war matt, die Wangen zu rot. Sie wirkte fiebrig und hatte glasige Augen. Die Knie hatte sie an die Brust gezogen.

Dann sah ich, wie sie gekleidet war. Stets hatte ich mir dieses kleine Mädchen in Schuluniform vorgestellt, so wie ich sie das letzte Mal gesehen habe. Stattdessen trug sie ein schlichtes altmodisches Trägerkleid über einer weißen Bluse mit Lochstickerei. Mir wurde übel. Solche Sachen hatten Olive und ich als kleine Mädchen in den Neunzigern getragen – und Olive hatte sie gehasst.

Als ich Bella in diesem Kleid sah, begriff ich allmählich, was hier geschah. Wie Marion befürchtet hatte, ging es um die Neuschöpfung eines alten Bildes oder eine Fantasie. Bella entsprach exakt den Anforderungen, das erkannte ich umso deutlicher, als ich sie nun vor mir sah: Sie ähnelte verblüffend meiner Schwester.

»Hat er dir wehgetan?« Ich gab mir Mühe, nicht allzu besorgt zu klingen. Bella sollte nicht in Panik geraten. Wir mussten gehen, bevor er wiederkam.

»Nein. Er sagt, er wartet, bis ich älter bin. So wie bei …« Bella kämpfte gegen die Tränen an, das sah man daran, wie sie die Zähne zusammenbiss und ihre Gesichtszüge vor Anstrengung zitterten.

»Wir können jetzt gehen«, sagte ich. »Kannst du dich noch an mich erinnern? Ich bin gekommen, um dich nach Hause zu holen.«

Bella schrie auf, als ich mich näherte. »Ich hätte es wissen müssen«, platzte es aus ihr heraus. »Ich hätte es wissen müssen, als seine Tochter nicht da war. Als er sagte, er fährt mich zur Schule. Ich hätte es …« Sie rieb sich das Gesicht. »Was, wenn er uns sieht?«

»Er sieht uns nicht«, sagte ich. »Das verspreche ich dir. Ich passe auf dich auf. Die Polizei ist auf dem Weg hierher. Komm, dann verschwinden wir …«

»Er wird mir etwas antun.«

Sie fing an, sich vor und zurück zu wiegen, den Kopf auf den Knien. Ich trat zu ihr und berührte sie, um mich zu vergewissern, dass sie echt war. Sie wich nicht zurück, brach aber in Tränen aus. Die gewaltigen, herzzerreißenden Schluchzer erschütterten ihren Körper.

»Bella«, sagte ich. »Bella.« Wenn ich die Kraft gehabt hätte, hätte ich sie hochgehoben und hinausgetragen. »Bitte, mein Schatz, lass uns gehen.«

Bella riss den Kopf zurück und starrte mich an. An ihren Wimpern hingen noch Tränen.

»Hören Sie das denn nicht?«, fragte sie mich.

»Was soll ich hören?«

»Er ist hier. Er ist früher gekommen. Er weiß nicht, dass ich ihn hören kann, aber ich habe das Wasser nicht getrunken.«

Sobald sie das gesagt hatte, hörte ich es. Schritte. Es war zu spät. Er war bereits da. Schnell packte ich Bellas Arm.

»Wenn ich dir sage, renn, dann rennst du, ja? Oben auf der Toilette gibt es ein offenes Fenster …«

Bevor ich meinen Satz beenden konnte, war er da. Der Geruch nach Orangen und Handdesinfektionsmittel war durchdringend.

»Ich hatte dir doch gesagt, du sollst keinen Schritt weitergehen.«

Im ersten Moment wurde ich von Erleichterung gepackt. Das konnte nicht Ady sein. Dieser Mann war größer und stärker. Furcht einflößend. Er war auch ganz anders gebaut, oder? Er war dunkler, eine durch und durch böse Erscheinung. Aber dann machte er eine Bewegung aus dem Handgelenk, und der Raum wurde von grellem Halogenlicht geflutet. Ich blinzelte, und meine Hoffnung wich dem vertrauten Gefühl der Verzweiflung.

Er war es doch. Es war allerdings nicht mehr der Mann, den ich kannte. Der Mann, den ich meinen Freund genannt hatte. Der Mann, der Wohltätigkeitsveranstaltungen organisierte, nach meiner Großmutter fragte und sich rührend um seine Tochter kümmerte.

Gran. *Ich glaube, er hat das Tempo gedrosselt.* Ihre Verwirrung, dass der Fahrer langsam auf sie zukam. Dann der Unfall mit Fahrerflucht. Entsetzt wurde mir klar, dass Ady es gewesen war. Sein Kommentar dazu hatte nicht nur mit nachbarschaftlicher Sorge zu tun. *Aber es ist doch tatsächlich ein großes Glück, dass deine Großmutter nicht ernsthaft verletzt wurde.* Das war an meine Adresse gerichtet. Eine Botschaft. Genauso wie: *keinen schritt weiter.* Eine Erinnerung daran, dass es noch schlimmer kommen könnte, wenn ich nicht aufhörte, in der Vergangenheit herumzuwühlen.

»Du«, fauchte ich ihn an und stellte mich zwischen ihn und Bella. Ich wünschte, ich käme an den Feuerlöscher heran. Ady war allerdings nicht bewaffnet, außer mit seinem Gewicht und seiner Körpergröße, und ich fragte mich, ob ich ihn überrumpeln könnte.

»Das könnte ich auch sagen.« Ady blieb stehen, wo er war, und betrachtete die Szene. Bella hatte sich wieder vorgebeugt und schluchzte. Er neigte den Kopf zur Seite und schaute gequält. »Mir war immer klar, dass du einen verderbten Kern hast. Kein Wunder, dass du uns nur Probleme bereitest.«

»Was hast du mit ihr getan?« Ich blickte direkt in sein Gesicht, während mir der antiseptische Orangengeruch in die Nase stieg. »Wo ist sie?«

Nun lächelte er, und der stille Mann, den ich kannte, verwandelte sich in ein Monster. Ich kämpfte gegen die Panik an, die meinem Gehirn den Sauerstoff zu entziehen drohte, und gab mir alle Mühe, ruhig weiterzuatmen. Ich hatte keine Waffe, mein Handy hatte keinen Empfang, und er war bedeutend größer als ich …

Er ignorierte meine Frage.

»Den Zeitpunkt für deinen Besuch hier hast du übrigens gut gewählt. Das Mädchen sollte eigentlich längst schlafen.« Er starrte mich an, bis ich wegschaute. »Aber ich hatte mir schon gedacht, dass es nur eine Frage der Zeit ist, bis du hier aufkreuzt. Du kennst einfach deine Grenzen nicht.«

»Ich weiß, wer du bist«, fuhr ich ihn an und zeigte auf

Olives Zeichnungen. Auf Bella. »Ich weiß, was du alles getan hast.«

»Ach ja? Wirklich alles?«

Olive. Ich wusste nicht, was er mit Olive getan hat.

»Ich weiß, was ich wissen muss«, sagte ich, aber uns war beiden klar, dass das eine Lüge war. Das Wichtigste wusste ich nicht. Aber ich machte weiter. »Die Polizei ist auf dem Weg.«

Er verlagerte sein Körpergewicht, und mir wurde klar, dass ich mich geirrt hatte. Er war doch bewaffnet. Als er den rechten Arm bewegte, sah ich die Klinge eines kleinen Küchenmessers im Licht blitzen. Er hat meinen Wagen gesehen. Er wusste, dass ich hier war, und hatte sich darauf eingestellt. Dass ich die Polizei erwähnte, beeindruckte ihn nicht. Vielleicht glaubte er mir nicht.

Ich kämpfte gegen den inneren Drang an, mich auf ihn zu stürzen und ihn mit allem zu bewerfen, was ich in die Finger bekam. Alles, was ich zu tun hatte, war warten. Marion würde schon kommen.

Aber was, wenn nicht? Was, wenn sie meine Nachricht nicht erhalten hatte? Was, wenn …

Ady stand da und beobachtete mich. Bella bewegte sich auf ihrem Bett; ich hörte die Sprungfedern knarren. Nun richtete sich Adys Aufmerksamkeit auf sie, und seine Miene veränderte sich wieder.

»Halt still«, sagte er.

»Ich werde nicht zulassen, dass du ihr etwas antust.«

»Das würde ich nie tun. Hier geht es ihr besser, weil sie in Sicherheit ist.«

»In Sicherheit?«

Ich ließ die Augen hin und her huschen und hielt verzweifelt nach etwas Ausschau, mit dem ich mich verteidigen könnte. Keine Waffen, nirgends, auch nicht in der Küche.

»Mach bloß keine Dummheiten.« Adys Stimme lenkte meine Aufmerksamkeit sofort wieder auf ihn. Er hielt das Messer so vor seinen Körper, dass sich das Licht in der Klinge fing.

Ich wich zurück, einen Arm hinter dem Rücken. Bella griff mit ihrer feuchten Hand nach meiner. Sie zitterte. Oder ich.

»Du bist ein Widerling«, sagte ich. »Dabei hatte ich dich immer für einen guten Menschen gehalten.«

»Ich *bin* ein guter Mensch.« Ady zog die Augenbrauen hoch, seine Miene drückte echtes Erstaunen aus. »Ich habe sie gerettet.«

»Sie *gerettet*?« Ich wollte laut lachen, aber es kam nur ein Krächzen heraus. »Das denkst du wirklich?«

»Ich habe sie vor der Welt gerettet.« Ady schüttelte den Kopf. »Meine Mädchen sind mein Ein und Alles. Ich kümmere mich um sie. Die Welt hat sie im Stich gelassen, sogar die Menschen, die eigentlich ein Auge auf sie haben sollten. Die sie am meisten lieben sollten. Schau dir nur unsere Bella hier an! Das wäre doch eine Katastrophe geworden! So schön und so klug, aber niemand hat sie darin bestärkt. Außer mir hat niemand ihre Gaben gesehen. Man muss sich ihrer annehmen. Das konnte ich doch nicht zulassen – billige Fähnchen, Bauchnabelpiercings und Jungen. Himmel, sie ist doch noch ein *Kind* …«

»Ein Kind, das bei seiner Mutter sein sollte!«

»Seiner Mutter? Hast du sie bei der Pressekonferenz gesehen? Das reinste Tohuwabohu. Ich war entsetzt. Was für eine Mutter lässt ihr Kind in schmutzigen Sachen zur Schule gehen? Was für eine Mutter hat mehr Zeit für ihre Scheidung als für das Wohlergehen ihres Kindes …«

»Was verleiht dir das Recht, eine solche Entscheidung zu treffen? Was verleiht dir das Recht, darüber zu bestimmen, wer eine gute Mutter ist?«

»Das kannst du nicht verstehen«, fuhr Ady mich an. »Deine Mutter war doch auch kaputt. Und du bist genauso kaputt wie sie. Willensschwach. Du trinkst und schlägst um dich und bildest dir immer noch ein, dass du dich aufs hohe Ross setzen kannst. Dass du ein guter Mensch bist. Das Gegenteil ist der Fall. Ich habe dich mit deiner Polizistenfreundin gesehen.« Er grinste. »Gleich von Beginn an habe ich das mitbekommen. Ekelhaft. Und deinen Vater habe ich mit dieser Modepuppe gesehen. Ihr wart ihm egal in eurer moralischen Verkommenheit. Mir ist auch nicht entgangen, was eure Mutter mit deiner Schwester angestellt hat. So ein hübsches Mädchen, und sie quetscht ihm den Arm ein.«

Plötzlich konnte ich nicht mehr an mich halten. Mit ausgestreckten Armen stürzte ich mich auf ihn, als wolle ich ihm die Augen auskratzen. Er wehrte mich mühelos ab und schickte mich mit einem Tritt gegen mein Knie zu Boden. Der Schmerz war weißglühend und aggressiv und schoss mein Bein hinauf. Meine Sicht verschwamm, und meine Brille schlitterte über den Boden. Bella schrie auf, taumelte zurück und drückte sich in die Ecke ihres Betts. Ihre Schluchzer hallten in dem engen Raum wider.

Mit wütender Miene ging Ady auf sie zu.

»Und du …«

»Rühr sie nicht an!«

Ady schaute mich an, wie ich auf dem Boden saß und mein Bein umklammerte, und schüttelte den Kopf.

»Du hast nichts begriffen, nicht wahr?«, sagte er traurig. »Ich würde ihr niemals etwas antun. Ich liebe sie. So wie ich Olive geliebt habe. Das Universum hat sie mir zugeführt, alle beide. Ich war *begnadet*. Zwei Neustarts, zwei Sonnenfinsternisse. Ich habe ihnen ein besseres Leben geschenkt, so wie es ihnen bestimmt war!«

Die Worte zielten direkt in mein Herz. Tausend Messer schienen sich in meine Haut zu bohren. Ich wollte schreien und ihn anbrüllen und mich auf ihn stürzen, aber ich wusste, dass ich die Ruhe bewahren musste. Bring ihn zum Reden, so lang wie möglich. *Marion, wo bist du nur?*

»Wie kannst du sie geliebt haben?«, fragte ich mit kaum vernehmlicher Stimme. Als sich sein Gesicht verhärtete, wusste ich, dass er mich trotzdem gehört hatte. »Du hast sie mir weggenommen.«

»Ich habe dir doch gesagt, dass ich sie in Sicherheit gebracht habe.« Sein Gesicht war angespannt, aber seine Arme hingen locker an den Seiten herab. Wenn ich das Messer packen könnte, hätte ich eine Chance. »Sie war ein gutes Mädchen. So schön. Und so klug. Ich habe noch nie jemanden gesehen, der so viel gelesen hat. Bücher und Zeitschriften und alles. Und sie war immer so höflich.«

»Du hast ihr weh…«

»Es war nie meine Absicht, ihr wehzutun!« Er stieß seine Worte wild hervor. »So etwas hatte ich nie geplant. Es war ein Unfall. Es wäre niemals passiert, wenn sie mich nicht dazu gezwungen hätte.«

»Wie bei deiner Frau, meinst du? War das auch ein Unfall?«

»Das war etwas ganz anderes«, sagte Ady, aber ich sah, dass ich ins Schwarze getroffen hatte. Seine Miene verdüsterte sich, und seine Hand umklammerte das Messer noch fester. »Annabelle war schwach. Sie hat nichts verstanden. Sie hat *mich* nicht verstanden. Nicht so, wie ich es gedacht hätte, als ich sie geheiratet habe.

Sie war nicht wie Olive. Deine Schwester war mit vierzehn Jahren reifer und anmutiger als Annabelle, und sie war ihr auch in allem anderen überlegen.« Angewidert verzog er das Gesicht. »Als ich Annabelle von Olive erzählte, konnte sie nicht damit umgehen. Ihr war klar, dass sie zu schwach war, um das Leben zu leben, das ich ihr schenkte. Daher nahm sie die Pillen, die ich ihr gab.«

»Du hast sie umgebracht«, sagte ich.

»Ich habe ihr gesagt, dass sie die Tabletten nicht nehmen soll, wenn sie das Ende nicht wolle. Ich habe ihr gesagt, dass sie sie krank machen. Ich gab ihr die Chance, Mutter zu sein, indem ich ihr ein Baby schenkte, um das wir uns kümmern könnten. Eine Familie. Ich habe sie gewarnt, aber am Ende wollte sie nicht leben. Wie deine Mutter auch. Schwach, alle beide.«

Ich ignorierte den Schmerz, als er meine Mutter erwähnte, und machte weiter.

»Und Darren? Hast du den auch gewarnt?«

Ich dachte an die SMS, die Ady mir geschickt hatte. Daran, wie er mich von meinen Nachforschungen abbringen wollte, als ich mich für die Umstände von Olives Verschwinden interessierte. Ihm war klar, worauf das hinauslief.

»Darren gab einfach keine Ruhe. Jahrelang hat er mir wegen des Geldes in den Ohren gelegen. Ich müsse es seiner Mutter und ihm zurückzahlen, da es nur ein ›Kredit‹ gewesen sei. Aber sein Dad hat mir das Geld geschenkt. Er war mein Freund. Daz hätte die Sache einfach auf sich beruhen lassen sollen. Aber nein, er musste mich ständig mit irgendwelchen Fragen belästigen. Und als deine dämliche Polizistenfreundin ihn dann nach Olives Ring gefragt hat, da hat dieser Idiot ihn natürlich wiedererkannt. Ich weiß, dass ich Olive den Ring nicht hätte abnehmen sollen. Darren hat mich zur Rede gestellt und gedroht auszupacken, wenn ich ihm sein Geld nicht zurückzahle. Er hätte sein dämliches Maul halten sollen, genau wie Cordy.«

»Cordy?«

Ady verdrehte die Augen. »Du liebe Güte, wenn man bedenkt, dass du angeblich so klug bist. Cordy, genau. Dieser Idiot ist schon vor Jahren dahintergekommen. Alle dachten, er sei es gewesen, und das hätten sie von mir aus gern weiter denken können. Aber er hat versucht, mich zu erpressen, damit ich ihm ein Alibi verschaffe, und ist dann durchgedreht. Also musste ich ihn loswerden. Damals war das noch leichter.«

»Du hast sie beide umgebracht … wie du auch Olive umgebracht hast. Du hast sie zerstört. Du hast uns zerstört. Du hast mir meine Jugend geraubt. Meine Mutter. Meine Familie.«

Ich ballte meine zitternden Hände und kämpfte gegen die Tränen an. *Nun komm doch endlich, Marion.*

»Olive hätte hundert Jahre alt werden können, wenn diese Bücher sie nicht auf dumme Gedanken gebracht hätten. Wenn sie nicht gedacht hätte, dass draußen alles besser ist. Das ist aber ein Irrtum.«

Olive war also tot. Nach all den Jahren erfuhr ich, dass ich nach einer Toten gesucht habe.

Sie ist die ganze Zeit hier gewesen. So nahe bei uns, die ganze Zeit. War sie noch hier, als Mum starb? Als ich nur wenige Straßen weiter wohnte? Eine unsagbare Wut drohte mich zu verschlingen. Es wäre so leicht, dem nachzugeben.

Aber Bella.

»Wo ist meine Schwester?«, fragte ich.

Ady schüttelte den Kopf. »Denkst du wirklich, dass ich dir das sage? Einfach so? Warum sollte ich? Du musst jetzt gehen. Verschwinde …«

»Nicht ohne Bella.«

»Du wirst gehen.«

Ady hatte sich auf mich gestürzt, bevor ich begriff, was passierte. Das Messer sah ich noch aufblitzen, bevor ich es an der Kehle spürte. Das Metall war kalt und die Klinge so scharf, dass ich bei der Berührung unwillkürlich nach Luft schnappte.

Bella schrie.

»Tun Sie ihr nichts! Tun Sie ihr nichts!«

»Du hältst dich für unglaublich schlau«, zischte Ady, sein Gesicht an meines gepresst. »Dabei weißt du gar nichts. Es war Schicksal. Es war meine Pflicht. Während du dein Leben damit vergeudest, dich kaputtzumachen und dich mit Frauen herumzutreiben und wer weiß was noch, habe ich auf ein Zeichen gewartet. Und das war absolut richtig. Nirgendwo sonst habe ich eine schönere Harmonie von Natur und Zeit erlebt. Die Sonnenfinsternis, die Dunkelheit, alles hat so sein sollen. Sogar Grace haben mir die Schicksalsgöttinnen geschenkt – die perfekte falsche Spur, damit ich schnell handeln konnte.«

Ich wollte mich ihm entziehen, aber Ady hielt mich fest. Das Metall schnitt in die weiche Haut an meiner Kehle.

»Ich habe sie geliebt«, wiederholte er, bei jedem Wort Speichel versprühend. »Alles, was ich getan habe, war richtig.«

Ich knallte meinen Arm gegen seinen Ellbogen. Überrascht ließ er das Messer fallen, und ich nutzte die Gelegenheit, um in einer raschen Bewegung vorzuschnellen. Mein Kopf rammte gegen seine Nase, dass es knirschte. Dann musste ich allerdings würgen und sah nur noch Sternchen, während Ady in einer Mischung aus Wut und Schmerz aufschrie. Ich wollte mich aufrappeln, fand aber auf dem Betonboden keinen Halt. Als mein Blick auf einen Teppich fiel, drückte ich den Fuß dagegen, um mich aufrichten zu können. Ady lag auf den Knien und hielt sich mit beiden Händen die Nase. Das Messer lag vergessen auf dem Boden.

Ich stürzte mich im selben Moment darauf, als Ady sich erheben wollte. Bella sprang auf und schlug entsetzt die Hände vors Gesicht. Ich schaute sie an, vergewisserte mich, dass wir Blickkontakt hatten, und formte mit den Lippen ein einziges Wort.

*Lauf.*

# 52

*11. Dezember 2003*

Ihre Gedanken waren träge vor Erschöpfung, aber sie betrachtete das schlafende Gesicht des Babys in dem Weidenkorb, den er ihr gebracht hatte. Moses-Körbchen nannte man so etwas, wenn sie sich recht erinnerte. Sicher war sie sich nicht. Sie war sich kaum einer Sache mehr sicher.

Eines war ihr allerdings klar, und das war der Zeitpunkt. Es musste bald sein. Während er noch von ihr fasziniert war. Während sie noch eine Chance hatten. Im selben Moment, als Olive das Gesicht ihrer Tochter gesehen hatte, begriff sie, dass all ihre Pläne sinnlos waren.

Sie hatte es als selbstverständlich vorausgesetzt, dass sie ihr Kind verlassen könnte. Aber dieses kleine Mädchen war genauso Teil von ihr, wie es Teil von ihm war. Das Gesichtchen ähnelte ihrem eigenen als Baby – zumindest ihrer Erinnerung nach –, und so waren sämtliche Pläne hinfällig. Sie konnte das Kind nicht zurücklassen, wenn sie ging.

Das machte einiges leichter, dachte Olive. Gleichzeitig wurde die Sache aber auch gefährlicher. Heute Nacht würde er wie üblich kommen und die Sachen vorbeibringen. Er hatte angekündigt, mehr Windeln zu kaufen. Keiner von ihnen hatte geahnt, wie viele Windeln ein Neugeborenes benötigte.

Sie wusste, dass die Windelpackung gewaltig sein würde. Er kaufte immer Großpackungen, dann war es nicht so riskant, weil er seltener fahren musste. Das Paket durch die Tür zu bringen war der heikle Moment. Olive wusste, dass sie auf den richtigen Augenblick warten musste, dann könnte sie es vielleicht schaffen.

Obwohl sie vermutlich nicht gut genug war.

Sie wusste, dass sie aufpassen und ihre Kräfte schonen musste. Aber das Baby schlief schlecht. Koliken. Das stand jedenfalls in dem Buch, das er ihr mitgebracht hatte. *Was Sie erwartet…* Olive hätte wetten können, dass der Verfasser keinen blassen Schimmer hatte, wo das Ganze enden würde. Was man zu erwarten hatte. Nicht wirklich.

Olive trank ihren Orangensaft aus und zählte innerlich. Zwei Tage war es her, seit er hier gewesen ist. Das hieß: heute Abend, definitiv. Länger würde er nicht auf sich warten lassen. Seit der Geburt des Babys verstrichen nie mehr als zwei Tage zwischen seinen Besuchen. Aber jetzt wollte sie nicht an ihn denken.

Stattdessen konzentrierte sie sich auf das Gesicht ihrer Tochter. Ihrer *Tochter*. Allein schon bei dem Gedanken geriet alles in ihr vor Freude in Aufruhr. Die schwere Wärme ihrer Tochter spürte sie selbst dann, wenn sie sie nicht im Arm hielt. Fast fühlte sie sich dann nackt. Immerzu hatte sie den Geruch des Babys in der Nase, Milch und Talkumpuder und Liebe.

Olive streckte den Arm aus, zog ihren Skizzenblock zu sich herüber und sah das Bild des Gesichts ihrer schlafenden Tochter an. Mit weißem Pastell hatte sie eine Schattierung geschaffen, die den Glanz der kleinen Nase einfing, die gespitzten feuchten Lippen.

Heute Abend war es so weit. Olive war sich keiner Sache mehr sicher, aber das wusste sie. Ihre Tochter durfte ihr Leben nicht in diesem Raum verbringen. Nicht wie sie selbst, das würde sie nicht zulassen. Den ganzen Tag an dieselben Wände starren, nie die Luft draußen riechen, nie den Regen spüren oder richtigen Sonnenschein sehen. Olive betrachtete ihre blasse Haut, die schwachen Spuren von Blutergüssen an Knien und Armen. In letzter Zeit war ihre Haut so empfindlich.

Ihr Haar war lang. Wirklich lang. Sie hatte um eine Schere gebeten, um sie abschneiden zu können, aber Sandmann hatte sie ihr verweigert. Zu gefährlich. Jetzt war ihr Haar verfilzt und reichte bis zur Hüfte. Sie hasste das. Ihr Kind würde niemals aushalten müssen, was sie zu ertragen hatte. Neun Monate lang hatte sie über das Ungetüm in ihrem Bauch nachgedacht, ohne zu ahnen, dass sie ihre Tochter so sehr lieben würde.

Mit einem letzten Strich vollendete sie ihre Skizze, dann kramte sie nach einem dunklen Stift, um sie zu signieren. Den Namen für das Baby hatte sie bereits ausgewählt, als sie noch nicht wusste, dass es ein Mädchen werden würde. Wäre es ein Junge geworden, hätte sie es Arthur genannt, nach dem Jungen, dem niemand zugetraut hat, dass er ein Schwert aus einem Felsblock zieht. Aber so war es Matilda, wie das kleine Mädchen bei Roald Dahl, das niemand liebte.

Obwohl, es gab doch jemanden, der es liebte. Miss Honey zunächst einmal. Matilda war das kleine Mädchen, das Wunder wirkte. Und Olive war fasziniert, als wie zutreffend sich das erwies. Ihre winzigen Händchen hatten die Kraft, monatelange Pläne über den Haufen zu werfen.

Olive betrachtete den Brief, den sie früher am Tag geschrieben hatte. Ihre Handschrift war schrecklich, aber durch den Schleier der Müdigkeit und der Tränen hindurch hatte sie kaum etwas sehen können. Sie nahm ihn und faltete ihn einmal zusammen. Dann noch einmal. Unter dem Bett befand sich ein Ziegelstein, den sie mal gelockert hatte – nur um auf eine Metallverkleidung dahinter zu stoßen. Ein Jahr war es nun her seit ihrem gescheiterten Fluchtversuch.

Der Brief war eine besondere Vorkehrung. Für den Fall des Scheiterns? Olive wusste es nicht. Sie wusste nur, dass sie sich, indem sie ihn schrieb, erklärt hatte. Vor Gott, wenn schon sonst vor niemandem.

Aber was, wenn ihn nie jemand fand? Oder wenn *er* ihn fand? Einen Moment lang stand sie unschlüssig da. Dann steckte sie ihn mit einer schnellen Bewegung hinter die Skizze. Besser, er wurde gefunden und vernichtet, als dass er auf ewig in diesem Gefängnis vor sich hin schimmelte.

Nachdem sie diese Aufgabe erledigt hatte, beugte sie sich vor und nahm das Baby in den Arm. Es regte sich, wachte aber nicht auf, sondern schmiegte sich an die Brust seiner Mutter. Das Natürlichste der Welt.

Während sie das Kind in den Armen hielt und sanft wiegte, dachte Olive über die Tapferkeit nach. So viele Jahre hat sie das Gefühl gehabt, nicht tapfer genug zu sein. Aber es war kein Mangel an Tapferkeit, wurde ihr jetzt klar, es war ein Mangel an Hoffnung. Es war wie damals mit Micky. Wenn sie allein war, war es das Risiko nicht wert, aber mit jemand anderem …

Jetzt kam die Tapferkeit ins Spiel. Die Entscheidung, zu fliehen und nicht zuzulassen, dass er sie besaß. Plötzlich wusste Olive, dass sie ein größeres Risiko einging, wenn sie blieb. Sie konnte ihre Tochter nicht der Gefahr aussetzen, dass er sie schlug, so wie er sie geschlagen hat. Dabei hat er es gar nicht gewollt. Behauptete er zumindest.

Dieses Risiko würde Olive nicht noch einmal eingehen.

Zurück auf dem Bett, tastete Olive nach dem Pinsel, den sie unter das Kissen gelegt hatte, um sich ein Gefühl der Sicherheit zu verschaffen. Sie hatte ihn angespitzt und wollte einfach damit zustechen und fortlaufen. Er würde das Baby retten, statt ihr wehzutun, da war sie sich sicher.

Andererseits … Sie fuhr mit dem Finger über die Kante und drückte auf die hölzerne Spitze. Würde das reichen? Olive wusste es nicht. Aber sie wusste, dass sie es versuchen musste. Alles war besser als das hier. Sie hoffte, ihre Familie würde stolz auf sie sein. Sie hoffte, ihre Schwester wiederzusehen, wenn sie erst einmal draußen war.

Sie war bereit.

Dann hörte sie es. Seine Schritte auf der Treppe. Das Pochen ihres Herzens übertönte fast das Geräusch des zweiten Schlosses. Sie sprang auf und stellte sich neben die Tür.

Jetzt oder nie.

# 53

Der Geschmack von Eisen war das Erste, was mir bewusst wurde. Gefolgt von extremer Übelkeit und diesem Geruch. O Gott, der Geruch. Irgendwie metallisch. Wertvolle Sekunden vergingen, bis mir klar wurde, dass es Blut war. Mein Blut? Meine Sicht war verschwommen, und ich versuchte, mich zu bewegen. Mein rechter Arm blutete. Ich hatte gar nicht bemerkt, dass er mich verletzt hat, aber jetzt schien eine Rasierklinge in meine Haut zu dringen.

Benommen schaute ich mich um und kam allmählich wieder zu mir. Der Raum. Ady, Bella, Olive … Ich wälzte mich auf die Seite und übergab mich auf den kalten Betonboden. Das Pochen in meinem Kopf wurde schlimmer. Ich atmete tief durch und hustete, dann verspürte ich einen Druck im Rücken.

Erschrocken begann ich, trotz der Schmerzen in meinem Arm wegzukriechen. Weit war ich nicht gekommen, als plötzlich Adys Gesicht über mir schwebte. Er packte mich an der Schulter und riss mich hoch. Ich schrie auf.

»Ich weiß nicht, was du damit zu erreichen hoffst, wenn du das Mädchen laufen lässt«, begann Ady.

»Sie wird längst über alle Berge sein«, sagte ich.

»Nicht sehr wahrscheinlich.« Das klang, als hätte ich mich erkundigt, ob der Regen wohl über Nacht anhalte. Er zuckte mit den Schultern. »Das Tor kann sie nicht überwinden, selbst wenn sie einen Weg aus dem Gebäude herausfindet. Sobald sie nass wird und friert, kommt sie zurück. Anderseits bin ich mir nach diesem Affentheater gar nicht mehr sicher, ob ich sie noch will. Dabei hätte ich schwören können, dass sie die Richtige für mich ist.«

Ich überlegte, ob ich nach meinem Handy greifen könne, aber dann fiel mir das Funkloch wieder ein. *Marion, ich brauche dich …*

Andererseits musste ich nicht warten. Da war Ady – und da war ich, fertig. Ich musste mich irgendwie aus dieser Situation befreien.

»Wenn du Olive so sehr geliebt hast«, fragte ich, in der Hoffnung, Zeit zu gewinnen, »warum hast du ihr dann etwas angetan? War es wie bei Darren?«

Adys Augen sandten schwarze Blitze aus. Das Monster in ihm regte sich, bereit zum Schlag.

»Er ist ausgerastet, als ihn die Polizei nach dem Ring gefragt hat, weil ihm da klar wurde, dass es Olives war. Natürlich hätte ich den Ring verstecken sollen, aber ich habe ihn gern angeschaut und deshalb zu Hause aufbewahrt. Und da hatte er ihn gesehen und begriffen, dass ich ihn beiden Mädchen geschenkt haben muss.« Ady lachte. »Die Polizei dachte, er habe ihn Bella verkauft, nicht wahr? Dieser Idiot war der Ansicht, er könne reinen Tisch machen und dir alles erzählen, dann würde alles wieder gut. Er wollte einfach seinen Arsch retten.«

Es sah so aus, als halte Ady das Messer wieder in der Hand, dasselbe Messer wie zuvor – nur dass jetzt Blut dran klebte. In der anderen Hand hielt er eine Rolle Klebeband. Ein Schauder der Angst durchfuhr mich, aber ich weigerte mich, mir etwas anmerken zu lassen.

Er rollte ein Stück Klebeband ab, und ich schämte mich, weil ich aufschluchzte.

»Ich möchte nur wissen, was du getan hast«, rief ich. »Bitte. Wenn du mich sowieso umbringst, dann erzähl mir doch wenigstens, was passiert ist. Warum Olive? Warum sie?«

»Das habe ich dir doch schon gesagt«, antwortete Ady. Er nahm das Klebeband und schnitt mit einer einzigen eleganten Bewegung ein Stück ab. »Sie brauchte jemanden, der sich um sie kümmert. Eine richtige Familie. Vater, Mutter, Kind. Deshalb haben wir eines gezeugt.«

*Olive hatte ein Kind.* Ich gab mir Mühe, diesen Gedanken zu begreifen.

»Aber warum musste sie dann …«

»Warum sie gestorben ist?«

Wieder trafen mich die Worte wie der Schlag, und das wusste Ady auch. Sie laut ausgesprochen zu hören war das Schlimmste, was ich mir vorstellen konnte. Ich betete, dass Bella den Weg durch das offene Fenster entdeckt hatte. Vielleicht würde sie eine Möglichkeit finden, das Gelände zu verlassen.

»Olive hat versucht, meine Familie zu zerstören.« Ady sagte es etwas traurig, vielleicht, aber ohne jedes Schuldgefühl. »Meine Tochter war alles, was ich auf der Welt hatte … Olive war glücklich hier, musst du wissen. Lange Zeit.«

»Glücklich?« Ich stieß ein bellendes Lachen aus, das sich in Schmerz verwandelte. »Sie war eine Gefangene. Du hast ihr alles genommen.«

»Vermutlich hat sie sich nur diese Krankheit eingefangen.« Ady ignorierte mich und schnitt noch ein Stück Klebeband ab. »Alle Erwachsenen bekommen sie irgendwann. Du hattest sie bereits, als Olive zu mir kam, oder? Diese Krankheit wohnt den Menschen einfach inne, das habe ich oft genug erlebt. Der Verlust der Unschuld. Er infiziert einfach alles. Ich dachte, hier drinnen würde Olive gesund bleiben, aber am Ende kann sich ihr niemand entziehen.«

»Was meinst du damit?« Ich bemerkte, dass der Salzgeschmack in meinem Mund von Tränen herrührte, und schluckte. »Was für eine Krankheit?«

»Sie wurde erwachsen«, sagte Ady. Das Messer zwischen Daumen und Zeigefinger eingeklemmt spielte er mit dem Klebeband. Es knarzte, als es von Handfläche zu Handfläche wechselte, und verlor allmählich seine Klebekraft. Vermutlich hielt er sich für fürsorglich, weil er das tat, bevor er mir das Band ins Gesicht kleben würde. Ich fühlte wieder Übelkeit in mir aufsteigen.

»Du hast sie gezwungen, erwachsen zu werden.«

Ady kniff die Augen zusammen. »Sie hat mich geliebt«, sagte er. »Ich habe gewartet, bis sie bereit war. Alt genug, um sich selbst zu entscheiden. Und mit dieser hier würde ich es genauso machen – keinen Deut anders.«

Er klang stolz, und seine Augen glänzten bei der Erinnerung. Wider Willen stieß ich einen Klagelaut aus. Bilder von Olives hübschem Gesicht, befleckt von Adys Worten.

»*Du* bist die Krankheit. Du hast meine Schwester vergewaltigt und würdest es wieder tun.«

»NEIN!«

Als Ady mir ins Gesicht schlug, knallten meine Zähne von der Wucht aufeinander, und ich sah wieder Sternchen.

»So war das nicht. Ich habe nicht nur mit ihr geschlafen, weil ich es wollte. Es war mehr als das. Es war Leidenschaft, es hatte eine *Bedeutung*. Es war Teil von etwas Größerem. Teil des Plans, den wir für die Zukunft hatten. Und jetzt habe ich deine Fragen satt.« Er nahm das Klebeband und drückte es mir auf den Mund. Mühsam atmete ich durch meine verstopfte, wunde Nase.

»Ich bin dir keine Rechenschaft schuldig«, sagte er. »Niemals. Olive war eine wunderschöne junge Frau. Als sie starb, habe ich um sie getrauert. Aber ich konnte sie ja nicht einfach gehen lassen, nach allem, was wir miteinander durchgemacht haben. Ich wollte sie nicht töten, nur aufhalten. Aber diese Treppe … und sie hatte ja auch das Baby …«

Mehr musste ich nicht hören. Die Puzzleteile fügten sich zusammen.

Mit einer größeren Kraft, als ich es je für möglich gehalten hätte, schoss ich vom Boden hoch. Das Adrenalin brodelte in mir und trieb mich an, immer weiter, immer schneller, immer härter.

Mit meinem ganzen Gewicht auf seine Brust zielend stürzte ich mich auf ihn. Er verlor das Gleichgewicht, und wir landeten beide auf dem Boden.

Ich riss das Klebeband von meinem Gesicht und sah Ady unter mir zappeln. Er schüttelte mich mühelos ab, aber er war angegriffen, das konnte ich sehen. *Das Messer*. Wo war es? Wild schaute ich mich um.

Unter dem Bett. Ich streckte mich und angelte danach, obwohl ich den rechten Arm nicht gebrauchen konnte. Ady stürzte hinter mir her und packte mein Bein. Zog daran. Ich hatte die Klinge zu fassen bekommen, hatte mich geschnitten und trat nun fest zu. Erwischte Ady am Oberschenkel, nahe genug am Schritt, um ihn zusammenzucken zu lassen. Er wich zurück. Als ich mich erhob, hatte ich die Klinge in der linken Hand. Ich war bereit. Bereit, sie einzusetzen.

In diesem Moment fiel mein Blick auf Olives Bilder, und ich verspürte ein vertrautes Gefühl in der Brust. Den alten Hilferuf. *Such mich.* Ich senkte die Klinge. Wenn ich ihm etwas antat, würde er mir nie sagen können, wo sie war. Was er mit ihrer Leiche getan hat.

Plötzlich sah ich einen Schatten an der Tür vorbeihuschen. Bella. Im ersten Moment dachte ich, Ady hätte sie nicht bemerkt, doch dann schoss sein Kopf herum. Seine Nasenflügel blähten sich, und im nächsten Moment lief er auch schon los.

»Nein!«, schrie ich. »Bella, renn! Renn hinaus und schreie!«

Bella wollte zur Treppe zurücklaufen, aber Ady war schneller. Er erwischte sie am Fuß. Ich jagte hinterher. Er hielt Bellas Knöchel gepackt, und ich hörte, wie sie mit einem dumpfen Knall zu Boden fiel. Dann zerrte er sie in den Raum zurück. Ich verkrallte mich in seinen Rücken und stach zu. Das Messer drang durch die Kleidung, aber da ich den falschen Winkel gewählt hatte, erwischte ich kein Fleisch. Er ließ nicht von Bella ab.

»Bitte!«, rief Bella. »Sie tun mir weh!«

Sie wollte ihn treten, aber Ady reckte sich und schlug ihr ins Gesicht. Den Schlag spürte ich eher, als dass ich ihn sah. Ich riss meinen Arm mit aller Kraft zurück und wollte noch einmal zustechen. Ady jaulte auf, klammerte sich aber nur noch fester an Bella.

Im Bruchteil einer Sekunde wurde mir klar, dass ich tätig werden musste. Ich warf mich auf den Feuerlöscher, der noch an der Tür stand, packte ihn mit meiner heilen Hand und hievte ihn hoch über den Kopf. Ady drückte Bella zu Boden, den Arm an ihrer Kehle. In ihren Augen glänzten Tränen.

»Letzte Chance«, rief ich. »Lass sie los.«

Aber Ady schaute mir ins Gesicht und drückte noch fester zu.

»Das machst du sowieso nicht«, sagte er. »Wenn du das tust, wird Olive für immer verschwunden sein. Du wirst sie nie finden.«

Ich schloss die Augen. Hörte Bellas rasselnden Atem und meinen eigenen Herzschlag. *Tut mir leid, Olive*, dachte ich. Dann schlug ich den Feuerlöscher auf seinen Kopf.

Ady sackte mit einem grässlichen Geräusch in sich zusammen. Bella erstarrte, gefangen unter seinem Gewicht. Ich schien mich in Sirup zu bewegen, als ich hinging und mit meinem unverletzten Arm an seinem Körper zerrte, bis Bella sich herauswinden konnte. Dann blieb ich reglos stehen, ohne die blutrote Pfütze zu beachten, die sich auf dem Boden ausbreitete.

Seine Lippen bewegten sich. Er hatte Blasen vor dem Mund und versuchte zu reden. Ich schob Bella hinter mich.

»Matilda weiß es.«

»Was?«, fragte ich und kniete mich auf den kalten Boden, mitten ins Blut. »Was weiß sie?«

Aber er war bereits tot.

Bella keuchte und weinte. Ich roch Ammoniak, als ich sie an mich zog und in meine Arme schloss. Sie schluchzte heftig.

»Sie sind ihre Schwester, oder?«, flüsterte Bella plötzlich. »Sie war hier. Vor mir.«

Sie sah zu mir auf. Ihre goldbraunen Augen glänzten, und an den Wimpern hingen noch Tränen. Ich traute mich nicht zu reden, nickte aber.

Nach einer Weile ließ ich sie los. Schaute mich um. Nicht auf Adys Leiche, die auf dem Boden lag, sondern an die Wände. Auf die Zeichnungen. Bella rührte sich nicht, sondern starrte auf den Körper ihres Entführers. Ich nahm ein Bild von der Wand, das in meiner Nähe hing. Es war steif, weil irgendetwas dahintergeklebt war. Ich drückte es fest ans Herz.

Nachdem ich mich noch einmal im Raum umgesehen hatte – diesem Gefängnis –, nahm ich Bella an der Hand und führte sie hinaus. Und dann hörte ich es endlich. Polizeisirenen.

Marions Gesicht war das erste, das ich sah. Sie war mit ihrer ganzen Mannschaft da. Bella und ich stürzten auf sie zu. Fox erreichte uns zur selben Zeit wie sie. Ich ließ mich von ihr in den Arm nehmen. Bella hielt sich an meinem Handgelenk fest, und so ließen wir uns zusammen aus dem Gebäude führen.

»Wo ist er?«, fragte Marion. »Cassie, wo ist er? Ist er hier? Was ist mit dir passiert? Ich habe deinen Wagen gesehen und die zerbrochene Fensterscheibe, und ich … Dein Arm. Du blutest.«

»Er ist im Souterrain«, sagte ich. »Na ja … wir konnten ihn aufhalten. Es ist nur …« Ich schaute auf Bella hinunter, die sich immer noch an meine Hand klammerte. »Ich habe ihm den Feuerlöscher über den Schädel gezogen«, sagte ich.

Marion drehte sich um und erteilte Fox Anweisungen. Er rief ein paar Männer zusammen und begab sich zur

Rückseite des Gebäudes. Marion schob Bella vor sich her und legte mir eine Hand in den Rücken, um mich zu stützen. Draußen standen etliche Fahrzeuge mit blinkendem Blaulicht. Marion führte uns zu einem Krankenwagen. Bella wurde hineingehoben, ließ mich aber nicht aus dem Blick.

»Du bist ja mit der ganzen Kavallerie angerückt«, sagte ich zu Marion.

In ihrer Miene spiegelten sich Verwirrung, Wut, Ohnmacht und noch viele andere Gefühle, die ich nicht zuordnen konnte. Aber statt etwas zu sagen, küsste sie mich.

»Ich bin so froh, dass dir nichts passiert ist.«

Ich zuckte zusammen, weil mein Kopf schmerzte, entzog mich ihr aber nicht. Unser Atem vermischte sich in der kühlen Abendluft. Ich klammerte mich an Marions Arm, da meine Knie nachzugeben drohten.

»Als du nicht ans Telefon gegangen bist, bin ich ausgerastet«, flüsterte sie und blinzelte gegen die Tränen an. »Was ist denn passiert?«

»Er war es«, sagte ich. »Alles. Grans Unfall. Darren Walker. Seine eigene Ehefrau. Bella … *Olive.*«

»Ist sie …«

»Sie ist tot.« Meine Worte klangen hohl. »Er wollte mir nicht sagen, wo sie ist. Da drinnen hängen Zeichnungen – von ganz früher bis hin zu … hin zu … Keine Ahnung. Bis zu ihrer Jugend, vermutlich. Von mir gibt es auch ein Bild. Ich habe es dort hängen lassen …« Nun brach ich in Tränen aus, unfähig, noch ein Wort hervorzubringen,

»Schsch.« Marion zog mich vorsichtig an sich, um meinen Arm nicht zu drücken, und streichelte mir sanft über den Kopf. Es tat weh, aber die Geste war tröstlich, und ich überließ mich ihr für eine Weile. Meine Tränen benetzten Marions T-Shirt. Als ich keine Luft mehr bekam, löste ich mich aus der Umarmung.

Hinter uns entstand Bewegung. Noch ein Krankenwagen war eingetroffen, und nun kehrten auch die Sanitäter mit einer Trage aus dem Gebäude zurück. Einer kam zu mir, um nach meinem Arm zu schauen. Er säuberte die Wunde und verband sie.

Als er fertig war, wollte Marion mich von der Trage wegführen. Sie zog an meinem blutverschmierten und verschwitzten T-Shirt, aber ich rührte mich nicht. Mit harter Miene beobachtete ich, wie die Trage auf ein Fahrgestell gehievt wurde. Als ein Laken über Adys Gesicht gezogen wurde, fühlte ich nichts als eine steinerne Kälte.

Die Zeichnung hatte ich immer noch in der Hand. Ich hielt sie Marion hin und beobachtete, wie sie alles in sich aufnahm, die Linien und die Formen und die weichen Schattierungen, wo die Farbe mit dem Finger verwischt worden war. Meine Hand zitterte heftig. Ich würde mir nichts sehnlicher wünschen, als dass Marion sie mir aus der Hand nehmen und erklären würde, ich bildete mir das alles nur ein. Ausnahmsweise hätte ich gern als verrückt gegolten.

Aber Marion wusste Bescheid.

»Tilly ist von ihr«, flüsterte ich. »Olive ist gestorben, weil sie mit ihr fliehen wollte. Er nahm das Baby und zog es auf. Sie ist genauso alt wie Olive zum Zeitpunkt ihrer Entführung. Ich glaube, er musste es noch einmal tun, weil sie ihn an Olive erinnerte. Das ist der Grund, warum er Tilly so kleidet … gekleidet hat … als sei sie jünger. Warum er sie wie ein Baby behandelt. Und jetzt brauchte er eine andere – wegen der Sonnenfinsternis. Also hat er Bella entführt.«

Meine Stimme war heiser von den vielen Tränen. Erneut schüttelte es mich.

Marion sagte nichts, sondern drückte mich einfach an ihre Brust, während ich spürte, dass sich der letzte Rest meiner Kraft verflüchtigte.

»Tilly Jacobs ist Olives Tochter.«

# 54

*Donnerstag, den 26. März 2015*

Ich hielt Olives Zeichnung und das Blatt Papier, das dahintergeklebt hatte, in der Hand, als Marion um den Wagen herumkam, um mir die Tür zu öffnen. Wässrig graues Licht ergoss sich über die Welt, aber der Regen hatte aufgehört. Der Morgen war frisch und kühl, und die Luft prickelte an meinen feuchten Wangen. Marion beugte sich vor und nahm meine Hand.

»Denkst du, du wirst damit klarkommen?«, fragte sie, unterbrach sich dann aber. Als ich aus dem Wagen stieg, war ihre Miene vor Verlegenheit und Sorge ganz starr. »Entschuldigung, ich wollte dich nicht ...«

»Ist schon in Ordnung«, sagte ich leise. Das Papier in meiner Hand flatterte im Wind, das Rascheln jagte mir einen Schauer über den Rücken. Es waren nur Fotokopien – die Originale hatte ich als »Beweismittel« zurücklassen müssen –, aber ich wollte sie nicht verlieren. Sie waren das Letzte, was mir von ihr geblieben war.

»Komm, ich bring dich hinein.«

Im Wohnzimmer saß bereits eine Polizistin. Oder war es eine Sanitäterin? Ich erkannte den Unterschied schon nicht mehr, so benommen war ich nach den Ereignissen des letzten Tages. Aber egal, sie saß mit Gran zusammen und trank Tee und sprach mit ihr über einen Film, den meine Großmutter meines Erachtens nie gesehen hat. Aber Gran war bestens gelaunt und redete, mit ihrem gesunden Arm gestikulierend, über die Hauptdarstellerin. Die Frau lächelte und nickte.

Ich blinzelte heftig, als Dad aus der Küche kam. Er trug eine weite Jeans und ein Sweatshirt, und sein Gesicht war von Sorge gezeichnet. Als er mich sah, hellte seine Miene sich auf. Er eilte durch den Raum und nahm mich in die Arme.

»Oh, Cassie. Oh, mein Schatz.«

Ich überließ mich seiner Umarmung und spürte seine starke Brust und die Bartstoppeln an meiner Stirn, als er mich festhielt. Erstaunt wurde mir bewusst, dass dies unsere erste Umarmung seit Jahren war. Selbst gestern, als er mich im Krankenhaus besucht hatte, war ein gewisses Unbehagen zu spüren gewesen, als könne er das alles noch nicht begreifen.

»Ich bin so stolz auf dich.« Er zeigte zu Gran hinüber. »Wir beide sind es.«

In diesem Moment bemerkte mich auch meine Großmutter. Ich lächelte zu ihr und der offiziell wirkenden Dame hinüber. Grans Augen funkelten, als würde sie mich erkennen. Sie betrachtete den Verband an meinem Arm, meine geborgten Sachen, das zerzauste Haar.

»O Gott, Cassie«, flüsterte sie. »Meine Cassie. Was ist denn mit dir passiert?«

Sie stand auf und kam mit wackeligen Schritten zu mir herüber. Mit unseren bandagierten Armen gaben wir ein wunderbares Paar ab. Mir wurde warm ums Herz, und auf meinem Gesicht machte sich ein ungläubiges Lächeln breit. Sie kannte mich. Sie liebte mich. Sie war meine Gran.

»Ich wurde in einen Kampf verwickelt«, sagte ich. »Aber ich habe gewonnen.«

Gran streckte die Hand aus und hob mit einem Finger mein Kinn an, sodass wir uns in die Augen schauen konnten. Sie lächelte.

»So kenne ich dich.«

»Ich habe es geschafft«, fuhr ich fort. Tränen verstopften mir die Kehle, sodass die Worte zäh wie Teer klangen. »Ich habe herausgefunden, was mit ihr passiert ist.«

Grans Miene wechselte von Hoffnung zu Angst und schließlich Erleichterung.

»Sie ist fort. Er aber auch.«

Gran breitete die Arme aus und zog mich an ihre Brust. Sie roch nach Tee und Zuhause und Lavendelpuder, und ich sog ihren Duft ein. Als sie zurücktrat, war mir bewusst, dass der Moment vorüber war, aber das hatte mir schon genügt.

Marion ließ Gran bei Dad und schob mich in die warme Küche, die in das gelbe Licht der Deckenlampe getaucht war. Ich ließ mich an dem kleinen Tisch nieder. Graues Licht fiel durchs Fenster. Ich hatte das Gefühl, vollkommen ausgelaugt zu sein. Am liebsten hätte ich ein ganzes Jahr lang geschlafen. Ich schaute mich um, als seien das nicht mein Haus, nicht meine Dinge. Alles wirkte fremd. Zu lebendig, zu real.

Ich legte Olives Zeichnung auf den Küchentisch und strich die Seite glatt. Das Bild eines schlafenden Babys lag vor mir, mit Bleistift gezeichnet und in Brauntönen schattiert. Es sah aus wie Olive. Tief in meinem Herzen wusste ich, wie Olive zumute war, als sie es gezeichnet hat. Gefangen. Und von Liebe erfüllt – echter Liebe. Das erkannte man in sämtlichen Linien und der Wölbung der Babynase und den winzigen Rosenknospenlippen.

Ich warf Marion einen Blick zu, als sie mir eine Tasse Tee reichte. Meine Hand brannte, weil ich die Tasse einen Moment zu lang festhielt.

»Die Polizistin wird noch eine Weile bleiben«, sagte Marion freundlich. »Jedenfalls, solange ich noch arbeiten muss. Ich muss noch ein bisschen Zeug sondieren. Papierkram von Walkers Obduktionsbericht. Danach komme ich zurück.« Sie setzte sich an den Tisch und griff nach meiner Hand. »Wir bekommen das schon hin, Cassie. Es mag nicht so aussehen, aber wir haben das gut gemacht. Verstehst du? Wir haben das großartig gemacht. Bella ist zu Hause bei ihrer Mutter. Wegen dir kann das kleine Mädchen jetzt wieder glücklich sein.«

»Aber ich habe das Gefühl, als hätte ich ...«

»Denk nicht darüber nach, Cassie«, erklärte Marion bestimmt. »Du hast alles getan, was in deiner Macht stand.«

Eine Weile saßen wir schweigend da, jeder in seine Gedanken versunken. Dann kam Dad in die Küche, Tränen in den Augen.

»Was ist mit dem Mädchen?«, fragte er. Jemand hat es ihm also erzählt, als ich im Krankenhaus lag. Ich war nicht auf dem neuesten Stand. »Was ist mit meiner Enkeltochter?«

*Meiner Enkeltochter.* Dieser fast urwüchsige Besitzanspruch. Mein Herz schwoll von überraschendem Stolz an. Er würde bestimmt ein guter Großvater sein.

»Der Sozialdienst wird sich um Tilly kümmern«, erklärte Marion zögernd, und ich bemerkte, dass sie meine Reaktion einzuschätzen versuchte. Der Ärger, gegen den ich ankämpfte, blitzte auch in Dads Augen auf.

»Wie bitte? Sie soll ins Heim?«, schimpfte ich.

»Nur vorläufig.«

Ich schob die Tasse zur Seite und schaute Marion direkt ins Gesicht, damit sie erkannte, wie ernst es mir war.

»Marion, das werde ich nicht zulassen. Sie muss es erfahren. Tilly hat eine Familie …«

»Cassie«, sagte Marion so sanft, dass es wie ein Seufzer klang. »Mr Warren. Ihr müsst ihr ein bisschen Zeit lassen. Es wird hart für sie sein. Das Kind hat seinen Vater verloren. Wir müssen erst herausfinden, was das Beste für sie ist.«

Dad verschränkte die Arme, widersprach aber nicht.

»Ich bin ja da, Cass.« Marion lehnte sich an mich und legte mir einen Arm um die Schultern. Ich ließ die Wärme in meinen Körper eindringen, bevor ich nickte.

»Ich bleibe so lange bei dir, wie du willst«, sagte sie. »Mach dir keine Sorgen um deine Großmutter. Und erzähl deinem Journalistenfreund ruhig, was passiert ist. Ich werde dir helfen. Und sobald du bereit bist, können wir mit dem Papierkram für Tilly loslegen. Im Moment ist es aber besser, wenn sie irgendwo ist, wo alles auf ihre Bedürfnisse abgestimmt wird.«

Ohne eine Spur von Verlegenheit und ohne sich um die Anwesenheit meines Vaters zu kümmern, küsste sie mich. Ich hielt sie fest und sog die Wärme der Küche und den Geruch von Toast, Tee und *Zuhause* in mich auf. Einen traumlosen Schlaf würde ich vielleicht nie wieder haben, aber ich dachte an Bellas Gesicht, an dieses schockierte Triumphgefühl, als sie begriff, dass Ady ihr nichts mehr anhaben konnte. Und schon fühlte ich mich ein bisschen besser.

»Versprich mir, dass du dir helfen lässt«, sagte Marion.

»Versprochen.«

# 55

*April 2016*

»Hallo.« Marion war mit dem Wagen an den Straßenrand gefahren, und ich stieg ein. In der Luft hing der Duft ihres Lieblingsparfums, vermischt mit dem Kaffeeduft aus den beiden Tassen, die in den Getränkehaltern standen.

»Selber hallo«, sagte ich.

»Wie war's bei der Therapie?« Sie wandte sich nach hinten und schaute vor dem Losfahren auf die Straße. Ich lächelte.

»Gut war's. Besser sogar. Wir reden über Bewältigungsstrategien. Offenbar zählen Alkohol und Schlaftabletten immer noch nicht dazu.«

»Schön.« Marion tätschelte mir die Hand. Ihre war warm. Ich versuchte, mich zu entspannen, da ich wusste, dass mir das, war mir noch bevorstand, ansonsten noch schwerer fallen würde. »Wie schlägt sich deine Gran?«

»Auch gut. Mittlerweile ist die Betreuungssituation zufriedenstellend. Die Babypuppe, die wir ihr gegeben haben, trägt das ihre dazu bei. Gran wiegt sie und füttert sie, das ganze Programm. So hat sie etwas, auf das sie sich konzentrieren kann.«

»Keine schlechte Idee von Jake Howden, was? Ich kann es immer noch nicht glauben, dass du seinen ungebetenen Rat tatsächlich angenommen hast.« Marion schnaubte. »Wie hattest du ihn nach eurer ersten Begegnung noch tituliert? Ein Geschenk Gottes?«

»Ich erinnere mich noch ganz genau, dass du das warst«, erwiderte ich. »Aber egal, er scheint gar nicht so übel zu sein. Nur ein bisschen eingebildet vielleicht. Und mehr als nur ein bisschen neugierig. Aber Gran mag ihn, da kann ich ihm wohl kaum aus dem Weg gehen.

Mit ihm und der Pflegekraft fahren wir bestens. Leider bin ich mir nicht sicher, wie lange ich mir Anne noch leisten kann – auch wenn ich gelegentlich etwas für Henry schreibe, fehlt noch die Regelmäßigkeit. Doktor White begrüßt das natürlich.«

Ich verspürte immer noch brennende Scham, wenn ich an meine voreilige Schlussfolgerung dachte, er könne hinter Olives und Bellas Verschwinden stecken.

»Entspann dich, Cass.« Marion riss mich aus meinen Gedanken. »Es wird eine Weile dauern, bis sich die Dinge normalisieren. Du kannst nicht erwarten, dass sich alles sofort wieder einrenkt.«

Wir fuhren vor einem großen roten Backsteinhaus vor. Sämtliche Fenster waren erleuchtet. Meine Hände verkrampften sich. Um mich mit irgendetwas zu beschäftigen, griff ich nach dem Kaffee, den Marion mir mitgebracht hatte. Nervös trank ich ein paar Schlucke.

»Bist du bereit?«, fragte Marion.

»Ich weiß nicht. Es ist eine so große Sache. Für sie, meine ich. All diese Papiere … Ich habe Angst, dass sie es sich anders überlegt. Dass sie mich doch nicht will. Schließlich habe ich ihren Vater umgebracht, Marion. Eines Tages wird sie mich zur Rede stellen. Oder sich nach Olive erkundigen.

Und nach der Frau, die sie immer für ihre Mutter gehalten hat. Danach, wie er sie getötet hat. Sie wird mich nach meinem Beitrag fragen. Was soll ich denn dann sagen? Wie, um alles in der Welt, soll ich damit umgehen?«

Immer mehr Fragen stiegen in mir auf, bis ich in heller Panik war. Es hatte bereits viel Energie gekostet, an diesen Punkt zu gelangen, viel Zeit und Vertrauen. Was, wenn ich ihr Angst einjagte? Ich wollte nicht, dass sie sich wieder in ihr Schneckenhaus zurückzog wie in den ersten Monaten nach den Ereignissen.

Marion drehte sich mir zu und streichelte meine Wange. Dann hob sie mein Kinn an und gab mir einen zarten Kuss auf die Lippen. Im nächsten Moment lösten sich alle meine Gedanken in Wohlgefallen auf.

»Stopp«, sagte sie. »Ich bin bei dir. Ich werde nicht weggehen. Es ist ganz normal, dass du nervös bist. Das ist wirklich eine große Sache. Aber eines verspreche ich dir: Wenn du es möchtest, ich bin da.«

»Das möchte ich unbedingt«, sagte ich. »Ich liebe dich. Trotzdem habe ich Angst, Marion. Was, wenn …«

»Stopp, Cassie.« Marion küsste mich noch einmal, ungestümer diesmal. Ich gab mich ihrer Berührung hin und spürte, dass sie mich an sich zog. Ihr Kuss war sanft und doch fordernd, und ich erwiderte ihn.

Als sie sich zurückzog, kamen mir meine Lippen kalt vor. Ich berührte die Stelle und wunderte mich über die kribbelnde Wärme, die mich durchströmte.

»Schau mal, da ist dein Vater.«

Marion zeigte auf die Straße, wo soeben der Wagen meines Vaters vorfuhr. Als er ausstieg, hob er die Hand über die Augen, um sich vor der frühen Aprilsonne zu schützen.

Marion und ich stiegen ebenfalls aus. Wir nahmen uns alle fest in den Arm.

»Bist du nervös?«, fragte Dad. Er zeigte auf die Papiere in meiner Hand, die offiziellen und die weniger offiziellen. Der Anfang von etwas Neuem. Ich packte sie fester und zuckte mit den Schultern.

»Aufgeregt«, sagte ich.

Ich ließ Marion durch den Vorgarten vorangehen, aber ich war es schließlich, die an die Tür klopfte. Drinnen hörte man Bewegungen, dann öffnete sich die Tür. Zwei leuchtende goldene Augen und ein strahlendes Lächeln begrüßten mich. Ihre Haare waren länger als bei unserer letzten Begegnung und reichten ihr fast bis zur Schulter. Außerdem waren sie so schokoladenbraun wie die von Olive – ihre natürliche Haarfarbe –, nicht das Blond, das Ady ihr aufgenötigt hatte.

»Cassie«, sagte sie. »Du kommst zu spät.«

Als sie meinen Vater hinter mir entdeckte, grinste sie. Ohne die Brille wirkten ihre Augen strahlender. Wie sich herausgestellt hatte, brauchte sie die Brille gar nicht. Noch eine von Adys Marotten. Im vergangenen Jahr hatte sie mir erzählt, dass er ihr immer eingetrichtert habe, wie wichtig es sei, sich anzupassen und nicht aufzufallen. Ich war nicht überrascht, dass sie plötzlich ein ganz anderes Kind zu sein schien, nachdem sie ein Jahr bei Pflegeeltern verbracht hat, ein Jahr, in dem sie sie selbst werden konnte.

»Großvater«, sagte Tilly.

Das Wort klang fremd in ihrem Mund, aber der Klang schien ihr zu gefallen. Sie wiederholte es noch einmal und rümpfte dann die Nase.

»Schon ein bisschen komisch. Ich wollte den Namen nur mal ausprobieren. Ganz sicher bin ich mir noch nicht.«

Dad streckte ein wenig verwirrt die Hand aus. Er wirkte gleichzeitig wehmütig und ungläubig, dass dies tatsächlich geschah. Tilly war echt und gehörte uns und hatte ihn soeben zum ersten Mal Großvater genannt.

Es gab so vieles, was ich ihr sagen wollte. Manche Dinge wollte ich Tilly jedes Mal sagen, wenn ich ihr begegnete. Dass sie bei diesen Lichtverhältnissen wie ihre Mutter aussah, zum Beispiel.

Ich wollte ihr sagen, dass es mir leidtat – dass ich Ady eigentlich nicht hatte umbringen wollen. Mir war allerdings klar, dass ich einen Gang herunterschalten musste, und ich massierte die Tätowierung an der Innenseite meines Arms, eine sanfte Mahnung, nicht übers Ziel hinauszuschießen. Stattdessen sah ich zu, wie sie ihren Großvater in das Wohnzimmer ihrer Pflegeeltern zog, und folgte mit Marion.

Sobald wir saßen, wandte ich mich an sie und faltete die Papiere in meiner Hand auseinander.

»Hier habe ich ein paar Dinge für dich. Dies sind die Papiere, die wir später ausfüllen müssen, wenn du zu mir nach Hause kommen willst. Dann wird alles ganz schnell gehen, wenn du es immer noch möchtest.«

Ich wartete und versuchte, ihre Reaktion einzuschätzen. Als sich ein Lächeln auf ihrem Gesicht ausbreitete, ein schüchternes Lächeln, das ich noch nie an ihr gesehen hatte, wurde ich von einer Welle der Erleichterung erfasst. Ihr graute nicht vor der Vorstellung, und sie suchte auch nicht nach Worten, um mir mitzuteilen, dass sie nicht mit mir nach Hause kommen wolle.

»Diese beiden Blätter hier sind Geschenke«, sagte ich. »Von deiner Mutter.«

Tilly nahm zuerst die Zeichnung. Ihre Augen verschleierten sich, als sie ihr eigenes Gesicht erblickte, ihre eigene Nase. Ich beobachtete, wie sie mit dem Finger den Bogen ihrer Lippen nachfuhr und die sanften Linien ihres Babygesichts. Dann faltete sie das zweite Papier auseinander, und ich konnte die Windungen einer kaum vertrauten Handschrift auf der anderen Seite der Fotokopie erahnen. Allerdings wusste ich, was da stand. Im letzten Jahr habe ich es so oft gelesen, dass ich es auswendig kannte.

Tilly las es langsam – dann begann sie zu weinen.

»Oh, mein Schatz.« Ich schaute von Dad zu ihr hinüber. »Mein Großvater hat mir mal etwas gesagt: ›Lass dich nicht von einer Tragödie bestimmen.‹ Er wollte nicht, dass ich immer nur traurig bin und meine Persönlichkeit davon beeinflussen lasse. Zum Teil stimmt das natürlich, zum Teil aber auch nicht. Wenn ich mich danach gerichtet hätte, hätte ich dich niemals gefunden. Manchmal ist es auch in Ordnung, traurig zu sein.« Sie betrachtete mich aufmerksam. Ich zeigte auf den Brief in ihren Händen, jenen, der hinter Olives letzter Zeichnung geklebt hatte.

»Ich habe dich gefunden, weil ich nie aufgegeben habe. Obwohl es traurig war, bin ich nach Bishop's Green zurückgekehrt und habe es trotzdem versucht. Möchtest du es mit mir zusammen noch einmal versuchen?«

Sie schniefte. Dann nickte sie.

»Können wir jetzt gehen?«, fragte sie und schaute zwischen uns dreien hin und her. »Ich meine … in dein Zuhause?«

Wie ein Vogel flog die Hoffnung in meiner Brust auf. Ich schloss Tilly fest in die Arme und atmete den süßen Duft ihres Shampoos ein.

»Ja«, flüsterte ich, »lass uns nach Hause gehen.«

»Und dann …« Tilly strich sich eine Strähne hinters Ohr. »Dann möchte ich dir zeigen, wo meine Mutter beerdigt ist, wie ich glaube – meine echte Mutter.«

# 56

*Mein Baby, Matilda,*

*ich habe schon einmal versucht, diesen Brief zu schreiben, aber die Worte waren schrecklich verworren. Die Zeit läuft mir davon, daher wird dies der letzte Versuch sein. Ich bin müde, es waren ein paar lange Tage, tut mir leid. Wenn die Worte falsch klingen, kann ich nur hoffen, dass du mir verzeihst. Andererseits hoffe ich, dass du dies hier nie lesen musst.*

*Ich habe immer nur das Beste für dich gewollt. Ich weiß nicht, ob du das hier je zu Gesicht bekommen wirst, aber falls ja, dann wird es vermutlich in schlechten Zeiten sein – und auch das tut mir leid. Wenn du das hier liest, haben wir es leider nicht geschafft, du und ich. Ich wollte dich beschützen. Ich wusste, dass es meine Aufgabe ist, das zu tun. Eigentlich weiß ich gar nicht, warum ich das hier überhaupt schreibe … Wenn du es liest, wirst du schon älter sein und dich vermutlich gar nicht mehr an mich erinnern.*

*In Wahrheit habe ich Angst. Eigentlich dachte ich immer, ich wüsste, was Angst ist, aber das stimmte nicht. In dem Moment, als ich zum ersten Mal dein Gesicht sah – da hatte ich Angst. Nicht nur um mich, sondern auch um dich. Die*

*Mutterliebe ist stark, und ich habe erfahren, was es heißt, um jemand anderen Angst zu haben.*

*Manchmal habe ich gedacht, dass meine eigene Mutter schwach ist. Sie hat uns oft angeschrien, meine Schwester und mich. Cassie war das egal, so schien es jedenfalls, aber ich habe es gehasst. Aber jetzt weiß ich, warum sie geschrien hat. Sie hat geschrien, weil sie Angst hatte. So ist die Mutterliebe. Angst und Liebe zu gleichen Teilen.*

*Ich bin immer noch begeistert von dir. Dein Gesicht ist perfekt. Du hast zehn Finger, zehn Zehen, und ich glaube, du siehst mir ähnlich. Selbst wenn du nicht so perfekt wärst, würde ich dich lieben. Noch eine Wahrheit: Ich weiß nicht, was ich tun soll. Ich weiß nur, dass wir nicht hierbleiben können. Ich kann nicht zulassen, dass du das Leben lebst, das ich gelebt habe. Diese Dunkelheit, diese Kälte. Diese Einsamkeit. Er ist gefährlich. Wirklich und wahrhaftig gefährlich. Das wurde mir in dem Moment klar, als er seiner Frau etwas antat, statt uns laufen zu lassen. Diese Welt möchte ich nicht für dich: sich verstecken, nur um keinen Schaden zu nehmen.*

*Ich frage mich oft, ob meine Familie irgendwo da draußen ist. Ich habe lang und hart darüber nachgedacht, ob ich einfach so weitermachen soll wie bisher. Ob ich den Nacken beugen soll, als würde keiner von uns beiden etwas wollen. Heute Abend ist mir aufgegangen, dass wir, wenn wir nichts wollen, trotzdem etwas wollen. Wir wollen frische Luft und Freiheit, wenn schon nicht Decken und Lebensmittel. Und obwohl wir hier sicher wären – so sicher, wie es eben möglich ist –, kann ich nicht zulassen, dass es immer so weitergeht. Durch die Bücher habe ich verschiedene Leben gelebt, aber das sind keine richtigen Leben. Es sind Spiegel. Heute Abend sehe ich im Spiegel so viel mehr als diesen Raum und werde allmählich wahnsinnig.*

*In einem anderen Leben hätte ich dich Sophie oder Hannah genannt. Das waren mal meine Lieblingsnamen. Aber du bist eine Matilda wie ein kleines Mädchen aus einem Buch, ein anderes und besonderes Mädchen. Ich hoffe, du glaubst mir, wenn ich dir sage, dass ich dich aus tiefstem Herzen liebe. Egal, was heute Abend geschieht, dieser Brief soll der Beweis dafür sein. Mir geht es besser, wenn ich weiß, dass es irgendwie und irgendwo einen Beweis dafür gibt.*

*Matilda, denk dran, egal, was passiert: Du bist nicht allein.*

*In unendlicher Liebe*

*~~Olive~~ Mum*

# Dank

Einen ersten Roman zu schreiben ist oft eine langwierige Angelegenheit, und bei *Schattenmord* war es nicht anders. Soweit ich mich zurückerinnern kann, habe ich Geschichten erzählt. Meine Worte nun in den Händen von Leserinnen und Lesern zu wissen ergreift mich mehr, als ich zum Ausdruck bringen kann. Ich danke Ihnen allen und hoffe, Sie haben die Lektüre genauso genossen wie ich das Schreiben.

Ohne die Unterstützung meiner wunderbaren Agentin Diana Beaumont gäbe es dieses Buch nicht. Danke für dein Vertrauen in Cassie, der du geholfen hast, ihren Platz in der Welt zu finden, danke für deine unermüdliche warmherzige und kluge Begleitung. Dank auch an Sandra Sawicka, die meine nervigen Fragen zu Auslandslizenzen und Steuerfragen geduldig ertragen hat.

Großer Dank an die Mitarbeiter von Titan Books, die Cassies Geschichte in eine Form gegossen haben, die ich voller Stolz mit anderen teilen kann. Besonderer Dank geht an Miranda, die mir diese Chance gegeben hat, und an Cath für ihre weisen Kommentare. Dank an Joanna, Sam, Lydia und Philly. Und an Julia Lloyd für das überwältigende Cover.

In all den Jahren hatte ich fantastische Lehrer und Mentoren, darunter Karen Sherwin, Gareth Summers, Rosemary Archer und Chris Bigsby. Die Entscheidung, mich im Studium auf Krimis und Thriller zu konzentrieren, war eine der besten, die ich je getroffen habe. Claire McGowan, William Ryan und Jane Casey möchte ich für ihre Ratschläge danken; ich weiß, dass ich mit jedem Text eine bessere Schriftstellerin geworden bin. Viele Grüße an alle meine Kommilitonen, besonders aber an die großartige Gruppe von #SauvLife. Chris, Jenny und Lizzie, ihr seid alles für mich, und ich weiß genau, dass ich mit euch die Richtigen gefunden habe. Dann gibt es da noch die wunderbaren Crime Kissers: Vallery, Finn, Litty und Liz. Ich bin euch so dankbar für eure Hilfe und Rückmeldungen und dafür, dass ihr meine verrückten Arbeitspläne mitgemacht habt. Danke, Vallery, dass du darauf vertraut hast, dass ich dich nicht im Schlaf umbringe. Du hast einer armen Studentin jede Woche einen Schlafplatz zur Verfügung gestellt, und wenn du deiner Mutter dieses Buch jetzt zeigst, begreift sie vielleicht endlich, wie harmlos ich bin!

Einige meiner besten Freunde habe ich auf der abenteuerlichen Reise des Schreibens kennengelernt, und so möchte ich den Autoren aus Derbyshire Doomsbury laut zurufen: Roz Watkins, Jo Jakeman, Sophie Draper und Louise Trevatt, euch habe ich es zu verdanken, dass ich nicht verrückt geworden bin. Unsere Freitagabende mit allem, was wir uns dabei erarbeiten, sind mir heilig!

Danken möchte ich meinen ersten Lesern, meinen Freunden und allen, die Teil meines Lebens sind, besonders: Jordanna Rowan, Paul Cockburn, Lee Hulme und die Notts-Nano-Gruppe, Ginny Larkin-Thorsen, Betty Clarke, Natalie

Beale, Isabel Muller, Vanessa Chainey und Alex Doughty. Allison Hargett, kleine Erinnerung daran, dass ich dich ewig liebe und unendlich dankbar für unsere Freundschaft bin. Viele Grüße an alle Mitarbeiter des Buchladens Waterstones in Derby, die mich sehr unterstützt haben, besonders an Callie, meine Lieblingsverkäuferin – ohne dich wäre das Leben ein anderes. Ich bin so froh darüber, dass ich mit jemandem zusammenarbeiten darf, der mich zum Lachen bringt (#Trashfire).

Ich weiß, dass viele Menschen ihre Familie für die beste der Welt halten, aber in meinem Fall ist es tatsächlich so. Tom, du bist der beste Gesprächspartner und Freund, den ich mir wünschen kann. Danke für die ungestüme Katzen- und Hundebetreuung und dafür, dass du mich mit Snacks versorgst und mir immer glaubst (na ja, fast immer), wenn ich sage, bald würden wir wieder zusammen ins Sportstudio gehen. Danke für deine Selbstlosigkeit, Geduld und Hilfe, mit der du mir ohne Vorwarnung zur Seite eilst.

Sian, danke für deine Geduld während der Entstehungsphase und dafür, dass du dich mit meinem Schriftstellerinnenhirn abfindest. Jedes freundliche Wort und Lächeln von dir tut mir gut. Ich hoffe, dir gefällt das fertige Buch!

Mum, Dad und Steve, danke für eure Liebe und Unterstützung und dafür, dass ihr mich immer dazu ermutigt habt, ich selbst zu sein und meine Träume zu verfolgen. Ohne euch hätte ich das alles niemals geschafft. Alisha, du bist die beste kleine Schwester, die ich mir wünschen kann. Danke, dass du immer für mich da warst, selbst nachdem ich dir als Kind von meiner Idee von Vampirzwillingen erzählt hatte. Ich liebe dich unendlich. Mir ist bewusst, dass du keine Bücher liest, aber für dieses hier solltest du eine

Ausnahme machen. Zu guter Letzt noch Dank an Star, Magic, Zeus, Xena, Juno, Shadow und Jet – ich könnte bedeutend produktiver sein, wenn ich nicht Stunden damit verschwenden würde, euch haarige Monster zu streicheln. Aber ich würde es nicht anders wollen.